KB234330

모든 답은 내 안에

모든 답은 내 안에

초   판 1쇄 **인쇄일** 2025년 5월 20일
초   판 1쇄 **발행일** 2025년 6월   5일

지은이 김종숙
펴낸이 양옥매
디자인 표지혜 송다희
마케팅 송용호
교   정 조준경

펴낸곳 도서출판 책과나무
출판등록 제2012-000376
주소 서울특별시 마포구 방울내로 79 이노빌딩 302호
대표전화 02.372.1537   **팩스** 02.372.1538
이메일 booknamu2007@naver.com
홈페이지 www.booknamu.com
ISBN 979-11-6752-613-7 (03800)

인생의 길목에서 아름다운 인연들

모든 답은

김종숙 에세이

많은 사람들이 "인생이 참 짧다"고 얘기를 한다. 그런데 나는 김종숙 선생님의 자서전을 읽으면서 참 인생이 길고 많은 사람들을 만나서 많은 사연들이 주저리주저리 매달려 있다는 것을 느꼈다. 김종숙 선생님이 태어나기 전 어머니의 삶부터 시작된 일생은 참으로 논두렁길, 개울 길, 시냇물, 강물을 건너서 낮은 산 험한 산 굽이굽이 넘어온 삶을 보는 것 같아 가슴이 아린다.

시대적인 아픔도 있을 수 있지만 어머니의 한 많은 삶과 자신의 여러 가지 어려운 고비 고비에서 어머니를 향한 강한 그리움은 동시대를 살아온 나로서도 가슴 절절이 메어온다. 그럼에도 불구하고 동서들 친정 동생들과의 조화로운 관계를 통해 잘 극복해 나가는 지혜가 참으로 존경스럽다.

어떤 미사여구도 없이 있는 모습 그대로 순박한 일상을 고향 집 마당에 덕석 위에 이것저것 늘어놓고 말려서 안방으로 거두어들이는 양, 어려웠던 사연들을 틀어서 말리고 접어서 고이 간직하는 듯해서 참 아름답다고 말하고 싶다.

상황적인 어려움은 있어도 그 어려움을 어떻게든 스스로 꾹 누르지 않고 표현하고 대처해 나가는 모습이 참으로 건강한 성품을 가진 것 같아 부럽기까지 하다.

우연히 나의 존경하는 어르신으로부터 김종숙 선생님을 소개받고 지금까지 시원시원하신 자태와 활짝 웃는 환한 미소가 이래서 가능했구나를 알게 되는 것 같아서 참 행복하다.

지금까지도 그러셨던 것처럼 남은 삶도 시원시원하고 당당하신 모습으로 잘 마무리하시길 기대합니다.

2025년 2월

최영숙 대한웰다잉협회장

김종숙 사범님!

인생의 길목에서 만나진 인연 중의 한 사람으로 자서전이 나오게 됨을 진심으로 축하드립니다.

김종숙님을 처음 만난 것은 2003년 3월 국선도 쌍용수련원에 남편의 손에 이끌려 입문하게 되면서이다. 첫날 도복 위에 흰 띠를 허리에 매어주며 "잘 지내봅시다." 하셨고 그렇게 20여 년을 넘도록 함께했다.

참 독특한 분이라 여겼다. 나와의 정반대의 관점, 생각, 일 처리 방식 등 그 다른 점들이 서로를 힘들게도 했지만, 그 때문에 아니 그 덕분에 서로의 변화를 이끌어낼 수 있었던 것은 아닐까 하는 생각도 든다. 의견이 다르다 보니 부딪치는 일도 많았지만 김 사범님의 성장을 향한 열정과 국선도에 대한 애정만큼은 심하게, 아니 격하게 공감했다. 추구하는 미래가 같다는 것. 함께 꾸는 꿈. 그 공감이 지금까지 함께 할 수 있게 한 원동력이 된 것 같다.

이번에 책을 내시게 되면서 그분의 개인 역사를 자세히 알게 되었다. 누군가의 현재는 그 사람의 지난날들의 누적본이라 했다. 그래서 한 사람의 인생 스토리를 알기 전에는 섣불리 '이런 사람이네,

저런 사람이네.'라고 판단하지 말라고 했나 보다. 그분의 현재가 이해되었다. 누구보다 열심히 자신의 책임을 다하려 했다는 것을 말이다.

상처받은 영혼들에게 진심으로 다가갔고 망설임 없이 두 팔 걷어붙이고 내 일처럼 도왔다. 지금 필요하고 옳다고 여기는 일에는 불도저처럼 강한 추진력을 보이셨다. 난 늘 말했다.

"사범님 행동력은 갑"이라고…. 김종숙 사범님은 국선도의 훈(訓) 마지막 구절인, 정행(正行)을 몸소 실천하는 분이다. 두려움 없이 묵묵히 걸어가는 무소의 뿔처럼 20여 년간 옆에서 지켜본 김종숙 사범님의 모습이다.

인생 2막에서 김 사범님의 앞으로의 행보가 궁금하다. 그 뒤를 따르는 후배로서 진심으로 응원한다. 이생을 마지막으로 원 없이 훨훨 태워 내시길….

2025년 2월 18일
조혜원 사범 국선도 쌍용수련원장

서문

어린 시절의 문득문득 떠오르는 잊혀지지 않는 장면들에 사로잡혀, 언젠가 글로 써보리라는 막연한 꿈을 품고 살았다. 특히 여고 시절과 사회초년생 때 써 내려간 일기들을 다시 펼쳐볼 때마다 이야기를 글로 남기겠다는 다짐이 되살아났고, 그 기회를 기다려 왔다.

제1장의 '가족의 울타리' 편에서, 첫 장면의 기억은 세 번째 생일이었다. 그날은 파란 하늘 아래 햇볕이 따사로운 여름 끝자락, 처서가 막 지난 어느 날이었다. 엄마는 불룩하게 솟은 배를 한 손으로 감싸며 다른 한 손에는 열무를 담은 광주리를 머리에 이고 논둑길을 걸으셨다. 나는 엄마 옆에서 강아지풀을 흔들며 따라갔다. 이 풍경은 지금도 아련하게 떠오르며, 가슴 속에 생생히 새겨져 있다. 10대 후반에는 광기 어린 자유에 대해 사로잡혀 가출할 수밖에 없던 격렬한 시기를 보냈다. 그 후 깊은 후회 속에서 방황했다.

제2장의 '세상에 나가다'는 20대에 무너져 가는 집안을 일으켜 보겠다는 무모한 각오로 일선에 뛰어들었지만, 그 속에서 끝없는 한숨과 아픔에 갇혀 헤매었다. 그 시절은 인생이 전생의 죄로 인한 무거운 업보라고 여겼다.

제3장 '결혼'의 결혼은 깊은 고민 없이 어른들이 원하는 바람이 커서 선택한 것이었다. 결혼 후 아이를 낳는다는 개념조차 없었다. 시어머니로부터 "공밥 먹으니 좋으냐."라는 말을 들었을 때도, 그 의미를 전혀 이해하지 못할 만큼 철이 없었다. 불임클리닉을 전전하며 부부싸움은 잦아졌고, 임신은 계속 미뤄졌다. 그러면서 부부가 함께 마음을 맞추며 살아가는 일이 얼마나 어려운지 점차 깨달아갔다.

결혼이란 굴레 속에서 전생 업보로 묶인 내 모습을 보았다. 어느 날 영화 '워낭소리'를 보며 '스스로 소보다 더 어리석은 나를 발견'했고 그날 통곡하며 비로소 자승자박의 굴레에서 벗어나기를 시도했다.

제4장 '지금 여기' 편에서, 나는 진정한 '나, 김종숙'으로 돌아올 수 있었다.

40대 초반에 시작한 국선도 수련을 통해 '잘 사는 방법을 깨달았고, 잘 사는 삶이 곧잘 죽는 삶(웰다잉)으로 이어짐을 자연스럽게 깨닫게 되었다.

5년 전, 젊은 날의 가슴 저린 사연들과 기도하며 써 내려간 일기들을 마주하며 글을 써 보기로 결심했다. 묵혀 두었던 감정이 솟구쳐 올라 울음을 삼키기도 하고, 펑펑 울기도 했다. 그러면서 내면에 깊이 새겨졌던 마음의 상처들이 조금씩 치유되며 가슴에 멍울이 맺혔다가 풀리기도 했다. 글을 쓰는 과정은 마음의 짐을 하나씩 내려놓는 시간이기도 했다. 오래된 상처가 치유되면서 마음이 한결 가벼워졌다. 사람들은 내 말투가 부드럽고 상냥해졌으며, 맑아졌다고 이야기한다. 마치 오랫동안 쌓인 것들을 해우소에서 퍼내고 깨끗이 비워낸 듯한 기분이다.

지금은 68세가 되었다. 이제 세상을 조금은 알 것 같았고 무엇보다 감사의 말이 저절로 나온다. 주위의 인연들이 너무나 소중하고 고맙다. 사랑하는 가족과 나를 성장하게 해준 남편 신상진님, 엄마로 만들어 준 예쁘고 귀한 딸 혜원과 아들 민기, 그리고 내 삶을 채워준 친척들과 이웃들, 25년간 수련하며 희로애락을 함께해 온 국선도의 도우님들, 20년을 함께한 천안시 노인복지관과 국선도반 어르신들께도 고마운 마음을 전하고 싶다.

특히 이 책을 출간할 수 있는 계기를 만들어 준, 천안시 복지관 국선도 반의 리더 우정우 어르신(지금은 고인이 되셨다)께서 꼭 소개하고 싶은 분이 있다고 하셔서 만난 분이, 대한웰다잉협회장 최영숙 교수님이셨다. 협회장님과의 만남에서 우리는 같은 곳을 향해 사회에 이바지하고픈 생각이 일치하여 나는 곧바로 웰다잉 이론 교육을 받았다, 또한 웰다잉의 자서전 쓰기에서 배움이 없었다면 이 글은 세상에 나오지 못했을 것이다. 그 후 매주 화요일 밤, 줌으로 2년 동안 정성스럽게 글쓰기를 지도해 주신 김효남 선생님과 문우 박정숙님, 이영순님께도 진심으로 감사드린다. 또한 글을 꼼꼼히 다듬어 주신 선문대학교 우인혜 학장님께도 깊은 감사를 드린다.

이 모든 분의 도움과 배려 덕분에 부족한 글이 활자로 남게 된 것을 큰 영광으로 생각한다. 오늘도 평소의 기도문처럼, "내가 아는 모든 사람과 나를 아는 모든 사람이 늘 즐겁고 행복하기를 진심으로 기원한다."

감사합니다.

2025년 5월 31일

홍제 김경욱

차례

1부 가족의 울타리

4부   지금 여기

1부

가족의 울타리

1

나의 부모님

아버지의 삶

아버지는 1921년 10월 3일, 경북 김천 시내에서 12km 떨어진 금릉군 어모면 도암 2구 난함산 밑 빈암(빛이 나는 돌이라는 뜻)이라는 작은 산골 마을에서 태어나셨다. 조부모님은 여러 명의 자식을 낳았으나 다 잃으셨다. 그래서 조부모님은 마을 조산(造山) 앞에서 오랜 기도를 올린 끝에 3남 1녀를 얻으셨고, 그중 아버지는 막내로 태어나셨다. 하지만 아버지가 네 살 때 할아버지가 돌아가셨고, 열네 살의 큰아버지는 가장이 되었다.

큰아버지는 스무 살이 되기 전에 결혼하고 아버지를 데리고 일본으로 건너가셨다. 그래서 둘째 큰아버지가 할머니를 모시고 고향에서 농사를 지었다. 아버지는 큰아버지 주선으로 일본 회사에 다니다가 운전을 배워서 트럭 운전사가 되었다. 1945년 해방되면서 아버지가 먼저 귀국을 하시고 몇 년 뒤 큰아버지는 일본에서 자녀 셋을 낳고 귀국하셨다.

아버지는 엄마를 만나기 전 상처(喪妻)하고 딸 하나를 키우는 홀아비였다. 1951년 1·4 후퇴 이후 김천에서 엄마를 만나 새로운 가정을 꾸려 4남 2녀를 낳으셨지만, 갓난아기 때 딸 하나를 잃으셨다.

어머니 말씀으로는 아버지가 좋은 직장을 가졌음에도 월급을 제대로 가져오지 않으셨다고 한다. 성격이 강하고 참을성이 없던 아버지는 직장이 마음에 들지 않으면 바로 그만두곤 하셨다. 그랬던 아버지는 당신 밑에서 조수로 일하던 분이 택시 회사 사장이 되었다고 하시며, "나보다 더 복이 없는 사람은 없다."라고 한탄하셨다. 아버지는 시대를 앞서가며 미래를 내다보셨지만, 자금이 부족해 원하는 일을 이루지 못하셨다.

내가 어릴 때 본 40대의 아버지는 하얀 중절모를 쓰고 선글라스를 끼며, 흰 바지에 흰 구두를 신고 지팡이를 휘휘 돌리며 다니셨다. 집을 나가면 멋진 신사였지만 집에서는 뜻대로 되지 않는 현실에 화가 나 있는 모습이었다. 젊은 날의 아버지는 끊임없이 생각나는 대로 사기 공장, 정미소 등 다양한 사업을 벌이셨다. 문제는 모두 빚을 내 사업을 시작하는 것이다.

우리 집은 '감미테'에서 제일 높은 곳, 산 바로 아래 자리 잡고 있었다. 아버지는 작은 방앗간을 운영했는데, 방앗간으로 오는 길은 좁아서 지게나 작은 리어카 정도만 겨우 들어올 수 있었고 소달구지는 아예 오지 못했다. 그래서 농사를 많이 짓는 집들은 수확물을 소달구지로 운반해 아랫마을의 큰 정미소로 가져가야 했다. 아버지는 부잣집 가을걷이를 우리 방앗간에서 처리하지 못함을 늘 아쉬워하며 좁은 길을 탓하곤 하셨다. 지금도 그 길은 여전히 좁다. 방앗간에서 방아를 찧기 위해선 먼저 발동기를 손으로 돌려야 한다. 아버지가 큰 손잡이를 잡고 엄마는 바로 뒤에서 잡고 함께 온 힘을 다해 돌린다. "시작!" 아버지의 신호와 함께 쇠바퀴를 돌릴 때면 방아가 한 번에 통, 통, 통, 돌아가기도 했지만, 서로 손발이 맞지 않을 때는 몇 번씩 시도해야만 하여 두 분은 기진맥진할 때가 많았다.

아버지의 검정 고무신은 방앗간의 기름을 자주 밟고 다녀서 앞과 뒤가 말려 올라가 모양새가 작은 돛단배 같았다. 어린 우리들은 아버지가 낮잠을 주무실 때면 고무신을 웅덩이에 띄워 놓고 돛단배 놀이도 하곤 했다. 엄마가 가끔 아버지가 잘 가시는 곳이나, 동사무소에 가서 아버지를 찾아오라고 하시면, 나는 툇돌 위 신발만 보고도 아버지를 금세 찾아내곤 했다.

중학교 들어가기 전 정월 보름이 지난 후, 우리 가족은 동네 입구로 이사하기 위해 외상으로 논을 사서 흙집을 짓기 시작했다. 집이 완공될 때까지 우리는 가까운 친척 집 사랑방에 몇 달을 세 들어 살았다. 우리 가족은 힘을 합해 흙벽돌을 찍고, 흙 반죽에 지푸라기를 썰어 넣고 맨발로 짓이겨 흙덩이를 만들었다. 이른 봄이라 몹시 발이 시렸다. 아버지는 손수 집을 지으셨고 엄마와 둘째 오빠 그리고 나는 아버지를 도왔다. 힘들고 고단해도 나는 내 방을 만들어주신다는 아버지 말씀에 신나게 일을 도왔다. 대들보와 서까래를 올릴 때, 그리고 지붕을 덮을 때만 동네 사람들이 도와주었다. 그렇게 우리는 새집에서 살게 될 날을 손꼽아 기다리며 설렘에 차 있었던 기억이 난다.

이전에 살던 집도 동네 사람들이 김천 시내로 기차 타러 가거나 아이들이 학교에 가기 위해 반드시 우리 집을 지나 산을 넘어가야 하는 길목에 있었다. 이번에 짓는 새집 역시 마찬가지였다. 아랫동네 출신인 문교부 차관께서 통학 거리가 먼 후배들을 위해 초·중학교를 신작로 가까운 곳에 지어 주셨다. 그리고 신작로를 넓혀 버스가 다닐 수 있게 해주신 덕분에 우리 새집도 동네 사람들이 다니는 길목이 되었다. 아버지는 안채가 지어지자 차츰 하나씩 집을 짓기 시작하셨다. 내가 학교에서 돌아오면 아버지는 지붕 위에서 서까래에 못을 박고 계시던 모습을 자주 볼 수가 있었다. 안채, 정미소, 양계장, 병아리 부화장, 돼지우리, 개 사육장, 창고 등 일곱 채의 건물이 되었다. 하지만 연말이면 빚 독촉에 시달리는 아버지 모습을 보면서 나는 '절대로 저렇게 살지 않겠다.'라고 다짐했었다. 남들에게 없어 보이지 않으려고 유행을 선도하며, 동네에서 가장 먼저 나일론 장판을 깔고 TV를 샀다. 저녁이면 온 동네 사람들이 TV를 보러 몰려왔고, 다음 날 아침에 보면 마당 구석에는 아이들이 배변하고 간 흔적이 곳곳에 남아있었다. 내가 중학교 시절, 아버지는 돼지 분뇨를 발효시켜 메탄가스를 만들어주시면, 우리는 파란 가스 불에 요리했다. 그 덕분에 온 가족이 자장면을 자주 만들어 먹었다. 당시 시골에서는 석유곤로조차 귀했기에 참으로 혁신적인 일이었다.

아버지는 60대 후반 즈음, 정미소와 양계장을 정리하셨다. 나는 개 사육도 접고 돼지만 기르라고 했지만, "이번만 하고 안 할게"라며 계속하셨다. 그리고 뒷밭에 채소를 심어 어머니가 시장에서 팔수 있도록 도왔다. 어머니는 부지런하여 남들보다 빨리 물건을 팔고 돌아왔다. 부모님은 늦게나마 빚도 갚고 잠시 동안 여유로운 생활을 하셨다.

세월이 흘러 내 나이 서른세 살, 아버지는 칠순이 되셨다. 나는 항상 아버지의 삶이 못마땅하여 종종 기도하며 살라고 당부했다.

지금도 눈에 선하게 떠오르는 것은, 아버지가 반 되짜리 노란 주전자에 청수를 떠서 콧노래를 부르며 방으로 들어가시는 모습이다. 어머니에게 이유를 묻자, "네가 기도하라니까 열심히 기도하시며 즐거워하신다. 때로는 울고, 때론 웃으며 나오신다."라고 하셨다. 나는 '이제야 아버지가 자신을 돌아보시는구나.' 싶어 안도했다. 어느 날 아버지는 기도하고 방을 나오시며 나를 보고 말씀하셨다. "너는 네 엄마에게 잘해라. 나는 우리 어머니에게 못한 게 많다." 그러자 어머니는 "얘 만큼 잘하는 딸이 어디 있어, 괜히 또 그러신다." 며 핀잔을 주셨다. 그리고 덧붙여 "네 아버지가 참 이상하다. 생전 안 하던 짓을 하면 죽는다는데." 하시며 걱정을 하셨다.

아버지는 동네 노인 회장을 맡아 노인들에게 쓰레기 줍기를 독려하고, 면에서 나온 지원금으로 막걸리를 사서 잔치를 자주 열었다. 동사무소에서 마을 어른들과 마이크를 잡고 노래를 부르며 즐겁게 지내셨다. 그러면서 "이 근방에서 나처럼 행복한 사람 없다. 마누라도 있고, 아들딸, 며느리, 사위, 손주까지 있으니 참 행복하다."

라고 자랑하셨다.

내 나이 35세 때, 1992년 추석에 친정집에 다녀왔다. 추석 지나고 20일도 채 되지 않아, 음력 9월3일이 아버지 생신이라 갈까 말까 고민했다. 마음을 다잡고 72세가 된 아버지의 생신에 몇 번이나 더 갈 수 있을까 싶어 친정에 갔었다.

생신을 치르고 짐을 싸느라 분주한 나를 따라다니시며 아버지는 "나 미워하지 마라."라고 몇 번이나 당부하셨다. 나는 "제가 아버지를 왜 미워하겠어요. 다만 엄마에게 잘못하시는 게 안타까워서 잔소리를 하는 거죠."라고 말씀드렸다. 그러자 아버지는 이렇게 말씀하셨다.

"네 엄마한테 물어봐라. 내가 엄마 입에 혀처럼 말을 잘 듣고, 잘해 줬다. 나는 하고 싶은 대로 살았으니 이제 아무 여한도 없다. 그러니 너는 엄마한테 잘해라."

그것이 아버지와의 마지막 대화였다. 지금 생각하면 아버지의 마지막 유언이었는데 난 흘려듣고 말았던 것이다. 그때 아버지의 손이라도 잡아드려야 했는데, 무지한 나는 가장 소중한 말을, 가장 소중한 순간을 그렇게 놓쳐버렸다. 한 달 후인 음력 10월 3일, 아버지는 빈집, 개 사육장 앞에 쓰러져 홀로 돌아가셨다. 어머니는 김천시장에 가 계셨고, 아무도 임종을 같이하지 못한 채 외로운 길을 떠나셨다.

아버지 49제를 올릴 때 스님께서 "타고난 명(命)보다 1년 더 사셨으니 호상(好喪)이다."라고 하셨다. 그때야 문득 1년 전 꿈이 떠올

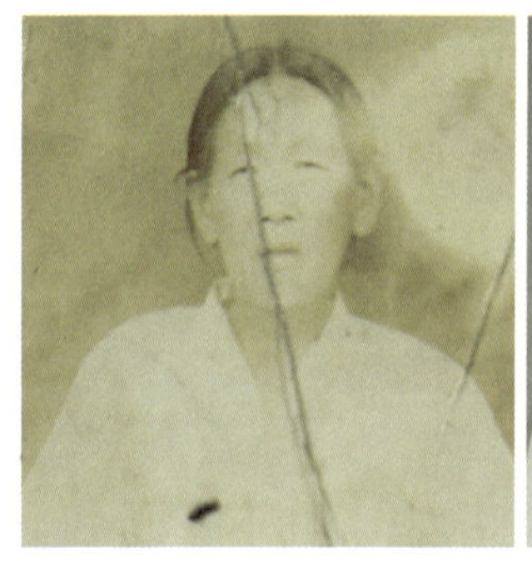

할머니

아버지 60대, 엄마 50대, 두 분은 11살 차이다

랐다. 꿈속에서 아버지가 돌아가신다는 소식을 듣고 밤새도록 꿈에서 기도를 드렸다. 그러다 아침에 잠이 깨면서도, 나는 중얼거리며 기도하고 있었다. 그렇게 아버지는 72세에 파란만장한 삶을 마감하셨다. 그래도 돌아가시기 전 마음을 비우고 만족해하셨으니 좋은 곳에 가셨으리라 믿는다.

아! 어머니

어머니는 1932년 6월 6일, 지리산 자락 경남 하동군 옥종면 청수리에서 태어나셨다. 외할머니는 어머니가 여섯 살, 이모 두 살 되던 해에 돌아가셨다. 그래서 어머니와 이모는 할머니 손에서 자랐다. 어머니는 열아홉 살에, 순경이었던 남편과 결혼했다. 그러나 신혼의 단꿈도 잠시, 1950년 6·25 전쟁이 발발했다. 남편은 인민군에게

끌려가고, 가족들은 뿔뿔이 흩어졌다.

어머니는 인천 상륙 작전 때, 군인들을 따라 무조건 서울로 올라가서 남편을 찾아다녔다고 한다. 그러나 끝내 찾지 못한 채 1·4 후퇴 때, 피난민 무리에 섞여 내려오다 김천의 한 식당에서 일하게 되었다. 식당 주인은 어머니를 무척 마음에 들어 하시며 따뜻하게 대해 주셨다.

그곳에서 어머니는 아버지를 만나게 되었다. 아버지는 열한 살 연상의 남자로, 아내를 잃고 다섯 살 된 딸을 홀로 키우고 있었다. 식당 주인은 서로 상처가 있는 사람끼리 의지하며 잘살아 보라며 두 사람을 중매해 주었다. 어머니는 갓 스무 살, 아버지는 서른한 살이었다. 아버지의 끈질긴 구애 끝에 어머니는 다섯 살 난 아이의 새어머니가 되기로 결심했다. 두 사람은 결혼식 없이 혼인신고만 하고 결혼생활을 시작했기에 두 분의 결혼사진은 없었다. 어린 시절 나는 철없이 "엄마는 왜 결혼사진이 없어?"라며 묻곤 했다.

아버지 직업은 트럭 운전사였다. 그 당시 운전사는 대단한 인기가 있는 직업이었다고 한다.

이듬해 어머니는 첫아들을 낳았고, 3년 후 둘째 아들을, 그리고 2년 후 딸을 출산했다. 그러나 딸을 낳은 어머니는 정신을 잃고 사경을 헤매며 몇 달 동안 깨어나지 못했다. 그동안 꿈속에서 돌아가신 외할머니가 나타나 한약을 달여 주셨고, 그것을 매일 마셨다고 한다.

몇 달 만에 깨어났을 때, 갓 태어난 딸은 이미 세상을 떠난 후였다.

아버지는 살아생전 죽은 딸에 대한, 단 한마디 말씀도 없으셨지만, 마음에 지울 수 없는 짐으로 남아 있으실 듯싶다. 엄마가 전해 주시는 이야기로는, 아버지가 갓 태어난 아기를 제대로 돌보지 못해 하늘나라로 갔다고 했다. 어머니는 억장이 무너지는 슬픔 속에서 매일 기도하셨다. '예쁜 딸 하나 다시 잉태하게 해주세요.'라고, 전처의 딸도 열두 살 때 하늘나라로 떠났다. 학교에서 준 회충약을 먹고 배가 아파서 아버지는 약국에서 약을 사 먹였지만 결국 숨지고 말았다. 어머니는 만약 자신이 약을 먹였더라면 계모가 죽였다는 억울한 오명을 뒤집어쓸 뻔했다고, 그 일을 떠올릴 때마다 소름이 끼친다고 하셨다. 결국 아버지는 두 딸을 모두 잃고 말았다. 어머니는 두 딸을 잃은 김천에서 더 이상 살고 싶지 않았다, 결국 30리 떨어진 금릉군 어모면 구시리(도암 2동) 큰댁이 있는 고향으로 이사를 했다. 고향 마을에서는 어머니를 '진주댁'이라 불렀다.

어머니는 아버지와 결혼하고, 친정과 연락이 끊긴 채 어느덧 10년을 보냈다.

다섯 살 즈음으로 기억되는 어느 햇볕이 좋은 날이었다. 어머니는 동생을 업고, 나는 아버지의 손을 잡고 김천시장에 갔다. 아버지는 "종숙아, 아버지랑 같이 집에 가면 저기 빨강 구두 사줄게."라고 하시며 신발가게로 데리고 가셨다. 나는 빨강 구두에 마음을 빼앗겨 고개를 끄떡였다. 빨강 구두를 신은 내 모습이 너무나 예쁘고 황홀했다. 새 구두를 신고 어머니를 놓칠세라 어머니의 치맛자락을 꼭 잡고 놓지 않았다. 어머니는 남동생을 업고 외가댁을 가시려고 김천역에서 기차를 기다렸다.

나는 처음 보는 기차 레일 위에 햇빛이 비치며 아지랑이가 아물아물 아련하게 보이는 것을 보며 신기해했다. 아버지는 나를 어머니에게서 떼어놓으려고 무진 애를 썼지만, 나는 더욱 어머니 치맛자락을 꽉 부여잡고 놓지 않으며 울었다. 결국 어머니는 보따리를 머리에 이고 등에는 동생을 업고, 한 손은 내 손을 잡고 기차에 오르셨다. 긴 여정 끝에 삼랑진역에서 내렸다. 기차에서 내리자 빨강 구두는 햇볕에 반짝반짝 눈이 부셨다. 신이 나서 걸을 때마다 발을 내려다보며 춤추듯이 걸었다.

외가댁은 너무 멀고 교통이 불편하여 하룻밤을 여관에서 묵어야만 했다. 어머니가 아기를 방에 눕혀놓고 먹을 음식을 구해 오셔서야 늦은 점심 겸 저녁 한 끼를 먹었다. 아기와 나 그리고 어머니가 집이 아닌, 집 밖의 낯선 곳에 있다는 게 너무 좋았다. 그리고 무엇보다 어머니를 독차지한 나는 딴 세상 같은 황홀감에 취하여 방을 빙빙 돌며 까르르 까르르 웃었다. 이 순간은 가끔 내가 돌아가고픈 행복한 한 장면이다.

그날 어머니가 나와 동생을 누여놓고 작은 소리로 흥얼흥얼 부르시던 노래가 기억난다. 그 노래를 인터넷에서 찾아보니 '진주라 천리 길' 이란 곡으로 다음과 같이 나와 있다.

진주라 천리 길을 내 어이 왔던가.
촉석루에 달빛만 나무 기둥을 얼싸안고
아~ 타향살이 심사를 위로할 줄 모르느냐.

어머니의 슬픈 노랫소리에 나는 스르르 잠이 들었다.

이튿날 우리는 덜컹거리는 버스를 타고 가다가 내려서 한참을 걸어갔다. 처음에는 빨강 구두가 반짝거리며 예뻐서 깡충거리며 신나게 걸었지만, 다섯 살짜리에게는 너무나 멀고 힘든 길이었다. 가는 길에 경남 곤양의 작은 외가댁에 가서 또 하룻밤을 자고, 다음날 버스를 한참을 타고 가다가 걸어서 드디어 외가댁에 도착했다. 외가댁은 초가집이었다.

어머니는 방에 들어가지 않고, 마당에 있는 대나무 평상에 보따리를 내려놓고, 초가집에 붙어 있는 툇마루에 올라가서 방을 보고 큰절을 하셨다. 방안에는 연세 드신 할머니 한 분이 앉아 계셨다. 엄마는 마루에 엎드려 어깨를 들썩이며 통곡을 하셨다. 방 안의 할머니도 울고 계셨다. 할머니는 "아이를 둘이나 데리고 이 먼 곳까지 죽지 않고 살아왔구나. 그래, 얼마나 힘들었냐." 하시며 어머니를 안고 오열을 하셨다.

10여 년 전, 행방불명되었던 어머니가 아이 둘을 데리고 나타나자, 동네 친척들은 "정악(正岳, 어머니 이름)이 살아왔구나." 하시며 하나둘 몰려왔다. 어머니는 평소에 "할머니가 돌아가셨으면 어떻게 하냐."라고 걱정하시며 친정을 가고 싶어 하셨다.

할머니와 몇 밤을 지낸 우리는 어머니 여동생 집으로 향했다. 버스에서 내려 한참을 걸어서 갔다. 이모 집은 우리 집보다 더 못 사는 산촌이었다. 이모 집 앞에 다다라 이모를 부르자, 내 또래의 남자아이가 배꼽이 보이는 허름한 옷을 입고 뛰어나왔다. 아이는 누런 콧물을 달고 볼은 빨갛게 얼어 터져있었다.

어머니가, "네가 호섭이냐?"라고 묻자, 남자애는 고개를 끄떡였다. "네 엄마는 어디 갔냐."라고 어머니가 묻자 남자애는 새까만 손가락으로 우리 등 뒤를 가리켰다. "어디?" 하시며 엄마가 뒤를 돌아보자 나도 뒤를 돌아보았다. 헝클어진 머리에 남루한 옷을 입은 젊은 아주머니가 나무지게를 지고 서 있었다. 어머니는 울먹이면서 달려갔다. 이모도 지게를 내려놓고, "성, 살아 있었네." 하며 얼싸안고 울었다. 우리는 멀거니 바라보고 서 있었다.

방에 들어서니 돗자리가 아닌 멍석 같은 것이 깔려 있었다. 방안은 온기가 없이 싸늘했다. 이모는 결혼한 후 이모부가 군대 가고 어린 아들과 겨우 살아가고 있었다. 우리는 이모 집에서 하룻밤만 묵고 집으로 돌아왔다.

나중에 어머니가 그때를 회상하면서, 오랜만에 만난 동생 집에 더 있고 싶어도 이모 집에 식량이 없는 것을 보고 하루만 묵고 왔다며 그때 이모는 둘째를 임신 중이었다고 했다. 어머니가 가진 돈이 없어 동생을 도울 수가 없다 보니 가슴이 많이 아팠다고 눈물을 글썽이던 어머니의 기억이 아직도 눈에 선하다.

나의 다섯 살, 첫 나들이의 기억은 예쁜 빨강 구두와 가는 곳마다 서럽도록 우시던 어머니의 들썩이던 어깨의 파동으로 남아 있다.

여섯 살 어느 여름날, 그날도 아침을 먹고 큰집에 놀러 갔다 점심때가 지나 집으로 돌아오는 담 모퉁이를 도는데, 어머니가 기다리고 계셨다. "이제 오냐? 너 오길 기다렸다" 어머니는 노란 옥수수 반쪽을 내미시며 "오늘이 네 생일이다."라고 안쓰럽게 바라보셨다. 옥수수는 따뜻했다. 오빠들에게 자랑하려고 달려가려 하자 어머니는 길을 막아서며 여기서 다 먹고 가라고 하셨다. 나는 아쉽게 그 자리에서 먹어야 했다. 지지리도 가난했던 시절, 하나뿐인 딸의 생일 하나 못 차려주신 어머니의 마음이 짠하게 밀려온다. 지금도 옥수수를 보면 햇살이 따뜻한 담 모퉁이에서 나를 기다리시던 어머니의 모습이 잊히지 않는다.

그 후 9살쯤에 학교를 다녀와서 "엄마, 엄마"하고 불러도 어머니의 대답이 들리지 않았다. 뒤꼍으로 돌아가자, 어머니는 담벼락을 잡고 울고 있었다. 어머니는 나를 보자,

"종숙아, 엄마 할머니가 돌아가셨단다." 하시며 더욱 슬프게 우셨다. 외가댁에서는 멀리 사는 어머니가 올 수 없다는 것을 알고, 장례식을 다 마치고 난 뒤에 소식을 전했던 것이다.

겨울이 되면 어머니는 아침밥 한 사발을 남겨 두었다가 점심때에 그 한 사발의 밥으로 일곱 식구의 점심을 만들었다. 검정 가마솥에 밥 한 사발과 김치와 국수, 고구마를 넣고 물을 식구 수만큼 부어 죽

을 끓이셨다. 특히 콩나물을 넣어 끓인 죽을 우리는 '갱식죽' 이라 불렀다. 우리 가족들은 겨울이면 그 죽으로 점심을 때웠다.

안방 귀퉁이에는 콩나물시루가 있었는데, 검정 보자기를 뒤집어 쓴 채 콩나물이 자라고 있었다. "콩나물은 물을 자주 주어야 잘 자란다. 너들이 보는 대로 콩나물에 물을 주거라."어머니의 말씀에 우리들은 콩나물시루를 볼 때마다 물을 퍼 주곤 했다. 콩나물이 쑥쑥 자라는 모습이 신기했다. 저녁엔 콩나물과 무를 반반씩 넣은 밥을 양념간장에 쓱쓱 비벼 먹었는데, 어릴 적 나는 비위가 약해서 무 냄새가 싫었다. 그래서 콩나물만 골라 먹으며 무는 한쪽으로 밀어놓고 투정을 부리기도 했다. 그런 내게 어머니는 무가 들어가지 않게 조심스럽게 밥을 퍼 주셨다. 지금은 그 무 냄새가 군침 돌게 맛있게 느껴진다.

초등학교 4학년, 겨울방학 때쯤으로 기억한다. 어머니는 새벽 5시에 일어나 혼자 가마니를 짜셨다. 한겨울, 불도 때지 않은 건넛방에서 나무 걸상에 걸터앉아 철커덕 철커덕 가마니 짜는 소리가 잠결에 익숙하게 들리곤 했다. 가마니 짜는 것을 처음으로 본 나는 신기해서 어머니의 등 뒤에서 한참을 쳐다보았다. 그러면 어머니는 "먼지난다. 얼른 나가라" 하시며 한번 돌아보시고는 계속해서 가마니를 짜셨다. 동네 집집마다 가마니를 짰는데, 큰집과 희열이네는 어머니와 언니가 짜고, 정애네는 아버지와 어머니가 짜신다. 모두들 따뜻한 방바닥에 앉아서 가마니를 짰다. 그런데 우리 집에는 혼자 짤 수 있는 신식 가마니 기계였다. 아이들이 어리고 두 분이 함께 짤 형편이 아니었기 때문에, 아버지가 김천 장에 가셔서 사 오신 것이다. 어머니는 지푸라기에서 먼지가 많이 난다며 마스크를 직접 만들어 쓰시고 작업을 하셨다. 종일 가마니를 짜고 나면, 마스크는 시커멓게 변해 있었다.

혼자 짜는 가마니 기계는 두 발과 두 손을 모두 사용해야 한다. 오른발 페달을 밟아서 바디(베나 가마니를 짤 때 바디로 씨실을 눌러치는 것)를 올리고, 왼손은 올라간 바디를 잡고, 위로 아래로 뒤집고, 밑으로 누르며 새끼줄 길을 만들어준다. 잽싸게 왼발 페달을 밟으면 갈고리가 달린 긴 대나무 자가 오른쪽 손 있는 곳으로 쑥 튀어 나왔다. 대기하고 있던 오른손은 얼른 옆에 둔 지푸라기 앞 끝부분 하나를 갈고리에 갖다 댄다. 순간 왼발을 놓으면 대나무 자가 왼쪽으로 쏙 들어간다. 기다렸다는 듯이 얼른 오른발을 놓으면 바디가 내려가 지푸라기를 눌려준다. 이런 동작을 계속 연속으로 하면 가마니가 짜진다. 오른발 왼발을 놓을 때마다 철커덩 철커덩 소리가 나는 것이다.

가을 추수가 끝나면 어머니는 아버지를 도와서 나락 방아를 찧고 늦은 가을부터 이듬해 봄까지 혼자 앉아서 가마니를 짜신다. 어머니가 가끔 기침을 하시면 시커먼 가래가 목구멍에서 나왔다. 숨이 차시기도 했다. 냉골 방에서 작업하시느라 발이 시려 양말과 버선을 겹겹이 신고 왼손은 장갑을 끼셨다. 하지만 오른손은 둔하면 지푸라기를 빨리 잡지 못해 일을 신속히 할 수 없다며 맨손으로 작업하셨다. 추운 방에서 호호 불어가며 일하시던 어머니의 오른손 엄지와 검지에는 채칼로 친 것같이 상처가 늘 나있어 반창고를 붙이고 사셨다.

어머니는 밥 짓는 시간에 가마니를 좀 더 짜기 위해 "종숙아 일어나서 밥해라" 하시며 건넛방에서 큰 소리로 나의 달콤한 아침잠을 깨웠다. 그렇게 열한 살 겨울방학 때부터 나는 밥을 하기 시작했다.

우리 일곱 식구는 한방에서 잠을 잤다. 따뜻한 아랫목에 발을 다 같이 모으고 몸뚱이들은 펼쳐져 마치 부채를 펼쳐놓은 듯했다. 그런데 나는 어머니가 주무시는 모습을 본 적이 없다. 항상 나보다 늦게 주무시고, 먼저 일어나셨기 때문이다. 어머니에게서는 새벽 냄새가 났다. 좀 싸~한, 약간 차가운 냄새다.

이불 밑에서 실눈을 뜨고 아버지 자리를 보았다. 어머니는 일찍 일어나 일하시는 반면, 아버지는 방문 앞자리에 누워 언제나 이불을 머리끝까지 뒤집어쓰고 주무셨다. 나는 그런 아버지가 미웠다. 어머니가 나를 깨우는 것도 싫었다. 내가 못 들은 척 대답하지 않으면, 아버지가 못 견디시고 나를 깨우셨다. 그렇지 않아도 아버지가 미운데, 더 짜증이 났다. 억지로 일어나 건넛방 문을 열고 어머니를 바라보면, 메케하고 싸늘한 방 안 공기에 불만은 여지없이 사라졌다. 어머니는 하루에 겨우 3시간 정도 주무시고 다시 가마니를 짜신다고 하셨다.

시간이 흘러 나도 어머니가 되었지만, 어머니는 여전히 나의 어머니였다. 내가 힘들 때마다 말없이 곁을 지켜주셨다. 둘째 아이 출산 후, 내가 허리가 아프다고 하자 어머니는 천일염 소금 뜸질을 자주

혼자 짜는 가마니 기계   둘이 짜는 가마니틀

해 주셨다. 소금을 볶을 때 연기와 김이 나와서 기침을 하시면서도, 내 허리를 걱정하며 묵묵히 해 주셨다. 내복을 입고 뜸질을 받았는데, 몇 번 하지도 않았는데 옷이 삭아 떨어지곤 했다. 어머니는 여러 벌의 옷으로 갈아입히며 정성스럽게 내 허리 통증을 치료해 주셨다. 덕분에 허리 통증은 말끔히 나았다.

어머니는 1996년 1월에 우리 집에 오셔서 4월 초에 가셨다. 이번 산후조리는 어머니에게 정말 원 없이 받았다. 어머니의 보약과 내 보약을 지어 먹기도 했다. 하지만 어머니가 떠난 후, 처음에는 많이 허전하고 힘이 들었다. 두 달쯤 지났을 때, 문경에 사는 막내 올케의 전화가 왔다. "형님, 어머니를 어떻게 하셔서, 죽변 다녀오신 후 몸져누우셨어요. 처음엔 피곤하셔서 그런 줄 알았는데, 나아지지 않아 병원에 가보니, 없던 당뇨가 생겼어요. 형님이 책임지셔요." 그 말을 듣고 깜짝 놀랐다. 그래서 어머니가 전화도 안 하셨구나. 나는 아무 말도 할 수 없었다. 어머니가 우리 집에서 무리하시고 운동도 제대로 못하셔서 병이 생긴 것 같았다. 내 몸만 챙기느라 어머니를 챙기지 못한 죄책감이 밀려왔다. 어머니가 소금 찜질해 주실 때 힘들어하시던 생각에 눈물이 절로 나왔다.

어머니는 이제 겨우 64세였다. 아직도 최소한 10년은 더 사셔도 되는데 어떡하지? 어머니는 천식과 고혈압 때문에 늘 건강이 좋지 않으셨고, 가슴에 한이 많이 쌓여서 그런지 우울증까지 있었다. 거기에 무서운 당뇨병까지 엎어드린 셈이니, 가슴이 미어졌다.

어머니는 61세 때, 아버지가 72세로 갑자기 돌아가신 후 김천의 시골에서 혼자 사셨다. 문경의 막냇동생이 엄마 혼자 사시지 마시고, 아이를 봐 주시며 함께 살자고 권유해 문경으로 오셔서 4년째 살고 계셨다. 그때 어머니는 "막내를 위해 해준 것이 없는데, 아이라도 봐 주면 부부의 직장 생활에 도움을 주지 않겠니?" 하시며, 우리 형제들이 말렸지만 살림을 합치셨다.

그 후, 어머니는 갓 난 손자와 네 살 터울의 손녀를 키우며 살림까지 도맡으셨다. 올케는 보건소에, 동생은 여행사를 운영하며 바빴다. 어머니는 그동안 고생만 하시고 이제 살만해진 지금, 어머니가 앞으로 10년만 더 살게 해 달라며 빌고 또 빌었다. 내가 할 수 있는 유일한 일은 기도뿐이었다. 죽정사에 가서 일주일 동안 새벽마다 절을 하며 간절히 기도했다. 집에 와서도 계속 마음속으로 기도했다. 지금 손자, 손녀도 자라 이제 좀 한가할 때가 되었는데, 생각하며 눈물만 흘렸다.

이 글을 쓰는 내 나이가 그때 어머니의 나이와 같은 64세이다. 어머니가 돌아가시기 전, 4~5년은 마음고생을 많이 하셨다. 우리 집에 오셔서 함께 계시며 기도하고 순천향병원에 입원하셨던 일, 대장암 수술 후 당뇨로 인하여 상처가 아물지 않아서 고생하셨던 일 등이 생생히 떠오른다. 어머니는 대장암 수술 이틀 후, 기침하다가 꿰맨 속 뱃가죽의 실밥이 터졌다. 병원에서는 당뇨병 때문이라고 했다. 그때부터 불행이 겹치기 시작했다. 어머니 배가 한쪽으로 툭 불거지게 쏠려있어 보기에도 흉하여 항상 복대를 하고 지내야 했다. 어머니는 다시 꿰매고 싶어 하셨지만, 병원에서는 당뇨병 때문에 100% 성공을 보장할 수 없다고 했다. 어머니는 그래도 하겠다고 고집하셨지만, 당장은 할 수 없어서 결국 복대를 하고 한여름을 지냈다. 상처가 아물기까지 6개월이 걸렸다. 다시 터진 뱃가죽을 꿰매고 난 후, 이번에는 엄지손가락 들어갈 만한 상처가 아물지 않아서 계속 병원에 입원하게 되었다. 여러 가지 약과 주사로 다루면서 혈압이 오르고 천식과 당뇨는 서로 경쟁하듯이 올랐다 내렸다하며 나아지지 않았다. 몸이 소생할 기미는 없는데 정신은 초롱초롱한 것처럼 보이는 것이 더 가슴 아팠다. 막냇동생이 문경으로 모시고 가겠다며 응급차를 대기 시켰다. 못된 딸인 나는 어머니에게 집착을 놓고 다시 이 세상에 오시라고 시어머니의 환생 이야기를 들려 드리기도 하며 은근히 생을 마감하도록 종용했다. 어머니는 평소 천식으로 인해 가족이 아무도 없을 때 혼자 돌아가실까 봐 제일 걱정하셨는데, 그때마다 나는 "엄마 우리가 있을 때 돌아가시게 될 거야 걱정하지 말

어머니 21세 때　　　　어머니와 필자 결혼식 때　　　　어머니 73세 때

아요.” 하며 안심시켜 드렸다.

2005년 5월 25일 (음력 4월 18일, 지장재일), 아침에 문경제일병원에서 어머니는 74세로 숨을 거두셨다. 우리 5남매가 지켜보는 가운데…….

지금도 어제 일어난 일처럼 느껴진다. 지리산 밑 하동군 옥종에서 태어나신 최정악 여사, 나의 어머니는 인내하며 남에게 모진 말 한 번 못하시는 분이었다. 20년이 지났음에도 그 당시 기억이 생생하게 영화 장면처럼 떠오른다. 그리고 가슴이 먹먹하도록 어머니의 슬프고 고단함이 함께 나의 가슴속에 배여 있다.

어머니는 늘, “다음 생에는 부잣집에 예쁜 딸로 태어나 공부 많이 하고 싶다.”고 말씀하시곤 했다. 어머니의 소원대로 다시 태어나셨을 것이라 믿는다.

어머니, 사랑합니다. 고마웠습니다.

2

나의 탄생 이야기

엄마의 간절한 염원은 예쁜 딸 하나 점지해 달라는 것이었다. 오랫동안 지극정성 기도 끝에 태몽을 꾸었다. 엄마는 복숭아밭에서 크고 먹음직스러운 복숭아를 따시고 나를 임신하셨다.

임신 7개월쯤 되었을 때 뱃속에서 또드락 딱, 또드락 딱, 하는 소리가 가끔씩 나서 걱정을 하시며 해산날을 기다리셨다.

1958년 처서가 막 지날 무렵 밤 10시가 넘었을 때, 심한 진통이 와서 아들 둘이 잠들어 있는 방에서 출산하셨다. 잠귀가 밝은 세 살 많은 오빠에게 출산준비물을 싸놓은 보따리에서 가위를 가져오라 하여, 엄마 스스로 탯줄을 자르셨다. 엄마는 곧바로 성별과 아기가 아무 이상 없는지 살펴보시고 엄마가 원하던 딸이 태어나서 흐뭇한 한숨을 내쉬었다고 하셨다. 그때 아버지는 동사무소에 밤마실을 가신 상태였다.

그렇게 나는 이 땅에 다시 태어났다. 경상북도 금릉군 어모면 도암 2구(구시리) 감미테 마을 공장 할머니의 기역자집에 세든 문간방에서.

내가 태어난 방은 정남향을 향해 있었고 오른쪽으로(서쪽)는 김천 8경에 들어가는 난함산(알을 품고 있는 산)이 있다. 난함산은 일출과 일몰을 다 볼 수 있는 산으로 유명하다. 정상에 옛날에는 군사기지가 있었는데 지금은 헬기장과 KT 이동통신 중계소가 있다. 왼쪽으로는(동쪽) 구미 금오산이 한눈에 들어온다. 금오산은 부처님이 누워있는 얼굴 형상이다. 넓은 이마, 눈, 입술, 목, 가슴이 뚜렷하

금오산 부처님 얼굴

난함산 왼쪽 막냇동생, 필자, 조카

내가 백일 때 엄마, 두 오빠

게 보인다. 나는 어릴 때부터 금오산을 보며 심호흡을 하곤 했었다. 지금도 여행 중에 큰 산이나 바위산을 보면 심호흡을 하는 습관이 있다. 그 후, 고단한 삶을 살면서 기도와 수행, 수련을 통해 내가 왜 이때 여자로 태어났음을 알게 되었다. 그리고 어떻게 살다가 어떻게 삶을 마감해야 하는지도 알 것 같았다. 그래서 나는 오늘도 내 앞에 놓인 삶을 부지런히 살아가고 있다.

내 인생의 첫 기억

내 인생의 첫 장면은 큰동생이 태어났던 그 날, 네 살의 한여름 무더위 속에서 시작된다. 엄마를 따라 집에서 약 500m 떨어진 너붕골(산을 개간한 밭) 열무밭에서 돌아오던 길이다.

엄마는 불룩하게 부른 배로 열무 광주리를 머리에 이고, 나를 앞장세워 논둑길을 걸어갔다. 나는 논둑에 피어 있던 강아지풀을 뽑아 흔들며 콧노래를 흥얼거렸다. 하늘은 맑고 파랬고 태양은 밝게 빛났다. 집이 가까워지자 방앗간에서 아버지가 보리방아를 찧는 탕, 탕, 탕, 소리가 들렸다. 누렁이(우리 집 강아지)가 우리를 보고 반가운 듯 꼬리를 흔들며 정신없이 뛰어왔다. 엄마는 마당에 들어서자마자 열무 광주리를 내려놓고, 방앗간 앞 작은 웅덩이에서 손을 씻고는 급히 안방으로 들어갔다. 나는 대청마루에 벌러덩 누워서 천장 서까래를 세며 발을 올렸다 내렸다 하며 놀고 있는데, 방아를 찧으러 오신 영근 할머니가 급하게 안방으로 들어가셨다. 잠시 후, "응애" 하는 아기 울음소리가 들렸다. 드디어 첫 남동생이 태어난 것이다. 그날은 나의 세 번째 생일날이었다. 그렇게 동생과 내 생일이 같은 날이 되었다.

　지금 생각해 보면, 엄마는 곧 아기가 태어날 것을 아시면서도 밭에 가서 열무를 뽑아 김치까지 담아놓으려고 하셨던 것이다. 산기가 있었을 엄마는 아장거리며 콧노래를 흥얼거리는 네 살배기 나를 데리고 얼마나 속이 타셨을까 싶다. 하여튼 강아지풀을 흔들며 논둑을 걷던 네 살 때의 내 모습은 한 폭의 가장 오래된 그림 같은 추억으로 남아 있다.

　그리고 다섯 살 때, 너무나 서운했던 사건이 떠오른다. 그때 동생은 뭘 잡고 일어서려다 주저앉기를 반복하며 겨우 서던 때였다. 친척 오빠와 아버지는 여름에 부업으로 '게다(나무 슬리퍼)'를 만들어 팔았는데, 게다는 크기와 남녀별로 따로 만들었다. 나는 갓 대패질

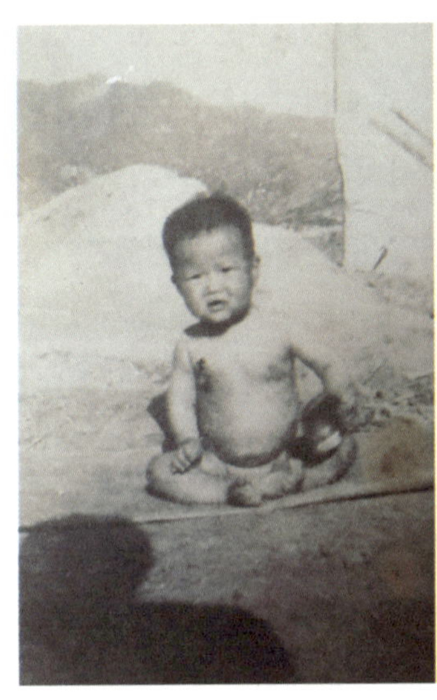

큰동생 첫 돌

초등학교 6학년 때 두 동생과 함께

42

한 게다의 나무 향기가 너무 좋아 코를 벌름거리며 냄새를 맡곤 했다. 마루에는 발에 맞추어 재단한 나무들이 수북하게 쌓여 있었는데, 특히 어린이용과 여자 게다는 노랗게 칠을 하여 매우 예뻤다.

어느 날 친척 오빠가 사진기를 가지고 와서 동생을 마당 무 구덩이 앞에 앉혀놓고 사진을 찍어 주었다. 나도 찍어 달라고 졸랐더니 오빠는 "아기 먼저 찍고 찍어 줄게"라고 하여 기다렸다. 그런데 끝내 필름이 없어서 못 찍어 준다고 하여 떼를 썼던 기억이 난다. 나중에 알게 되었는데, 그날이 동생의 돌 사진을 찍는 날이었다. 사실 나도 생일이었는데…….

내 다섯 살 생일날의 아쉬움은 지금도 남아 있는 큰동생의 돌사진과 함께 행복했던 한때의 추억으로 간직하고 있다.

큰댁의 귀염둥이

　내 다섯 살의 일과는 아침밥을 먹고 언덕길을 올라 큰집으로 가는 것이었다. 도중에 둘째 큰집을 힐끗 쳐다보고는 마을 꼭대기에 있는 큰집으로 향했다. 땀을 흘리며 큰집 마당에 도착하면 다리가 아팠다. 큰아버지는 마루에 걸터앉아서 곰방대에 담배를 피우시다가 "아유, 우리 종숙이 오는구나." 하시며 반겨주셨다. 큰아버지가 환하게 웃으시며 반겨주는 모습에 힘든 줄도 모르고 큰집에 놀러 갔었다. 큰아버지는 사흘이 멀다 하고 나를 안방 벽에 세워 놓고는 "오늘은 우리 종숙이가 얼마나 키가 컸는지 보자."라고 하시며 잘 써지지도 않는 몽당연필에 침을 묻혀서 벽에 줄을 그어 놓으셨다. 큰집 안방 벽에는 희미한 연필의 줄 계단이 그려졌다. 어느 날 새로운 계단이 하나 더 생기면 큰아버지는 큰 소리로 "우리 종숙이 키가 많이 컸구나." 하시며 좋아하셨다. 그리고 "종숙아, 저기 봐라" 하시며 손가락으로 먼 곳을 가리키셨다. 내가 두리번거리면 큰아버지는 얼른 곰방대를 힘껏 빨아 당겨서 입안 가득 담배 연기를 머금고 나의 머리카락 속으로 뿜어내셨다.

　"큰일 났다! 종숙이 머리에 불이 났다."라고 하시며 소리를 치셨다. 나는 깜짝 놀라 머리카락을 손으로 흔들어 털며 호들갑을 떨었다. 큰아버지는 그런 나의 모습이 귀여워서 크게 웃으시곤 하셨다.

우리 아버지는 큰아버지의 막냇동생으로 나이 차이가 많이 난다. 아버지가 네 살 때, 할아버지가 돌아가시고 큰아버지는 가장이 되었다. 그래서 아버지는 큰어머니와 큰아버지를 부모처럼 따랐고, 그분들은 나를 유독 귀여워하셨다. 큰집 언니와 오빠들은 나와 나이 차이가 있어서 친구들과 놀 때도 나를 데리고 가서 놀아주곤 했다. 큰집 언니들이 배를 깔고 누워있으면, 나는 등에 올라타 말을 탄다며 엉덩이를 들썩거리며 언니의 윗도리를 잡고 앉았다 일어났다 하며 장난을 치곤 했다.

한번은 여섯 살 무렵, 햇살이 눈 부신 큰집 넓은 마당에 놀고 있는데 큰집 둘째 언니가 큰 함지박을 머리에 이고 사립문으로 들어왔다. 언니는 함지박을 무거운 듯이 마당에 내려놓았다. 그 안에는 못생긴 자주색 감자가 눈이 옴팍옴팍 들어간 채로 담겨 있었다. 언니는 바가지에 물을 떠서 감자를 문질러 흙을 씻어내고는 맨발로 함지박에 들어있는 감자를 밟았다. 발이 미끄러지며 이쪽저쪽 감자들이 도망가면 언니의 발은 몇 차례나 감자들을 쫓아 감자 껍질을 벗겼다. 언니는 반이나 닳아빠진 숟가락을 가져와서 감자의 움푹 들어간 눈을 파내고 깨끗해진 감자를 마당에 걸어 놓은 양은 솥에 넣고 불을 땠다. 김이 나면 한참 뜸을 들인 후에 감자를 바가지에 담아서 내가 앉아 있는 마루로 와서는 먹자고 했다. 아까 본 감자 모양이 달라져 있었다. 입안에서는 침이 넘어가고 얼른 먹고 싶었지만 김이 모락모락 나서 뜨거울 것 같아 물끄러미 바라보고만 있었다. 언니는 "뜨거우니까 호호 불며 먹어라."라고 말하며 감자에 젓가락을 꾹 찔러서 내 입에 대주었다.

큰아버지와 도장의 기억도 생각난다. 초등학교 3학년, 아버지가 흰 종이에 도장 찍는 것을 보았다. 빨간 인주에 꾹 눌러 종이에 찍으면 예쁜 무늬가 나오는 것을 보고 나도 도장 하나 새겨 달라고 아버지에게 졸랐다. 아버지가 큰아버지께서 새겨주셨다는 말씀을 하시자, 단숨에 큰집으로 올라가 큰아버지에게 도장 하나 새겨 달라고 졸랐다. 큰아버지는

"도장 나무가 필요한데"라며 혼잣말을 하셨다. 나는 부리나케 부엌으로 들어가 청솔가지를 하나 꺾어 큰아버지에게 내밀었다. 큰아버지는 어이없는 얼굴로 나를 보시며

"그렇게 도장이 갖고 싶으면, 너희 아버지가 잘 쓰지 않는 도장 하나 가져오거라."라고 하셨다. 그 길로 집으로 달려와서 아버지가 주신 나무 도장 하나를 큰아버지께 드렸다. 큰아버지는 도장의 뒤를 갈고 닦더니 뒤쪽에 나의 이름을 새겨주셨다. 그렇게 나는 한쪽은 아버지 이름, 다른 한쪽은 내 이름을 새겨진 도장을 갖게 되었다. 나는 도장에 빨간 인주를 묻혀 종이만 보면 나의 이름을 마구 찍고 다녔다. 손재주가 좋으셨던 큰아버지가 나에게 주신 가장 아름다운 선물이었다. 지금은 잃어버린 도장이지만…….

내가 제사나 명절 때에 큰집에 가면 큰어머니는 맛난 음식을 차려 놓고 조기나 김 등을 내 앞에 갖다 놓으셨다. 둘째 큰집 사촌들이 내

앞의 조기에 손을 뻗으면 "그것 종숙
이 먹게 놔두어라. 종숙이는 다른 거
안 먹으니까 그것이라도 먹게" 하시
며 나를 챙기셨다. 또 내가 밤을 잘
먹는다며 아껴 두었다가 몰래 주시
곤 하셨다.

중학생 즈음, 큰집 안방 벽이 깨끗
해져 있었다. 내 어릴 적엔 큰아버
지의 담배 연기의 진으로 벽이 꼬질
꼬질하고 지저분했는데 큰집 안방이

큰아버지 회갑 때

확 달라져 있었다. 얼른 내 키 재던 곳을 찾아보았다. 나의 다섯 살
적부터 희미한 연필의 키 계단은 흔적 없이 사라져버렸다. 순간 서
운한 생각이 들었지만 하얗게 도배한 벽이 깔끔해 보여 나름대로 참
을 만했다.

내가 고등학교 2학년 때, 큰아버지가 65세에 돌아가셨다. 난생처
음 큰 슬픔을 느꼈다. 그렇게 예뻐해 주시고 자상하게 대해 주시던
큰아버지를 다시는 못 본다는 것이 너무나 슬펐다. 나이 들어 학교
에 다니느라고 자주 큰아버지를 못 뵌 것이 매우 죄송했다. 한 번도
병문안도 가지 못했는데 갑자기 돌아가셨다는 것이 믿기지 않았다.
고아가 된 느낌마저 들었다.

요즘도 큰집 오빠들은 예순이 넘은 나에게 "너는 우리 집에서 다
키웠어."라고 하시며 어린 동생처럼 예뻐해 주신다. 그때마다 오빠

들의 얼굴에서 큰아버지의 얼굴을 보곤 한다. 그래서 나는 큰집 오빠, 언니들이 친오빠나 다른 사촌보다 좋고 편안하다. 큰아버지의 웃음 띤 모습이 지금도 가끔 떠오른다. 그리고 어쩌다 큰아버지 꿈을 꾸고 나면, 기분이 좋다.

이 글을 쓰면서 알아차린 것이 있다. 내가 평소에 어르신들을 좋아하며 잘 챙기는 것은 아마도 큰아버지와 큰어머니에게 받은 따뜻한 사랑 덕분일 것이다. 그분들이 어르신들에게 가깝게 다가갈 수 있는 마음이 들게 해주신 것 같다. 네 명의 남자 형제들뿐인 나의 어린 시절을 삭막하게만 보낼 뻔했는데, 조건 없는 사랑을 주신 큰집의 큰아버지, 큰어머니 그리고 언니, 오빠들을 생각하면 입꼬리가 올라간다. 지금에야 큰집에서 보낸 어린 날의 아름다운 추억과 행복한 시절은 하늘이 주신 가장 값진 선물이었음을 알게 되었다.

왼쪽부터 아버지, 엄마, 큰어머니. 26세 필자

제주도 용두암과 만장굴, 여행사 가이드할 때

5

오빠들의 장난감

초등학교 가기 전, 나는 큰오빠와 둘째 오빠의 장난감이었다. 특히 엄마가 집을 비우시면 두 오빠는 나를 괴롭혔다. 그래서 엄마가 집을 비우면 더욱 큰집을 찾아갔다. 김천 장날이면 엄마는 동생을 업고 오빠들에게 "동생 잘 보고 있으라." 하시고, 나에게는 "오빠들하고 잘 놀고 있어~." 하시며 장에 가셨다. 내가 마루에 누워서 뒹굴 그리며 천정의 서까래를 세면서 놀고 있으면 두 오빠는 그네를 태워 준다고 말을 건네고는 아기를 업는 긴 천을 가지고 와서 나에게 그 천위에 누우라고 했다. 시키는 대로 내가 다리를 뻗고 천 중앙에 누우면 큰오빠는 내 다리 쪽 천을 잡고, 둘째 오빠는 내 머리 위의 천을 들어 올렸다. 공중에 떠오르자 나는 겁이 나서 "내릴래!" 하며 사정했지만, 장난기 많은 오빠들은 내려 주지 않고 이리저리 흔들기 시작했다. 울면서 애원했지만 오빠들은 들은 체도 하지 않고 더욱 신이 나서 흔들다가 마루에 탁 놓았다가 다시 들어 흔들기를 반복했다. 어지럽고 겁이 나서 크게 울었지만, 오빠들은 그래도 한참을 그렇게 놀았다. 나는 아예 제정신이 아니었다. 바지에는 겁에 질려 싼

똥이 뭉개져 있었다. 힘이 없는 것이 억울하고 똥 싼 것도 부끄럽고 하여 소리 내며 울었다.

우리 집 마루 위에서는 둘째 큰집이 멀리 마주 보인다. 내가 고래 고래 소리를 지르며 계속 우니까 둘째 큰엄마가 건너다보시며 큰소리로 "저놈의 새끼들이 아이를 잡는구나." 하시며 호통을 치셨다. 나는 엄마가 빨리 오시기를 얼마나 기다렸는지 모른다. 엄마는 점심이 지나서야 부랴부랴 집으로 돌아오셨다. 머리에는 장 보따리를 이고 등에는 동생을 업고 땀을 뻘뻘 흘리고 계셨다. 엄마를 본 나는 더욱 서러워 가슴을 들썩이며 오빠들의 만행을 일러바쳤다. 엄마는 내 꼴을 보시고 몽땅 빗자루로 오빠들을 흠씬 두들기며 "그렇게 동생 잘 보라고 했더니 애를 이 꼴로 만들어 놔?" 하시며 크게 화를 내셨다. 오빠들이 맞는 것을 보고서야 내 마음은 풀렸고 고소했다.

평화로운 몇 년이 지난 어느 날, 엄마가 오빠들과 나에게 잘 놀고 있으라고 당부하시며 막냇동생만 업고 외출을 하셨다. 잠시 후 둘째 오빠가 '돼지 잡기 놀이'를 하자고 했다. 그런데 누가 돼지가 되느냐가 문제였다. 큰동생을 돼지로 하자고 했지만, 동생은 싫다고 큰 눈을 굴리며 구석으로 숨었다. 오빠들은 "쟤는 너무 어려서 안 돼," 하며 나를 돼지로 지목했다.

내 머릿속에는 돼지 잡을 때의 모습이 떠오르면서 덜컥 겁이 났다. 우리 집은 작은 정미소도 하고 돼지를 몇 마리씩 키웠다. 그래서 명절이나 동네 큰 잔치가 있을 때면 우리 집에서 돼지를 가끔 잡았다. 어른들은 돼지 잡을 때, 우리가 보지 못하도록 다른 집으로 보내든가 방에서 못 나오게 했다. 돼지가 꽥꽥 소리를 내면, 우리는 손가락에 침을 묻혀 창호지 문에 구멍을 내, 몰래 보곤 했다. 어른들 등 뒤로 그 장면이 잘 보이지는 않았지만 보는 재미가 있어 서로 보려고 잡아당기곤 했다. 나중에 문에 난 구멍 때문에 들통이 나서 서로 하지 않았다고 오리발을 내밀다가 다 같이 꾸중을 들었다.

나는 놀이보다 돼지가 되어야 한다는 걱정이 앞섰다. 꾀돌이 둘째 오빠는 내가 무엇을 걱정하는지 알고는 우리가 살살 할 테니까, 걱정하지 말란다. 그 말을 철석같이 믿고 돼지가 되었다. 오빠들은 아이 업는 긴 천을 가지고 와서 나를 눕혔다. 그네의 기억이 되살아나서 그만 일어나고 싶었지만, 이미 오빠는 돼지를 묶는다고 천으로 나를 돌돌 말아갔다. 어느새 두 오빠는 작대기에 나를 걸어 어깨에 멨다. 나는 매달려서 꽥꽥 돼지 울음을 울어야 했다. 오빠들은 나를 메고 방을 왔다 갔다 하면서, "이놈의 돼지가 왜 이리 시끄럽냐!"라고 하며, 이제 돼지를 잡아야겠다면서 땅에 내려놓았다. 운이 좋아 장난은 여기서 끝났다.

나는 어릴 때 또래보다 유난히 키가 작고 덩치가 왜소했다. 그래서 엄마가 집을 비우면, 오빠들은 자주 나의 자존심을 건드렸다. 오빠들은 남동생과 씨름을 시키고 내가 안 하려고 하면, "에이, 동생에게 지니까 안 하려고 하지?" 하며 약을 올렸다. 덩치가 큰 동생은 형들의 부추김에 씨름을 하겠다고 나섰다. 씨름하면 내가 동생에게 진다는 것을 알고 있었지만, 안 할 수도 없어 둘이 붙으면 나는 깡으로 동생에게 겁을 주었다. 나는 동생의 머리와 맞닿을 때, 귓속말로

"너, 오빠들 없을 때 나한테 혼날 줄 알아."라고 하면 동생이 져주곤 했다. 그러나 어떤 날은 오빠들의 응원 소리에 기가 산 동생은 나를 넘어뜨리곤 했다. 오빠들은 동생에게 졌다면서 약을 올렸다. 나는 분함에 동생을 째려보며 나중에 두고 보자며 눈을 흘기곤 했다.

하루는 큰동생과 단둘이 집을 보게 되었다. 처음에는 다투지 않고 놀았지만, 동생이 나를 무시하며 말을 듣지 않자 씨름에 이겨서 나를 우습게 보는 것이라 생각했다. 동생을 편들어 주는 사람들이 없을 때 혼을 내주어야겠다며 주먹으로 코를 한 방 때렸다. 동생이 덤비려고 하자 코피가 주르륵 흘렀다. 동생은 피를 보자 그만 앙앙 울기 시작했다. 더럭 겁이 났다. 얼른 방에 들어가 낡은 속내의를 가지고 와서 코피를 닦고 고개를 치켜들어 피를 멈추도록 했다. 코피가 나는 것을 자주 보아 왔기 때문에 응급 처리를 곧잘 한 것이다. 우는 동생을 겨우 달래며 엄마에게 고자질하지 않으면 엿을 사준다고 했다. 동생은 울음을 멈추고 고개를 끄덕였다. 그런데 문제는 피 묻은 속옷을 어디다 감추어야 하는 거였다. 우리는 고심 끝에 마루 밑에 숨기기로 했다. 마침 엿장수의 가위 소리가 나자 낡은 고무신 짝을 들고 달려나가 엿과 바꾸어 왔다. 남자 어른의 손가락 길이의 엿을 들고 오면서 나도 먹고 싶었지만, 동생에게 다 주었다. 동생은 맛있다고 혼자 다 먹고 흡족해했다. 얼마 후 엄마가 아기를 업고 들어오셨다. 동생은 엄마에게 쪼르륵 달려가 치마폭에 안기며 누나가 때려서 코피가 났는데, 피 묻은 것을 마루 밑에 숨겼다고 일러바쳤다. 동생의 배신감에 당황해하며 엄마에게 야단을 맞았던 기억이 난다. 그 시절 화가 났던 기억이 지금은 웃음이 난다.

형제 중 누군가가 껌을 씹다가 몰래 벽에 붙여 놓고 잠을 자면, 붙이는 장소를 보지 않는 척하면서 보는 사람이 있었다. 아침에 껌을 찾다가 학교 가느라 바빠서 못 찾을 때가 있었다. 껌을 차지한 사람은 하굣길에 산을 넘어오면서 송진을 따서 씹던 껌에 보태어 함께 씹었다. 당시 껌의 질이 좋지 않아서 씹다 보면 목구멍으로 조금씩 넘어가고 얼마 남지 않았다.

하루는 둘째 오빠와 내가 서로 벽의 껌을 차지하기 위하여 쟁탈전을, 벌렸다. 둘 다 송진을 따와 벽에 붙어 있는 껌을 찾기 시작했다. 벽도 거무튀튀하고 씹던 껌이 잘 보이지 않았다. 그렇게 한참을 찾던 중 "찾았다!"라고 소리를 지른 오빠는 벽에서 껌을 떼어 입속으로 날름 집어넣었다. 나는 분하고 아쉬워서 나 조금만 떼어 달라고 사정을 했지만, 오빠는 약을 올리기만 했다. 오빠가 너무 미워서 소리를 내며 울었다. 밖에 계시던 아버지가 또 애를 울린다며 방으로 뛰어 들어오셨다. 아버지는 오빠의 뒷덜미를 잡아끌고 나가서 희열이네 집 앞 개울물에 오빠를 밀어 물에 빠뜨리며 "종숙이에게 껌을 주면 나오게 해주겠다."라고 하시자 오빠는 입에서 시커먼 껌을 꺼내어 아버지에게 건넸고, 나는 얼른 껌을 받아 씹고는 좋다고 방방 뛰었다. 나는 어릴 적부터 오빠들이나 아버지 앞에서도 별로 무섭지 않았다. 내 뜻대로 안 되면 떼를 쓰고 고집을 부렸다. 고명딸이라고 엄마 아버지가 예쁘게 봐주어서 그랬는지는 몰라도, 오빠들은 나를 더 놀리고 약을 올렸다.

시간이 흐르며 어릴 적 나의 모습과 성격을 돌아보게 되었다. 누구에게도 지기 싫어한 나의 성격은 때로는 삶을 더 고단하게 만들었다. 그런 성격 때문에 다른 사람들의 공격 대상이 되기도 했다. 그러나 이런 경험들은 나를 성장하게 했다. 스스로 돌아보며 기도하는 습관을 갖게 된 것이 지금의 나를 만들어주었다는 것을 깨닫는다.

6

어린 시절 간식

소금 쌀의 기억

1963년 여섯 살 무렵이다. 나는 어릴 때 딱딱한 것을 씹을 수 있게 되자 생쌀을 즐겨 먹었다. 가을철이 되면 동네 사람들이 나락을 찧으러 우리 방앗간에 몰려왔다. 나는 갓 찧은 쌀가마니에 작은 손을 슬쩍 집어넣어 뜨끈한 쌀을 만지작거렸다. 손바닥은 갓 찧은 쌀의 훈기로 따뜻해서 기분이 좋았다. 마당 옆 방앗간에 들릴 때마다 쌀 한 줌을 집어 주머니에 슬며시 넣고, 그 길로 정지간(부엌)으로 향했다. 부뚜막 구석의 소금 항아리에서 소금 한꼬집을 집어서 쌀이 든 주머니에 넣고 손으로 뒤적거렸다. 간이 밴 쌀을 엄지, 검지 중지 세 개로 집어서 입안에 털어 넣고 오물오물 씹으며 집을 나섰다. 고소하고 짭짤한 맛이 온 입안에 침을 고이게 했다. 콧노래를 부르며 동네 한 바퀴 도는 것이 나의 작은 행복이었다.

"너 뭘 그렇게 먹고 있냐?"는 엄마의 물음에 나는 깜짝 놀라 시치미를 떼며 대답 대신 도망쳐버렸다. 이후로 사람들에게 들키지 않으려고 입을 꼭 다물고 혼자 있을 때만 쌀을 씹곤 했다. 혼자 걸어서 큰집에 가는 것도, 혼자 있는 것도 좋았다. 그렇게 가을 내내 두근두근 생쌀 서리는 계속되었다. 하루는 엄마가 부르시더니 "네 옷을 빠는데 주머니에서 소금 섞인 쌀이 나오던데, 너 생쌀 먹고 다니냐? 근데 왜 소금을 넣고 먹어? 누가 가르쳐 줬어? 생쌀 먹으면 엄마가 일찍 죽는대. 너, 엄마 일찍 죽어도 좋아?"라고 하셨다. 나는 고개를 흔들며 시무룩해졌다. 그날 이후, 엄마가 죽는다는 말이 너무 무서워 그 맛있는 생쌀 먹기를 그만두었다.

땡감의 기억

1966년, 아홉 살 때의 일이다. 우리 마을 감미테에 감꽃이 피면 집집마다 감꽃으로 온 동네가 환했다. 우리 동네는 산비탈 밑에 감나무가 드문드문 있는 곳에 남쪽을 향해 16가구가 나란히 자리 잡고 있었다. 아마 감나무 밑에 있는 마을이라고, '감미테'라는 이름이 붙었나 보다. 하지만 우리 집엔 과일나무는커녕 감나무 한 그루도 없었다.

감꽃이 한창 떨어질 때, 나는 감꽃을 줍기 위해 아침 일찍 집을 나섰다. 정애네 집 앞을 지나 모퉁이를 돌면 왼쪽은 친척인 정숙이가 할머니와 함께 살던 공장 집이 있었다. 그 집은 우리 가족이 김천 시내에서 처음 들어와 세 들어 살던 기역자집인데 내가 태어난 곳이기

도 하다. 그 오른쪽으로는 개울물이 졸졸 흐르는 길을 따라가면 삼
거리가 나온다. 오른쪽 언덕길을 올라가면 큰집이 있는 윗마을 구시
리이다, 곧장 내려가면 아랫동네 도암 1구로 가는 길이다. 왼쪽에는
친구 희열이네 대문이 있고, 대문 앞에는 감미테 사람들이 물을 길
어 먹던 두레박 우물이 있었다. 감미테 아이들이 우물가 앞에서 모
여 삼거리에서 구슬치기, 막대 치기, 공기놀이, 고무줄놀이하며 뛰
어놀던 넓은 공간이기도 했다. 우물 안쪽으로 호경이네 집과 희열이
네 집과 나란히 있는 셈이다. 호경이네는 우리 아버지 외가댁의 5촌
조카네로 대문 밖과 마당에 감꽃이 많이 떨어져 있었다. 늦게 가면
윗마을 아이들이 다 주워 가기 때문에 늦잠을 잘 수가 없었다. 우리
꼬맹이들은 감꽃을 주워 실로 꿰어 목걸이를 하고 다녔다. 그러다가
비들비들 감꽃이 시들어 마르면 하나씩 따 먹었다. 갓 주웠을 때는
떫은맛이지만, 반 정도 꽃이 마르면 달콤하게 맛이 있어 나에게는
훌륭한 간식이었다. 많이 줍는 날은 감꽃 빵을 쪄먹기도 했다.

　추석이 가까워지면 감이 많이 자라서 어린 나의 주먹만큼 커진다.
세찬 바람이 부는 날 아침에는 감나무 가지가 부러져서 아직 덜 익은
파란 땡감이 떨어져 있기도 했다. 나는 일찍 호경이네 집으로 감을
주우러 갔다. 아이들도 미리 와서 줍고 있었다. 떨어진 땡감을 주워
바지 주머니에 넣었다. 가장 먹음직스러운 감을 바지에 쓱쓱 문지르
고 손으로 닦아서 한입 베어 물고는 얼른 주머니 속의 소금을 조금
집어서 입안으로 털어 넣고 함께 씹었다. 그러면 감의 떫은맛과 소
금의 짭짤한 맛이 어우러져 입안엔 단맛이 돌았다. 가끔 너무 많은

양의 감을 씹어 먹으면, 뻑뻑한 땡감이 목구멍에 걸려 넘어가지 않
아 숨을 못 쉬고 죽을 정도로 힘이 들기도 했다. 땡감을 먹다가 목이
막힐 때마다 이러다가 죽겠구나, 하면서도 나의 땡감 먹기는 멈추
지 않았다. 나중에는 요령이 생겨 목에 넘어가지 않을 때면, 감물만
삼키고 찌꺼기는 뱉어버리곤 했다. 호경이네는 감이 덜 익었을 때
는 주워도 뭐라고 하지 않았지만, 감이 다 익을 때면 대문을 닫아 주
워가지 못하게 했다. 나는 대문이 닫혀 있으면 대문 밖의 것만 주워
왔다. 하루는 호경이네 서너 살 먹은 막냇동생이 빨간 홍시를 먹는
것을 보고는 "한입만 줄래?"라고 했더니, "응."하며 작은 손을 내밀
었다. 크게 한입을 물었는데 아기 손을 살짝 깨물고 말았다. 아기가
울음을 터뜨리는 바람에 어쩔 줄 몰라 했던 기억이 아직도 난다.

7

정월 대보름의 기억

여섯 살 때의 기억이다. 마을에서는 정월 대보름이 되면, 아침 일찍 일어나 "딱" 소리를 내며 부럼을 깨물고 귀밝이술을 마셨다. 엄마는 곤하게 아침잠에 빠진 나를 흔들며 "종숙아!" 하고 불렀다. "응?" 하고 대답하면, "내 더위 다 사가라!" 하시며 한여름의 더위를 일찌감치 나에게 팔곤 하셨다. 그러면 엄마에게 속은 것이 억울해 나는 동생을 불러 다시 더위를 되팔다 보니 아침부터 집안은 분주하고 떠들썩해졌다.

정월 대보름날이 되면 동네 풍물꾼들이 집집마다 다니며 지신(地神) 밟기를 했다. 가정마다 한 해 동안 무탈하게 잘 살기를 기원하는 풍습이었다. 풍물꾼들은 마당을 한 바퀴 돌며 풍물을 치며 무슨 말을 주문처럼 중얼중얼하고, 또 뒤안길이나 뒷간을 돌며 같은 의식을 반복했다. 집주인들은 이들에게 맛있는 음식을 한 상 차려 대접했다. 우리 둘째 큰아버지는 징을 치며 맨 뒤에 따라다니셨다. '왜 둘째 큰아버지는 제일 무거운 징만 치며 맨 꼴찌에 따라다니실까?' 하

는 아쉬움이 늘 들었었다. 우리 또래 조무래기들은 풍물꾼 뒤를 졸
랑졸랑 따라다니며 어깨를 으쓱거리기도 하고 먹을 것도 얻어먹는
재미에 빠져 우르르 몰려다녔다.

　점심을 먹고 나면 아낙네들은 어른들이 계시지 않는 만만하고 편
한 집에 모여 장구를 두드리고 춤을 추며 2차 놀이를 시작했다. 진순
이네 집에서 안방에 술상을 차려놓고 엄마들이 돌아가며 춤을 추던
장면이 지금도 생생하다. 아낙네들이 긴 치마를 돌려 끈으로 허리를
동여매고 버선발로 방을 오가며 춤을 추는 모습은 그렇게 흥겹고 활
기차 보였다. 그러나 어린 나로선 춤추는 엄마가 부끄러워서 치맛자
락을 끌어당기며 못 추게 하느라 애를 썼지만, 흥에 겨운 엄마는 아
랑곳하지 않고 좌중을 돌며 춤을 추었다. 아낙네들은 엄마의 모습에
박장대소하며 아무도 내 떼쓰는 모습을 신경 쓰지 않았다.

　정월 대보름이 지나면 어른들은 다시 농사일에 바빠진다. 그래서
인지 대보름날은 마지막 휴가처럼 있는 힘껏 마시고 즐겼던 것 같
다. 저녁 어둠이 내리고 보름달이 떠오르면, 남자 어른들과 아이들
은 쥐불놀이를 즐기고 동네 앞산과 뒷산에서 달집을 태웠다. 아이들
은 구멍을 낸 깡통에 줄을 길게 달아서 타던 나무 조각을 깡통에 넣
고 빙빙 돌리며 놀곤 했다. 마른 나무와 소나무 가지에 불을 붙여 타
오르는 달집은 온 마을을 환하게 밝혔다. 연기가 바람을 타고 뭉게
구름처럼 피어오르면 마을 사람들은 한 해 농사가 잘될 것이라 믿었
다. 아낙네들과 할머니들은 장독대에 정한수를 떠 놓고 보름달을 바
라보며 손바닥을 비비며 한해의 안녕을 기원했다. 아이들도 따라서

소원을 빌었다.

요즈음 우리들의 아름다운 민속 풍습이 점점 사라지고 있다. 나는 내 어릴 적 엄마처럼 우리 아들, 딸이 대학생일 때까지 정월 대보름 풍습을 지키려 노력했다. 귀밝이술과 부럼 깨물기, 더위팔기를 하고, 오곡 찰밥과 몇 가지, 나물로 아침상을 차렸다. 그렇게라도 애들에게 우리나라의 아름다운 전통을 보여주고 싶었다. 그러나 이제는 아이들이 다 자라서 따로 살고 있어, 그 풍습도 정말 추억 속에 간직하게 되었다.

2021년 2월 26일

정월 대보름날 보름달을 보며

8

속눈썹이 긴 아기

설 명절이 지나고 겨울바람이 매섭게 불던 일곱 살 때였다. 저녁을 먹고 어둑해질 무렵, 엄마는 두 오빠와 나 그리고 큰동생을 공장 할머니 댁에 가 있으라고 하시며 우리를 서둘러 보내셨다. 한참 후에 돌아오니, 방안에는 낯선 아기가 포대기에 돌돌 쌓인 채 아랫목에 누워있었다. 바로 우리 집 막내 남동생이 태어난 것이었다.

이튿날 아침, 아버지가 바둑이가 마루 밑에 새끼를 낳았다고 하셨다. 우리는 마루 밑을 들여다보며 바둑이의 새끼들을 신기한 듯 바라보았다. 하지만 어른들은 갓난아기와 강아지가 같은 날 태어나면 아이에게 좋지 않다고 걱정스러워하셨다. 그 후로 우리는 단칸방에서 아기를 다치게 할까 봐 더욱 조심해야 했고, 한동안 방 안에서는 장난도 못 치게 되었다. 사실 집에는 건넛방이 하나 더 있었지만, 땔감이 부족해 그 방은 늘 차가웠고 창고처럼 쓰고 있었다.

동생을 돌보는 일은 열 살인 둘째 오빠의 몫이었다. 키도 크고 힘도 좋았던 둘째 오빠는 엄마가 바쁘실 때마다 동생들을 업고 다녔다. 오빠의 러닝셔츠는 동생들을 업는데 닳아 등판이 군데군데 구멍이 나 있었다.

동네 삼거리 아래는 빈암에서 흘러내려 오는 개울물이 지나가면서 만들어낸 큰 웅덩이가 있었다. 삼거리 웅덩이 위의 길은 넓어서 감미테 아이들이 모여서 노는 장소였다. 그날도 오빠는 그곳에서 막냇동생을 업고 놀다가, 잠시 땅에 기어 다니게 내버려 두고 친구들과 구슬치기에 열중하고 있었다. 그때 갑자기 아이들이 손뼉을 치며 소리쳤다.

"아기가 헤엄친다! 와, 잘 친다!" 모두 웅덩이 쪽으로 뛰어갔다. 나는 뒤늦게 따라갔는데, 막냇동생이 웅덩이에서 허우적거리고 있었다. 놀란 오빠가 재빨리 뛰어들어 아기를 건져 올렸다. 아기의 배는 동산처럼 부풀어 있었고 얼굴은 하얗게 질려 있었다. 아이들 소란 소리에 희열이 엄마가 달려와서 아기를 엎드려 안고 등을 쓸어내리셨다. 아기가 물을 토해내며 숨을 쉬기 시작하자 희열이 엄마는 아기를 검정 치마폭에 감싸 안고 우리 집으로 데려가셨다. 나와 오빠는 걱정스러운 얼굴로 터벅터벅 따라갔다. 엄마는 아기를 받아 급히 방으로 들어가셨다.

그 후 막냇동생은 물에 빠질 때 놀라서 그런지 자주 경기를 일으켰다. 그럴 때마다 엄마는 막냇동생을 안고 정신없이 윗마을 손가락을 잘 따시는 할머니에게 달려갔다. 엄마는 그 할머니 아니었으면 우리 막내는 살리지 못했을 것이라며, 감사의 뜻으로 달걀이며 쌀, 보리쌀 등을 가져다드렸다.

막냇동생은 피부가 하얗고 눈이 크며 쌍꺼풀이 짙게 생겼다. 무엇보다 속눈썹이 길어서 어릴 적에 여자아이처럼 예뻤다. 아기가 앉을 만큼 자랐을 때, 우리는 아기 속눈썹 위에 성냥개비를 올려놓고 손뼉을 치며 좋아하면 동생은 눈 하나 깜빡이지 않고 가만히 앉아 있었다. 순하고 조용했던 막냇동생은 집안에서는 일곱 살짜리 나도 돌볼 수가 있었다.

9

큰 애기가
작은 애기를 업고

모심기가 한창인 시기였다. 엄마는 막냇동생에게 젖을 먹여 재운 뒤 나에게 맡기며 "잘 보고 있어라, 장애네 모내기 좀 도와주고 올게." 하셨다. 오빠들은 학교에 가고, 나는 아직 입학 전인 일곱 살이었다. 동생이 잘 때는 편안하게 혼자 잘 놀고 있었다. 그런데 갑자기 하늘에서 우르릉 쾅쾅 천둥소리가 울리자 동생이 놀라 깨어 울기 시작했다. 나는 어쩔 줄 몰라 발만 동동 구르다 아기를 업기로 했다. 평소에 엄마가 가르쳐 준 대로 해보려 했지만 혼자서는 쉽지 않았다. 아기는 울음을 멈추지 않고 내 등에 매달리려고 애썼다. 나도 있는 힘을 다해 아기를 겨우 등에 업었다. 긴 천으로 아기의 엉덩이와 나의 허리를 몇 번을 감아 돌리고 단단히 매듭을 묶었다. 마루에서 툇돌로 내려갈 때는 혹시 넘어질까 조심조심 뒤로 기어 내려갔다. 비는 여전히 퍼붓고 있었고, 툇돌에서 왔다 갔다 하는데 아기는 내 등이 불편한지 계속 울어댔다. 달랠 방법이 없어 결국 비를 맞으며 엄마를 찾아 나섰다. 담 모퉁이를 막 지나려니까 정애 엄마가 비를 맞으며 걸어오셨다. "아유 어떡하니! 아기가 비 맞으면 큰일 나!"

하시며 담벼락에 자란 큰 박 잎을 하나 꺾어 뒤집어 아기 머리 위에 씌워 주셨다.

"엄마는 조금 더 있어야 오실 텐데. 종숙아, 안 되겠다. 우리 집에 가서 우리 애들이랑 놀아라." 하셨다. 정애 엄마를 따라 집으로 갔다. 정애 엄마는 새참을 준비하시러 먼저 집에 오신 것이다.

며칠 뒤 여름의 한낮. 엄마는 막냇동생을 재운 뒤 나에게 당부하며 집을 나가셨다.

"나 잠깐 나갔다 올 테니 아기 깨는지 잘 봐라."

한참 후에 아기는 깨어났지만 기분이 좋은지 울지 않고 엉금엉금 방에서 기어 나와 마루에 앉아 놀았다. 잠시 후 아기는 얼굴에 힘을 주며 응가를 했다. 여름이라 아랫도리를 입지 않은 상태였다. 나는 순간 당황했다.

"엄마는 왜 이렇게 안 오시는 거야!"

그때, 아기는 자기가 싸놓은 응가를 손바닥으로 철썩철썩 두드리며 소리를 지르고 신나게 놀기 시작했다. 심지어 손가락으로 응가를 찍어 먹고는 얼굴을 찡그리며 오만상을 썼다. 나는 마루 기둥을 잡고 옆집 정애네 집을 향해서 큰소리치며 외쳤다.

"엄마, 아기가 똥 찍어 먹어요!" 잠시 후 엄마가 황급히 뛰어오시며

"아유, 우리 아기가 신이 났구나!" 하시며 아기를 번쩍 들어 엉덩이를 닦아주며

"워리, 워리~" 불렀다. 마당에서 놀던 바둑이가 잽싸게 뛰어와 마루 위의 응가를 다 핥아먹는 것을 보고 나는 속이 매스꺼웠다. 그날 알았다. 그래서 시골에서 키우는 개를 '똥개'라고 부르는구나.

10

육성회비

초등학교 2학년이던 1966년 늦가을 아침, 엄마에게 육성회비를 달라고 했더니 내가 어려서 잊어버릴까 봐 오빠에게 내 것까지 맡겼다고 하셨다. 순간 나는 화가 치밀었다. 엄마가 나를 못 믿고 오빠에게 맡긴 게 너무 속상하고 짜증이 났다.

"육성회비 주지 않으면 학교 안 갈 거예요."라며 울고불고 고집을 부렸더니, 아버지가 "그래, 학교 가지 마라."하시며 내 가방을 벗겨 마루에 던져버렸다. 그리고 나를 번쩍 들어 마당 귀퉁이에 있는 작은 웅덩이에 빠뜨렸다. 웅덩이는 배 높이까지 물이 찼다. 아버지는 악을 쓰며 우는 나에게 삼태기를 내 머리 위에 덮어버렸다. 나는 추워서 덜덜 떨면서 계속 울었다. 보다 못한 엄마는 "저러다가 애 잡겠네." 하시며 나를 웅덩이에서 건져 올려 안고는 안방으로 들어가 옷을 갈아입히고 이불을 덮어주셨다. 아랫목의 온기가 참 따뜻했다. 한참을 이불을 뒤집어쓰고 몸을 녹이고는 밖으로 나오니 따뜻한 햇살이 눈부시게 밝았다. 아버지는 초가지붕을 새로 덮어주기 위해 이엉을 엮고 계셨다.

"종숙아, 짚 좀 집어줄래?"

나는 아버지 옆 따뜻한 양지에 앉아서 짚을 한 움큼씩 아버지에게 내밀었다. 아버지는 웃으면서 "우리 종숙이가 알맞게 짚을 잘 주네." 하시며 나를 바라보셨다. 때마침 엿장수의 가위소리가 들리자, 아버지는 엿을 사 주셨다. 오빠들 없이 혼자 아버지의 관심을 받으며 엿을 먹는 것이 참 좋았다.

지금 생각해 보면, 나는 육성회비를 선생님께 자랑스럽게 드리고 칭찬받고 싶었던 것 같다. 파란 하늘 아래 호젓하게 어머니와 아버지를 독차지하고 관심을 받은 날이 하필 결석한 날이었다는 게 씁쓸하지만, 볏짚처럼 따뜻한 기억 속의 한 장면이다.

이엉 엮는데 짚 집어주기

11

밥하고 새끼 꼬고

초등학교 고학년 즈음, 나는 아버지에게 불평불만이 많았다. 엄마가 혼자 고생하는 것도 그렇고, 어린 내가 추운 날 정지간(부엌)에 들어가 청솔가지 연기에 눈이 따가워 눈물을 흘리며 밥을 짓는데도 누워서 나와 보지 않는 아버지가 정말 미웠다. 밥상을 들 힘이 없는 나는, 먼저 상을 마루에 올려놓고 반찬이나 그릇들을 한두 개씩 차례로 올렸다. 밥상이 다 차려지면 아버지는 상을 번쩍 들어 안방으로 들어가시며 엄마를 부르라고 하셨다. 우리 집은 늘 아버지의 밥상과 우리 식구들의 밥상, 두 개를 따로 차려야 했다.

우리 집에는 우물이 없어 정애네 집 마당을 지나 밭 귀퉁이에 있는 우물에서 쪼그리고 앉아 물을 바가지로 퍼서 길러왔다. 가끔 정애와 다툰 날에는 물을 길어오기가 유난히 속상했다. 물을 퍼서 담기는 해도 혼자는 들 수 없기에 큰동생과 함께 양동이 고리를 작대기에 끼워 중간에 걸고 왔다. 동생과 왼발, 오른발 발을 맞추지 못하거나 서로 다투어 마음이 맞지 않으면 물이 출렁이며 양동이 밖으로 넘쳐흘렀다. 옷은 젖어 물이 줄줄 흐르고 신발에 물이 들어가 철벅거렸다. 집에 도착하면 물이 반쯤 남아 있는 날이 많았다.

점심 먹고 나면 큰동생과 함께 물을 길어 정지간(부엌) 두멍에 물을 채워 놓았다. 그 물로 밥을 짓고 설거지도 하며 일상생활을 했다. 겨울방학에는 삼시 세끼 밥을 내가 지었다. 점심을 해 먹고 동생들과 얼음판에서 앉은 썰매를 타고 놀다가도 부랴부랴 집으로 와 설거지할 물을 데우고 저녁밥을 지었다. 전기가 들어오지 않기 때문에 어둡기 전에 얼른 밥을 지어 먹어야 했다. 저녁밥을 먹고 나면 아버지는 가마니를 짜기 위해 짚단을 추리고 물을 축여서 큰 나무로 만든 망치로 짚단을 돌 위에 놓고 두드렸다. 둘째 오빠는 낮에는 큰아버지가 만들어준 작은 지게를 지고 산에서 나무를 하고, 밤이면 아버지 앞에 앉아 짚단을 돌려주며 골고루 잘 두드릴 수 있도록 도왔다. 가끔은 나도 짚단을 돌렸다. 이렇게 준비된 지푸라기는 부드러워 새끼를 꼴 때 손바닥도 덜 아프고 가마니도 부드럽게 짜여 매끄럽고 보기가 좋아서 값을 제대로 받을 수 있었다. 나의 손바닥은 아직 어려 여물지 않았는데, 매일 밤 억센 지푸라기로 새끼를 꼬아서 몹시 아팠다. 손바닥은 빨갛게 닳아 터질 듯이 피부가 벗겨졌다. 엄마께 울면서 고통을 호소하면 3~4일간은 새끼 꼬는 일을 쉬게 해 주셨다. 그때면 둘째 오빠는 심술을 부리며 "가시나 저거 꾀병이야!"라고 핀잔을 주었다. 내가 새끼를 못 꼬면 오빠가 내 몫까지 꼬아야 하니 불만이었던 것이다. 엄마는 내 손바닥을 살피며 한숨을 쉬시곤 하셨다. 그렇게 수차례 아픔을 겪고 나면 손바닥엔 단단한 굳은살이 생겼다. 내 친구 희열이는 이미 손바닥에 굳은살이 배겨 아프지도 않고 새끼 꼬는 데 선수였다.

친구들은 저녁이면 짚 한 단씩 들고 희열이네 사랑방에 모여 새끼를 꼬았다. 새끼 꼬기 시합도 했는데, 언제나 희열이가 1등이고 나와 정애는 2~3등을 다퉜다. 집으로 돌아올 때는 새끼를 많이 꼰 것처럼 보이려고 무릎을 구부려 아주 얇게 새끼를 감아 마치 밀짚모자처럼 만들어 머리에 쓰고 돌아왔다. 집에 도착하면 엄마는 혼자서 희미한 등불을 가마니 기계에 걸어놓고 철커덕 철커덕 가마니를 짜고 계셨다. 큰오빠는 중학교를 졸업한 후 양복 기술을 배우러 서울로 가고, 둘째 오빠는 친구 집에 새끼를 꼬러 가서 아직 돌아오지 않았고, 아버지도 동사무소에서 굵은 새끼 꼬느라 집에 안 계셨다. 나는 호롱불이 켜진 안방으로 들어가 새근새근 잠든 두 동생 옆에 조심스레 누워 잠을 청하곤 했다.

엄마는 둘째 오빠와 내가 꼰 가는 새끼줄로 밤낮없이 가마니를 짜셨다. 아버지는 굵은 새끼를 큰 쇠바늘에 끼워 엄마가 짜놓은 가마니를 꿰매셨다. 그런 다음 지푸라기를 매끈하게 손질하고 김천 장에 내다 팔았다. 장에서 돌아오신 아버지는 우리에게 작은 용돈을 쥐어주시며, 열심히 새끼를 꼬라고 당부하셨다. 그리고는 다음에 더 많은 용돈을 주겠다는 희망 섞인 이야기를 덧붙이셨다. 하지만 나는 여전히 겨울방학이 싫었다. 새끼를 꼴 때마다 손바닥이 아픈 것도 싫고, 추운 아침마다 밥 짓는 것도 지긋지긋하고, 엄마가 추운 방에서 먼지를 마시며 가마니를 짜는 모습도 정말 싫었다.

초등학교 5학년 어느 겨울밤, 그날도 우리는 짚 한 단씩을 들고 희열이네 사랑방에 모여 새끼를 꼬고 배가 출출해지자, 마당에 묻어 놓은 무를 서리하기로 했다. 당시 마을 사람들은 집 마당의 양지바른 곳에 구덩이를 파고, 무를 저장해 겨우내 먹곤 했다. 우리는 한 집을 골라 조심히 구덩이를 찾아내고 팔을 구덩이 안으로 쑥 집어넣어 무를 꺼내고는 바람이 들지 않도록 구덩이를 꼭꼭 막았다. 허술하게 막아놓으면 무에 바람이 들어가 무를 하나도 먹지 못하게 되기 때문이다. 옛말에 "무 바람 든 것과 여자가 바람이 나면 쓸모가 없다."라는 말이 있듯이. 무를 몰래 꺼내는 중에 누군가 방귀를 '뽕~' 하고 뀌어 우리는 웃음을 참지 못했다. 웃음을 참다가 또 누가 방귀를 뀌자 키득키득 웃음소리를 내고 말았다. 그 순간, 안방 문이 열리면서 "누구냐?"라는 소리에 우리는 깜짝 놀라 사랑채로 줄행랑을 쳤던 기억이 아직도 생생하다. 가끔은 희열이가 고구마를 쪄 놓아서 시원한 동치미 국물과 무를 와작와작 씹으며 맛있는 겨울밤 간식을 먹곤 했다. 고구마를 자주 먹어서인지 어릴 때 방귀를 모두가 많이 뀌었다.

초등학교 시절에 하루 세끼 밥을 짓고 밤이면 새끼를 꼬던 일상이 참 고단했지만, 지금 돌이켜보면 그 나이에 그 모든 일을 해냈던 내가 대견하고, 스스로에게 칭찬해 주고 싶다.

어린 시절의 기억

그 시절 친구들은 주로 검정 고무신을 신고 다녔다. 검정 고무신은 튼튼하고 오래 신을 수 있었지만, 뒤꿈치만 닳아서 뛰어가다 보면 홀라당 벗겨질 때가 많았다. 엄마는 여자아이가 검정 고무신을 신으면 예쁘지 않다고 하시며 나비가 달린 하얀 고무신을 사주셨다. 나는 다른 아이들이 다 신는 검정 고무신을 신어보지 못해, 가끔 희열이와 바꿔 신기도 했었다. 희열이 신발은 닳아서 반질반질 미끄러워서 그 신발을 신고 뛰어다니질 못했다. 그런데도 희열이는 그런 신발 신고도 달리기를 하면 1등을 놓치지 않았다. 엄마는 가끔 내 흰 고무신을 깨끗이 닦아 주시면서 "흰 고무신은 깨끗해야 보기 좋아." 하시며, 자주 닦아 신으라고 하셨고 짚수세미로 신발 닦는 요령을 가르쳐 주셨다.

또 하가지 기억나는 것은, 겨울이면 동네 아이들 손등이 터져서 피가 나오기 일쑤였다. 하루 종일 흙을 만지고 더러워진 손을 찬물에 담갔다가 대충 씻고, 또 콧물이 나오면 손등으로 쓱 닦아 옷소매는 콧물이 말라 반질반질했다. 우리 남매들 손등이 터서 아프다고 하면 엄마는 방앗간에서 쓰는 구리스(기름)를 가져와서 손등에 발라 주셨다. 그리고 장갑을 끼고 자고 나면 손등이 부드러워서 며칠은 괜찮았다. 또 겨울밤이면 잠을 설치게 하는 불청객, 이(lice)가 등장했다. 하루 날을 잡아 밤에 온 식구들이 내복을 벗고 뒤집어 희미한 호롱불 앞에 둥글게 모여 앉아 이를 잡았다. 이를 다 잡은 뒤에는 방

문을 열고 나가 마루 끝에 서서 옷을 탈탈 털고 하얀 가루약(DDT)
을 내복 솔기에 뿌려 입고 자면 며칠은 가렵지 않고 꿀잠을 잘 수 있
었다. 지금 생각해 보면 구리스 화학 기름과 DDT를 연약한 아이들
피부에 바르고 입히던 것이 끔찍하지만, 그 당시엔 그것이 최선이었
다. 그래도 우리는 탈 없이 건강하게 잘 자랐다.

12

첫 생리 사건

1972년, 중학교 2학년 겨울방학이었다. 한밤중, 깔고 자던 요가 축축하게 젖어서 깜짝 놀라 일어나 불을 켰다. 내의가 다 젖어 있었고 요는 붉게 물들어 있었다. '이것이 월경이란 것이구나.' 가슴이 두근거렸다. 어떻게 이토록 모르고 잠을 잤을까 싶어 스스로가 한심하게 느껴졌고, 걱정이 태산 같았다. 뭘 어떻게 처리해야 할지 몰라 시렁 위의 옷 넣어 놓은 고리짝을 뒤졌다. 헌 내의가 하나 나왔다. 윗도리 내의 한쪽 팔을 부욱 찢어, 새 팬티와 새 내의로 갈아입고 찢어낸 천을 접어서 팬티 안에 넣었다. 요 껍데기를 벗겨서 젖은 내의를 둘둘 말아 윗목에 올려놓고 걱정을 했었다. '이 빨래를 어떻게 할까, 식구들이 알지 못하게 감쪽같이 해치워야 하는데….' 다행히 2년 전 집을 새로 지어, 내 방이 있었기에 식구들에게 들키지 않았다. 첫 생리치고 너무 많은 양이 나와 겁도 났다. 다른 아이들 이야기로는 조금 젖는 정도라 들었기 때문이다. 다음 날 엄마 눈치를 봐 가면서 몰래 빨래를 했다. 그런데 아침에 또 생리가 쏟아져 새롭게 다른 한쪽 팔의 천을 찢어 대고 젖은 것은 궁리하다가 통시 칸(변소)에 집어넣고 긴장대로 올라오지 못하게 눌러 가라앉혔다.

아침 식사 후, 아버지가 긴 똥바가지를 들고 통시 칸에 똥을 푸기 시작했다. 나는 걱정을 하며 집 모퉁이에 숨어서 보고 있었다. 아니나 다를까 아버지는

"아니 누가 통시 칸에 옷 쪼가리를 집어넣었어? 이것이 걸려 펼 수가 없네." 하며 소리를 쳤다. 나는 '통시 칸에도 못 버리고 이제 어디다 버려야 하나…' 하며 조마조마해졌다. 팬티 안에 끼워 넣은 옷 쪼가리는 또 다 젖어 있었다. 생리대를 어디에 버릴지 모르는 것이 가장 큰 고민이었다. 그때 마당 귀퉁이의 흙무덤이 눈에 들어왔다. 흙을 파고 그 안에 천을 묻은 뒤 발로 단단히 밟았다. 그런데 다음날, 아버지가 흙벽에 금 간 곳이 있다며 흙과 짚을 썰어서 짓이겨 반죽을 하였다. 흙이 모자라자 어제 내가 묻었던 흙무덤을 삽으로 파기 시작하셨다. 나는 또 가슴 졸이며 멀리 숨어서 지켜보았다. 피 묻은 천이 나오면 어쩌나 걱정하면서. 아니나 다를까, 몇 삽 뜨던 아버지가 "여보, 이것 뭐야, 피 묻은 천이 왜 여기 있어?" 엄마가 마당으로 나가시자, 나는 얼른 내 방으로 들어가 시치미를 떼고 앉아 있었다. 그날 오후, 엄마가 조용히 다가와 앉으시며 말씀하셨다.

"월경을 하면 엄마에게 이야기해야지. 혼자서 얼마나 힘들었니?"

나는 부끄러워 고개를 숙인 채 아무 말도 하지 못했다.

"내 잘못이다. 네가 아직 어려서 생각지도 못했다. 엄마는 열아홉 살에 처음 했거든." 하시며 엄마는 가재천을 한 묶음 가지고 오셔서 생리대로 접어 쓰라고 알려주시고, 내가 숨겨 놓은 빨랫감을 들고

나가셨다. 나의 걱정은 그제야 사라졌다. 그 후 생리대를 빨지 않아도 되니 편했다. 이틀 동안의 생리대와의 전쟁은 그렇게 끝이 났다. 그때의 나는 선머슴처럼 지내다가, 한밤중 갑자기 이런 일을 겪으니 정신이 하나도 없었다. 어릴 적부터 나는 도움을 요청하는 데 서툴렀던 것 같다. '내 일은 내가 해야 한다'는 마음으로 살았던 것 같다. 그리고 여자인 것이 항상 떳떳하지 못했고, 주눅 들고 조심스러워야 한다고 느꼈던 것 같다. 하지만 지금의 딸아이들은 생리가 시작되면 부끄러움 없이 당당하게 말을 한다. 우리 딸이 첫 생리를 했을 때 축하한다며 장미꽃을 사주었다.

13

여고시절

한일여자 고등학교

기차의 기적 소리에 용수철 튕기듯 벌떡 일어났다. 벌써 창호지 문이 훤하게 밝아왔다. "또 늦겠구나" 투덜거리며 밖으로 나가 쌀을 씻는다. 반찬 없이 맨밥을 먹어야 하니 아침부터 짜증이 밀려왔다. 반찬이 없어 도시락을 싸지 못한 날은 학교를 다녀와 아침의 투정을 잊고 간장과 고추장을 비벼 꿀떡꿀떡 먹었던 기억이 난다. 아! 군침 돈다. 자취생활은 참을 줄도, 이해할 줄도 알게 하고 살림의 맛도 알게 해주었다.

_ 여고 때 쓴 일기에서 발췌

중학교는 집에서 1.5km 거리였기에 20분이면 충분히 걸어갈 수 있었다. 하지만 한일여자고등학교는 김천시 교동에 자리 잡고 있었고 버스를 두 번 갈아타야 했다. 매일 지각이 이어졌고 결국 집에서 통학하는 건 불가능했다. 그래서 나는 김천 황금동에서 고추상회를 하는 사촌 큰언니 집에 머물며 고등학교에 다니고 있었다. 내가 한 살 때 사촌 언니는 결혼했는데, 형부는 나를 "꼬마 처제"라 부르며 귀여워하셨다. 내가 고등학교에 입학하자 형부는 의자에 앉아 공부하라며 호마이카(책상 외부를 유리처럼 코팅 처리를 하여 덧입힌 것) 큰 책상을 사다가 우리 집으로 보내주셨다. 당시 동네에서는 처음 보는 큰 책상이었다.

그 시절 언니 집에는 다섯 남매의 자녀로 항상 북적였다. 그렇게 사촌 언니 집에서 몇 개월을 머물면서 교동까지 걸어 다녔는데, 그마저도 너무 멀어 자취를 결심하게 되었다. 하루는 교실에서 내가 큰소리로 "내가 자취할 건데, 같이 할 사람?"이라고 말하자, 선산에서 통학하던 이이순이 "내가 할게!"라며 손을 번쩍 들었다. 그 친구 역시 교통편이 좋지 않아 통학에 어려움을 겪고 있었다. 당시 우리는 잘 알지 못했지만, 그 인연으로 3년을 함께 살았다. 2학년 때는 서로 반이 달랐고 어울리는 친구들도 달랐다. 우리는 의견 차이로 다툰 적은 있어도 크게 싸운 적은 없었다.

등굣길에 짙은 안개가 100m 앞도 보이지 않는 날이 가끔 있었다. 나는 그런 한 치 앞도 보이지 않는 막연한 세상이 좋았다. 건물의 높고 낮음도 가려진 채, 안개가 서서히 걷히며 드러나는 풍경은 마치 새로운 세상이 열리는 듯 아름다웠다. 함께 걷던 친구의 앞이마 머리카락에 방울방울 이슬이 맺혀, 마치 햇빛에 영롱한 구슬처럼 반짝이는 모습은 신선한 맛까지 느껴졌다. 서로 얼굴을 쳐다보며 감탄을 자아내며 걷다 보면 어느새 학교 정문에 다다랐다.

초가을 무렵부터 소매긴 하얀 춘추복을 입었다. 두 벌을 가지고 3년 동안 입어서 낡고 퇴색되었지만, 솜털처럼 가볍고 멋이 있어 나는 열심히 다려 입고 다녔다. 학교 가는 길엔 가냘픈 코스모스가 우리를 기다리듯 긴 목을 뽑아 들고 하늘거렸다. 고3 때엔 '이제 코스모스가 지고 씨앗이 무르익으면 나의 정든 학교를 떠나 세상에 나가겠지, 이 교복을 벗으면 세상에 나가겠구나.'라고 아쉬워하며 그 길을 걸었던 기억이 난다. 그 무렵 일기장에는 이렇게 적혀 있었다. '코스모스야 그대로 피어 있어 다오. 바람에 힘겨워 가냘프게 허우적거리는 네 모습이 마치 나의 마음과 어쩌면 그렇게 닮았니. 험악하고 시끄러운 세상에 나가면 백합 같은 내 마음은 어느새 나도 모르게 나쁜 물이 들겠지.'

나는 학교를 떠나기 싫었다. 교실에서 창밖을 바라보면 교문 옆 한일동산이 보였다. 사계절을 다르게 아름다운 옷으로 갈아입으면 어느새 황홀감에 빠지곤 했다. 가을이 되어 갈참나무의 옷이 고와질수록 마음은 더욱 어두워졌다. 곱던 동산의 옷이 가랑잎 되어 힘없이 나뒹굴 때면 쓸쓸해졌다. 본교의 마지막 단풍 계절을 가슴속 깊이 간직하고 싶었다.

나의 학창 시절도 막을 내릴 즈음, 담임 선생님의 권유로 우리 반 문집을 내기로 했다. 자취생 짝꿍 이이순의 편지 내용을 실어 본다.

‘너에게’

이제 너와 내가 한솥밥에 같은 이불속에서 생활할 날도 조금 후면 아쉬운 작별을 고해야 하겠지. 넌 항상 언니 같았고 난 너의 곁에서 늘 철없이 까불어대며 말괄량이 짓을 했었지. 하지만 너에게 영향을 받은 탓인지 요즘은 조금은 의젓해진 것 같은 느낌이 드는구나. 지난 너와의 3년 동안 맵고 짜고 달고 쓴 온갖 추억들 지금 가만히 생각하면 의미 없는 미소만 번져질 뿐……. 누구든 나를 잘 아는 사람들은 까탈스럽고 별나다고 해. 그런 나와 긴 3년을 같이 보냈다는 사실은 너의 이해와 관용이 형언할 수 없이 컸었다는 증거이겠지?

많이 다투기도 했지만 그게 다 추억이 되고 정말 재미있는 나날들이었어. 그동안 나의 성격도 많이 변한 것 같아. 여태까지의 나의 부진한 행동들 모두 너의 그 너그러운 맘으로 깨끗이 털어주길 바라겠어. 이제 모든 것을 조용히 마무리 짓고 그토록 모두가 갈망하던 사회에 진출해야 할 이 시점에서, 너에게 줄 것이라고 아무것도 없어. 마지막으로 오직 한마디 너에게 꼭 들려주고 싶은 말은

“강하고 굳세게 살아 주었음 해.”‘샘을 파려면 한 구멍을 파되 물이 솟을 때까지 파라.”라는 금언의 뼈다귀처럼 너의 지상 최대 목표를 향해 조금도 노력을 게을리하지 말고 열심히 뛰어주길 바랄 뿐이야. 사람의 인연이란 참 묘해. 알지 못하던 사람들과 만나게 되고 만나면 언젠가는 헤어져야 하며, 헤어지면 또 만나게 되고…….

그 무언가를 기다리는 삶의 연속에서 인연이란 수 없이 존재하는 것, 너와 내가 이렇게 만나게 된 것도 그 가운데의 묘한 인연일 것이며, 또

이렇게 아쉬운 작별을 고하게 되나 봐. 우리 떨어지더라도 오래도록 서로의 기억 속에 너와 나를 머물게 하자구나. 아쉬운 작별을……

안녕 오래도록

77. 11. 18

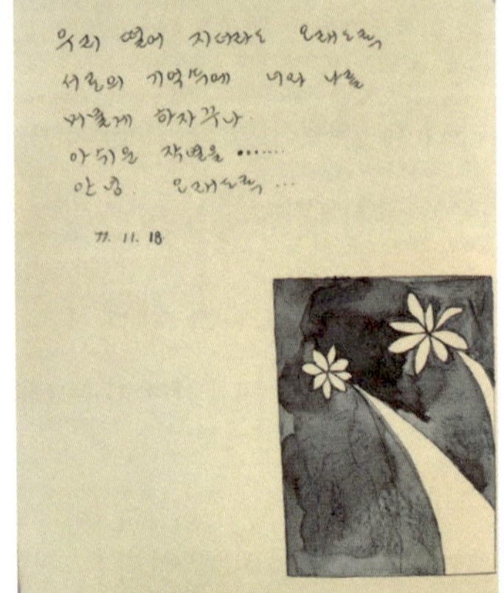

자취생 짝꿍 이이순 써준 글

3학년 1반, 내 번호는 51번이었다. 담임이셨던 김대학 선생님의
말씀은 내가 고달프고 힘들 때 버팀목이 되어주었다.

“젊은이여, 무엇에든 미치자!

젊은이여, 무엇에든 보람 있는 일에,

한번 미치는 용기와 슬기를 가져라!

나라 사랑의 올바른 길이 거기에 있느니라.”

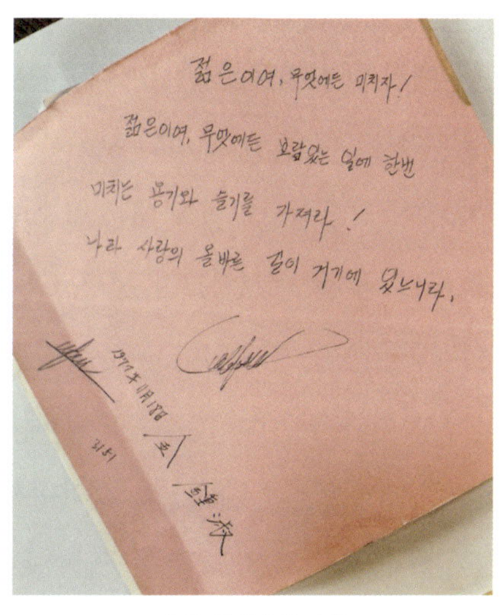

담임 선생님의 말씀

이 짧은 말씀 한 구절이, 오늘의 ‘김종숙’을 만드는 데 큰 계기가
되었다.

선생님, 감사합니다.

2024년 4월 3일, 벚꽃이 만개할 때 동기회장에게 만나자는 전화가 왔다. 무려 46년 만에 한일여자고등학교 4회 졸업생 동기회에 참석하게 되었다. 그간 삶의 고단함에 치여 여유가 없었다. 동기회 소식은 간간이 들었지만, 관심을 두지 못했다. 그러나 이날은 자취생 짝꿍 대구 친구와 김천역에서 만나기로 약속하고 오랜만에 기차여행을 즐기며 김천으로 내려갔다. 역에 도착하자 이순 친구가 마중 나와 있었다.

"야 종숙아. 너와 나는 친구가 아니라 가족 같았어." "그래 그랬지…. 히히."

직지사 근처 펜션에서 동기생들을 만났으나 친분이 없던 친구들과는 서로 조금 낯설었다. 다음 날 우리는 모교를 방문해, 당시 교장 선생님이셨던 이신화 교장선생님의 환대를 받으며 발전한 학교를 둘러보았다. 학교 다닐 때 젊으셨던 교장 선생님은 어느덧 팔순 중반이 되셨지만. 여전히 마음은 청춘이셨고 젊은 사람들보다 더 시대를 앞서가시며 유튜브 활동까지 하시는 걸 보며 매우 놀랐다. 더욱이 김천예고를 설립하셔서 수많은 예술인을 길러내신 선생님의 열정은 여전히 현재진행형이었다. 그날 교장 선생님이 말씀하신 "심중을 열어야 예술혼이 싹튼다."라는 말씀이 마음에 깊이 와 닿았다. 내가 늘 이야기하던 "내 고집대로가 아니라 우주와 소통해야 한다."라는 말과도 일맥상통하는 느낌이었다. 여고 시절, 지금 이렇게 시간이 흘렀어도 변치 않는 학교와의 인연은 나의 삶에 여전히 깊게 남아 있다. 하지만 여고 2학년과 3학년 때 같은 반, 2년 동안 짝꿍이었던 이

명수가 없었다. 이명수는 구미에서 통학했고 마음이 고왔던 친구다. 명수는 공부를 잘했는데, 집안 형편이 어려워 대학 진학을 하지 못하고 방송통신대학교를 두 번이나 다녔다고 들었다. 내가 결혼할 때까지 연락이 되었는데, 대구에서 아들 낳고 사는 것까지는 알고 지

여고 2학년 때 필자

여고 3학년 때, 왼쪽 뒤 필자 옆 이명수

46년만의 청우회 만남

2024년 동기회 때,
모교 교장 선생님 흉상 앞에서 필자 보라색 스카프

냈다. 동기생들에게 이명수를 찾자고 했지만 아무도 소식을 모른다고 했다. 이 글을 쓰면서 명수가 더 보고 싶어졌다.

졸업 전에 어울리던 친구 여섯 명이 사진관에 가서 '청우회(靑友會)'라고 이름을 지어 기념사진을 찍었었다. 그중 다섯 명은 다 모였는데, 이명수만 소식이 닿지 않아 친구들과 보고 싶다는 말만 거듭했다.

2부

세상에 나가다

1

후회와 가출
그리고 서울 상경

내가 가족의 울타리를 벗어나 세상에 나가게 된 배경에는 아버지와의 불화가 직접적인 원인이었다. 1978년 내 나이 스무 살 때의 일기에 '후회, 가출, 서울 상경'이라는 제목 아래 그 시절의 내 마음이 고스란히 담겨 있다. 이 글에서는 일기의 일부를 그대로 옮겨본다.

후회

어젯밤부터 악몽 같은 일이 일어났다. 왜 나는 좀 더 침착하지 못했을까? 왜 경거망동한 행동을 해서 이렇게 뼈저린 후회를 할까? 아, 요사이 낮이 길어도 길다고 생각해 보지 않았는데, 오늘에야 비로소 기나긴 하루가 있음을 알았다. 이렇게 짜증스럽고 불쾌한 낮이 오늘 말고 내 생애에 또 있을까. 정말 지옥 같은 날이었다. 아무리 있어도 시간은 가질 않고, 아! 이런 날이 또 있다면 아마 난 미치고 말 것이다. 내가 감히 아버지를 때리다니, 난 곧바로 큰 후회를 했지만, 그 순간 아버지의 일그러진 얼굴,

표정을 잊을 수가 없다. 정말 내 생전에 잊어버릴 수가 있을까? 왜 아버지는 이렇게 되도록 정신을 못 차리고 끝내는 자식에게까지 구타를 당해야 하셨을까? 하는 원망, 가슴이 찢어질 듯한 후회, 하지만 지워버릴 수 없이 이미 저질러진 현실, 아버지의 가슴에 피맺힌 멍이 들게 하다니, 불쌍하신 아버지, 죄송하다 못해 아버지가 불쌍하다는 생각까지 들었다.

어제저녁만 해도, 아니 오늘 아침까지 아버지가 너무나 밉고 저주스러웠는데 이것이 핏줄인가. 내가 이런 가정에 태어났다는 것이 잘못이지 누구를 원망할까.

'떠나자, 이 지옥 같은 테두리에서 멀리멀리 도망치자. 난, 도저히 집에 있을 수가 없을 것 같다. 나가서 공장에 다니는 한이 있어도, 이 질식할 것 같은 분위기 속에서 난 살 수가 없어.

엄마 혼자 바쁠 텐데, 누에라도 올려놓거든 그 후 말없이 떠나는 것이다.' 내 낯가죽 가지고는 여기서 더 못 살아 어떻게 딸이란 것이 아버지를 구타한단 말인가. 내 손을 잘라내고 싶은 심정, 그 누가 알아주랴 내가 미친년이지.' 아버지가 엄마를 발로 밟고 목을 조이는 광경을 목격함과 동시에 나는 이미 이성을 잃었다. 어릴 때부터 아버지에 대한 부정적인 감정이 쌓였던 탓일까?

나와 엄마는 어제저녁 아버지가 다른 여인과 데이트하고 들어오시는 장면을 우연히 마주치게 되었다. 엄마가 그 사건을 가지고 잔소리를 하자, 아버지는 엄마에게 폭력을 휘두른 것이다. 아버지의 부정한 행동에 이성을 잃고, 짐승처럼 달려들어 아버지 러닝셔츠를 갈기갈기 찢고 얼굴을 할퀴었다. '여자는 남자가 무슨 짓을 해도 참아야 하는가?' 잘못했으면 사과를 해야지, 힘으로 억누르려는 모습에 같은 여자로서 참을 수가 없었다. 아니 늦은 사춘기가 온 것인지도 모르겠다.

아버지 용서해 주세요. 이 불효녀 종숙이는 눈물이 앞을 가려 제가 직접 써 놓은 글씨조차 보이지 않습니다. 이 참회의 눈물을 알아주세요.

1978년 5월 28일 밤, 일기

가출

친구 아버지께 전해 들은 말씀으로는 네 아버지가 "내가 지금까지 호랑이 새끼를 키웠다." 하시더란다. "네가 잘못했다고 가서 빌어라." 친구 아버지의 말씀에도 나는 아버지께 대놓고 용서를 구하지는 않았다. 아버지는 한동안 집에 들어오시지 않았다. 그 후로 우리 부녀 사이는 서먹해졌고 서로 눈길 한번 주지 않은 채 지냈다.

'그래 이제 미련 없이 떠나자.' 결심했다. '내가 어디로 가야 하나? 이제 나 스스로 자립을 해야지.' 나는 하잘것없는 동물, 버림받은 딸, 소용없는 군식구였다. 더 이상 집에 머무는 건 고통뿐이었다. 눈치를 보며 사는 것도 지쳤다. 이미 오래전부터 나는 아버지의 딸이 아니었다. 형식적인 부녀 관계는 그 탈을 벗을 때가 온 것 같았다. '마지막 부탁으로 10만 원만 해주시면 깨끗이 떠나 평생 동안 나타나지 않을 것이다.'라고 다짐했다.

드디어 떠나기로 결심하고, 김천 시내 나가서 미리 원피스도 맞추었다. 머리도 단정하게 자르고 속옷도 챙겼다. 1978년 6월 25일, 작은 가방을 들고 엄마에게 추풍령 친구 집에 갔다 오겠다고 말한 뒤 집을 나섰다. 여고 동기 몇 명과 추풍령의 성숙이 집에서 만나 놀며 하룻밤 자기로 했다. 저녁에 우리들은 어른 흉내를 내며 먹어보지도 못한 술을 마셨다. 성숙이 아버지가 마시던 댓 병 소주를 갖다 놓고 주거니 받거니 하며 처음으로 술을 마셨다. 나는 마음이 울적해 소주를 많이 마셨고, 결국은 마당 한쪽 거름 자리에 가서 모두 토하고 말았다. 밤새도록 뱃속은 천둥을 치고 수시로 토하며 밤을 지새웠다.

다음 날 아침, 어지럽고 속이 매스꺼운 상태로 점심때쯤 친구 집을 나섰다. 집을 나온 터라, 추풍령역에서 비둘기호 기차를 타고 정처 없이 부산으로 내려갔다. 창가에 앉아 지나가는 차창의 풍경을 멍하니 내다보았다. 생기 없는 큰 눈동자를 껌뻑이며, 오라는 이 없는 부산으로 가고 있었다. 부산역에 도착해 용두산 공원으로 갔다. 그곳에는 아버지 외가 6촌 오빠가 용두산 지킴이로 있었다. 오랜만에 만난 오빠에게 나는 조심스레 부탁했다.

"오빠, 나 취직 좀 시켜 주세요." 그러나 오빠는

"아저씨가 아무리 집안 형편이 좋지 않다고 해도, 외동딸인 너에게 취직하라고 하지는 않을 텐데?"라며 이왕 부산까지 왔으니까 부산 구경 좀 하다가 그냥 올라가라고 했다. 오빠는 퇴근할 때 나를 데리고 평화시장으로 갔다. 그곳이 오빠의 가정집이자 올케언니가 봉제공장을 하며 옷을 만들어 파는 곳이었다. 어린 조카들도 있고 일하는 사람들도 몇 명

있었다. 봉제공장은 정신없이 바빴다. 하지만 나는 아무 할 일이 없었다. 할 줄 아는 일이 하나도 없었기 때문이다. 아침에 일어나 시장 옥상에 올라가 내려다보니 부산 시내의 큰 사거리가 보였다. 이쪽저쪽 사거리에서 신호등에 맞추어 쉴 사이 없이 시내버스가 오고 가고 세상은 정신없이 바쁘게 돌아가고 있었다. 버스가 저만큼 오면 사람들은 뛰어가 버스를 타고 내리고, 아침 시간은 분주하게 돌아가고 있다. 나는 아무 할 일 없이 그 광경들을 내려다보고 있는 괄호 밖의 사람이었다. 나는 아무 쓸모없는 인간이란 것이 확 와 닿았다. 나는 왜 이렇게 할 일 없는 쓸모없는 인간이 되고 말았는가? 한심했다. 이것은 아니다. 며칠을 평화시장에서 지내다가 용돈을 받아서 그곳을 나왔다. 그리고 이참에 내가 아는 친척 집을 두루 돌아보려고 또, 다른 오빠(그의 형님이자 부산대학교 교수인 오빠, 올케언니는 초등학교 교사) 집으로 갔다. 그러나 그곳은 아침에 모두 다 출근하고 조카들은 학교 가고 텅 빈 남의 집에서 더 있을 수가 없었다.

그때야 엄마가 얼마나 나를 애타게 기다릴까, 걱정이 되기 시작했다. 물론 우리 집에는 전화가 없어서 추풍령 성숙이 집으로 전화를 했다. 성숙은 "종숙아 너 어디냐? 너의 엄마가 너 떠난 다음날 집에 들어오지 않았다고 전화가 왔었어. 그래서 부산 갔다 했지. 그러니까 엄마에게 빨리 연락을 해봐 엄마가 얼마나 걱정하는지 아니?" 나는 엄마에게 너무 죄송했다. 엄마의 근심 어린 얼굴이 떠올랐다. 세상 물정 모르는 애가, 아무 준비도 없이 집을 뛰쳐나가 잘못된 길을 가지 않을까 노심초사할 것 같아서 우편엽서를 하나 써 보냈다.

“엄마, 걱정하지 마세요. 부산 용두산 오빠 집에 있다가 나온 김에 하동 옥종 외가댁과 산청 이모 댁에 들려서 집에 갈게요. 내가 집에 들어가면 혼내지 마세요. 혼내면 또다시 집을 나갈 테니까요.” 이런 어이없는 우편엽서를 집으로 보냈다.

난생처음 긴 여행을 주소만 가지고 다녔다. 외가댁을 물어물어 찾아갔다. 한여름이라 몹시 덥고 길은 멀었다. 5살 때인가, 내가 빨강 구두를 신고 엄마 손 잡고 가고는 처음으로 나 혼자 외가댁을 찾아갔다. 편지로 서로 안부를 묻고 사진을 보내고 한 것이 전부였다. 여고 때 교복 입고 찍은 사진을 보내서 김천 사는 손녀딸인지 아시는 것이 전부다. 외가댁은 다 쓰러져 가는 초가집이었다. 정이 많은 외할머니(엄마의 계모)는 외손녀가 누추한 곳에서 잠자고 거친 밥을 먹는 것이 안쓰러워 어찌할 바를 몰라 하셨다. 부리나케 밖으로 나가시더니, 두루마리 휴지를 하나 구해 오셨다. 내가 화장실에 가는 것이 걱정되셨나 보다. 외삼촌이나 이모 중에는 나보다 나이가 어리기도 하고 몇 살 차이 나지 않는 사람들이 몇 명 있었다. 외가댁은 대나무밭이 집을 둘러싸고 있어서 모기도 많았다. 외손녀가 모기에 물릴까 봐 방충제를 구해 오셔서 뿌리기도 하시고 감자도 삶아 오시며 외할머니는 분주하게 움직이셨다. 나는 불편해서 며칠 있지 못하고, 산청 큰이모 집으로 떠났다. 버스를 갈아타며 이모 집 마을로 들어가는 버스를 타고 가다가 주소를 보며 버스에서 내렸다. 마침 한 여중생이 함께 내렸다.

“학생, 이호섭 집을 가려고 하는데 좀 가르쳐 줄래?” 여학생은 나를 빤히 쳐다보며,

"우리 집인데요?" "나는 반가움에 아하 그래, 네가 한선이구나" "나는 김천 이모 집에 사는 종숙이 언니야." 하며 친한 척을 했다. 얼굴도 몰랐던 이종사촌 동생을 길가에서 만났으니 길 찾는 일은 고생하지 않게 되었다. 정희는 집안으로 들어서며, "엄마, 김천 종숙이 언니가 왔어." 하며 이모를 불렀다. 이모는 부엌에서 뛰쳐나오시며 "야유 네가 어쩐 일이냐?" 하시며 반가이 맞이하셨다. 우리들은 얼굴도 모르고 말도 나누어 보지 못했지만, 핏줄이 흐른다는 이유 하나만으로도 서로 반갑게 정을 나누었다. 찢어지게 가난하던 이모 댁은 우리 집보다 더 잘 사는 것 같았다. 논도 있고 밭도 있고 이모부님은 사찰 짓는데 가서 일도 하시고 온 식구들이 똘똘 뭉쳐서 가난을 몰아내고 있었다. 집도 큰 동네로 내려와 다시 지어 집터도 넓고 집도 컸다. 그래도 종종 안부 편지를 주고받아서 그런지 금방 친숙해졌다. 그곳에서 며칠을 묵고 집에 갈 때가 되었다. 그래도 내 집이 제일 편하고 자유로웠다. 이번 가출 여행을 통해 나는 한 가지 다짐을 하게 되었다. '나중에 결혼하여 자녀와 갈등이 생길 때는 아이들을 꼭 홀로 여행을 시키리라.' 나의 15일간 자유여행, 아니 가출은 나를 많이 성장시켜 주었다. 드디어 김천 버스 터미널에 돌아왔다.

내가 한 짓이나 우편엽서에 쓴 글귀가 너무 부끄러워 해가 밝은 대낮에는 도저히 집에 들어갈 수가 없었다. 서산에 해가 저물어 갈 무렵 버스를 타고 집에 들어가는데 하늘은 어둑어둑했다. 식구들은 마루에서 저녁 식사를 하고 있었다. 엄마는 잠깐 어디 나갔다 오는 아이에게 하듯이, "얼른 와서 저녁 먹어라." 하셨다. "저녁 생각 없어요." 하면서, 내 방으로 들어가 옷도 제대로 벗지 않고 비스듬히 누웠다가 그대로 정신없이 잠들었다.

　이튿날 아침, 밥상 앞에서 외가댁의 안부와 이모의 안부를 가볍게 묻는 것으로 서먹했던 분위기는 조금씩 풀어졌다. 엄마가 나중에 나에게 하신 말씀이 있다. 내가 말없이 집을 나가고 아버지와 한바탕 싸우면서 "아이에게 그렇게 차갑게 눈길도 주지 않으니까 애가 못 견디고 집을 나갔지. 이제 애가 나쁜 길로 나가서 인생을 망치면 어떻게 책임질 거요?"라고 하며 엄마가 길길이 뛰면서 아버지에게 대들었다고 했다. 그리고 그렇게 되면 엄마도 못 산다고 하셨단다. 그렇게 걱정을 하고 있는데, 내 우편엽서가 도착했고, 그제야 마음을 놓고 기다렸다고 하셨다.

　둘째 오빠와 엄마는 아버지에게, 종숙이 들어오면 모두 아무 소리 안 하기로 다짐을 받았다고 하셨다.

1978년 7월 15일, 일기

촌닭의 서울 상경

　1978년 가을이 한창 익어갈 무렵, 추풍령에 사는 여고 동창생 성숙에게서 연락이 왔다. 서울에 있는 관광학원을 함께 다니자는 제안이었다. 관광학원을 다니면 관광회사에 취직할 수 있고 전국을 여행하며 돈도 벌 수 있다고 하니 내 마음은 설레었다.

　가족들에게 나의 결심을 이야기했다. 지난여름 가출한 이후로 가족들은 나에게 함부로 이래라, 저래라, 하지 못하고 있었다. 서울로 가기로 한 날이 이틀 남았을 때, 성숙에게서 편지가 왔다. 그녀는 큰오빠의 반대로 도저히 갈 수 없게 되었으니, 나 혼자 가라는 내용이었다. 편지 속에 신문 광고를 오려 보내왔다. 성숙이만 믿고 따라가려고 했는데, 순간 하늘이 캄캄했다. 서울에 가서도 성숙이 오빠 집에서 다니기로 한 것이었기 때문이었다.

혼자라도 가야 할지 말아야 할지 고민했다. 이미 가족들에게 큰소리친 터라 그냥 주저앉을 수는 없었다. 결국 할 수 없이 혼자 처음으로 사회에 발을 내딛기로 결심했다. 엄마의 걱정을 뒤로 한 채 학원비와 생활비로 10만 원을 받아 들고 집을 나섰다. 그러면서도 성숙이 없이 혼자 간다는 사실을 끝까지 말하지 않았다. 가족들은 내가 성숙이 오빠 집에서 지낼 거라 생각했고, 그 생각에 그나마 조금은 안심하고 있는 듯했다.

김천 시내에서 양복점을 하던 큰오빠는 내게 3천 원을 건네면서 차비라도 하라며 배웅해 주었다. 그렇게 가슴을 두근거리며 불안한 마음으로 서울행 기차에 올랐다. 신문 조각을 들고 한진관광학원을 물어물어 찾아갔다. 학원에는 전국각지에서 온 내 또래 아가씨들이 모여 있었다. 서울과 경기도 아가씨들은 말씨도 세련되었고, 시골에서 온 나 같은 촌뜨기들은 말씨와 옷차림에서 한눈에 시골티가 났다. 준비도 없이 서울 생활에 뛰어든 나는 모든 것이 낯설고 어색했다. 학원 공부를 마친 뒤 큰 걱정은 잠자리였다. 지방에서 같이 온 아이들은 자기들 나름대로 여관, 여인숙을 함께 얻어 숙박을 잡았지만 나는 혼자라 어떻게 해야 할지 몰랐다. 다행히 전주에서 혼자 올라온 아이와 여관방을 잡고 학원 다닐 때까지 함께 지내기로 했다. 우리는 돈을 아끼기 위해 하루 두 끼, 라면으로 끼니를 때우기로 약속했다. 취직할 때까지 집에서 가져온 돈으로 버텨야 했기 때문이다. 가끔 떡라면을 먹을 때면 아주 호사스런 식사였다.

예쁘고 상냥하며 서울 말씨 쓰는 아이들과 서울 지리를 잘 아는 아이들은 금세 취직해 나갔다. 나는 경상도 사투리를 쓰면서 서울 지리도 몰라 한참 뒤처지기 일쑤였다. 몇몇 관광회사에 면접시험을 보았으나 연달아 불합격을 받았다. 오기가 생긴 나는 꼭 취직하겠다는 각오로 계속 도전했다. 결국 부천에 있는 신설 관광회사에 관광 안내원으로 취직했다.

처음 배정받은 일은 서울 시내를 도는 통근버스 안내였다. 신참들이나 서울 지리를 모르는 사람들은 먼저 통근 코스를 돌며 서울 전역을 익히는 것이 기본이었다. 고참 안내원들은 하루 코스, 1박 2일 숙박 코스를 맡아 더 많은 수입을 올릴 수 있었지만, 나는 그저 서울 길을 익히며 첫 달 월급 3만 원을 받았다.

퇴근 시간에 버스 기사 혼자 나갔다 오는 차량은 신입 안내원들이 버스 안의 세차를 하게 되어있었다. 늦은 밤, 버스가 들어오자 버스 안을 세차하게 되었는데, 추운 날씨에 맨발로 슬리퍼를 신고 양동이에 물을 받아 나르던 중 오른발바닥에서 따끔한 통증이 느껴졌다. 발을 들어보니 발이 올라오지 않았다. 힘껏 발을 빼 보니 슬리퍼는 바닥에 박힌 작은 나뭇가지에 쿡 꽂혀 있었다. 흐릿한 불빛에 제대로 보이지 않았다. 순간 나는 놀랐다. 발이 너무 시려 통증을 감지 못한 것이었다. 불이 환하게 켜져 있는 버스 안으로 들어와서 발을 확인하자, 발바닥에서는 피가 철철 흘렀고 그제야 아픈 감각이 느껴졌다. 발바닥의 고통보다 내 처지가 너무 가여워서 통곡했다. 한밤중에 버스 안에서 울음소리가 나자, 옆 차량에서 정비기사가 놀라 뛰어왔다. 그는 버스 바닥에 피를 흘리며 울고 있는 나를 보고 응급처치를 해주며 달래주었다. 말씨가 경상도 사투리를 쓰고 있었는데 고향 말씨를 듣자 더욱 서러워 한참을 울었다. 그는 고향이 포항이라고 했다.

그날 나는 깨달았다. 사회생활이 이렇게 힘들고 고달플 줄은 몰랐다. 지금 와서 아무리 후회해도 이미 엎질러진 물이었다. 집에 있을 땐 취직해서 돈 벌고 싶다는 생각뿐이었는데, 막상 세상에 나오니 한숨과 눈물뿐이었다. 내가 선택했지만 사회생활이 이렇게 힘든 줄은 몰랐다. 학원에서부터 내게는 어울리지 않았던 것 같았다. 하지만 이미 집을 나왔기에 다시 돌아갈 수는 없었다. 나는 우직한 성격을 고쳐야겠다고 다짐했다. 살살거리며 아첨도 하고 친절하게 대하는 법을 배워야 한다고 생각했다. 없는 돈을 받아 나왔으니 어떠한 괴로움과 고통이 닥쳐도 오직 돈 버는 재미를 느끼며 악착같이 살아야 했다.

언제 무너질지 모르는 집안을 돕고, 아버지의 힘을 조금이라도 덜어드리고 싶었다.

"참자. 참자. 또 참자." 경제적으로 여유가 생긴 후에야 나도 남들 앞에 떳떳이 설 수 있을 것이다. 그날을 위해 힘들어도 참고 견디며 일하기로 마음먹었다.

1979년 1월 24일, 일기

2

가족 편지

아버지의 편지

종숙은 받아 보아라.

그동안 잘 지내고 있겠지.

집에서는 올해 운수가 불길해서,

너의 큰오빠가 맹장이 만성이 되어 이번 달 22일 오후에 수술을 하게 되었다.

너의 오빠는 돈 10전도 없는 형편이다.

그리고 같은 날인 22일, 너의 작은오빠 약혼식이 있다.

이러한 사실을 너에게 알리지 않으려고도 생각했지만,

나 혼자 힘으로는 도저히 막아낼 수가 없구나.

누구에게도 말할 사람이 없어 너에게 알린다.

하고 싶은 말은 많지만 후일로 미룬다.

아버지로부터

1980. 3月 22日 오전9시

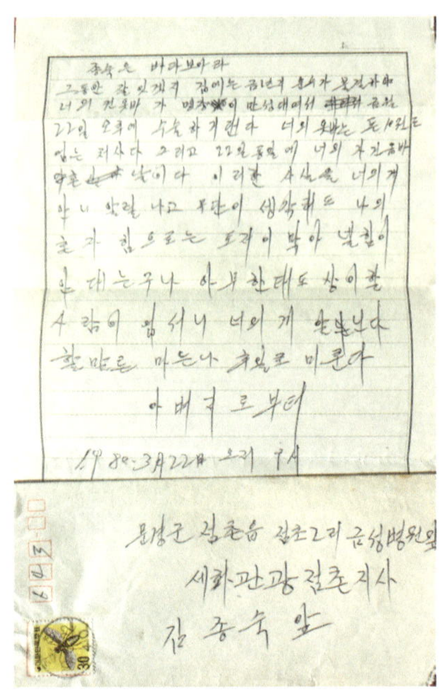

1980년 3월 22일 오전 9시에 아버지가 나에게 처음이자 마지막으로 보내신 편지이다.

그때 아버지는 예순, 나는 스물두 살이었다. 큰오빠는 스물여덟 살, 결혼해서 아이도 있었고, 아버지가 어렵게 빚을 내어 차려주신 양복점을 운영하고 있었다. 하지만 큰오빠가 만성 맹장염으로 수술을 앞두고 있었고, 단돈 10원도 없는 형편에 아버지가 오롯이 책임을 지려니까 무척 힘드셨나 보다. 그 시절엔 의료보험이 없어 병원에 입원하거나 수술을 한다는 건 곧 집안 살림이 거덜 나는 일이었다.

게다가 둘째 오빠는 스물다섯, 혼전 임신으로 약혼식을 서둘러야 했다. '여자와 사기그릇은 나돌리면 깨진다.'라고 나를 사회에 나가지 못하게 하셨던 아버지였다. 그런 아버지가 얼마나 답답하고 힘들었으면 사회의 초년생인 나에게 도움 요청을 하셨을까? 그때는 아버지 마음을 잘 헤아리지 못하고 원망했는데, 다시 편지를 읽으면서 아버지 마음을 조금은 알 것 같아서 가슴이 먹먹하게 아려온다.

큰동생의 편지

■ 첫 번째 편지

누나에게

누나 그동안 아무 일 없이 잘 있는지 궁금해요.

이곳 구미 땅에 있는 동생 복이도, 누나 염려 덕분에 하루하루를 충실히 지내며 기술을 배우고 있어. 이젠 따뜻한 봄 날씨인가 봐. 날씨가 따뜻하고 하니까 봄놀이를 즐기기 위해 관광버스를 찾는 사람도 제법 많을 것 같은데…….

많이 찾을수록 누나는 바쁘겠어. 지금 이 시간도 승객들과 어울려서 씨름하고 있을는지 모르겠네. (상상)

누나! 사실은 한 가지 어려운 부탁이 있어서 그러는데 부탁 하나 하겠어.

다름이 아니고 돈 있으면 좀 부쳐주었으면 해. 1만 원만 부쳐줘. 그러면 다음에 갚아 줄게 꼭 부쳐주면 고맙겠어. 집에서 돈을 가져오려니까 집안 사정도 그렇고 해서, 미안해서 돈을 달라 소리를 못 하겠어. 누나도 잘 알거야. 그러니까 내 사정 좀 봐줘. 그리고 누나에게 말 안 하려다가 하는 거야. 지금 엄마가 아파서 일어나지도 못하고 있어. 3월 2일 날 집에 가니까 아무것도 잡수지도 못하고 누워 있잖아. 설 쉬고 나서부터 계속 아팠었나 봐. 내가 괜히 이런 소릴 한 것 아닌가 모르겠어. 누나 걱정될까 봐 안 하려다가 하는 거야. 너무 걱정하지 마. 누나 일이나 열심히 하면서 멀리에서나마 엄마가 하루빨리 일어날 수 있도록 기도해. 나도 그렇게 할게. 그럼 오늘은 간단하게 이만 여기서 줄여야 되겠어.

누나 다음까지 안녕!

80년 3월 3일, 동생 종복

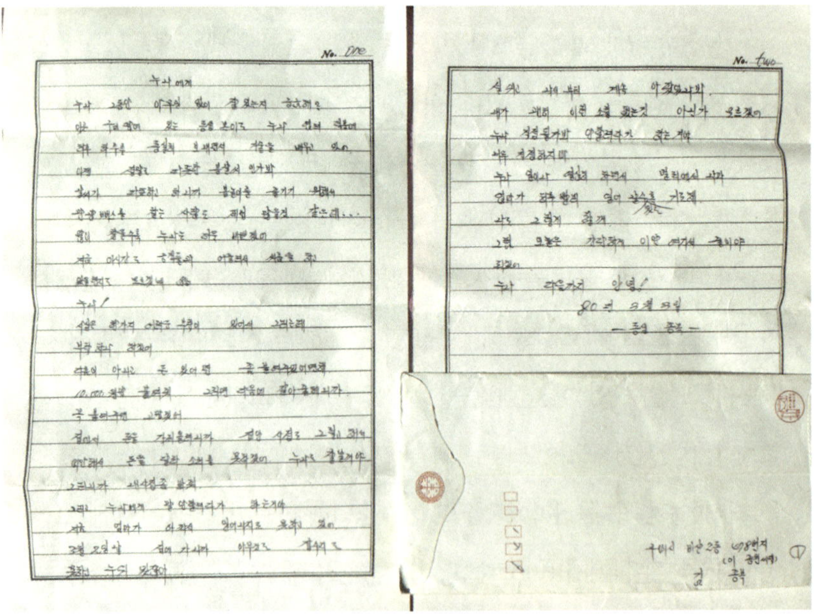

큰동생의 편지다. 동생은 고등학교를 졸업하고 경북 구미로 기술을 배우러 갔다. 당분간은 가지고 있는 용돈이 있어야 생활을 할 수도 있고, 자격증 비용도 필요했나 보다. 정식으로 회사원이 되면 월급을 제대로 받아서 생활할 텐데 집에 돈 달라는 말을 못 하고 그나마 만만한 나에게 하소연한 것이다.

그때는 1만원이 무척 큰돈이었다. 내가 79년도에 월급을 3만원 받은 기억이 난다. 물론 관광회사 안내원은 손님들에게 봉사료를 받으니까 일반 사무직보다는 기본 월급이 좀 적었다.

■ 두 번째 편지

누나 읽어줘.

누나 읽어줘.

누나 그동안 안녕?

이곳에 있는 동생 복이도 누나 염려 덕분에 맡은 바 일에 충실하고 있어.

보내준 서신과 돈 잘 받았어. 누나가 고생해서 번 돈을 내가 받아 쓸려니까 내 자신이 원망스럽고, 가슴이 찔려 정말로 가슴이 뭉클할 정도로 누나가 고맙고, 남에게 의젓한 누나가 있다는 것을 자랑하고 싶어. 그리고 누나가 한 말 난 잔소리로 듣지 않고 어디까지나 충고라 생각하고 꼭 그대로 실천하도록 노력하겠어. 우리 훈련원 실습은 4월 말에 끝나는데 이젠 기간도 얼마 남지 않았지만, 얼마 남지 않은 기간이나마 열심히 해서 꼭 자격증을 딸 수 있도록 노력할게. 그리고 엄마 병환은 조금 완쾌되었나 봐. 밥과 빨래 같은 것은 지금 원자가 와 있어서 원자가 하고 있어. 그리고 또 아천 형수 될 사람이 매일 와서 밥과 빨래도 해 주고 간대. 그러니깐 누나는 너무 걱정하지 마. 또, 내 밤 눈 증세를 적어 보내라고 했는데…….

그냥 밤만 되면 아무 물체도 잘 안 보여서 밤길 걷기가 조금 불편할 정도야. 그럼 누나가 부친 돈 고맙게 잘 쓰겠어. 한 푼이라도 아껴 쓸게.

80年3月10日

구미에서 동생 복–

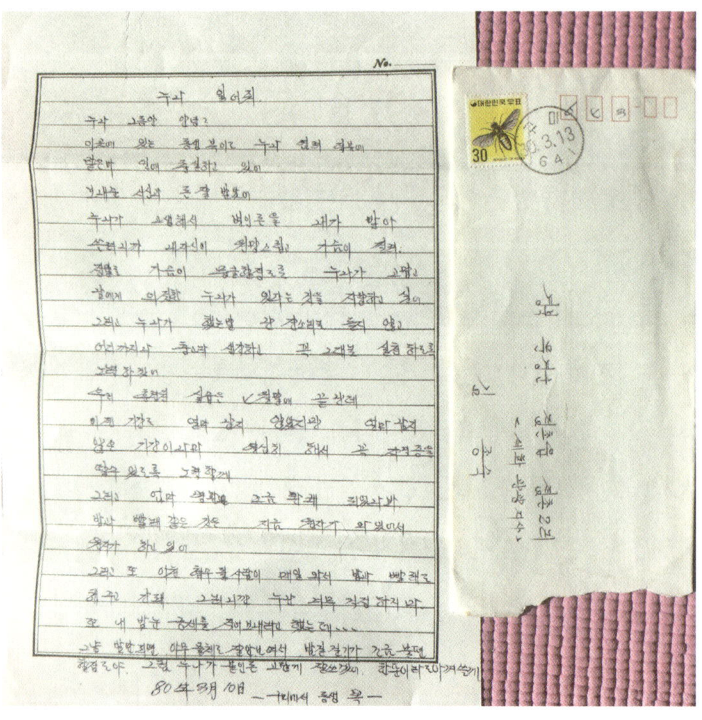

돈을 잘 받았다는 동생의 편지다. 동생은 한 창 잘 먹어야 할 나이에 영양부족으로 야맹증이 걸려서 많은 불편을 겪고 있었다. 나에게 직접 말하진 않았지만 야근을 마치고 돌아오다 전봇대에 부딪히는 일까지 있었다는 소식도 들려왔다. 나는 약을 사 부치며 격려의 말도 잊지 않았다. 우리 가족 중 나와 내 동생 둘은 정말 맨땅에 헤딩하며 청소년 시절을 보낸 것 같다. 물론 오빠들도 고생했겠지만, 나는 내 동생들이 더 안타깝고 불쌍하게 느껴져 늘 마음이 짠했다.

누나! 고마워 소포로 보내준 약 잘 받았어. 이 약만 다 먹고 나면 내 밤눈도 좋아질 거라고 생각해. 이 못난 동생 때문에 괜히 바쁜 누나까지 신경 쓰이게, 만들게 해서 미안하기 짝이 없어. 그럼 누나도 계속 건강하길 빌면서 오늘은 몸이 조금 피곤해서 이만 여기서 줄여야 되겠어.

80年3月23日,

동생 福

동생은 약을 받고 곧바로 편지를 보내 고마움을 전했다. 큰동생과 나는 생일이 같은 날이다. 내 네 번째 생일날, 동생이 태어났으니 참 특별한 인연이다. 제1장 '내 인생의 첫 기억'에 등장하는 바로 그 동생이다.

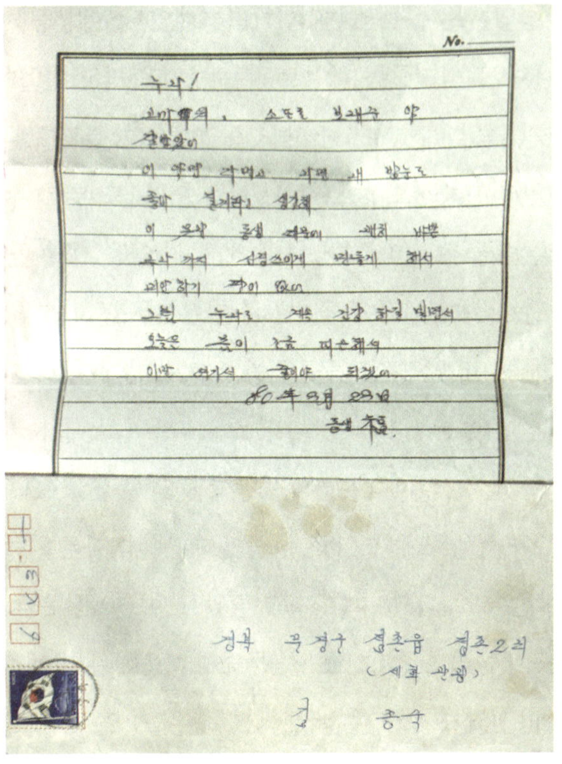

누나! 그동안 잘 지냈는지 안부를 묻고 싶어. 이곳 구미 땅에 있는 동생 복이도 맡은 바 일에 하루하루를 충실히 보내고 있어.

누나! 미안해 소식을 일찍 전하지 못해서 나를 많이 욕했겠지. 그리고 지나간 7월 27일 일요일 날 집 갔었어. 누나도 며칠 앞에 왔다가 갔었다고 엄마가 얘기해 줘서 누나에 대한 이야기도 들었어. 참 누나도 잘 알고 있으리라고 믿어. 내년에 아버지 회갑 때 쓸 경비를 지금부터 적금을 넣자고 했다면서. 그래서 오늘 펜을 들고 이렇게 쓰고 있어. 작은형이 얘기하는데 8월부터 적금을 들어가야 된다고 하고 있어. 150만 원짜리를 넣어야 된다나 봐. 날짜는 매달 6일 날로 하고 금액은 확실히는 잘 모르겠지만 3만 원씩이라고 얘기했나 봐.

그런데, 나는 한 달에 2만 원씩밖에 못 넣을 것 같아. 누나도 알고 있을는지 모르겠지만 나도 집으로 해서 한 달에 조금씩 적금을 들어가고 있어. 그래서 나는 얼마 받지도 못하는 월급이라서 한 달에 2만 원밖에 못 낼 것 같아. 날짜는 우리 월급날이 5일 날이라서 6일 날로 잡았어. 그리고 작은형이 누나에게는 전화를 하려고 하던데 전화가 왔는지 모르겠어.

지금은 야간작업 시간이야. 현재 시각은 1시 20분을 가리키고 있어. 조금만 있으면 퇴근 시간이 다 오고 있어. 새벽 3시에 퇴근을 해. 그런데 밤에는 왜 이렇게 비가 많이 오는 줄 모르겠어. 이 비가 누나가 있는 곳에도 내리고 있겠지. 그럼 다음에 또 소식 주기로 하고 오늘은 이만, 작업시간이라서 줄여야 될까봐. 누나! 다음까지 안녕!

구미에서 동생 복.

큰동생의 네 번째 편지다. 1980년도에는 참 많은 일들과 집안의 우환, 그리고 돈 들어갈 데가 참 많았던 것 같다. 집에는 빚이 많았고, 아버지 회갑도 돌아오니 자식 된 도리로서 그냥 넘어갈 수는 없었을 것이다. 아버지는 우리 자식들을 늦게 보셔서 오랫동안 고생을 많이 하셨다. 다시 읽어보는 편지 속에는 동생이 적금 때문에 얼마나 부담되었으면 나에게 하소연했을까 싶어 마음이 울컥했다. 사회생활을 막 시작한 동생이 집을 위해 적금을 넣고 있다니 참 놀랍고 대견한 일이다. 눈 건강도 좋지 않은데 야근까지 하며 가난을 극복해 나가는 동생이 눈물 나도록 고맙고 안쓰럽다. 지난번 1만 원 빌려달라고 하고는 그 뒤 한 번도 손을 내밀지 않고 스스로 일어섰다는 게 기특하고 가여웠다.

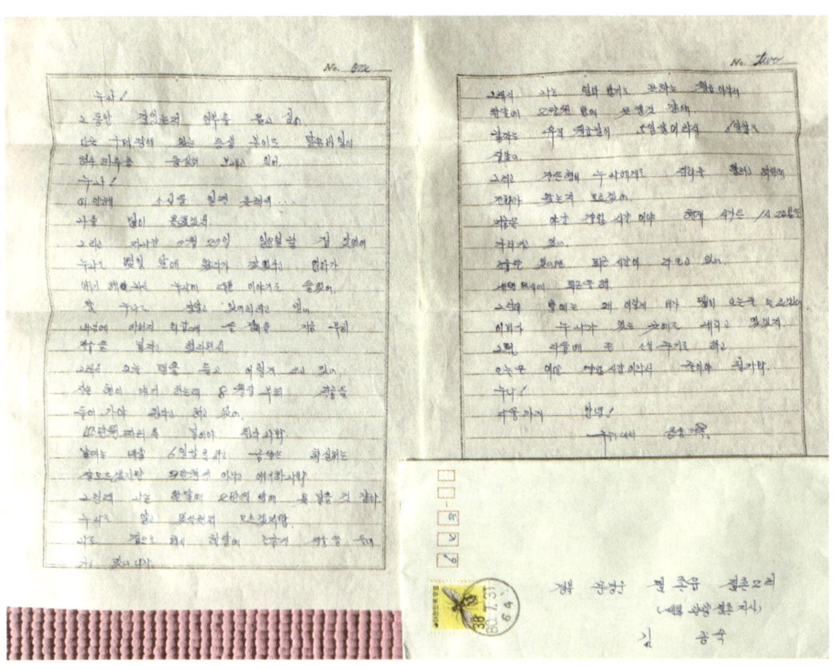

누나! 그동안 아무 일 없이 잘 있었는지, 이곳 동생 복이가 안부를 물으면서 안부를 전하고 싶어. 다름이 아니고 그저께 16일 날, 작은 형이 구미에 왔었어. 구미에서 나하고 만난 시간이 너무 늦어서 집에 가는 차 시간도 바쁘고 해서 간단한 이야기만 몇 마디하고 올라갔어.

무슨 이야기냐 하면, 누나도 잘 알듯이 이제까지 형이 적금을 들어갔다고 했잖아. 그런데 18일 날 강원도로 올라가려고 하나 봐. 강원도에 세탁소 가게를 얻어놨다고 큰집에 형이 올라오라고 해서 18일 날 올라가려고 해. 그래서 형이 이번 달에는 적금을 못 넣게 되었으니 이번 달만 넣어 달라고 누나에게 편지를 하라고 해서 이렇게 쓰고 있어. 내 형편이 조금이라도 괜찮은 것 같으면 같이 넣었으면 좋겠는데, 요즘은 회사에 할 일이 없어서 내 혼자 살아가기도 힘이 들어서, 나는 안 되겠다고 형한테는 이야기했었어.

그래서 형이, 누나가 조금이라도 여유가 있으면 이번 달만 좀 넣어 달라고 연락하라면서 올라갔어. 금액은 116,000원이래. 형편이 되면 돈 부칠 주소는 금릉군 어모면 중왕 1동 (아천)신일철 이렇게 하면은 된다고 주소를 가르쳐 주고 갔어.

누나! 미안해 내 형편이 조금이라도 괜찮은 것 같으면 나도 같이 도와주면 좋겠는데, 그렇지 못해서 정말 미안해. 그리고 기쁜 편지도 아니고 걱정거리 편지를 하니, 나 역시 부치기도 괴롭고 받는 누나는 더욱 가슴 아프겠지. 그럼 누나 다음까지 안녕히~

구미에서 동생

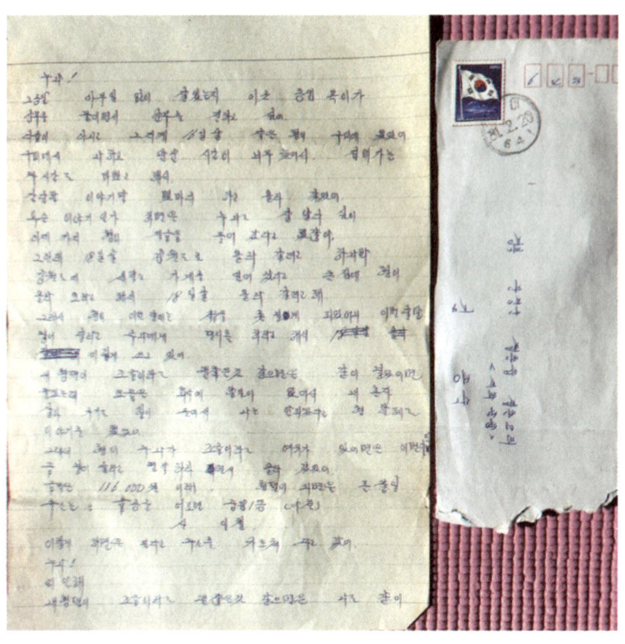

　큰동생에게서 온 맨 나중 편지다. 둘째 오빠는 80년 가을에 결혼을 했다. 물론 아버지가 빚을 내어 결혼식을 했다. 둘째 오빠도 살아보려고 무척 애를 썼지만 아버지와 성격이 비슷해서 한 가지를 진득하게 하지 못했다. 항상 이것저것 손을 대다가 돈을 벌지 못하는 것 같았다. 너무 혼자 똑똑하고 남의 밑에서 일을 못 하는 성격이 문제였다. 동생은 자기 문제로 누나에게 도움 받는 것도 미안해 죽겠는데, 오빠의 심부름까지 하며 아쉬운 소리를 전하는 게 무척 괴로웠던 모양이다. 모두가 나에게만 이야기하면 해결된다고 생각하니 나는 꽃답고 푸르른 20대를 잃어버린 채 살았다. 편지 봉투에 81년 2월 20일이란 날인이 찍혀있다.

막냇동생 종옥의 편지

누나 읽어줘. 매일 아침 일찍 나갔다가 저녁 늦게까지 일하려면 고생이 많겠어.

우리 집의 형편이 좀 나은 것 같으면 그런 고생 안 해도 될 텐데. 하지만 그렇지 못하니깐 고생이 되더라도 참고 열심히 일해서 돈 좀 벌어. 답장이 늦어서 미안해 차일피일 미루다 보니 이렇게 늦었어. 그리고 엄마 걱정은 하지 마. 이제 병은 다 나아서 일어났으니까 말이야.

원자도 시집갔다가 못 있겠다고 해서 데리고 왔으니까 엄마 일을 좀 들어 줄 테니까. 누나가 신문지와 그릇 모아놓은 것은 집에 사람은 가지러 갈 사람이 없으니까, 누나가 나중에 내려올 때 가지고 오든가 소포로 부치든가 해. 그리고 아버지는 걱정이 대단해. 빚 때문에 그렇지. 집도 다 내놓았는데 살 사람이 잘 나타나질 않아. 이런 이야기는 더 쓰지 않겠어. 괜히 걱정만 되잖아 나도 지금부터라도 열심히 공부해서 집안 식구들에게 기대에 어긋나지 않도록 열심히 공부하겠어. 누나도 너무 돈 버는 데에만 신경 쓰지 말고 건강에도 신경 좀 써.

할 말은 많지만 다음에 하기로 하고 이만 쓰겠어. 누나의 건강을 빌며.

80年 參月 拾貳日, 동생 鍾玉

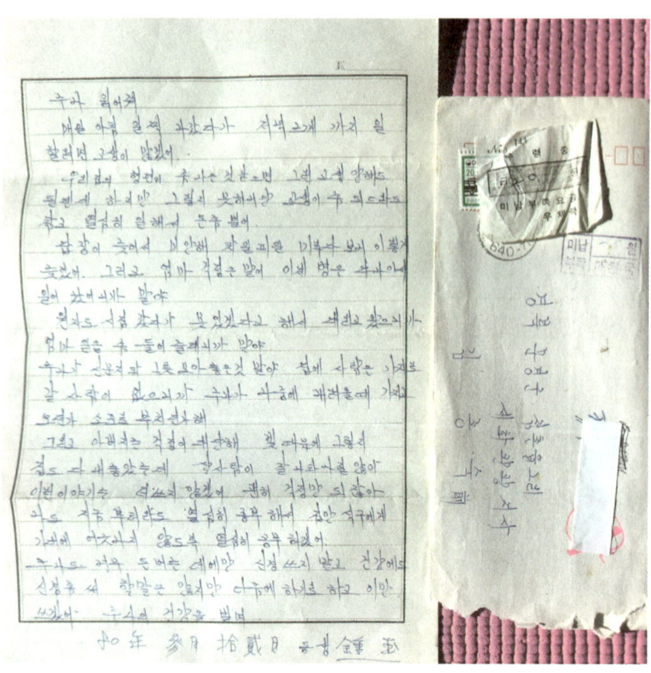

동생의 쓴 편지 날짜를 보니, 1980년 3월 12일. 내 나이 스물두 살이었다. 여섯 살 터울인 동생은 열여섯, 고등학교 1학년이었다. 우리 집은 양계장과 돼지 사육을 했다. 순전히 남의 빚으로 차린 사업이었기에 돈을 버는 대로 비싼 이자 주기도 바빴다. 아버지가 가끔 '아무리 돈을 벌어도 남 다 주고 나면 골병만 든다.'라고 하소연하셨다. 그 당시 우리 집에는 떠돌이 '원자'라는 아이가 들어와 함께 살다가 시집을 갔는데, 시집살이가 힘들다고 다시 우리 집으로 돌아왔다. 나보다 나이가 두어 살 어렸다. 내가 가끔 집에 가면 나를 유난히 따랐고 사회 생활하는 나를 부러워하는 눈치였다. 나는 자주 집에 가지 못해서 원자에 대한 기억은 희미하다.

그로부터 40년이 훨씬 지난 지금 다시 읽어보아도, 그 시절 우리 집 형편이 너무나 절박했던 기억에 눈물이 나온다. 어쩌면 동생의 그 편지는 '누나, 우리 집 좀 도와줘'라는 간절한 마음을 담은 구조 요청이었는지도 모른다. 그 어린 나이에 속이 꽉 찬 게 짠하다. 우 푯값 30원 중 10원이 모자라 20원짜리 우표를 붙여 보낸 편지에는 미납 인증 딱지가 붙은 채로 도착했다. 그 편지를 받고 나는 한참을 울었던 기억이 난다.

■ 두번째 편지

누나 읽어줘. 아프다고 하더니만 다 나았는지. 환절기에 감기 조심해. 누나도 요즈음 한창 바쁘겠지 한창 놀러 다니는 계절이라서 말이야. 편 지가 늦어서 미안해 난 아버지가 편지하신 줄 알고 이때까지 안 했던 거야.

그러면 집안 소식 알려 줄게

김천 형은 31일 날 퇴원했어. 아직 다 나은 것은 아니지만 말이야.

21날 입원했으니까 10일 만에 퇴원한 거야. 수술이 잘못돼서 재수술 까지 받고 또 복막염이 겹쳐서 돈이 엄청나게 들어갔대. 50만 원 돈이 들어간 모양이야 누나가 부쳐준 돈하고 집에 돈하고 보태서 병원비는 겨우 치렀어. 집에 돈이 어디 있어? 다 빚낸 것이지.

누나가 돈을 부쳐줘서 참 잘 썼어. 김천 형과 형수님도 고맙다고 말끝마다 그렇게 말해. 그리고 작은형 말이야, 약혼했어. 21날 오전에 약혼식하고 저녁에 수술하고 해서 그날은 한참 바빴어. 약혼식 이래야 아무것도 안 했는걸. 큰형 때문에 사진 한 장밖에 안 찍었대. 우리 쪽에서만 시계 하나 받고, 우린 아무것도 안 해 줬어. 혼인신고만 하고 결혼식은 나중에 한대. 큰형은 아직도 병원에 다니고 있어, 아직 배 꿰맨 실밥도 빼지도 않았는걸. 그래서 하루 병원비가 5,000원씩 들어간대. 계속 집에 돈만 갖다 나르는 거지 뭐.

집에 일이 너무 이렇다고 걱정하지 마. 할 말은 많으나 이만 줄이겠어.

우리 식구, 요 몇 달 동안에 몸이 아파서 돈 들어간 것만 해도 이만저만이 아니야 뭐니 뭐니 해도 건강이 제일이야 안 그래?

1980. 4. 6.

동생 종옥

ps. 구미 있는 형이 지난주에 왔었는데, 누나가 부쳐준 약 먹고 거의 나았대. 누나에게 폐를 끼쳐서 미안하다고 말했어.

아버지가 처음이자 마지막으로 나에게 구원의 편지를 보내셨다. 그래서 내가 30만원 을 보내드렸던 것으로 기억한다. 그런데도 집에서는 잘 받았다는 소식이 오지 않아 내가 편지를 보냈더니 동생이 답장을 보낸 것이다. 그 당시 큰오빠는 이미 결혼해 양복점을 하고 있었지만 수입이 시원찮았는지 아버지께 의지하고 있는 모양이었다.

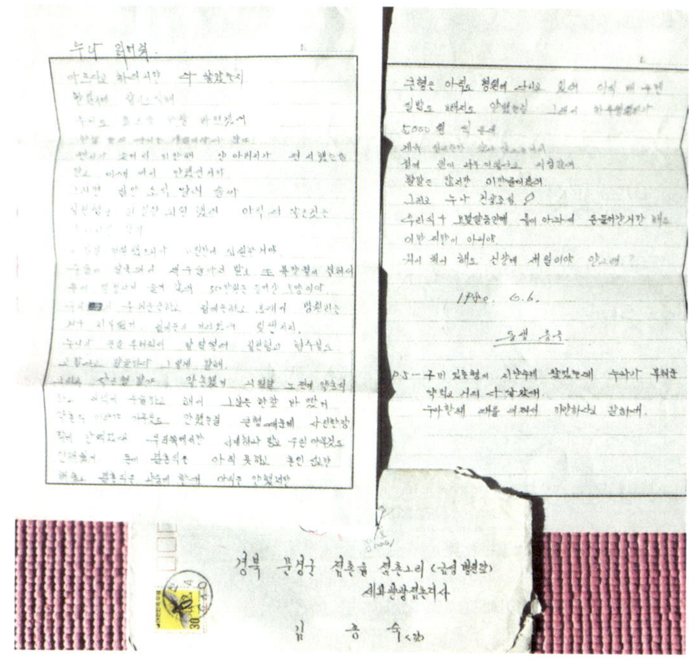

작은오빠는 결혼도 하지 않은 상태에서 먼저 아이를 가지게 되어 배가 불러오기 전에 부랴부랴 약혼식과 혼인식을 먼저 한 것으로 안다. 작은오빠 결혼할 때 냉장고와 신혼 여행비를 내가 해주었다. 내 바로 밑의 동생은 구미에서 직업훈련원에 다니며 기술을 배우는데, 야맹증에 시달리고 있다고 연락이 와서 약을 사서 부쳐주었다. 막냇동생은 집안에서 일어나는 모든 일을 그대로 보고 겪으며 자라고 있었고, 마음 한구석이 늘 불안했으리라.

누나 읽어줘. 누나의 건강은 어떤지 이곳 집안 식구들은 누나의 염려 덕분에 모두 잘 있어.

요즈음도 바쁜지? 별로 바쁘지 않으면 한번 내려와 누나 안 본 지도 오래되었으니까.

그리고 간단하게 집안 소식 전해줄게 아버지 엄마는 모두 잘 있고 작은형은 요즘 돈 좀 벌어, 국수, 계란, 수박 등이야. 그리고 아지매(국이 엄마)가 할 말이 있다고 시간 있으면 한번 내려오든지 시간이 없으면 전화라도 한번 하래. 전화번호는 알지? 5067

지금은 학교 갈 시간이라서 긴말 못 쓰겠어.

그럼 안녕. 김천에서 동생.

1980.7.5.7시

막냇동생이 다니던 성의상업고등학교는 버스를 두 번이나 갈아타고 가기 때문에, 설비업을 하는 사촌 형 집에서 학교에 다녔다. 아버지는 사촌 형네에 동생을 맡겨두고 먹을 쌀만 부쳐주고 오빠에게 자주 빚을 얻어 쓰셨다. 보다 못한 올케가 동생 편에 연락을 해보라고 나에게 부탁했지만, 나는 결국 가지도 못했고, 전화조차 하지 않았다. 급기야 올케는 편지를 나에게 보내왔다. 지금 그 편지는 없고, 편지 받은 후 일기 쓴 것이 남아 있다.

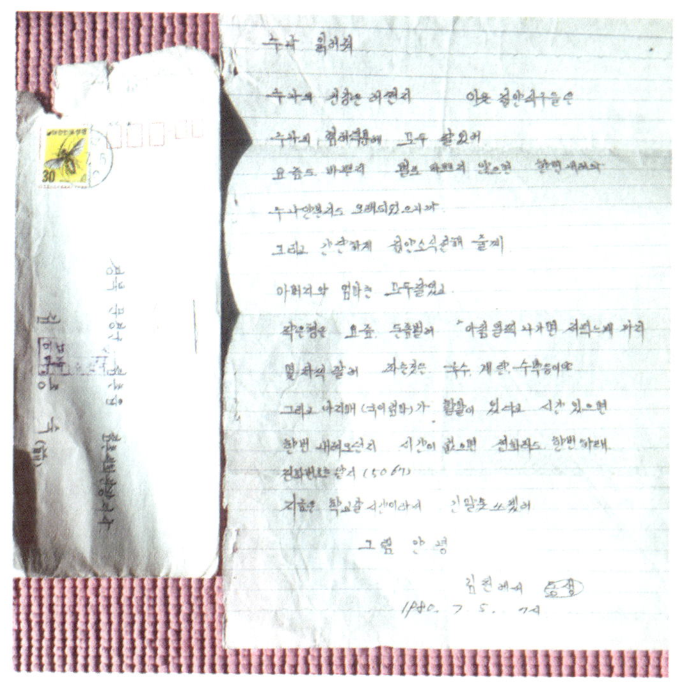

　어제 온 편지인데, 너무 늦고 고단해서 아침에 사촌 올케의 편지를 읽었다.

　편지를 읽고 나니 하루 종일 내 울적한 마음을 달랠 수가 없구나.

　'벼룩의 간을 빼 먹는다'는 옛말처럼, 지금 내가 그 지경에 놓여 있다.

　나는 이 고단하고 괴로운 직업을 그저 통장에 돈이 조금씩 불어나는 재미 하나로 버텨왔다. 굴욕스러운 일을 감내하고, 때로는 얼굴이 뜨거울 만큼 민망한 상황을 겪으면서도 단단히 버텨냈다. 꿋꿋하게, 무너지지 않으려 애쓰며 살아왔다. 그런데 오늘, 그런 나에게 실망과 원망이 담긴 편지가 날아든 것이다.

‘집의 빚을 갚으라’는 그 말이 ‘네가 모은 돈을 전부 내놓으라’는 그 말이 가슴을 콕 찔렀다. 입고 싶은 옷, 사고 싶은 모든 물건들을 사지 말고 모은 돈을 전부 다 내놓으라는 그 말이 내 가슴을 찌른다. 왜 자꾸 한숨만 나올까. 아무것도 모르던 학창 시절이 그립고, 참새같이 재잘대던 친구들이 보고 싶어 내 짝꿍이던 구미의 명수에게 전화를 걸었다. 정말 살기 힘든 세상이고 고단한 세월이구나.

나는 사치나 내가 쓰고 싶은 것이 무엇인지도 모르고 생각할 여유 없이 그저 바쁘게 살아갈 뿐이었다. 그 편지를 받고 나는 한참 동안 충격에 빠졌고, 삶이 너무 힘들다는 것을 다시 한번 느꼈다. 아직 사회 햇병아리인 내가 집안의 빚을 감당하기엔 너무나 벅찼다.

나중에 동생에게서 그때가 얼마나 힘들었는지 이야기를 들었다. 올케로서는 숙부인 우리 아버지가 빚을 갚지 않고 아들까지 데려다 놓으니 부부싸움이 잦았던 것이다. 부부싸움을 한 날은 아침밥을 짓지 않아 아침밥도 굶고 점심도 굶어서, 수돗물로 배를 채운 날이 한두 번이 아니었다고 했다. 동생이 그 집에 있을 때 얼마나 가시방석이었을지는 말하지 않아도 뻔하다. 그래서인지 위장이 안 좋다는 말을 들을 때마다 나는 가슴이 찢어지는 아픔을 눈물로 삼켰다. 염치없는 아버지 때문에 사촌오빠 부부와 동생이 고생한 것을 생각하면 정말 미안하고 면목이 없다. 동생은 내가 가끔 주는 용돈으로 겨우 버스비를 냈다고 했다. 얼마나 궁핍했으면 우푯값이 모자라 미납으로 편지를 부쳤을까. 동생의 마음이 안쓰러워 눈물이 난다.

누나!

그동안 몸 건강히 잘 있었는지 이곳에 동생도 누나의 염려 덕분에 잘 지내고 있어.

답장이 늦었다고 나무라지는 말아줘. 오늘 학교 갔다 와서 우체통을 열어보니 편지가 들어있는 거야. 그래서 편지 읽는 즉시 쓰는 거야. 이곳 집안은 전과 조금도 다르지 않아, 매일 빚쟁이들이 찾아오고 그래. 그리고 이 말은 하지 않으려고 했는데, 공납금 낼 기간은 벌써 지났는데 집에 말하기가 미안해서 말 안 하고 있다가 오늘에야 말을 했더니, 누나에게나 구미 형에게 얻어서 내라는 거야. 나는 그 말을 듣고 혼자 많이 울었어. 우리 집이 언제부터 이렇게까지 되었나 하고, 나는 이 말을 듣고 하루 내 맥이 쭉 빠져 공부할 마음이 나지 않고, 지금이라도 내가 공부를 그만두고 돈 벌러 나갈까 생각도 했었어. 그런데 누나 편지를 받고 용기를 얻어 다시 열심히 공부하기로 했어. 그리고 졸업하고는 공무원 시험을 치든지 아니면 먼저 운전면허증을 딴 다음에, 중장비 기술을 배워서 중장비 면허증을 딴 다음에, 군대 가기 전까지는 자동차를 운전하면서 돈을 번 다음에, 군대 갔다 와서 한 2~3년간 해외 나가서 돈을 벌겠어. 벌써부터 돈, 돈, 한다고 하지 마. 지금의 우리 집 형편상으로는 돈이 제일이니까 말이야. 그리고 누나가, 나 용돈 헤프게 쓸까 봐 걱정하는데 그러지 마. 전번 설 때 누나와 형이 주고 간 돈도 조금밖에 쓰지 않고 그대로 있으니까 말이야. 딴 애들은 점심시간만 되면 빵이다 뭐다 해서 사 먹어도, 나는 먹고 싶지만 참고 매일 차비밖에 쓰지 않는 거야. 참 오늘 세화관광버스를 주차장 앞에서 보았는데, 누나인 것 같기도 하고 아닌 것 같기도 해서 가보나 어쩌나 하고 한참 망설이다가, 그만 차가 와서 바로 학교로 가고 말았어. 언젠가 누나 오면 물어보려고 차 번호를 봐 두었는데 9034가 아닌가 모르겠어. 할 말은 많지만 이만 쓰기로 하겠어. 자꾸 쓰면 끝이 없을 테니까 말이야. 그럼 몸조심하기 바랄께. 무엇보다 건강이 제일이니까 말이야.

81.3.10. 안녕히, 동생 종옥

ps. 집 내놓은 것은 아직도 나서는 사람이 없어

동생의 이 편지를 받고 나도 통곡을 했다. 불쌍한 내 동생. 이곳저곳에서 얼마나 눈치 보며 살았을까? 한참 잘 먹고 어깨 펴고 살아야 할 시기에 그놈의 돈 때문에. 생각할수록 서러웠다. 그래, 벌자 돈을. 돈이 제일인 세상. 그때부터 나는 더 악착같이 돈을 버는데 열정을 다 바쳤다. 동생의 학비, 졸업 앨범비를 보내주고, 고등학교 졸업 후에는 대구 국내 관광 안내원 학원도 몇 개월 보냈다. 어떻게든 사회에 나와서 일을 시작할 수 있도록 기반을 마련해줘야 했다. 그리고 가끔 우리 회사 관광 가이드 실기를 배우게 하려고 숙박 코스를 데리고 다녔다.

그런데 워낙 성정이 착하고 순하여 남성스럽지 못해서 나에게 야단도 많이 맞았다. 야단을 맞으면 얼굴이 붉어지다 못해 그 큰 눈에 눈물을 글썽거렸다. 지금 생각하면 참으로 내가 못되게 굴었다. 나는 사회에 나오면 독하고 강해야 살아남는다고, 특히 남자들은 더 그렇다고 생각을 했다. 지금 생각하면 갓 졸업한 사회초년생이 버티기는 여행업은 많이 고된 직업이었다. 그 당시 동생이 김천 시내에서 본, 9034호 관광버스 안에는 내가 있었다. 손님들이 물건을 산다고 해서 잠시 김천 시내 상점 앞에 정차를 하고 있었다. 그때 동생이 찾아왔다면 얼마의 용돈이라도 주었을 텐데, 나중에 이야기를 듣고 아쉬워했다.

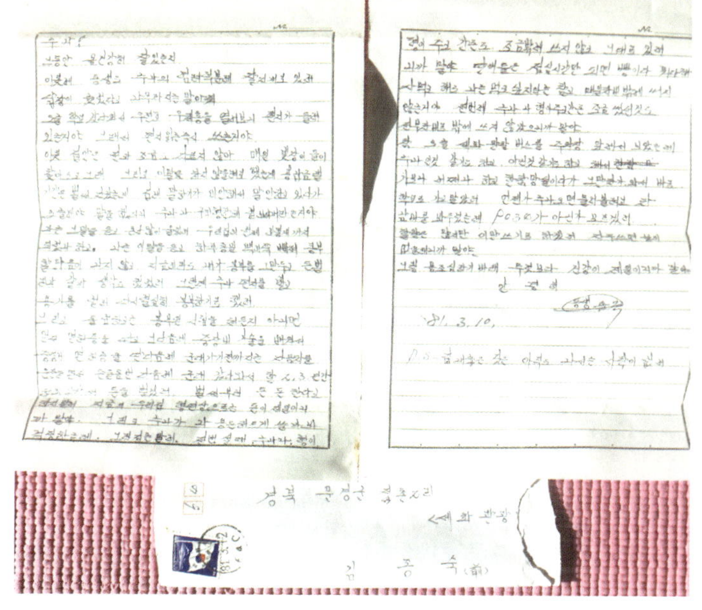

아버지와 두 동생의 편지글을 정리하면서 느끼게 된 사실은 힘든 시기를 잘 극복했다는 것이다. 그리고 항상 최선을 다하며 주어진 일에 충실하고 밝은 미래를 꿈꾸며 뚜벅뚜벅 황소 발걸음처럼 전진했다는 것이다. 그 힘들었던 일들이 현재 오늘날의 나를 만든 계기가 되어 노후가 편안한 것이 아닌가 생각해본다. 물론 아쉬움도 많다. 젊은 날의 밝고 맑은 봄 같은 시절을 한숨과 눈물로 지내온 나날들. 하지만 비 온 뒤에 땅이 더 단단해지듯, 그 모든 고난이 나를 단단하게 만들었다고 믿는다. "지금, 여기"에 집중하는 삶, 나는 그것을 몸으로 실천해왔다.

■ 다섯번째 편지, 해병대에서 온 첫 편지

누나 읽어줘. 그렇게 기성을 부리던 한파도 한줄기의 단비가 내림과 동시에 서서히 물러가고 봄기운이 한 발짝 다가오고 있는 지금, 누나도 봄 시즌 준비에 바빠지고 있겠지. 그동안 별 고 없이 잘 있었겠지. 이곳 동생 또한 누나의 염려 덕분으로 충실히 군 복무에 임하고 있어. 새로운 환경에 접하여 처음엔 다소 어려웠지만 지금은 군인으로서의 위치를 충실히 확보하고 있어. 지금의 나는 운전병에서 행정병으로 전락하여 사무실에 앉아 남들보다도 조금은 편한 군 생활을 하고 있는 것 같아.

며칠 전 무심코 달력을 보니 그날이 내 생일이잖아. 그래서 나도 모르게 오늘이 내 생일이구나. 라고 말했더니, 사무실에 선임들이 저녁에 조

촐한 파티를 하여줘서 생일을 때웠어. 군에 들어와 처음으로 맞는 생일, 선임들이 해주니 얼마나 고마웠는지 몰라. 우리 사무실에는 내 아래로는 없고 위로 세 명이 있어. 저녁 근무시간, 그날따라 왜 그렇게 집 생각이 나는지 부모님, 집안 식구들 그리고 주위 모든 분들과 친우들을 한사람 한사람 그려보며 생각하다 보니 근무 교대 시간이 끝났는지도 모르게 지나가고 말았어. 앞으로 남은 군 생활 부모님과 집안 식구들을 위해서라도 충실하게 열심히 해나갈 것을 다짐하면서 여기서 이만 줄일까 해.

그럼 항상 건강하길, 그리고 좋은 혼처가 나서길 이곳의 동생은 빌겠어.

다음 소식 전할 때까지 안녕히
포항 해병사단에서 막내 동생

편지 봉투의 우표 소인을 보니, 1984년 2월 말쯤이다. 편지지 상단에는 '한 번 해병은 영원한 해병이다.'라는 문구와 하단에는 '무적 해병'이란 문구가 새겨져 있다. 동생은 군에 입대하면서 운전병으로 들어가길 원했다. 그래서 나는 군에 가기 전에 면허증을 취득하게 하고 우리 여행사에서 근무할 때의 운전 경력을 함께 넣어주었다.

동생은 평소 성품이 내성적이고 순했다. 그래서 우리 여행사에 근무할 적에 일을 가르치면서, '남자가 강해야지'라며 꽤 구박을 하기도 했다. 그랬던 탓일까. 나도 모르게 해병대를 지원하고 입대 통지서가 온 후에야 나에게 통보를 했다. 나는 그 당시 동생이 굳은 결심을 하고 해병대 지원한 것에 무척 놀라고 안쓰러웠다. 세상에 적응

하고 버텨보겠다는 마음으로 해병대를 택한 것이 어쩌면 내 탓 같아 미안한 마음이 들었다.

동생이 편지에 '좋은 혼처가 나서길 이곳의 동생은 빌겠어.'라고 쓴 걸 보니, 당시 내 나이 26세로 그 시절 기준으로는 이미 늦은 혼기였다. 아마 어린 동생도 누나의 결혼을 걱정하고 스스로 자립을 결심하고 있었던 모양이다. 하지만 나는 결혼을 생각할 여유가 없었고, 집안과 막냇동생의 군 제대 후 디딤돌이 되어야 한다는 마음으로 살아가고 있었다.

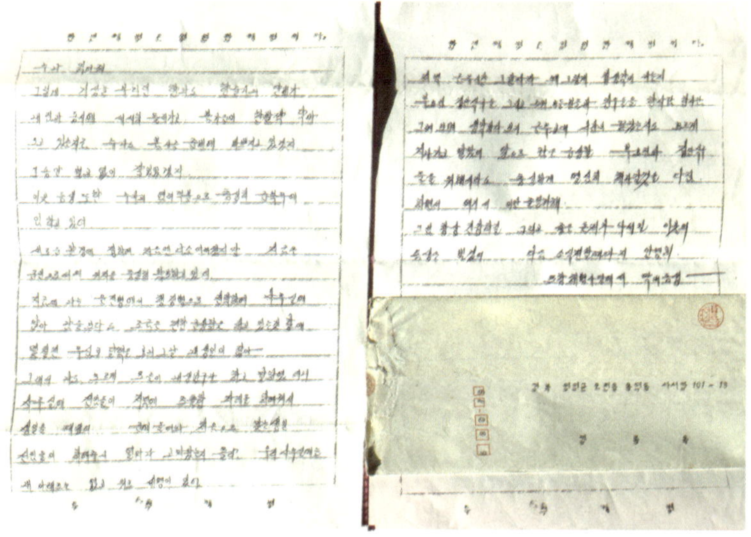

누나 그동안 잘 있었는지, 이곳 동생도 덕분에 잘 지내고 있어.

푸른 산을 타고 내린 스산한 바람이, 강한 훈련으로 인해 땀방울로 범벅이 된 얼굴을 스칠 때면 하늘에라도 올라갈 것 같은 기분이 들곤 하지.

집에서 군이 비상이라고 대단히 걱정하고 있는 모양인데, 너무 걱정할 필요 없어.

평상시 때보다 근무가 좀 많아서 그렇지, 편안히 잘 지내고 있으니 너무 걱정하지 마시라고 전해줘. 그리고 내 휴가 나오길 기다리고 있다고?

이번에 휴가 나가기가 힘들게 되었어. 얼마 안 있으면 좀 멀리 훈련을 나가기 때문에 지금부터 준비하느라고 못 나가지 싶어. 아마 추석쯤이면 휴가 나갈 수 있을 것 같은데 말이야.

면회 올 기회가 있으면 될 수 있는 대로 토요일이나 휴일 날 오면 좋고, 나 있는 곳은 누나가 이야기한 곳 맞아. 만약 오게 되면 정문에 와서 사단 수송 반에 근무한다고 하고 내 이름 대면 거기서 연락을 다 해줘서 만날 수가 있어.

외할아버지께서 돌아가셨다고 엄마하고 형이 갔다는데 잘 갔다 오셨는지, 엄마는 많이 울었겠네. 사실 나도 편지 받고 외할아버지를 몇 번 대해보지는 않았지만 하루 종일 아무것도 손에 잡히질 않고 시무룩하게 하루를 보냈어. 정식으로 외할아버지 돌아가셨다고 전보를 쳐 주었으면 나도 한 번 가보았을 텐데 말이야.

요즈음 없는 시간을 내서 종종 책을 들여다보곤 해. 그래서 선임들한테 짱 박힌다고 욕 좀 먹곤 하지. 그리고 어려운 부탁 하나 할게. 들어 줄 는지, 돈 쓸 때가 생겨서 그러는데 이유는 묻지 말고 조금만 부쳐줘. 절 대 나쁜 곳에 쓰는 것은 아니니까 믿어줘. 집에 편지해서 돈 부쳐 달라 소리는, 집안 사정을 아는 이상 도저히 못 하겠고 그래도 만만한 게 누나 밖에 없어서 염치 불구하고 부탁하니 좀 부쳐주길 바래.

그리고 라디오는 어떻게 되었어?

미안해, 대신 누나 시집갈 때 부조 많이 할게. 할 말은 많지만 다음에 쓰기로 하고 이만 줄여. 그럼 여름밤에 모기 조심하길.

동부전선에서 종옥.

동생은 군대 간 뒤 휴가를 한 번 정도 올 때가 되었는데도 좀처럼 오지 못했다. '군에서 비상이 자주 걸려서 못 오는가 보다.' 하고 부 모님과 나는 걱정을 했다.

마침내 동생이 첫 휴가를 나왔을 때, 동생은 바로 눕지도 못하고 웅크린 채 옆으로 누워 있었다. "애, 편하게 바로 누워!"라며 내가 어깨를 방바닥에 누르자 "아야야!" 하며 비명을 지르며 벌떡 일어나 앉았다. 놀란 나는 동생의 윗도리를 들춰 등을 살폈다. 등판에는 고 름이 나와 러닝셔츠에 달라붙어 있었고, 그보다 더 충격이었던 건 손톱 사이사이 관절마다 고름이 잡혀 있어, 면도칼로 찔러 고름을 짜고 있었다는 사실이었다. 여리고 여리던 '속눈썹이 긴 아기는 그 렇게 상남자로 다시 태어나고 있었다.

동생이 면회 오기를 간절히 기다려서, 여름에 친구와 함께 포항으로 면회를 갔다. 동생을 기다리는 동안, 지나가는 해병대 군인들은 새까맣게 탄 얼굴에 눈이 반짝였고 오직 웃을 때만 하얀 치아가 드러났다.' 내 동생도 저런 모습으로 나타나겠지···'하며 그들의 동선을 따라갔다. 그런데 동생 얼굴은 하얗고 오동통한 모습으로 나타났다. 내가 의아해하자, 동생은 웃으며"놀랐지? 행정실에 근무해서 그래"하고 말했다.

동생이 예전에 편지에서, 돈이 필요하니 묻지 말고 보내 달라고 한 그 사연이 이 글을 쓰면서 궁금해졌다. 동생에게 그 당시 무슨 일이 있어서 돈이 필요했는지 아마 동생도 세월이 많이 지나서 생각이 나지 않을 수도 있겠다. 그 당시 무슨 일이 있어서 돈이 필요했는지, 아마 동생도 이제는 세월이 많이 흘러 기억하지 못할지도 모르겠다.

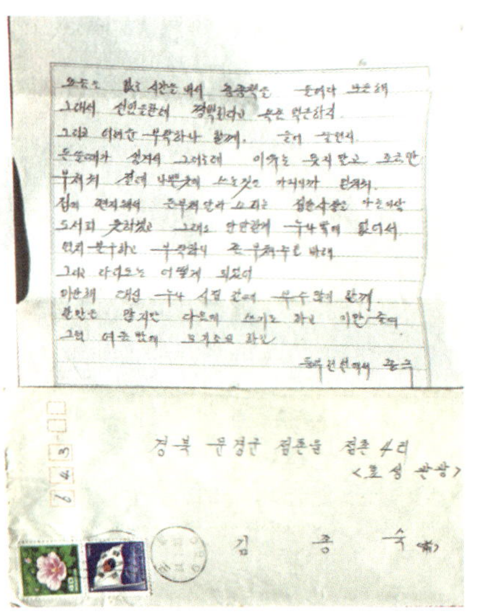

누나 읽어줘. 밖에는 눈 아닌 비가 처량하게 내리고 있어. 총을 메고 근무 서기는 애로사항이 있는 날씨지만 그래도 오늘이 동지라 팥죽 먹기에는 안성맞춤인 것 같아. 누나는 팥죽 좀 먹었는지, 보내준 돈 반갑게 잘 받았어. 아껴서 잘 쓰고 헛되게는 쓰지 않을게.

요즘 같은 불경기에 회사를 꾸려나가며 고생하는 누나의 모습이 눈앞에 선한 것 같아, 미안해, 그렇게 쪼들리는 형편에 돈까지 부치라고 해서 하지만 이번이 마지막일 거야. 앞으로는 내가 누나를 최대한 도울게. 누나의 큰 뜻 정말 눈물이 나도록 고마워. 누나가 나에게 베푼 정성만큼 내가 갚을 수 있을는지, 아니 반이라도 갚을 수 있을는지 의문이지만 이 몸이 분골쇄신이 되더라도 이자까지 쳐서 갚을 것이며, 또 누나의 기대에 어긋나지 않는, 또 이 사회에 없어서는 안 될 그런 사람이 되기 위해서 노력하고 또 노력할게. 이 동생을 한번 믿어봐. 남자의 시집살이인 일생 일대에 한 번밖에 없는 군 생활도 이제 꼭 74일이란 날짜밖에 안 남았어. 남은 군 생활 얼마나 보람되고 뜻있게 보내는가도 있지만, 지나온 군 생활을 돌이켜보며 곰곰이 생각해 보니, 군 생활에서 물론 잃은 것도 있지만, 얻고 배운 것도 굉장히 많아.

윗사람을 모시는 것, 아랫사람을 다스리는 것, 단체생활이란 것, 참는 것, 책임 의식 등, 무한히 많은 것 같아. 군에 갔다 오면 사람이 되어서 온다는 말은 맞는 말이야.

그럴 수밖에 없는 것이 사회에서처럼 자기 마음대로 할 수 없기 때문에 자제하고 참는 것을 배우기 때문이야. 남은 군 생활, 사회생활에 연장이라 생각하고 알차게 보낼 것을 다짐하면서 이만 쓸까 해. 그럼 누나 사업 번창하길 빌면서 안녕.

1985.12.22.

포항특정경비지역 사령부

동생 종옥

1985년 12월 22일 동짓날, 동생이 보낸 해병대에서의 맨 나중에 온 편지이다.

나는 그해 7월에 점촌효성관광여행사를 인수해 직원들과 운영하고 있었다. 동생이 제대하면 쓸 수 있도록 동생 이름으로 3년에 300

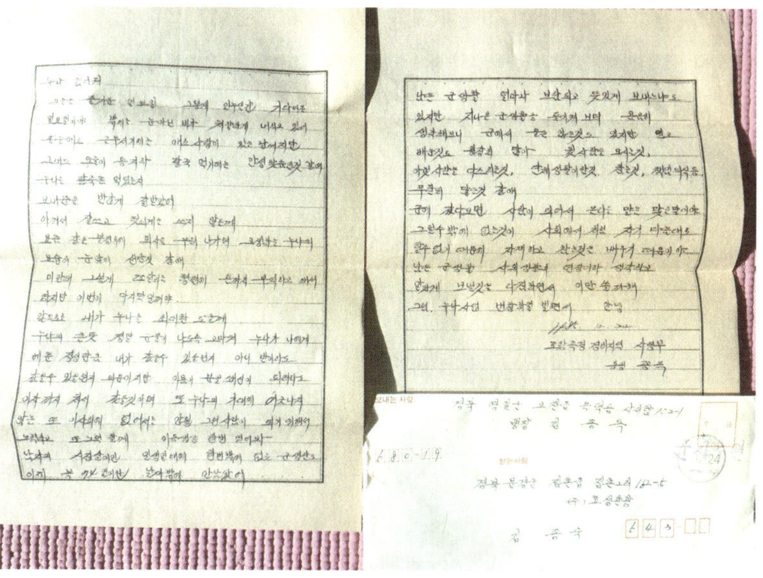

만 원짜리 적금을 넣고 있었다. 적금 만기 전에 제대한 동생이 서너 달을 넣어서 적금을 탔다. 동생은 그 돈을 빚에 쪼들리는 아버지에게 빚을 갚으라고 드렸다. 동생이 군에서 제대할 즈음, 나는 여행사 일로 정신이 없었다. 동생은 해병대 제대 후 다시 우리 여행사에서 근무하게 되었다.

1987년 가을, 나는 결혼을 앞두고 여행사를 처분하였고 동생은 다른 여행사에 취직을 했다. 그 당시 여행사를 동생에게 넘겨줄까도 고민을 많이 했지만, 아직 사회 경험도 없고 어린 나이에 사장이라고 거들먹거리다가 오히려 패가망신할까 봐 걱정이 앞섰다. 동생에게 나의 뜻을 말하자, 동생도 서운해하지 않고 당연히 밑에서부터 경험하면서 올라가야 한다며 회사를 다른 사람에게 인계해 주라고 했다. 덕분에 나는 회사를 처분한 돈으로 결혼식 준비를 할 수 있었다.

이후 동생은 26세에 결혼을 하고 두 아이 아빠가 되었다. 동생은 회사에 다니며 대학교와 대학원을 진학하여 경제학과를 전공했다. 2004년에는 '여행업과 지식경영'에 대한 석사 논문을 나에게 안겨 주었다. 논문을 받아든 순간, 내 가슴 저 밑바닥에서 뜨거운 눈물이 올라왔다. 그렇게 고생하며 열심히 산 동생이 해병대의 마지막 편지에 "이 사회에 없어서는 안 될 사람이 되겠다. 누나의 기대에 어긋나지 않는 동생이 되겠다."라고 다짐하더니, 결국 해내고 만 것이다. 장하다 내 동생, 고맙다. 나는 한참 동안 가슴이 먹먹하고 황홀해서 세상을 다 얻은 기분이었다.

동생은 현재 62세로 중앙관광여행사 대표로 재직 중이다. 그리고 법무부 소속 청소년 범죄 예방위원회와 문경시 재향 군인회 회장직을 맡으며 다양한 사회봉사 활동을 하고 있다. 2022년에는 '시사 투데이'에서 개최하는 '2022 대한민국 미래를 여는 인물 대상을 받았다.

친정집에서는 막내이지만, 동생이 모든 것을 주도하고 계획하여 집안을 이끌어 가고 있다. 가끔 문경 시댁에 갈 때면, 동생이 우리 시댁까지 잘 챙긴다고 칭찬을 아끼지 않으신다. 일가친척 하나 없는 문경 땅에서 자리를 잡고, 이제는 문경시민을 위해 봉사활동을 하며 살아가는 모습을 보면 누나로서 대견하고 크나큰 행복이고 감사한 마음이 든다. 동생이 그 자리에 서기까지 얼마나 인고의 시간을 견

디며 힘들었을까 생각하면 마음이 짠하고 안쓰럽기도 하다.

2024년 5월 25일, 친정어머니의 기일이 마침 동생의 회갑과 겹쳐서 직지사 식당에서 형제들과 점심식사를 했다. 그날, 4개월 전 건강하던 모습과는 달리 동생은 몹시 여윈 얼굴로 나타났고 안색도 좋지 않아 보였다. 몸무게가 4kg 빠졌고 위가 아프다고 했다. 신경성 스트레스와 과중한 업무로 인해 만성 피로가 겹친 것 같아 마음이 아팠다. 나는 동생에게 아프면 안 된다며 일을 줄이고 이제는 자신을 위해서 살아가라고 당부하며 정성껏 잔소리를 했다.

동생에게 보내는 회갑 축하 편지와 답장

이 편지는(편지 속에 용돈을 넣어서) 동생 회갑 회동을 마치고 전해 주었다.

사랑하는 내 동생 종옥에게

네가 어릴 때 속눈썹이 길어서 너를 앉혀놓고 속눈썹 위에 성냥개비를 올려놓으며 우리들은 좋다고 손뼉 치고 놀았지. 눈도 껌벅이지 않고 순하디. 순한 예쁜 아기가 너였어.

세월이 유수와도 같이 흘러 어느덧 우리 막냇동생이 회갑이 되었구나. 먼저 회갑을 축하한다. 참 잘 살아온 60년이었어.

얼마 전 내가 글을 쓰려고 자료를 찾다가 네가 보내온 편지들을 발견

했어. 편지를 읽으면서 내 동생 종옥이가 고등학교 때부터 경제적으로 궁핍하여 고생하였던 때가 떠올랐어. 나 역시 그때로 돌아가 그 시절의 삶을 절절하게 느끼며 편지를 다시 한번 읽었단다. 눈물과 한숨으로 그 편지들을 정리하며 글을 썼단다. 어린 너는, 가정, 학교, 군 생활에서 많은 고통과 삶의 고단함을 누구에게도 하소연할 데가 없어 오롯이 홀로 감당하며 살아왔지.

장한 나의 동생 종옥아, 잘 이겨내며 여기까지 와 주어서 정말 고맙고 감사하다.

그래도, 네가 누나에게만은 가끔 너의 심정을 표출하며 살았기에, 우리는 함께 잘 견디어 온 것 같았어. 내가 결혼한 후부터 너는 어느덧 집안에 없어서는 안 될 중심축이 되었지. 너의 가정도 꾸려가기가 힘들었을 텐데. 집안과 사회에 봉사를 하며 살아온 지난 40여 년이 되었구나. 돌아가신 엄마가 가끔 나에게 말씀하셨지.

"내가 우리 종옥이 낳지 않았으면 어쩔 뻔 했겠나."라며 한숨 쉬시는 것을 몇 번 들었어. 엄마도 너의 존재를 최고로 쳤지. 하지만 아쉬운 점은, 엄마는 70이 넘었는데도 집착과 애착이 너무 강하여, 나 아니면 안 된다는 착각 때문에 노후에 고생하셨지. 사람은 때를 아는 것이 참으로 중요하다는 것을 엄마를 보면서 나는 알았어. 집착과 애착을 놓을 때를 아는 것이, 얼마나 중요한지 말이야. 나 역시 우리 오남매 중 그래도 너와 제일 뜻이 맞는다고 생각한다. 네가 해병대에서 마지막 편지를 보내 왔을 때, "이 동생을 한번 믿어봐. 사회에서 꼭 필요한 사람이 되어 누나 기대에 어긋나지 않게 살게."라고 했었어. 나는 너의 그 각오가 참으로 고마웠고 미더웠지.

그리고 세월이 지나서 정말 너는 너의 가정은 물론이고 우리 집안과 사회에 없어서는 안 될 존귀한 인물이 되어 누나는 행복하고 늘 감사했단다.

그 어려운 시절 말없이 온몸으로 세상과 부딪히며 굳건하게 살아온 너의 삶이 빛나고 대견스러웠어. 아니 자랑스러운 내 동생이 되었지. 그런데 너는 얼마나 힘들었니?

참고 견디며 살면서 중년에 너의 건강이 위험하기조차 했잖아. 그때 멀리 있으면서 크게 아는 체는 하지 않았지만 내 마음은 정말 많이 아팠단다. 그 와중에 배움의 길을 놓지 않고 석사과정을 마치고 석사 논문을 나에게 전해줄 때, 나는 속울음을 울었어. 나의 장한 동생 종옥이가 대견하고 고마워서 내가 하늘을 날아가는 기분이었어.

네가 고등학교 다닐 때 수시로 배고픔을 참아가며 지나온 너의 학창시절이 눈 녹듯이 다 녹아내리는 것 같더라. 우리가 무뚝뚝한 엄마를 닮아서 그런지, 정답게 내색하는 것을 표현 못하고 살았잖아?

네가 사회에 어깨를 나란히 하고자 하는 열망과 노력 속에서 너는 성장했었고, 드디어는 사회의 어른 줄에 서게 되어 정말 고맙구나.

사랑하는 동생 종옥아!

장하다. 너는 육십 평생 참 많은 일을 하였구나.

육십갑자 회갑이란 것은, 네가 이 세상에 와서 할 숙제를 다 한 때라고 나는 생각한단다. 이제부터 너의 삶을 한번 뒤를 돌아보며 심신을 돌아보라는 것도 함축되어 있다고 본다. 시간과 경제투자는 지금부터 너를 위해 할 때가 되었다고 생각해. 서서히 일들을 줄이고 네가 평생 할 수 있는 것, 네가 하면 즐겁고 행복한 것을 하면서 살길 바란다. 네 삶의 가치가 있다고 생각하는 곳에 시간을 써야 할 때가 된 것 같아.

너의 진정한 참 친구를 찾아라. 네 안에 있는 참 친구와 자주 만나서 이야기도 나누고 노후설계도 하면서 아직 미개척지인 세계를 접해 보기를 바란다. 60년 동안 펼쳐놓은 것을 잘 정리하는 것도 30~40년 걸린단다. 인생은 60세부터라고 하지. 그 60세부터라는 것은 다른 사람들을 위하는 것이 아니라, '네가 주인공이 되어서 함께 어울리며 사는 삶이야.' 지금부터 너 자신을 바라보며 호흡명상 하는 시간을 좀 더 가져 힘을 키워나가야 되지 않을까?

그래야 노후의 후회 없는 삶을 살 수 있다고 나는 생각해. 너의 60년 평생 진액을 잘 갈무리하여 "김종옥이 세상에 온 진짜 이유"를 알았으면 한다. 그것을 알았을 때, 정말 네가 해야 할 일이 무엇인가 할 일이 남아 있음을 알게 되어있어. 그것을 공부하길 누나는 진심으로 바란다. 너의 60년 세상 공부가 마무리를 잘하여 헛되지 않고 빛을 내길 바란다. 사람은 마지막에는 빛의 존재로 가는 것이야. 네가 항상 감사하다고 한 말 생각난다.

그래, 만족하면 모든 것이 감사하고 고마운 것이지.

사랑하는 나의 동생 종옥아,

너는 지금까지 잘살고 있었어. 그리고 네가 내 동생으로 와 주어서 참 고맙다. 다시 한 번 너의 회갑을 진심으로 축하하며 우리 함께 도반으로 후회 없이 늙어가자. 이번 생에 나는 지구여행 졸업을 할 거야. 이번의 마지막 윤회로 끝이 나겠지. 그래서 나는 지금 지구 졸업 공부를 하고 있어.

너도 지구여행을 마지막이라고 생각하고 마무리 작업을 잘하길 바란다.

甲辰년 2024년 5월 23일 새벽에

사랑하는 너의 누나, 홍제 종숙 씀.

弘濟(홍제) : 모든 것을 갖추어서 통한다는 뜻으로 지은 내 호(號)야.

■ 종옥이의 답장 (카톡 내용)

동생이 카톡으로 나에게 답장을 보낸 것을 다시 올려본다.

오늘 다시 한번 더 생각합니다. 형만 한 동생 없다고~~

부모님 형제 다 챙기시는 누님 감사하고 존경합니다. 누님이 있었기에 우리 형제들 이만큼이라도 우애롭게 있는 것 인정합니다. 나 또한 뒤를 돌아보니 나 아니면 안 된다고 살아온 인생인 것 같네요. 요즈음은 내가 아니어도 다 된다는 것을 깨달아 갑니다. 욕심이 많았나 봐요.

아버지의 유전자를 받아 벌리기를 좋아하고 엄마를 닮아 표현력이 부족하고 하여 많은 실패도 했었지만 나름 헤쳐 나왔네요. 오늘 산소에 절을 하면서 부모님께 몇 번이고 감사하다고 했습니다. 이만큼 살게 해줘서 욕심 같지만, 앞으로도 더도 말고, 지금처럼만 살게 해달라고 마음 깊이 빌었습니다. 저는 생각합니다. 누님이 항상 제 곁에서 지켜봐 주시고 보살펴 주셨기에 지금의 제가 있다는 것을 너무나 잘 알고 있습니다.

누나! 감사합니다. 고맙습니다. 사랑합니다.

건강하시면서 소원성취하시길 간절히 기도합니다.

부모님 산소에 절하는 동생

촛불 61세에 불붙이는 동생

2025년 1월 17일,
왼쪽 앞 막내 올케, 동생 종옥, 뒤 왼쪽 동생 딸, 필자, 남편

인생의 길목에서

어릴 적부터 보름달을 보면 하염없이 어디론가 떠나고 싶다는 묘한 갈망에 사로잡히곤 했다. 학업에 큰 흥미를 두지 않았고 이기려는 집념도 없었다. 그저 말없이 양지바른 곳에 앉아있는 것이 좋았다. 친구들과 조잘조잘 말도 잘 하지 않았고 조금은 과묵했다고나 할까. 하지만 정의감만큼은 남달랐다. 내 주변 사람들이 조금이라도 어긋나는 행동을 하면, 물불을 가리지 않고 바로잡으려 드는 무서운 아이였다.

고등학교 시절, 교실 창 너머로 새로 생긴 경부고속도로가 보였다. 나는 더 넓고 쭉 뻗은 고속도로를 거침없이 차를 타고 달리고 싶었다. 고등학교를 마칠 무렵, 아버지가 엄마에게 부당하게 한 행동을 보고 아버지에게 격렬하게 반발했다. 그 사건 이후 아버지는 "자식을 키운 것이 아니라 호랑이 새끼를 키웠다"며 집을 나가시기도 하셨다. 이후 갈수록 아버지와 갈등이 심해지자 나는 부모님과 함께 살 수 없다고 판단하고 집을 나왔다. 그렇게 나의 첫 사회생활이 시작되었다. 많은 고난과 함께 나의 구도(求道) 생활도 이어져 갔다.

맡은 바 책임은 똑 부러지게 잘 처리했지만, 인간관계에서는 융통성이 부족했다. 고지식하고 바늘 하나 들어갈 틈 없이 완벽함을 추구한 나의 태도는 오히려 주변 사람들을 숨 막히게 만들었다. 한 됫박의 화를 쏟아내고, 그에 대한 한 말의 대가를 억울하게 치르면서도 내 성정을 바꾸기가 어려웠다. 내일 죽어도 오늘 할 일은 철저하게 해야 한다는 생각은 내 삶의 신조와도 같았다. 내가 없는 자리에서 내 이야기가 술판의 안주처럼 오르내리는 것을 용납할 수 없었다. 얼마나 정확하고 꼿꼿하게 살았는지 걸음을 걸으면 정면만 쳐다보고 가니까 옆에 아는 사람이 지나가도 알아차리지를 못할 정도였다. 머리칼은 항상 단발로 자르고 귀 뒤로 꼭 넘겨 정리했다. 그리고 신용을 목숨처럼 여겼다.

하지만 세상은 나를 변화시키기 시작했다. 1980년대, 관광업이 활기를 띠던 시절이었다. 당시의 관광은 술 마시고 흥청거리는 떠들썩한 문화였다. 일에 파묻혀 있던 동네 사람들은 관광버스를 전세 내어 하루 관광을 즐기곤 했다. 마을 사람들은 아침에 단정한 옷차림으로 관광버스에 올랐고, 출발할 때만 해도 모두가 말쑥하고 조용했다. 그러나 점심때가 되면서부터 술을 한 잔씩 하고 모처럼의 나들이에 마음이 풀어진 관광객들은 사람이 달라지기 시작했다. 관광을 다 마치고 집으로 돌아오는 관광버스는 움직이는 어느새 움직이는 술집이자 노래방이 되었다. 아침에 멋진 신사 숙녀분들은 간데없고 술에 취해 횡설수설하며 흔들리는 버스 안에서 춤을 추며 술을 따르고 다니는 사람들만 있을 뿐이었다. 처음에 이런 광경을 보며 몹시 힘들었지만, 버스를 타고 휠휠 나가는 것이 좋았다. 그리고 무엇보다 돈을 벌어야 한다는 절박한 현실 앞에서 결국 이 요지경 같은 세상을 받아들일 수밖에 없었다. 철통같던 내 성격이 바뀌어 갔다. 지금 생각해 보면 아마 내가 세상살이에 좀 더 너그러워지기 위해 관광업에 들어선 것이었을지도 모른다. 점점 돈의 쾌락에 젖어들기 시작했다. 오히려 한술 더 떠서 어떻게 하면 돈을 더 벌까 궁리하며 관광객들의 비위를 맞추어 스스로 주머니를 털어내도록 노래와 흥을 부추기기도 했다. 일을 마치고 한가할 때면, 허무감과 박탈감에 몸부림치며 "삶은 이런 것이 아닌데…" 하며 한숨을 쉬곤 했다. 그 당시에 써 놓은 몇 편의 일기를 보면 알 수 있다.

20대 고뇌의 일기

1) 이제 내 나이 스물둘, 적은 나이도 아니지. 지나온 22년 무엇을 생각하며 살아왔는가. 그 목적, 목표가 궁금하다. 돈을? 아니면 사랑을? 그것도 아니다. 그럼 삶의 가치를 어느 중심에 두고 있을까? 그것은 나 자신도 아리송할 뿐 모르겠다. 남들이 먹고 자고 하니까 나도 그냥 따라 했단 말인가. 나도 한 가지 뚜렷한 목적은 몰라도 그 무엇을 생각하지는 않았을까.

아무 의미나 보람 없이 한평생 산다면 짐승이나 무엇이 다를까. 삶의 가치를 어디다 두어야 인간답게 사는 것일까. 인생은 '나그네 길'이라고 하지 않은가.

그렇다. 미치자. 무엇에든 미치자. 돈, 사랑, 쾌락. 아니 나는 일에 미치는 것이 좋겠군.

희생정신으로 남을 위해 살아가자. 이렇게도 한평생 저렇게도 한평생 이제 3분의 1은 지나온 셈이고 나머지 3분의 2로써 마무리를 짓자. 실낱같은 생명 오래 살았다고 이 세상을 잘 살았다고 하지 못할 것이다.

보다 값진 삶을 영위하자. 굵고 짧게.

1980.2.20.

2) 고단한 몸을 이끌고 사무실에 들어오자 두 동생의 편지가 나란히 나를 기다리고 있다.

얼른 큰 동생 편지부터 읽었다. 읽는 순간 가슴이 뭉클하며 눈시울이 뜨거워졌다.

이렇게 나를 생각해 주는 동생들이 있다는 것을 생각하니 지금의 고달픔과 괴롭고 힘든 일을 거뜬히 해낼 것 같은 기운이 부쩍 났다. '옛말에, 개같이 벌어서 정승처럼 쓰라.'라는 말을 되새기며 열심히 일하여 불쌍한 내 동생과 기울어져 가는 집안을 일으켜야 한다는 신념이 굳게 다져진다.

동생들의 편지를 읽고 나니 그저께 본 엄마의 모습이 떠오른다. 그 풍채 좋던 모습은 어디 가고 파리하고 메마른 모습이 떠올라 눈물이 앞을 가린다. 불쌍한 우리 엄마 언제 한번 편안하고 건강하게 살아볼까. 날이면 날마다 빚 걱정, 자식 걱정 모진 풍파에 찌 들린 얼굴,

내가 언제 한번 편하게 엄마 아버지를 모셔보나. 벌자 돈을! 돈이 제일인 이 세상.

1980.3.15.

그 당시 내가 몹시 괴롭고 힘들었던 이유는 단지 직장 때문만은 아니었다. 그 시기는 어쩌면, 새로운 나를 만나기 위한 자아 각성의 시간이었는지도 모른다. 그리고 가족들에 대한 책임감이 몹시 컸다. 모처럼 본가에 가면 온 식구들이 나를 바라보며 나에게만 의지하는 것 같았다. 그 짐의 무게는 말로 다 할 수 없이 무거웠고, 아버지와 두 동생이 보낸 편지들 속에 고스란히 담겨 있다.

3) 인생은 무엇인가

내 전생에 무슨 죄를 많이 지어서 이렇게 괴롭게 살아야 하는가. 나오는 것은 한숨뿐, 땅이 꺼지도록 한숨만 나온다. 무엇 때문에 이 젊은 가슴에 한숨만 나오는가. 목숨은 한 개비의 담뱃불과 같은 것이 아닐까. 무엇 때문에 이 괴로움을 딛고 살아야 하는가.

누구를 위해 일을 하며, 누구를 위해 듣기 싫은 소리를 들어가며 참아야 하는가.

나 자신을 위해 이렇게 바득거리며 살아야 하나. 왜 나에게는 '쨍' 하고 해 뜰 날이 오지 않는다는 말인가. 지금, 이 시간 자정이 넘었는데 잠은 오지 않고 끝없는 한숨만 나오는 것은 왜일까. 정말 미치는 것이 낫지 않을까. 나를 모르는 무아의 세계로 빠져서 미치고 싶다.

'어머니 왜 나를 낳으셨나요.' 차라리 이 세상에 태어나지를 않았다면 이런 고통은 없었을 텐데. 내 마음이 좁아서 이럴까, 나 자신을 반성해 보자. 내 주위의 사람들을 경계하고 믿지 말며 혼자서 묵묵히 살아가자. 그리고 때를 기다리자. 10년 후면 그때는 나도 변해 있겠지. 그때 괴롭고 고달프고 억울한 이 심정을 생각하며 피맺힌 복수를 하자. 참자, 또 참자. 치사하고 비굴해도 참는 거야. 이 모든 것은 내가 가난한 탓인 것을 누구에게 하소연을 할 것인가.

'아~ 이 몸은 오래지 않아 다시 흙으로 돌아갈 것을, 무엇을 슬퍼하고 무엇을 기뻐하랴.

지금도 내 인생은 타고 있는데(불교 책 인용), 웃고 즐기고 나면 더 깊이 파고드는 공허함이여. 마음껏 타락하고 싶다. 미친 듯이 고함이라도 치고 나면 마음속이 조금 후련할까.

이 한목숨 칵 죽으면 그만인 것을 무엇 때문에 망설일까.

한번 태어나면 죽음은 정해진 이치인데, 일찍 죽고 늦게 죽는 그 차이일 뿐, 그 아무것도 없는 것을, 호랑이는 죽어서 가죽을 남기고 사람은 죽어서 이름을 남긴다고 했지. 죽은 자에게 이름이 남으면 무슨 소용이 있을까. 그렇다고 생목숨을 내가 끊을 수는 없지 않은가. 부처님께 귀의 해서 이 중생의 고뇌를 털어버리고 마음의 평안을 찾아볼까. 내 눈에 보이는 모든 것이 불쌍하고 가련하게 보인다. 우리 식구와 내가 그렇지 않은가. 모든 중생은 모두가 번뇌를 안고 있기 때문인지도 몰라. 쓰러져 가는 집안 꼴 더 보고 있을 수도 없고, 그렇다고 이 작은 힘으로 어쩔 도리가 없어 괴로운 심정이다. 세상이 허무하게만 보이는구나.

꿈을 꾸면 항상 같은 꿈을 꾸었다. 학교 교실에서 시험을 보는데, 나는 답을 쓰지 못하여 안절부절못하고, 다른 애들은 시험지를 다 내고 나가는데 나 혼자 빈 교실에 앉아 가슴이 답답한 꿈을 꾸었다.

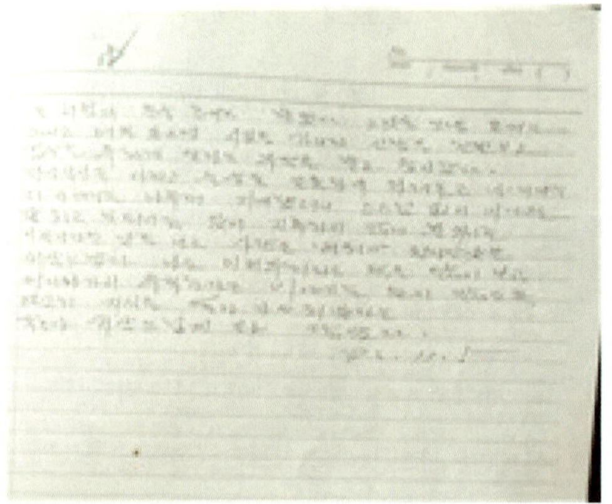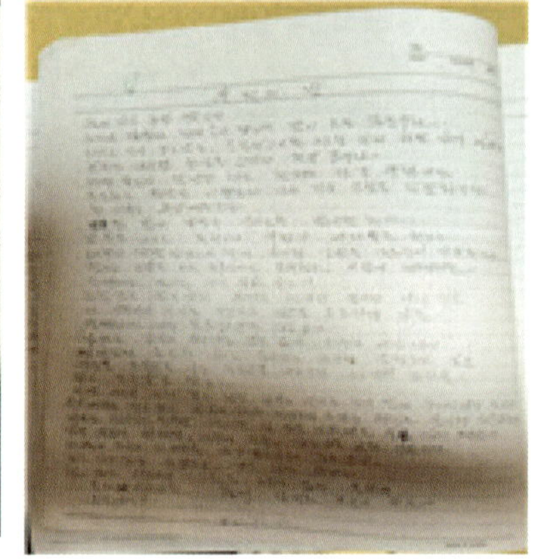

1981년2월14일 일기

4) 불면의 밤

늦게 마신 커피 탓인지 아니면 옆방의 노랫소리 탓인지 잠이 오지 않는구나.

26세가 8일 후면 다 가고 있다. 지난해만 해도 한 해가 다 가면 초조하고 한숨만 나왔는데, 지금은 답답하기만 한 것은 무엇 때문일까. 창밖의 달빛은 시리도록 밝기만 하다.

남들은 나를 보고 목석이니, 부처니 여러 말들을 한다. 그것은 오직 회사에만 몰두하고 이성과 다른 일에는 전혀 관심을 갖지 않기 때문이다.

144

나도 알고 있다. 내가 마음을 다른 데 두면 나를 지탱하기가 매우 힘들다는 것을. 나라고 감정이 없겠는가. 오직 내일이란 단어를 들고 전진할 뿐이다. 난 아직 집안의 일이나 막냇동생이 제 스스로 설 수 있을 때까지 참고 나가야 한다. 사람이란 다 자기 나름대로 살고 있기 때문에 남의 유혹에 빠지지 말아야 한다. 나중에 내가 죽는 것은 정한 이치이지만 인간답게 살았는가, 그것이 나는 문제이다.

'나' 없는 자리에서, '나'를 사람들 입에 오르내리며 욕되게 살지는 않기 위해서 나대로 굳건하게 살아나갈 것이다.

1983.12.23

그 당시 쓴 일기를 다시 옮겼다. 암울하고 힘들었던 꽃다운 20대, 나는 그저 한숨만 쉬며 살았다. 지금 이 글을 쓰면서 참으로 서럽고도 치열하게 살아온 나 자신이 새삼 고맙다. 모든 걸 포기하고 싶던 순간에도 끝끝내 버티며 여기까지 온 '나'에게 무한한 감사와 위로를 보낸다.

5) 새해 아침

새날이 밝았다. 새해 첫날이 밝았다. 나는 이 새 날 새해에는 기대도 많고 포부도 크다.

나의 인생 계급장이 또 하나 달리고 올해는 기필코 결단을 내리는 해가 된다.

마침 나에게도 이상적인 결혼이 순조롭게 된다면 다행이겠지만 그럴지 않을 때는 또다시 인생의 뒤안길에서 내 일터를 내 스스로 떠나지 않으면 안 될 것이다. 물론 누가 밀어내지는 않겠지만 너무나 오랜 세월 동안 한자리에서, 그것도 좁은 바닥에서 지내왔다. 올해를 지나면 나는 아마 숨이 막히고 질식할 것이다. 그러기 전에 나는 이 한 해를 더 값지고 결단성 있게 지내야 된다. 85년 나에게는 제2의 인생을 가는 기점, 바로 그것이다. 그러니만큼 나에게는 중요한 한 해이니, 기대하고 또 열심히 노력을 해야 한다. 그리고 덕을 쌓아야 한다. 이 중요한 한 해의 첫날을 머나먼 제주도에서 맞이한다. 만물을 창조하신 신이여! 부디 이 몸을 돌보소서. 85년은 나의 전 생애가 걸려 있어 성공하느냐 아니면 패배하느냐 하는 신중한 한 해가 될 것입니다. 부디 이 한 인간의 몸부림을 살펴보시고 인도하소서.

1985년1월 1일 제주도에서

이 글을 정리하면서 나는 새삼스럽게 놀랐다. 1985년 1월 1일, 새해 아침에 적었던 나의 다짐과 포부가 어쩌면 그해 7월에 여행사를 운영하게 될 운명을 미리 암시하고 있었던 것만 같다.

6) 술을 마시고 춤을 추어 봐도 공허한 마음은 더 할 뿐이다.

육지에서나 여기 제주도에 와도 별다른 일은 없다. 다른 사람들은 나를 아는 사람들, 아니 이 직업을 가진 사람들을 좋아하거나 부러워할지 몰라도 허전하고 외로운 마음은 어디에 가나 마찬가지다. 썰렁한 방, 냉기 도는 방은 나의 자취방이나 여관방은 나를 만족하게 하지는 못하는구나. 오직 내일 걱정 삶에 대한 근심은 떨쳐버리지 못하는구나.

언제나 나를 이런 외로움에서 벗어나게 할지 아직도 전생에 지은 업보가 남아 있는 모양일까. 전생에 지은 죄가 너무 큰 것이라서 그럴까. 이제는 이런 외로움에서 벗어날 때가 되었을 것 같은데, 용기가 없을까 아니면 너무 현실주의라서 그럴까.

내 마음 나도 모르겠다. 모든 것을 잊어야지 그때그때 주어진 현실에만 의존하자.

내 아무리 발버둥 쳐보아도 억지로 되지는 않는 내 운명! 기다리자. 나의 운명을 아니지 극복해야 한다. 모든 일은 잘 해결해 나가면서 오직 나의 인생에 대해서만 운명으로 돌리니 너무 내 자신이 한심하고 가련하구나.

운명을 개척하자 운명을…….

1985.1.26. 제주도에서

회사 이직

내 나이 스물넷, 1982년 가을의 이야기다. 나는 대구에 본사를 두고 문경 점촌에 지사를 둔 '세화관광'이라는 회사에서 근무하고 있었다. 그 당시 문경은 탄광 광업소가 번성하던 시기였다. 군내 곳곳에 탄광이 있었고 사택들이 즐비했으며 광부들로 가득했다. 처음 문경에 도착했을 때, 나는 그곳을 '검은 읍내'라고 생각했다. 식당과 고깃집, 술집이 많아서 작은 읍내는 늘 활기를 띠고 있었다. 극장이 읍내에 하나 있었고, '신기'라는 곳에는 광업소 사택이 밀집해 있어 사택 앞에도 또 다른 극장이 자리하고 있었다. 문경 군민들은 관광버스를 전세 내어 관광을 자주 다녔다. 관광버스 안에는 한 말짜리 막걸리 통을 두 개씩 싣고 다니며, 버스 안에서 사람들은 춤을 추고 노래를 하며 흥청거렸다. 문경의 경제가 경북에서는 포항제철 다음갈 만큼 활성화되어 주민들은 풍요로운 생활을 누렸다. 그러다 보니, 내가 근무하던 세화관광도 호황기를 누리고 있었다.

나는 고객들을 잘 응대하며 각 동네를 돌며 홍보와 판촉 활동을 열심히 했다. 사장님의 대리인처럼 일하며 회사에 크게 기여하고 있었다. 그러던 중, 경주에 명암관광 본사가 새로 설립되면서 문경의 ’검은돈‘을 노리며 지사를 열 계획을 세우고 있었다. 명암관광은 나에게 더 나은 조건을 제시하며 스카우트 제의를 해왔다. 무려 두 달 동안 고민한 끝에, 문경 하초에 사는 선도사(대종교 직책)님과의 상담을 통해 회사를 옮기는 것이 더 나을 것이라는 결론을 내렸다. 하지만 나는 인정을 중요하게 여기는 사람이라 마음이 편치 않았다. 사직서를 내기 어려운 나는 며칠 동안 마음이 괴로웠다. 3년 넘게 함께 일하며 매일 보던 사장님과 인연을 정리하기가 매우 힘들었다. 게다가, 지금의 회사에서는 내가 사장님을 대신할 수 있는 유일한 존재로 여겨지고 있었기 때문에 사직서를 내는 일은 더욱 어려웠다. 어쩌면 명암관광에서 이러한 나의 위치를 미리 파악하고 스카우트 제의를 했을 것이다. 결국 나는 사장님께 차마 말씀드리기가 힘들어, 먼저 술을 마시고 술기운을 빌어 사장님을 찾아가 술 한잔하자고 했다. 내 말을 들은 사장님은 나의 변심에 무척 놀라셨고, 또 많이 서운해하셨다. 졸지에 통보받은 사장님의 일그러진 얼굴을 차마 볼 수가 없어 가슴이 아팠다. 한참 말이 없던 사장님은, “옛말에, 기대가 크면 실망도 크다고 하더니.”라고 탄식에 가까운 한숨을 쉬셨다. 나는 그저 눈물을 흘리며 “죄송합니다.”라고 몇 번이고 양해를 구했다. 그리고 내가 이런 결정을 내릴 수밖에 없는 우리 집의 어려운 사정을 이야기하면서 또 울었다. 하지만 사장님은 새벽 2시까지 회유와 설득을 이어가다가 갑자기 일어서시며,

“미혼의 몸으로 앞으로 몇 년을 더 한다고 그렇게 무정할 수 있냐?

그래, 돈 많이 벌어 잘 살아."라고 한 마디 남기고는 나가버리셨다.

　다음 날 새벽, 나는 심한 갈증과 두통으로 잠에서 깼다. 지난밤의 악몽 같은 일을 떠올리며 무거운 몸뚱이를 간신히 일으켜 거울 앞에 섰다. 거울 속에는 낯선 괴물이 하나 서 있었다. 눈두덩은 부어서 쌍꺼풀은 없어지고 눈알은 시뻘겋게 충혈된 모르는 사람이 있을 뿐이었다. 온몸은 밤새도록 두들겨 맞은 것처럼 아팠다. 아직 술이 덜 깨어 걸음이 제대로 걷는 것도 힘들었다. 그런데 집에는 어떻게 들어왔는지 궁금했다. 소리를 내어 울어서 그런지 목은 쉬어 말이 나오지 않았다. 자꾸만 구역질이 나와서 아침 식사도 하지 못한 채 겨우 출근했다. 앓는 소리를 죽이며 주섬주섬 사무실에 있던 내 짐을 쌌다. 함께 일하던 직원들에게 미안하여 고개도 제대로 못 들고 잘 있으라며 도망치듯 회사를 나왔다.

　새로운 회사와 계약을 한 달 앞두고 며칠을 밖에 나가지 않고 집에서 뒹굴었다. 그러다가 정신을 차리고 앞으로의 계획을 세워보았다. 좀 더 효율적으로 집안에 도움이 되도록 구상했다. 우선 막냇동생을 대구에 있는 관광학원에 보내기로 했다. 다음은 새로 입사하게 될 회사에 사촌 형부를 8008호 관광버스 기사로 추천하여 함께 일하게 하는 것이었다. 그래서 나중에 내가 직장을 떠나더라도 두 사람을 제대로 바로 서게 해주고 싶었다. 이런저런 생각에 잠은 도망가고 눈이 말똥말똥하여 날이 새는 줄도 몰랐다.

　다음 날, 김천 집에 가서 내 결정을 가족들에게 이야기하고, 그들이 기뻐한다면 내가 이직을 선택한 것도 충분히 보람 있는 일이라 생각했다. 사촌 형부는 평소 나만 보면, "처제 나 관광버스 기사 좀 시켜줘." 하며 청탁을 하곤 했다. 형부는 사람은 좋은데 술을 좋아하는 것이 단점이었다. 그래서 나는 형부에게 다짐을 받았다. 절대 술 먹지 않겠다고 나와 약속하면 신경 써 도와주겠다고 했다. 그래서 형부를 8008호 관광버스 기사로 취직을 시켰다. 처음에는 술도 마시지 않고 고객들에게 친절히 대하며 열심히 일했다. 하지만 몇 달이 지나자, 술에 취한 관광객들을 상대하는 일이 힘들다며 지쳐갔고, 퇴근 후에는 소주를 맥주잔에 부어 벌컥벌컥 마시며 나와의 처음 약속을 지키지 않았다. 함께 승차한 안내원이 불안해하면서 나에게 걱정을 자주 털어놓았다. 하루는 형부가 쉬는 날 형부를 만났다.

"형부, 관광버스 기사가 밖에서 보는 것하고 다르게 힘들지요?"라고 묻자

"처제, 나는 관광버스 운전하고 다니면서 여행도 하고 어울려서 노래도 부르고 신나는 줄 알았어. 그런데 생각보다 만만치가 않네."라고 힘들게 말씀하셨다.

"형부의 욱하는 성격과 아부할 줄 모르고 자존심이 강한 사람은 근무하기가 힘들어요. 그리고 고객들에게 자주 사무실로 전화 오는 것도 나도 힘드니까 그만 집으로 가서 형부 하시던 일을 하시면 좋겠어요."라고 하자 형부는 순순히 그러겠다고 하며 사직을 했다.

막냇동생은 국내 관광학원을 이수하고 자격증을 취득한 뒤 우리 회사에 취직했다. 그런데 동생은 너무 어렸고 성격이 여성스럽고 순해서 자꾸만 내 마음에 차질 않았다. 그러다 보니 자꾸 나는 잔소리

를 하게 되고 윽박지르면, 동생은 혼자 뒤에서 울기도 하고 어느 날
은 회사를 나오지 않기도 했다. 그러다 결국 동생은 해병대에 자진
입대를 하고 말았다.

　내 젊은 날의 일기장에는 이렇게 적혀 있었다.

　　"내 신조가, '꼭 필요한 사람이 되자.'이다. 지금은 집안에
　서, 회사에서 꼭 필요한 사람이 되는 것이다. 앞으로는 더 큰
　사회에서도 '꼭 필요한 사람'이 되는 것이다."

5

여자의 의리

'효성관광'이라는 전세버스 회사가 상주에 설립되었다. 점촌에서도 함께 전세버스에 투자하면서 현 회장님이 여행사를 시작하였다. 그분의 아드님이 여행사 대표로 나서며 회사를 '점촌효성관광' 이라 명명했다. 나는 회사의 제2 영업과장으로 입사하게 되었다. 초기 회사 분위기는 매우 좋았고 나 역시 열심히 일에 매진했다. 하지만 회사에는 나와 라이벌 관계에 있는 제1 영업과장이 있었다. 그는 나보다 다섯 살 많은 남자로 가정이 있는 가장이었다. 부지런하고 친절하고 욕심이 많은 사람이었지만, 성격이 날카롭고 자기 마음에 들지 않으면 상대방을 무척 힘들게 하는 스타일이었다. 어느 날 함께 행사를 진행한 안내원이 마음에 들지 않는다고 모함을 하여 그 안내원을 스스로 사표를 쓰도록 압박하는 현장을 보게 되었다. 그 안내원은 업무 능력이 뛰어났고, 무엇보다 오랫동안 함께 일하며 돈독한 관계를 쌓아온 친구였다.

그 일로 인해 나는 큰 충격을 받았다. 제1 영업과장이 나와 가장 가까운 친구를 회사에서 몰아내려는 의도가 분명했기 때문이다. 그 친구는 노모를 모시며, 오빠가 키우지 못한 조카를 돌보고, 남동생의 학업까지 지원해야 하는 집안의 가장이었다. 이런 상황에서 그녀가 일자리를 잃는 것은 상상조차 할 수 없었다. 하지만 도저히 내 힘으로는 이 일을 막낼 수 없었다. 결국, 사장님에게 독대를 요청했다. 사장님은 다소 의아해하셨지만, 시간을 내어 조용한 다방에서 나를 만나 주셨다. 모든 사실을 상세히 말씀드렸고, 잘못이 없는 안내원을 퇴직시킨다면 나 역시 회사를 떠나겠다고 단호히 말했다. 사장님은 평소 나와 그 직원을 유심히 관찰하셨는지 한참을 고민하시다가 알았으니 걱정하지 말고 열심히 일하라고 격려를 해 주셨다. 다음날, 사장님은 내 친구인 안내원을 따로 불러서 모든 이야기를 다시 들으셨다. 그리고 이렇게 말씀하셨다고 한다.

“미스 강은 든든한 친구를 두었군요. 객지에서 자기 목숨을 걸고 돕는 사람이 있다는 건 참 드문 일이에요. 앞으로 더 열심히 일하고 두 사람이 잘 지내길 바랍니다.”

그 이야기와 함께 내게 고마움을 전했다. 결국 며칠 후, 제1 영업과장은 억울함을 내비치며 나를 원수처럼 여기고는 끝내 회사를 떠났지만, 한편으로는 그의 착한 아내가 눈에 여러서 한참 동안 나 역시 한동안 마음이 무거웠다.

몇 개월이 지나 1985년 6월, 사장님은 자주 회사에 나오지 않으셨고 가끔 회사에 나오시면 안색이 좋지 않으셨다. 얼마 지나지 않아 들리는, 소문에 여행사 문을 닫는다는 소문이 돌았다. 나는 불안한 마음으로 회사와 동료들 그리고 앞으로의 미래를 고민하며 시간을 보냈다.

6

28세에 여행사 대표가 되다.

점촌시에는 '문경관광여행사'라는 큰 전세버스 회사가 있었다. 그 회사와 우리 회사는 윗분들 사이에 친분도 있었고, 시에서는 조정을 통해 우리 여행사를 정리하기로 이미 어느 정도 합의가 이루어진 듯했다. 하지만 우리 사장님은 직원들을 해체하는 것이 마음에 걸리셨는지, 어느 날 나를 따로 부르셔서 말씀하셨다.

"김 과장님, 지금 있는 직원들과 여행사를 계속 운영해 나가겠다면, 사무실 집기며 '점촌효성관광'을 그대로 다 드리고 나는 나가겠습니다. 대신 사무실은 몇 달 동안만 사용하시고 다른 곳으로 옮겨 주셔야 합니다."

"사장님, 저 말고도 남자 직원이 있잖아요. 관광학과 석사과정을 마친 신 대리님도 계시고요. 내가 많이 고민하고 생각해 봤습니다. 그런데 김 과장님이 맡아서 하지 않으면 나는 여행사를 닫을 수밖에 없다고 결론을 내렸어요. 생각해 보시고 답을 주세요."

집에 돌아와 고민이 깊어졌다. 사실 나 혼자라면 더는 직장 생활에 미련이 없었지만, 나머지 직원들과 버스 기사, 안내원들을 생각하면 마음이 무거웠다. 사장님은 전세버스는 개인 투자자들에게 매각할 계획이라고 하셨다. 그 투자자들에게 우리 여행사가 위탁받아 영업하면 되고, 그에 따른 수수료를 받을 수 있다고 하셨다. 회사 행사 때도 유용하게 활용할 수 있을 거라고 덧붙이셨다. 무엇보다 사장님이 나를 믿고 맡길만한 사람으로 생각해 주셨다는 점에 가슴이 뿌듯했다.

다음 날, 직원들과 상의했더니 모두가 내가 회사를 맡아주길 바라며 함께하자고 마음을 모아주었다. 오히려 내가 회사를 그만둘까 봐 더 걱정하는 분위기였다. 후덕한 사장님의 배려 덕분에 우리 모두 흩어지지 않고 다 함께 살아가기로 다짐했다. 감사한 마음으로 더 큰 주인의식을 가지고 새로운 각오로 부지런히 뛰기로 했다.

그날의 심정이 일기에 다음과 같이 술회하고 있다.

「인생길이란 말이 떠오른다. 멀고도 긴 여행, 가깝고도 고달픈 행로, 희로애락이 섞인 영사기의 필름처럼, 우리는 이 세상을 잠시 스쳐간다.

짧고도 긴 이 여정을 어떻게 하면 지루하지 않고 재미있는 추억과 보람찬 여행길을 갈 수 있을까. 어떤 이는 인생을 연극이라 한다. 그 말이 맞는 것 같다. 웃고, 울고, 마시고, 괴로워하며 슬퍼하는 연극. 인간으로 태어난 우리는 멋진 연극을 한 번쯤은 해야 하지 않을까.

불교의 윤회설에 따르면 인간으로 환생하는 것은 매우 어렵다고 한다. 죽어 다시 태어난다 해도 인간으로 다시 태어나기는 힘들다고 하지 않는가. 오로지 지금 주어진 인간의 삶 속에서 멋지게 연극 무대를 만들어가는 것. 그것이야말로 가장 재미있고 의미 있는 인생살이일 것이다. 이제 내 나이 스물여덟. 많은 것을 경험했고, 많은 시련과 즐거움을 겪었다.

사회생활 8년 동안 나는 많이 변했다. 마음도, 생활환경도 달라졌다. 나는 평탄한 여자의 길을 선택하지 않았다. 세일즈맨에 가까운 험한 길을 택했고, 결국 작은 회사의 대표이사가 되었다.

물론 가진 것은 없다. 월급을 받는 월급쟁이 사장이다. 직원들이 함께 돈을 모아 주식회사를 세웠고, 모든 직원들이 주주가 되었다. 회사를 운영하려면 대표이사가 51%의 주식을 가져야 한다는 규정 때문에 돈을 끌어모으고 빌려서 겨우 형식을 갖췄다.

새로운 욕망으로 다시 사회의 대열에 섰다. 지금 내게 있는 건 불타는 젊음과 누구도 꺾을 수 없는 투철한 정신력뿐이다. 지금은 빈껍데기뿐이지만, 8년 후에는 이 껍질을 가득 채울 것이다. 사람들은 흔히 10년 계획을 세우지만, 나는 8년 계획을 세운다. 변화를 만들어갈 것이다.

1985년 8월 5일 맑음 수요일」

나는 그렇게 1985년, 내 나이 28세에 점촌효성관광 여행사 대표가 되었다.

7

변화의 물결

1985년, 내 나이 28세 여름이었다. 부모님은 나이가 들었으니 결혼하라는 성화가 잦았다. 하지만 특별히 마음에 드는 사람이 없었고 결혼에 대한 큰 열망도 없었다. 결혼 대신에 사업에 도전하기로 결심했다. 앞서 언급했듯이 여행사 사장님의 배려로 여행사 일을 경험한 적이 있었기에 별다른 두려움 없이 회사를 맡았다. 하지만 회사 운영은 생각만큼 결코 녹록치 않았다. 이전에는 사장님이 모든 책임을 져주었기 때문에 나는 오로지 영업에만 신경 쓰면 되었다. 그러나 대표가 되고 보니 행정 업무와 대외적인 관계까지 모두 내가 책임져야 했다. 더군다나 나이 어린 여자가 대표라는 이유로 대인 관계에서도 적잖은 어려움을 겪어야 했다.

회사를 인수한 지 채 1년도 되지 않아 버스 사고가 발생했다. 처음 겪는 사고 처리에 미숙했고 한창 관광 철에 버스 대체까지 겹치면서 모든 일이 내 뜻대로 흘러가지 않았다. 스트레스는 나를 조금씩 갉아먹었다. 머리가 아프고 소화불량으로 자주 체했다. 회사 대표가 된 후에도, 무슨 일이든 내가 해야 직성이 풀리고 직원들에게 맡기면 물가에 아이 세워 놓은 것처럼 불안했다. 매일 나 혼자 바쁘고 직원들은 할 일 없이 내 눈치만 보며 안절부절못했다. 급기야는 일도 제대로 하지 않는 직원들에게 월급을 주는 것이 아깝다는 생각이 들었다.

설상가상으로 우리 여행사에 관광버스를 지입한 사람이 부도를 내고 도망가는 일이 벌어졌다. 그의 빚을 받지 못한 채권자들은 그 사람의 행방을 알아내기 위해 나를 찾아와 협박하기 시작했다. 하루는 40대 부부와 사채업자로 보이는 남자 한 명이 나를 조용히 불러 빈 사무실로 데려갔다. 빈 사무실에 들어간 그들은 "이덕기 어디 갔어."라며 나를 다그쳤다. 나는 모른다고 했지만, "거짓말하지 마, 김 사장은 알고 있었잖아. 같이 짜고 빼돌렸잖아."라며 나를 벽으로 확 밀쳤다. 나는 반대편 벽으로 힘없이 밀려났다. 반대편에 서 있던 한 남자는 "거짓말하지 마, 우리가 다 알고 왔어." 하며 또 반대편으로 나를 밀었다. 건장한 남자들의 탁구공이 되어 이리 밀치고 저리 밀치며 고문을 당하고 있었지만, 함께 온 여자는 나를 째려보기만 하고 서 있었다. 내가 뭘 잘못해서 자존심이 걸레처럼 이렇게 찢어지는 수모를 당해야 하나, 살이 벌벌 떨리는 분노와 치욕감에 치를 떨었다. "오늘은 이 정도만 하고 가니까, 잘 생각해."라고 떠나는 빚쟁이들의 등쌀에 날마다 살얼음판을 걷는 생활이 지속되었다. 정말 죽고 싶었다.

그렇게 우울한 나날을 보내던 중, 나의고객 최도화님 덕분에 수안보 미륵사와 인연이 되어 스님의 지도로 '기도'라는 것을 처음으로 시작하게 되었다. 기도만 하면 나는 매번 대성통곡을 하며 울음이 그치질 않았다. 결혼도 하지 않은 젊은 여자가 매일같이 그렇게 울어대니, 함께 기도하던 아주머니들은 "참으로 이상하네. 무슨 사연이 많아서 저렇게 울까." 하며 걱정을 하셨다고 했다. 처음에는 회사 걱정이 머릿속을 떠나지 않아 기도에 집중할 수 없었다. 회사에서 미륵사까지는 내가 직접 봉고차를 운전해야 했다. 이화령 고개의 꼬불꼬불한 길을 넘고, 작은 새재를 지나야 하는 한 시간 반 거리. 기도하는 날이 많아질수록 회사에 대한 걱정은 사라지고 기도 그 자체의 깊이에 빠져들게 되었다. 어느 날 문득 깨달았다. 내가 없어도 회사는 그대로 잘 돌아가고 있다는 것을. 사장이 자리를 비우니 오히려 직원들은 신바람 나게 더 열심히 일하고 있었고, 그렇게 집착의 끈을 서서히 놓는 연습을 하게 되었다.

그 당시 쓴 시를 옮겨 본다. 내 나이 30세에 쓴 시이다.

「욕심의 번뇌」

단식을 하고 기도를 하고 정신 집중시키려도/ 끝없이 타오르는 금전의 욕심, 명예의 욕심, 향락의 번뇌, 한없는 삶의 번뇌// 언제나 금전, 명예, 향락/ 스쳐가는 바람결에 날려버리고/ 오직, 내 마음 나의 몸 닦아나 볼까.

1987.2.3

산에서 일주일씩 천막을 치고 단식기도를 했다. 추운 겨울에도 어른들과 밖에 앉아서 밤 기도에 동참했다. 아예 퇴근을 미륵사로 하여 한밤중까지 차가운 법당에 홀로 앉아 밤을 새우면서 울며 기도했다. 점점 절에서 점촌으로 출근을 하는 날이 잦아졌다. 그즈음 막냇동생이 해병대 제대를 하고 우리 회사에서 일을 배우고 있었다. 동생은 나를 미쳤다며 이상한 눈초리로 곱게 보지 않았다. 하지만 그때는 내가 알지 못하는 또 다른 세계가 있다는 걸 알기 시작한 때라 남의 시선 따위에 연연하지 않았다. 나는 그저 더 깊은 정신세계로 들어가길 염원할 뿐이었다. 기도 생활을 시작하고 나서부터는 그토록 두렵고 혼란스럽던 세상에 대한 걱정이 서서히 사라지고 마음이 변화하고 있음을 확실히 느꼈기 때문이다.

「당신과 함께 있기에」

당신이 늘 내 곁에 함께 있기에 초조하거나 불안하지 않습니다.

당신이 항상 나와 함께 하기에 언제나 지루하거나 두렵지 않습니다.//

'내 나이 꺾어진 육십' 하지만 걱정 없습니다.

언제 어느 때, 나를 데리고 간다고 해도 내 기꺼이 즐거운 마음으로 쫓아가렵니다.

내가 여기 있든 저기 있든 당신과 함께 있다고 믿기에

언제나 마음과 몸의 준비로 후회하거나 안타까워하지 않으렵니다.

난 당신과 늘 함께 있다는 것을 믿기에.

1987년, 수안보 미륵사에서

기도를 통해 나를 보호하는 신(神)이 있다는 것을 알게 되었다. 기도 중 무아지경에 빠지면 걱정이 스르르 사라지고, 세상이 모두 잘 돌아갈 것 같은 평온함을 느꼈다. 사람들과 아옹다옹하지 않고 호젓하게 산사에 와서 혼자 있는 시간이 너무 좋았다.

이런 생각도 들었다. '내가 젊은 나이에 죄를 지었으면 얼마나 지었을까? 지금까지 잘못 산 것을 씻어내고 새롭게 살면서 기도를 늘 한다면, 늙어서는 덕지덕지 찌든 죄는 없겠구나. 차라리 미리 이런 일이 생겨서 다행이구나.' 하는 마음이 들면서, 그때 처음으로 마음의 파란 하늘을 보았다.

1986년부터 '단군정신선양회'의 어르신이 수시로 사무실에 오셨다. 가끔 버스 전세를 내어 서울 관광을 하시면서 가깝게 이야기를 하는 사이가 되었다. 1987년 봄, 제주도 여행이 한창 일 때였다. 어르신은 전라북도 김제에서 열리는 '단군어천절'(음력3.15 단군이 하늘로 돌아가신 날) 행사에 동행하자고 나를 설득하셨다.

약속한 날 하루 전, 나는 제주도 여행 마지막 날 새벽에 꿈을 꾸었다. 서귀포 앞바다에서 붉고 큰 태양이 수면 위로 떠오르는 것을 보며, 나는 그 경이로움에 넋을 잃고 쳐다보고 있었다. 그 순간 처음 보는 남자 어르신이 내게 하얀 백지를 주었고, 나는 그것을 조용히 받아들었다. 그리고는 꿈에서 깨어났다. 무슨 꿈인지 종잡을 수는 없지만 좋은 꿈이라는 느낌이 들었다. 기분 좋은 마음으로 육지로 나와, 다음날 여 주사님(선양회 어르신)을 모시고 봉고차를 몰아 김제로 향했다. '등용영대(登龍靈坮)'라고 꾸며 놓은 작은 산등성이로 안내를 받으며 올라갔다. 그곳은 잔디가 깔려 있었고 곳곳에 돌 조각으로 만든 비석과 같은 다양한 석물들이 많이 세워져 있었다. 잔디밭에는 옥색 도포와 머리에는 건을 쓴 남자분들과 노란 한복을 곱게 입은 여자분들이 행사 시간을 기다리고 있었다.

여 주사님은 붐비는 사람들의 틈을 비집고 도포 입은 한 어른에게 나를 데리고 가서 인사를 시켰다. "안녕하세요? 저는 문경에 사는 김종숙입니다." 꾸벅 인사를 하고 고개를 들어보며 깜짝 놀랐다. 아니! 어젯밤 꿈에 나에게 하얀 백지를 주신 분이 어떻게 여기에? 그분은 "아, 예 이야기 많이 들었어요. 참 잘 왔어요." 하시며 미소 띤 인자한 얼굴로 나를 반겨 주셨다. 가슴이 뛰기 시작했다. '아니 이럴 수가, 이분은 도대체 누구신가?' 나중에 알게 된 사실은 문경에 사시는 분이었고, 그곳 행사장의 총무님이었다. 그분은 송은 김종성이라

는 분으로, 부친으로부터 신앙해온 민족종교인 강증산 계열의 삼덕교를 이끄시던 문경 곡주 어른이셨다. 더욱 놀라운 것은, 김해김씨의 삼현파로서 종자 돌림이 나와 같은 항렬이라는 사실이었다. 나중에 그분은 자기에게 오라버니라

부모님과 유달산에서

고 부르라고 했지만, 아버지와 같은 연배인 어른인지라 그냥 '곡주 어른'이라고 불렀다. 그렇게 나는 삼덕교를 알게 되었고 삶을 살아 가는 지혜를 그곳에서 많이 배웠다. 문경 곡주 어른은 내 인생에서 유일한 스승님이자 정신적으로 큰 이정표가 되어주신 분이었다.

회사의 대표로서 가졌던 무게를 점차 내려놓으면서 명상과 기도, 종교적 삶에 더욱 깊이 몰입하게 되었고, 그 안에서 정신적 안정을 찾아갔다. 그리고 마침내, 1987년 11월에 2년 3개월 만에 대표직에 서 물러났다.

단군 할아버지 초상화

삼덕교 등용영대 어천절 행사

송은 김종성 곡주어른 부부

여행사 대표 때

여행사 근무 중

8

내 삶의
당근이 되어준 분들

나영금 사촌 올케언니

초등학교 5학년, 가을 운동회 연습이 한창일 때였다. 우리 학교 운동회는 학년마다 맡은 역할이 있었는데, 우리 5학년은 한국 무용을 담당했다. 여학생들은 한국 무용을 날마다 연습했다. 나는 무용 연습이 재미있어서 매일 수업이 끝나길 기다렸다.

그런데 운동회 며칠 전, 아버지가 갑작스레 늑막염으로 김천 도성병원에 입원하셨다. 엄마는 아버지 병간호 때문에 집에 오지 못하셨고, 내 한복도 준비해 주실 수 없는 상황이었다. 나는 다음 날 당장 운동회에서 입을 한복이 없어서 속이 탔다. 운동복을 입고 참가할 수도 없고, 그렇다고 빠질 수도 없는 난감한 처지였다. 결국 나는 큰집으로 달려가 사촌 올케 언니에게 사정을 이야기했다. 올케 언니는 나이로 따지면 엄마뻘이었고, 큰집 큰오빠는 우리 엄마보다 한 살 많았다. 언니는 내 이야기를 듣고 난감한 표정을 지으며 말했다.

"고모, 어제쯤 이야기를 했으면 좋았을 건데…." 잠시 고민하던 언니는 방으로 들어가 장롱 속에서 옷감을 찾기 시작했다. 하지만 마땅한 것이 없자, 시집올 때 입고 온 노란 저고리와 빨간 치마를 꺼내더니 자르고 줄이기 시작했다. 소중한 옷을 자르는 언니의 모습을 보며 마음이 콩닥콩닥 뛰었다. '저 옷을 저렇게 자르면 안 되는데….'

언니가 진지한 표정으로 재봉틀로 바느질하는 모습을 보며, 나는 아무 말도 못 하고 안절부절못했다. 그렇게 언니는 늦은 저녁에야 겨우 예쁜 한복을 다 만들었다. "고모, 옷이 맞는지 한번 입어봐." 언니가 내미는 옷을 받아 입으며 안도의 한숨이 나왔다. "야, 딱 맞네. 이제 됐어?" 언니가 웃으며 나를 바라보았다.

지금도 그때 언니가 긴장된 표정으로 바느질하던 진지한 얼굴을 떠올리며 무한한 감사함을 느낀다. 딸처럼 생각하고, 꼭 입어야 할 옷을 누구보다 예쁘게 만들어주고 싶었던 언니의 마음을 그때 느낄 수 있었다. 올케언니가 정성을 다해 만들어 준 한복을 들고 기뻐서 팔짝팔짝 뛰며 집으로 돌아가던 그 골목길이 아직도 생생하다. 아버지가 병원에 입원해 계신다는 것도 잠시 잊을 정도로 행복했다.

다음 날 운동회에서 우리 차례인 한국 무용이 시작되자, 나는 제일 예쁜 노란 저고리에 빨간 치마 새색시 옷을 입고 춤을 추었다. 다른 아이들은 각기 다른 색의 한복을 입었는데, 친구들은 내가 입은 한복이 가장 예쁘다고 입을 모아 칭찬해 주었다. 언니는 고구마와 밤을 삶고 김밥을 싸서 운동회에 오셨다. 엄마는 함께하지 못했지만, 그날은 가장 기억에 남는 행복한 운동회였다.

하지만 올케언니는 성격이 강단 있어서 동네 사람이나 친척들과 다툼이 잦았고, 잘 화합하지 못할 때도 많았다. 그래도 나에게는 언제나 다정하고 예쁜 얼굴로 따뜻하게 대해주셨다. 나는 다른 사람들이 뭐라 하든 상관없이 언니가 좋았다. 딸처럼 어리광을 부리기도 하고, 가끔은 말을 함부로 하기도 했던 것 같다. 그런 언니가 이제는 세상을 떠난 지 벌써 4년이 되었다. 이제라도 정말 고마운 큰 올케언니에게 감사의 인사를 드리고 싶다.

"언니, 감사했습니다. 늘 평안히 계세요. 그리고 다음 생에는 원하는 대로 다시 태어나 멋지게 사시기를 기원합니다."

2021.9.10.

언제나 꼬맹이 시누이 종숙이가

최도화 사장님

1980년 초, 22세에 경북 문경군 점촌읍에서 여행사에 근무하던 시절이었다. 가은읍에서 기와공장을 하시는 최도화 사장님과 인연을 맺게 되었다. 최 사장님은 남편과 사별한 후 남편이 운영하던 기와공장을 이어받아 혼자 운영하셨는데, 여장부로서 사교성이 뛰어나고 남의 일에 앞장서시는 분이었다. 사장님은 동네 어른들을 모시고 1년에 몇 차례씩 당일, 또는 1박 2일 혹은 2박 3일씩 여행을 떠나셨다. 그때마다, 꼭 우리 여행사를 찾으셨고, 나와 함께 하기를 원하셨다. "미스 김은 시원시원해서 좋아."라며 항상 나를 가이드로 지정하셨고 나 역시 마음이 잘 통해서 고객이라기보다는 이모처럼 대했다.

1985년 내가 28세의 나이에 여행사 대표가 되었을 때, 최 사장님은 누구보다도 기뻐하시며 축하해 주셨다. "김 사장 젊은 나이에 대단해!" "최 사장님이야말로 정말 대단하십니다. 저는 새 발의 피지요. 히히"라며 서로 응원하곤 했다. 남자들도 힘들어하는 막노동자들을 잘 다루시고 운영해 나가시는 것을 보며 깊이 존경했고, 그분처럼 배포가 큰 사람이 되고 싶었다. 그분의 61세 회갑 때, 담양에 가서 대나무 의자를 선물로 사드리며 감사의 마음을 전하기도 했다.

하지만 내가 회사 대표가 된 지 1년도 되지 않을 무렵, 1986년 4월 회사 지입(개인이 회사에 사 넣은) 버스 사고가 나면서 회사가 큰 위기를 맞았다. 사고 수습과 관광 성수기에 전세버스 대체 등으로 동분서주했지만 문제는 쉽게 해결되지 않았다. 설상가상으로 다른 차량의 지입차주의 사채 문제로 내가 보증을 섰던 것이 문제가 되어 빚쟁이들이 나를 한통속으로 몰아세웠다. 나는 극심한 우울증에 빠졌고, 급기야 지프차를 몰고 나가 마주 오는 버스를 향해 돌진하여 죽으려고 시도하였다. 당시 자동차가 많이 다니지 않을 때라 버스가 내 차를 피해 가며 "미친년"이라고 손가락질을 하고는 지나갔지만, 결국 지프차는 빚쟁이들에게 빼앗겼다.

나는 밤마다 악몽에 시달리며 절망에 빠졌다. 최도화 사장님은 나의 이런 상황을 뒤늦게 아시고 "젊은 사람이 이러다가 큰일 나겠네." 하시며 수안보 미륵사에 나를 데리고 가서 불공을 드리게 했다. 나는 절에 다닌 일도 없고 불교에 대해서 아는 바도 없었다. 그분은 충주시장에 나를 데리고 가서 삼색 나물과 과일들을 사고 모든 준비를 손수 하셨다. 나는 그저 운전만 하며 뒤를 따랐다. 사장님은 스님에게 나의 처지를 말씀드리며 도움을 청해주셨다.

점심 공양 시간, 여자 신도들이 머무는 방에 들어갔을 때 나는 깜짝 놀랐다. 그 방은 바로 1986년 정초에 꿈에서 보았던 그 방이었다. 방은 길게 생겨서 들어가는 문이 두 개가 있었다. 꿈속에서 내가 그 방에 앉아 있는데, 앞쪽 문을 열고 아주 큰 호랑이가 성큼성큼 걸어 들어왔다. 나는 벽에 기대어 앉아 있다가 너무 무서워 엉덩이를 끌며 뒤로 자꾸 물러나 방구석에 다다랐고, 그 자리에서 꼼짝달싹할 수 없었다. 겁에 질려 있는 나를 큰 호랑이가 덮쳤다. 순간 정신을 잃었다가 깨어나 보니, 호랑이의 하얀 앞가슴 털이 그렇게 부드럽고 포근할 수가 없었다. 지금까지 살면서 그때처럼 감미롭고 황홀한 느낌은 없었다. 아늑하고 편안하여 호랑이를 안고 뒹굴며 장난까지 치고 놀았다. 그 이후 삶이 고단할 때마다 문득문득 그 호랑이의 부드러운 가슴 털이 너무나 그리웠다. 정초의 꿈속에서 호랑이와 놀았던 방이 여기였다는 게 믿어지지 않았다.

최 사장님은 사찰의 법도를 모르는 나에게 늘 곁에서 가르치고 몸으로 솔선수범을 보이시며 자상하게 보살펴 주셨다. 그렇게 인연이 된 미륵사에서 처음으로 기도를 배웠고, 사찰의 예절도 조금씩 알게 되었다. 그때부터 경북 문경에서 이화령고개를 넘어 충북 수안보 미륵사를 다니며 기도를 했다. 퇴근하고 1시간 반을 운전해 절에 가서 밤늦도록 기도하고 아침에 문경 점촌으로 출근하곤 했다.

최도화 사장님은 내가 정신을 차리지 못하고 방황할 때, 신앙을 알게 해 주셨고 불교를 통해 마음의 안정을 찾게 해 주셨다. 기도를 하면서 내 마음가짐이 바뀌기 시작했다. 예전에는 사람을 만나면, '어떻게 하면 내가 도움을 받을 수 있을까'라고 생각했는데, 기도하면서부터는 '이 사람이 나를 만난 이후, 내가 어떻게 도와야 저 사람이 행복해질 수 있을까'로 마음이 180도 바뀌었다. 그 당시 수안보 미륵사는 초창기 사찰이라 산신불상이 없었는데, 나는 고마움을 표현하기 위해 단독으로 산신불상을 모셨다.

결혼 후에도 가끔 최 사장님을 찾아뵈면 항상 환한 미소로 맞아주

최도화 사장님과 필자

산신불상

시며, "이 먼 곳까지 와줘서 정말 고마워."하고 기뻐하셨다. 하지만 살림살이가 어려워진 뒤로는 찾아뵙지 못했다. 소문에 돌아가셨다는 말도 들렸지만, 한 번도 찾아뵙지 못한 것이 마음에 걸린다. 지금도 그분을 생각하면 함께 즐겁게 여행하고 기도하던 추억이 떠올라 기분이 좋아지고 웃음이 나온다. 감사합니다. 최도화 사장님, 정말 고마웠습니다.

국선도 쌍용 수련원 초대 이정은 원장님

　결혼하기 전, 경부선 열차를 타고 천안을 지나칠 때면 문득 결혼해서 천안에 살면 좋겠구나, 하는 생각이 들곤 했다. 전국 어디를 가나 천안은 딱 중간지점이고, 또한 이름부터가 하늘 아래 편안한 곳 같았기 때문이다. 결혼생활 10년 동안 전국을 돌며 이사 다니기를 여덟 번째만인, 1998년 여름에 드디어 남편의 직장 따라 천안으로 이사를 했다. 2001년 가을, 내가 국선도를 만나면서 우리 가족은 천안에 안착하고 남편만 직장 때문에 외지로 다니게 되었다.

　그 당시 심신이 지쳐있던 나는 국선도를 통해 점차 마음의 안정을 찾아갔다. 그때 만난 분이 이정은 초대 원장님이시다. 원장님을 만나면서 가슴 답답함이 풀리고 자신을 직시하는 공부와 국선도 수련으로 서서히 내 인생의 방향을 바꾸어 가기 시작했다.

　이정은 원장님이 하신 일 중 가장 큰 뜻을 품은 일은, 천안에 국선도를 처음으로 보급하신 것이다. 원장님이 국선도 수련원 문을 열자, 몸과 마음이 아픈 사람들이 하나둘 몰려왔다. 원장님은 개인 상담과 수련 지도로 아픈 이들을 일어서게 하시고, 일상생활로 돌아가서도 수련을 놓지 않게 하셨다. 그리고 국선도 대학교에 다니는 가난한 학생에게 장학금을 주어 사범이 되도록 도와주셨고, 배우려고 노력하는 사람에게는 지원을 아끼지 않으셨다. 나를 비롯하여 주변에 많은 국선도 지도자가 배출된 배경에는 이정은 원장님의 영향력이 크다고 볼 수 있다. 쌍용수련원을 운영하실 때도 보증금이나 집기류 비용을 받지 않고 수련장 임대료만 받고 마음껏 수련하며 수련생 지도를 할 수 있게 해 주셨다. 그 덕분에 나도 사범을 거쳐 6대 원장으로 6년간 수련원을 운영할 수 있었다. 국선도 수련을 통해 건강한 육체에 건강한 정신이 깃들 뿐 아니라, 건강한 정신이 건강한 육체를 만든다는 진리를 직접 체험하게 되었다. 어느덧 국선도를 수련한 지도 25년이 되었고, 원장님의 바람대로 천안 시민들을 위해 국선도 보급과 지도에 힘쓰고 있다.

지난 2025년 1월 15일, 천안시장으로부터 천안시노인복지관 "우수강사 표창장"을 받았다. 이것 또한 이정은 원장님의 가르침 덕분이라 생각한다. 원장님은 내일모레면 팔순이지만 지금도 수행 현장을 다니시며 국선도 수련을 통해 어두운 영혼들을 일깨우고 계신다. 체구는 작지만 생각하는 뜻은 우주를 감싸는 따뜻한 큰 기운을 가지신 분이다. 나는 사람들에게 원장님을 이야기할 때, '작은 거인'이라고 말한다. 지금도 원장님은 배움을 멈추지 않으시며, 전진하시는 모습을 나는 본받으며 살고 있다.

이정은 원장님께 이 자리를 통해 감사 인사를 전해본다.

"국선도 쌍용 수련원 초대 이정은 원장님! 젊은 날의 방황하던 저를 오늘에 있게 한 감사한 인연, 진정으로 고맙습니다. 부디 건강하시어 우리 옆에서 지켜봐 주시고 응원해 주세요. 그리고 '우리 함께 즐겁고 행복한 사회'를 만들어나갑시다. 감사합니다."

2025년 을사년 입춘지절

제자 홍제 김종숙 올림.

2019년 8월 백두산 천지에서 쌍용수련원 사범들과 오른쪽 3번째 원장님, 맨 왼쪽 필자

회원 승단 식 때 오른쪽 앞에 서신 분 원장님, 왼쪽 서 있는 필자

쌍용 수련원 사범님들, 왼쪽 필자

전재경, 나의 미용실 원장님

그녀를 만난 것은 2017년 가을, 국선도의 새벽 수련 시간이었다. 60대 후반의 어머니와 40대 초반 여성 한 분이 사전 연락도 없이 수련원에 찾아왔다. 그녀는 긴 머리를 파마한 당차 보이는 모습으로 홀로 계시는 친정어머니를 모시고 몸에 좋다고 알려진 국선도를 배우려고 왔다고 했다. 그녀의 반짝이는 눈빛이 인상적이었다. 나는 조금 당황한 얼굴로 그들을 맞이하며 함께 수련을 시작했다.

나중에 알게 된 사실이지만, 그녀는 일본 유학까지 다녀온 유능한 미용사였고 신방동 통정지구에서 '아메리 헤어 미용실'을 운영하는 원장이었다. 두 모녀가 수련을 시작한 지 두세 달쯤 지났을 무렵이었다. 어느 날 새벽 수련을 마친 후, 나는 터벙하게 자란 머리칼을 쓸어내리며

"오늘은 머리를 잘라야겠구나."라고 혼잣말처럼 중얼거렸다. 그 말을 들은 그녀가 다가와 웃으며 말했다.

"원장님, 제가 머리 만져 드리면 어떨까요? 제가 원장님 뵐 때마다 머리가 너무 신경 쓰여서요. 원래 미용사들은 사람들을 보면 머리를 먼저 보는데, 죄송하지만 원장님 머리 스타일이 잘 어울리지 않아서 입이 근질근질했어요."

그렇게 나는 그녀의 고객이 되었다. 그녀는 싹둑싹둑 내 머리칼을 자르고 숱을 쳐 내자, 마지막엔 파란색으로 부분 부분 코팅을 해주었다. 나는 처음 겪는 시도에 살짝 놀랐지만, 거울 속 새로운 내 모

습이 낯설면서도 꽤 마음에 들었다. 내가 머리를 하고 어디를 가면 사람들은, "어머, 머리를 어디서 했어요? 정말 잘 어울려요. 햇빛에 파랗게 비치니까 더 멋있네요."라고 했다.

평소 나를 아는 사람들이나, 수련원 식구들은 나의 돌변한 머리 스타일에 적응을 못 하며 하는 말들이 "아니, 원장님 굉장히 고지식한 분인 줄 알았는데 정말 놀랐어요."라고 놀라워하면, 나는 "아니에요. 내가 보기는 그래도 얼마나 개방적이고 창조적인데요." 하며 한바탕 웃곤 했다. 사실 나는 고지식해 보이지만 보통 사람들보다 거리낌 없이 나 하고 싶은 대로 하며 남의 눈을 크게 의식하지 않는 편이다.

다만 한 가지 불편한 점이 있다면 이 숏커트 머리 때문이다. 내 체격이 또 만만치 않다 보니 고속도로 휴게소 여자 화장실에서는 종종 수난을 당한다. "여기 여자 화장실인데요."라고 하는 사람들을 수시로 만난다. 뒤돌아서 쳐다보면. "아, 미안합니다."하고 머쓱하게 웃는 일이 종종 있다. 그래서 화장은 하지 않아도 입술은 꼭 꽃분홍색으로 바르고 다녔는데, 코로나 시기에 마스크를 쓰고 다니다 보니 그런 일은 더욱 잦아졌다. 이제는 될 수 있으면 여성스럽게 하려고 스카프를 매며 애를 쓰는 편이다.

그 뒤 젊은 미용실 원장님은 처음에는 매우 적극적이고 부지런히 국선도 수련을 했으나 두 아이를 키우고 미용실 일로 바빠서 수련장에 못 나오게 되었다. 그녀의 어머니는 지금도 천안시노인복지관 국선도반에서 꾸준히 수련하고 계신다. 나는 미용비를 내려고 해도 그녀는 고개를 절레절레 흔들며 받지 않으려고 했다. 더욱이 그녀의 미용실은 내가 다니던 동네 미장원보다 두 배나 비싼 곳이었지만, "저는요, 원장님 멋지게 해 드리고 싶어요. 원장님이 멋있게 하고 다니면서, 어르신들에게 좋은 일 하시면… 저는 그걸로 충분해요." 라며 절대 사절한다.

그렇게 미용실 단골이 된 지도 벌써 8년이 되었다. 세월이 흐르면서 흰머리가 늘어났지만, 그 파란색 코팅이 흰머리 위에 잘 입혀져 전체적으로 더 멋스럽고 세련돼 보인다. 내 머리카락이 워낙 빨리 자라서 23일 정도 지나면 미용실에 들르게 된다. 그녀는 여전히 한결같은 마음으로 상냥하고 다정하게 나를 맞아 준다. 나는 마음 표시로 가끔 맛있는 것이나 주고 싶은 물건을 챙겨 간다. 미용에 별 관심 없던 내가 그녀 덕분에 멋쟁이가 되었고, 그녀와의 만남이 늘 감사하다. 그녀가 항상 즐겁고 행복하기를 마음 깊이 기원한다.

9

단식기도와 친정집

나는 스물아홉 살 무렵부터 가끔 단식기도를 하곤 했다. 작은 암자에 들어가 일주일 동안 물만 마시며 오직 기도에만 몰두했다. 회사에 다니면서도 틈나는 대로 단식기도를 이어갔는데, 그 과정을 통해 가장 크게 달라진 점은 음식은 물론 물 한 그릇조차 얼마나 소중한지 세상의 모든 것이 얼마나 감사한 존재인지를 온몸으로 느끼게 되었다는 것이다. 그때 나는 마음속으로 결심했다. 훗날 내 자녀들에게 한창 건장한 나이에 7일 단식을 꼭 한번 권해야겠다고. 단식을 하고 나면 세상을 헤쳐나갈 힘을 스스로 얻게 될 것 같았다.

단식의 2~3일째까지는 무척 배가 고프다. 하루에 세 끼를 먹지 않으면 하루라는 시간이 얼마나 긴 시간인지 체감하게 된다. 또한 배가 고프면 잠도 오지 않는다는 사실을 뼈저리게 알게 된다. 하지만 4~5일이 지나면 신기하게도 식욕은 사라지고 몸은 가벼워지며 정신은 맑고 초롱초롱해지는 것을 경험하게 된다. 그 모든 변화가 경이로웠다.

1987년 초여름이었다. 작은 암자를 짓기 위해 터를 닦아 놓은 곳,

우리가 '뽕나무밭'이라 부르던 장소로 단식기도를 하러 갔다. 마침 그곳에는 생식하며 기도하는 사람과 공양하며 기도하는 사람이 있었다. 나는 물만 먹는 단식기도를 택했다. 성성(또렷하고 깨어있는 상태)하게 깨어있는 맑은 정신을 갖고 싶었기 때문이었다. 무엇보다도 다가올 겨울이나 이듬해 초에 계획 중인 결혼을 앞두고, '결혼이란 것을 꼭 해야 하나?'라는 화두를 들고 진지하게 고민해 보고 싶었다.

단식 3일째였다. 마음이 텅 빈 고요한 상태에서 갑자기 한 생각이 불현 듯 떠올랐다. '결혼하기 전에 부모님 집을 고쳐드려야 한다.' 순간, 마음속 깊은 곳에서 반박이 튀어나왔다. '아니 내가 왜? 아버지도 계시고 오빠도 둘이나 있는데… 나는 내 결혼 준비도 해야 하는데.' 하지만 그 생각은 쉽게 사라지지 않았다. '집을 고쳐주고 가야 한다. 아니야 내가 왜?' 기도 중에 두 가지 생각이 끊임없이 부딪치는 바람에 집중할 수가 없었고, 밤에는 잠도 오지 않았다. 배고픔과 불면에 시달리며 정신이 산란해져 미칠 지경이었다. 텐트 안에는 벌레들이 기어 다녔다. 몸이 근질근질해져서 더욱더 잠들 수가 없었다. 벌레들을 유심히 바라보다가 문득 마음속에서 일어나던 두 생각이 잠시 멈추는 듯했다. 그 순간 마음을 다잡고 이렇게 결심했다. '그래, 집에 가서 아버지께 말씀드려보고, 아버지가 원하신다면 고쳐 드리자.'고 마음먹자 산란했던 마음이 한순간에 평온해졌고 곧 스르르 잠이 들었다.

다음 날 아침, 몸은 개운했고 마음은 맑았다. 찬란한 햇빛은 새롭고 싱그러워 마치 구름 위를 걷는 듯한 기분이었다. 일주일 단식기도를 무사히 마치고 보식(미음과 묽은 죽)을 한 뒤, 부모님을 뵈러 김천으로 향했다. 부모님은 핼쑥해진 내 얼굴을 보고 걱정하셨다. 나는 조심스럽게 기도 중 떠올랐던 이야기를 말씀드렸다. 아버지는 "이 근방에서 우리 집이 그래도 제일 신식인데 뭐 하려고 집을 고쳐." 하시며 담담하게 말씀하셨다. 사실 그랬다. 내가 중학교 들어갈 무렵 새로 지은 'ㅁ'자 구조의 집으로, 마루에 유리창 문도 있는 신식 가옥이었다. 잠시 흔들렸지만, 나는 아버지께 아궁이에 불을 때는 불편함으로 인해 엄마가 고생하신다고 말씀드렸다. 또 며느리들이 시댁에 올 일이 있어도 오기 싫어할 수 있으니 부엌을 방처럼 꾸미고 목욕탕도 만들면 더 자주 방문할 것이라고 설득했다. 부엌을 개조하면 엄마가 안 계실 때, 라면 끓여 드시기 쉬울 것이라고 덧붙였다.

"네 말을 들으니까 좋긴 하다만 어디서 돈이 나와서 고치겠나."

"아버지, 돈 걱정은 하지 마세요. 제가 다 책임지고 고칠 테니까요. 아버지는 일할 사람만 주선해 주시면 돼요." 결국 아버지는 기쁜 얼굴로 고개를 끄덕이며 말씀하셨다.

"그럼 장마가 끝날 무렵부터 공사를 시작하자." 아버지는 무척 기뻐하셨다. 원래 새로운 걸 좋아하시는 성격이시라 싱글벙글 웃는 얼굴을 오랜만에 보았다. 그러나 엄마는 걱정스러운 얼굴로 핀잔을 주셨다.

"당신은 얘가 결혼도 해야 하는데, 집에서 혼수도 못 해줄 형편에 애 돈을 쓰면 어쩌려고 저렇게 좋아하는지 몰라."

"엄마, 내가 집 고쳐주고 시집가도 다 해 갈 수 있어. 걱정하지 마세요."

내 단호한 한 마디에 엄마는 혀를 차시며 더는 말씀하지 않으셨다. 헌 집 고치는 일은 새집 짓는 것보다 훨씬 더 복잡하고 시간이 오래 걸렸다. 큰집 조카 인준(당근이 되어준 올케언니 장남)과 아버지가 주로 일을 맡았고, 나와 아버지의 의견 차이로 여러 번 다툼이 있었다. 속상한 마음에 밤중에 문경으로 돌아와 눈물짓는 날도 여러 번이었다. 몇 달이 지나고 우여곡절 끝에 넓은 주방과 목욕탕이 새로 생겼다. 방 두 개에는 기름보일러를 설치했고, 한 방은 아궁이를 그대로 남겨두어 군불을 땔 수 있도록 했다. 싱크대와 가스레인지, 그리고 포마이카 큰상은 오빠와 동생이 지원해 주어 내 부담을 덜어 주었다. 아버지는 기회가 있을 때마다 동네 사람들을 주방에 자주 초대하여 큰 상에 음식을 차려놓고 딸 자랑을 하셨다고 했다. 그러나 엄마가 환히 웃는 모습을 본 적은 없었다. 엄마는 기관지 천식과 심한 우울증을 앓고 계셨지만 우리는 아무도 알아차리지 못했다.

그 이듬해인 1988년 1월, 나는 결혼했다. 결혼 전에 친정집을 고쳐드리고 온 것이 두고두고 잘한 일이라며 스스로 칭찬하곤 했다.

단식기도 중 불현듯 떠올랐던 '결혼 전에 친정집을 고쳐야 한다.'는 생각은 표면적인 내 생각이 아니라, 내면 깊숙이 자리 잡고 있던 뜻이었음을 그제야 깨달았다. 사실은 집 고치기 몇 년 전 아버지가 빚에 허덕일 때, 집과 앞뒤 밭, 그리고 10분 정도 걸어가면 있는 밭 서마지기가 차압당해 넘어가게 생겼다는 연락을 받았다. 그 소식을 들고 급히 돈을 마련해 정리를 도와드렸다. 이 상황을 큰어머니께서 아시고, 집과 땅을 전부 종숙이 명의로 해 주라고 말씀하셨다. 당시 내 명의로 했더라면 또 한 번 날아갔을 것이다. 내가 사업상 보증을 잘못 서서 엄청난 어려움을 겪었을 때, 1986년 당시 돈으로 7천8백만 원의 빚을 지고 있어 내 개인 재산은 모두 날아갔기 때문이다.

내가 중학교 들어갈 때 온 가족이 함께 지은 집과 다시 고친 집, 마당에 넝쿨장미가 한창 핀 6월, 아버지는 첫 돌 되기 전 내 딸을 안으시고 말씀하셨다.

"외할아버지가 안아준 것을 기억하게 사진 한 장 찍어주라"

그리고 그로부터 겨우 넉 달 후 1992년 음력 10월 3일, 아버지는 우리 곁을 떠나셨다.

3부

•

결혼

1

인연과 결혼

1985년 8월, 친구의 지인을 통해 지금의 남편을 소개받아 맞선을 보게 되었다. 첫 만남에서 남편은 바짝 마르고 까무잡잡한 모습으로 생활력이 강해 보였다. 그 당시 나는 여행사를 인수해 회사 일에 몰두하며 정신없이 바쁘게 살고 있었다. 몇 차례 만난 후, 초가을이 되었지만, 나는 스물여덟의 나이에도 아직 결혼에 대한 마음이 없었다.

그 무렵, 남편은 동아건설에서 따낸 리비아 대수로 공사 현장에 기능직으로 파견 근무를 나가게 되었다. 우리는 "인연이 있으면 3년 후에 다시 만나자."는 약속을 남기고 헤어졌다. 이후 편지를 주고받으며 간간이 연락을 이어갔다. 가끔 남편은 저녁에 전화를 걸어왔는데, 당시 우리 집엔 전화가 없어 중매해 준 친구 집에서 전화를 받아야 했다. 남편은 전화 한 번 하려면 200km를 자동차로 달려 도시까지 나가야 했다고 했다. 내가 집에 늦게 들어가거나 여행 중일 때면 그 전화는 헛수고가 되고 말았다. 그런 날이면 친구는 "너는 애가 너무 무심해, 네 목소리 한번 듣겠다고 그 먼 곳에서, 힘들게 전화하는데"라고 나를 꾸짖었는데 나 역시 속상했다. "나도 내 일이 있잖아. 언제 몇 시에 올 줄 알고 기다리겠어."라며 티격태격 하기도 했다.

그리고 1987년 11월 29일, 전 국민이 충격에 휩싸인 대한항공 858 편 폭파 사건이 발생했다. 김현희를 비롯한 북한 공작원들이 바그다 드에서 출발하여 아부다비, 방콕을 경유한 뒤 한국으로 향하던 중 인도양 상공에서 비행기를 폭파시켰다. 이 사건은 북한이 대한민국 을 상대로 일으킨 마지막 항공테러 사건이었다. 그 당시 리비아 건 설업에서 한국 근로자들이 속속 귀국할 때라 많은 사람이 희생되었 다. 다행히 남편은 하루 전날인 28일, 같은 경로로 귀국을 마친 상 태였다. 가족들과 지인들은 하늘이 도왔다며 가슴을 쓸어내렸다.

그렇게 남편은 리비아에서 번 돈으로 풍납동 풍납중학교 옆, 갓 지어진 21평 아파트를 구입했다. 1988년 1월, 우리는 그곳에서 신혼 살림을 시작했다. 그때 나는 서른한 살, 남편은 서른셋이었다. 결혼 두 달이 지나자 남편은 경남 합천댐 공사 현장으로 발령이 나서 떠났 고, 나 홀로 서울에 남게 되었다. 양가 어른들이 남편을 따라가라고 권유하여, 결국 2개월 뒤 간단한 짐을 꾸려 합천으로 내려갔다.

남편은 농촌집의 아래채를 월세로 얻어놓았다. 남향집으로 툇마 루가 있었고, 햇빛이 창호지를 비출 때면 마치 고향 집에 온 듯한 느 낌이 들어 마음이 따뜻했다. 남편이 출근하면 나는 양지바른 마루에 걸터앉아 있기를 즐겼고, 심심하면 마당에서 줄넘기하며 시간을 보 냈다. 집주인 아주머니는 혹시 아기가 생기면 안 좋다며 줄넘기를 하지 말라고 타이르던 기억이 난다. 남편이 퇴근하면 함께 읍내와 시장을 구경하는 소소한 기쁨도 누렸다.

집주인 아주머니는 40대 중반 정도의 마음씨 좋은 분이었다. 밭에서 반찬거리를 수확해오면 "새댁 이것 먹어 봐." 하며 요리법까지 친절히 알려주셨다. 주인아저씨도 느긋한 성품이셨고, 초등학생인 아이들도 나를 잘 따랐다. 주인집에서는 가을에 밤을 많이 수확하여 마당에 멍석을 깔아놓고 밤 작업을 할 땐 나도 거들었다. 밤을 실컷 먹던 나는 밤벌레처럼 통통하게 살이 쪘다.

남편의 첫 생일날, 나는 미역국을 끓이고 소박하게 생일상을 차려 주었더니 남편은 상 앞에 앉아 눈물을 흘렸다. "한 번도 생일상을 제대로 받아 본 적이 없어서···"라는 그 말에 눈시울이 뜨거워졌었다. 결혼생활을 돌아보면 합천에서의 짧았던 신혼생활, 가장 다정하고 가장 행복했던 시절이었다.

남편은 대가족 속에서 자랐다. 시어머니는 마흔한 살에 여섯 남매 중 막내로 남편을 낳으셨다. 할아버지, 할머니, 형수, 조카를 포함해 무려 13명의 식구가 살면서 서로 부딪치고 으르렁대던 관계였다고 시댁 형님의 입을 통해 들었다. 하지만 남편은 이런 가족 관계를 한 번도 말 한 적이 없었고, 그런 이야기를 들추기라도 하면 불같이 화를 냈다.

1년이 채 되지 않아 합천댐 공사가 끝나고 우리는 다시 서울로 올라왔지만, 몇 달 후 남편은 광양제철소 건설 현장으로 발령이 났다. 1년 사이에 이사를 두 번이나 하다 보니 달콤한 신혼의 안락함과 안정된 생활을 제대로 누리지 못했다.

1989년 초봄, 이번에는 서울 집의 방 한 칸에만 살림을 남겨 두고 나머지는 전세로 내놓은 채 필요한 짐만 챙겨 광양으로 또다시 이사하게 되었다. 남편은 여러 가구가 마당을 함께 쓰는 방 한 칸짜리 월셋집을 얻어놓았다. 집 안주인은 60대 중반의 싹싹하고 친절한 분이었는데, 성격이 다소 꼬장꼬장했다. 자기 남편에게는 드셌고 단칸방에 세 들어 사는 아낙네들을 수시로 훈계했다. 다행히 나는 살림살이 초년생 새댁이라며 많이 봐주었다. 우리 방 구조는 특이했다. 신발을 신고 부엌까지 들어갔다가 부뚜막 아래에서 신발을 벗고 방으로 들어가야 하는 구조였다. 좁은 부엌에는 기름보일러가 설치되어 있었고 작은 찬장이 하나 있었다. 냉장고는 부엌에 둘 자리가 없어서 방에 들여놓았다. 밤에 잠을 자려고 누워있으면 냉장고 소리에 잠을 설치곤 했다.

그해 5월, 김천에서 감귤 통조림 회사에 다니던 친정엄마가 트럭에서 짐을 내리다가 뒤로 떨어지는 사고를 당했다. 꼬리뼈에 금이 가 병원에 입원했다는 소식에 김천 병원으로 향했다. 병실에서 초췌한 엄마의 모습을 보고, 차라리 내가 아픈 것이 낫겠다는 생각에 가슴이 저려왔다. 저 연세에 일하다가 다치신 것이 더욱 안타까웠다. 당시엔 바나나가 귀한 과일이어서 싱싱한 것을 못 사고 검은 반점이 있는 바나나 몇 가닥 사가며 죄송한 마음이 들었었다. 엄마를 간호하시던 아버지께 말씀드렸다.

"엄마가 꽃 좋아하는 것 아시죠? 지금쯤 집에 넝쿨장미가 피어 있을 텐데."

　나는 엄마가 좋아하시는 장미꽃을 병실에 꽂아두면 좋을 것 같다고 말씀드렸다. 아버지는 집으로 가시고 오랜만에 엄마와 한 방에 누웠다. 입원실은 온돌방이라 방바닥이 따뜻했지만, 엄마의 신음에 뒤척이다가 잠시 눈을 붙였다. 다음 날 아침, 아버지는 집에서 직접 꺾어온 탐스러운 빨간 넝쿨장미를 빈 맥주병에 꽂아서 웃으며 병실로 들어오셨다. 평소 보지 못한 아버지의 모습에 우리 모녀는 흡족해했다.

　그날 오후 남편은 퇴근 후, 장모의 안부를 묻지 않았다. 참다못해 내가 먼저 병원에서 있었던 이야기를 하며, 내일 퇴근 후에 엄마에게 전화라도 드리라고 했더니 남편은 아무 대답도 하지 않았다. 다음날 퇴근한 남편에게 전화했느냐고 물었더니 하지 않았다고 했다. 속으로 '너의 엄마가 다쳤어도 이럴 수 있을까?'라며 서운한 마음에 냉전이 시작되었다. 서로 말을 하지 않는 날들이 이어졌고, 아는 사람 없는 광양에서 밤낮으로 말없이 혼자 있어야만 했다. 그런 생활은 지옥 같았고, 우울감이 깊어졌다.

　며칠 후 남편은 외식하자며 나를 광양 읍내의 분위기 좋은 레스토랑으로 데려갔다. 남편은 술과 음식을 주문했다. 우리는 말 없이 한참을 앉아있는데 술이 먼저 나왔다. 남편은 먼 곳에 시선을 두고 말이 없었다. 나는 그 시간이 답답하여 술을 마셨다. 며칠 동안 식사를 제대로 하지 않은 상태에 독한 술이 들어가니 뱃속은 싸한 반응이 왔다. 술은 빈속에 들어갈 때 마시는 기분이 한층 맛이 난다. 음식에 막 손이 가려는 찰나, 남편이 입을 열었다.

"내가 뭐 사과하려고 나오자고 한 줄 알아?"

너무나 뜬금없는 뜻밖의 말에 남편을 쳐다보며 내 귀를 의심했다. '어떻게 이런 자리에서 저런 말을….' 안주로 가던 손이 술잔을 잡았고, 또 연거푸 마시며 서러움과 분노를 삼켰다.

"그럼 왜 여기 오자고 했어?"

남편은 또 말이 없다. 이제 들을 말이 없다는 것을 알았다. 술병이 바닥을 드러내자 다시 한 병 더 시켰다. 남편은 만류했지만 나는 음식을 입에 대지 않고 술만 마셨다. 그 순간 느껴졌다. 이 결혼은 어딘가 크게 잘못되어가고 있다는 것을. 희망 없는 결혼을 생각하니 나 스스로가 밉고 어리석음에 견딜 수가 없어 마시고 또 마셨다. 결국 나는 만취했고, 지하 1층이었던 식당에서 계단을 올라오다가 휘청하며 발목을 삐어 그대로 주저앉아 버렸다. 남편은 나를 부축하며 계단을 오르는데 내 정강이가 계단에 부딪혔고 나는 아프다고 소리를 질렀다. 덩치 큰 나를 끌어올리느라 남편도 고생이 많았을 것이다. 하지만 그 순간, 나는 그저 엄마가 그리웠다. 공중전화 박스로 가겠다고 발버둥을 치며 울었다. 엄마에게 전화하고 싶었다. 불쌍한 우리엄마… 내가 잘살고 있는 줄 아는 엄마에게 너무 미안했다. 한참 동안 전화 박스를 잡고 울었다. 남편은 나를 부축한다고 했지만 키도 나와 비슷하고 바짝 마른 남편은 나를 질질 끌고 갈 수밖에 없었다. 방에 들어갈 때 부뚜막을 올라가는데 내 정강이가 또 부딪쳐 아픔의 소리를 질렀다. 존경하던 신사임당 사진을 부여잡고 통곡했다. 그리고는 쓰레기통을 잡고 구토를 했다. 야단법석에 주인집 아주머니가 밖에서 "새댁 왜 그래, 어디 아파?"라고 걱정하는 소리가 들렸다. "아주머니, 걱정 마세요. 저녁 먹은 것이 체해서 토했어요." 남편의 말소리가 먼 아지랑이처럼 들렸다. 그 후 삔 발목 때문에 고생을 많이 했다. 그 일이 있은 뒤로 오른쪽 발목이 잘 삐곤 했다.

3개월 후, 남편의 반대에도 불구하고 준공한 지 몇 년 되지 않은 칠성아파트 15평을 융자 끼고 사서 이사했다. 숨 막히고 답답했던 단칸방에서 방 두 칸과 거실과 주방이 딸린 집으로 이사 오니까 기분은 한결 좋아졌다. 살림살이는 대부분 서울 방 한 칸에 모아두고 전세를 놓았던 만큼 짐이 없어서 집은 더 넓어 보였다. 하지만 내 마음은 늘 살얼음판 위를 걷는 것 같았다. 편안하지도, 안정되지도 않았다.

어느 날 저녁, 남편과 함께 TV를 보다가 사소한 의견 차이로 언성이 높아졌고, 남편은 벌떡 일어나 TV 옆에 있던 탁상시계를 집어 던졌다. 결혼 전, 내가 국회의사당 기념품점에서 사 온 아끼던 금빛 시계는 산산조각이 났다. 충격과 분노에 나도 시계를 집어 들어 힘껏 TV를 향해 던졌다. TV 보호막 유리가 깨지며 좌르르 흘러내렸다. 그리곤 나는 통곡하며 내 머리칼을 쥐어뜯었다. 여름밤, 창문과 거실문을 활짝 열어 놓았던 상태라 내 울음소리는 그대로 밖으로 흘러나갔다. 남편은 얼른 일어나 창문과 거실문을 다 닫고는 나를 끌고 화장실로 들어가 문을 닫고 세면기에 물을 틀었다. 콧물 눈물범

벽이 된 내 얼굴은 화장실 거울을 통해 보니 사람 몰골은 아니었다. 눈알은 시뻘겋게 충혈되었고 머리는 산발이 되어 마치 귀신이 있다면 악에 받친 무서운 귀신 그 자체였다.

"내가 죽일 놈이다. 내가 죽일 놈이야."

남편은 자책하는 말과 함께 내 얼굴을 씻겨 주었다. 그날 이후, 나는 며칠을 앓아누웠다. 그 일을 계기로 우리 부부는 광양에서부터 사이가 벌어지기 시작했다. 일가친척, 친구 하나 없이 남편만 바라보고 따라갔는데, 남편은 내게 살갑게 대해 주지 않았다. 부부 동반 모임에 가서도 나를 꿰다 놓은 보릿자루 대하듯 신경을 쓰지 않았다. 거기에다 아기가 생기지 않는다며 남편 친구에게 하소연하는 말을 우연히 듣게 되었다. 명절에도 부모님 뵐 낯이 없어서 고향 가기가 힘들다는 말까지 들렸을 때, 가슴은 또 한 번 무너져 내렸다. 결혼한 지 이제 겨우 1년이 조금 지난 시점이었다. 남편은 결혼 선배들의 '여자는 초장에 잡아야 한다.'는 농담 같은 말을 곧이곧대로 믿고 적극적으로 실천하려 했던 모양이다.

30년이 넘도록 서로 다른 환경에서 굳어진 생활 습관을 남편은 인정하지도, 이해하지도 못했다. 남편은 조금이라도 기분이 상하면 말을 하지 않고 대답조차 하지 않았다. 그 침묵이 가장 큰 무기라 생각하며 내 피를 말렸다. 몇 날 며칠 베개를 들고 다른 방으로 가기 일쑤였다. 하늘을 봐야 별을 따지. 그렇게 우리는 서서히 몸도 마음도 멀어져 갔다.

그때부터 낯선 타향에서 마음 둘 곳이 없어 구례 화엄사에 다니기 시작했다. 남편이 출근하면 시외버스를 갈아타 가며 지리산 화엄사 각황전에 가서 기도했다. 절을 하는데 서러움이 눈물로 쏟아져 그칠 줄 몰랐다. '내 나이 이렇게 먹도록 겨우 이런 결혼생활을 하려고 기다렸던가?' 생각할수록 내 자신이 원망스럽고 그 어리석음에 하염없이 울고 또 울었다. 결혼 전, 여행사 일로 독립해 살던 내가 집에 갈 적마다 엄마는 결혼이 늦어진다고 걱정하셨다. 그럴 때마다 "걱정 마요. 늦게 가도 다른 사람들보다 잘 가면 되잖아요."라고 큰소리친 것이 죄송했다. 고명딸이 남편에게 이런 대우를 받으며 산다는 것을 아신다면 엄마는 얼마나 속상해하실까. 또 시어머니는 늦둥이 아들을 칠십이 넘어서 장가보내놓고 못 살겠다고 이혼이라도 하게 된다면 그분 마음은 얼마나 괴로우실까. 친정엄마보다도 시어머니 생각에 더 가슴 아팠다. 내 신세 때문에 울면서도 왜 시어머니 걱정이 드는지 머릿속은 번민으로 가득했다. 나는 그렇게 화엄사 각황전 법당에서 점심도 굶어가며 기도하고 또 기도했다. 절에 다녀온 날은 기진맥진하는 날이 많았다. 절에 가지 않는 날은 집에서 카세트 녹음기에 천수경 테이프를 틀어 놓고 절을 하며 참회 기도를 했다. 하루는 천수경 염불 소리를 들으며 절을 하는데, '옴마니반메훔' 하는 소리가 나올 때마다 가슴이 복받쳐 그 자리에 주저앉아 통곡했다. 나는 '옴마니반메훔'의 뜻을 모른다. 그런데 왜 그 대목만 나오면 통곡이 나올까 하는 의문이 들어서 기도를 마치고 불경을 펼쳐보았다. '관세음보살 진언'이라고 씌어 있었다. '세상의 소리를 듣고 인간을 구제하는 관세음보살을 부르는 진언'이라는 뜻이었다. 그렇다면 혹

시 나는 전생 어딘가에서 지금 기억하지 못하는 관세음보살을 일심
으로 염불한 적이 있었던 건 아닐까. 하루는 '보왕삼매론'(불교에서
인생살이에 관해 10가지 지혜를 모아놓은 글)을 읽고 들으면서 감정

화엄사 각황전

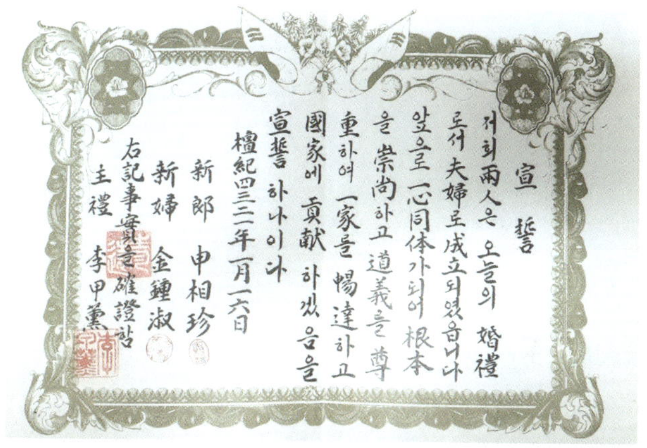

결혼 선서문〈신랑 신부가 하객들 앞에서 한 목소리로 선서문을 낭독했다.〉

이 복받쳤다. 그래서 붓 팬을 사서 모조지에 정성을 들여 쓰고, 글씨가 마음에 들지 않으면 쓰고 또 쓰며 몇 날 며칠을 썼다. 그중 가장 잘 쓴 것을 추려 목공소에 가서 액자를 만들어 벽에 걸어 두고 하루에도 수없이 외웠다. 읽을수록 구구절절이 맞는 말씀이었다. 나는 그렇게 부부 갈등을 기도와 염불을 하며 온몸으로 견뎌냈다.

광양에서의 결혼 1년 차, 우리 부부는 '여자는 초장에 길들여야 한다.'는 남편의 허무맹랑한 결혼 관념 속에서 신혼의 달콤함도 모른 채 아이 타령이나 하며 잿빛의 어둠 속을 헤매고 있었다.

2

직지사와 꿈 이야기

1989년, 서른두 살 봄이었다. 엄마 병문안을 간 김에, 오랜만에 김천 고향에 사는 친구 정애와 인자를 만났다. 결혼 후 처음 보는 자리였다. 여자 셋이 모이면 접시가 깨진다더니, 점심을 먹으면서도 우린 두서없이 수다를 떨었다.

"난 아직 애기가 안 생겨…"

내가 걱정을 털어놓자 정애가 나를 빤히 바라보더니 말했다.

"결혼한 지가 몇 년 되었지? 나는 발만 닿아도 애가 생겨서 걱정인데, 딸만 셋이잖아. 아들 낳고 싶어서 또 낳으면 딸일까 봐 겁이 난다. 온 식구들이 아들을 바라는데." 옆에 있던 인자도 말을 보탰다. "나는 아들 하나 있는데, 딸 하나만 더 있으면 좋겠어. 우리 아들이 예쁜 여동생 하나 있으면 좋겠다고 노래를 부르는데 생기지 않네." 나는 마음속으로 중얼거렸다.

'참, 팔자 좋은 소리 하고 있네. 욕심 많게 나는 임신 자체를 하지 못하는데 아들 타령, 딸 타령이라니.' 괜한 말을 꺼낸 것 같아 후회스러웠다. 아마도 친구들로부터 작은 위로나 공감을 기대했던 모양이다. 그러나 친구들은 각자 자기 걱정만 할 뿐이었다.

그날 우리는 모처럼의 만남을 기념하듯 바람이나 쐬자며 직지사로 향했다. 직지사를 처음 가본 건 1976년, 여고 2~3학년 무렵이었다. 김천시민 체육대회(32~33회)가 열렸고, 하루 전날 직지사에서 성화 봉송이 있었다. 그때 나는 8선녀 중 한 명으로 뽑혀 하얀 한복을 입

제32회
김천 신민 체육대회 하던 날

직지사 대웅전

제33회 김천 신민 체육대회 하던 날

고 양쪽으로 줄지어 서 있었다. 봉송자는 성화에 불을 붙여 우리 중간으로 뛰어 올라갔다 그때 찍은 사진을 보면 기억이 새롭다.

졸업한 후 마음이 심란할 때, 직지사에 들러 장난감 목탁을 사 온 기억이 난다. 여행사 운영

할 때는 관광버스로, 대구로 수능 시험을 치러가는 문창 고등학생들을 태우고 직지사 여관에서 숙박하고 간 적도 있었다. 수능 시험 날 새벽 4시에 나는 직지사로 올라갔다. 하늘엔 휘영청 보름달이 떠 있었고, 소나무 가지에 걸린 달빛을 맞으며 숲길을 한참 걸어 올라갔다. 매표소를 지나 돌다리를 건너 한참 숲길을 따라가면 일주문이 나오고 천왕문 왼편에 넓은 바위가 있다. 임진왜란 때 승군 사명대사가 스님 되기 전 16세에 부모를 잃고 그곳에서 낮잠을 잔 이야기가 전해진다. 그 시절 직지사 주지였던 신묵대사가 황룡이 들어오는 꿈을 꾸고 나와 보니 바위 위에 아이 하나가 자고 있었다고 한다. 그 아이가 바로 유정, 훗날의 사명대사였다. 그 이야기를 떠올리며 나는 무서움도 없이 숲길을 올라 대웅전으로 향해 기도를 올렸다.

그날 친구들과 대웅전에서 예불을 드린 후, 사명대사 전각 앞에서 묵념을 하고 천불전(현재 비로전)으로 향했다. 나는 친구들에게 말했다.

"이왕 여기까지 왔으니까 소원 빌고 가자. 직지사 천불전에서 기도하면 소원 성취가 빠르대. 특히 아들 못 낳는 사람들은 여기 와서 많이 기도 한다더라."

당시에는 전국에서 천불전이 직지사에만 있었던 것으로 알고 있었다. 일행은 약속이나 한 듯 절하며 소원을 빌었다. 나는 아들, 딸 구별하지 않고 아이 하나 주시면 잘 키우겠다고 간청했다. 내가 잘 못 키우면 아이와 나를 함께 데려가셔도 좋다고, 겁도 없이 신과 거래하듯 필사적으로 매달렸다.

그해 가을, 꿈을 꾸었다. 고향 마을 감미테 삼거리 웅덩이에서 팔뚝만 한 큰 물고기를 잡아 정애에게 건네며 말했다. "너 먼저 집에 가져가." 정애가, "그럼 너는?" 나는 "또 잡으면 되지." 꿈에서 깬 뒤, 분명 태몽이라 느꼈다. 그런데 왜 급한 내가 가져야 할 물고기를 딸이 셋이나 있는 정애에게 주었을까 아쉬웠다. 며칠 후 정애에게 전화를 걸어 "좋은 소식 없느냐"며 꿈 이야기를 했다. 정애는 "네가 태몽을 꾸었으면 네 태몽이지. 왜 내가 임신하겠니?"라며 고마워했다. 두어 달 후, 정애는 정말 임신했다며 "네 꿈 참 신통하다. 종숙이 너도 얼른 아기가 생겨야 할 텐데."라고 말했다. 나는 희망이 보였다. 조용히 기도하며 기다리기로 했다.

그 후에도 꿈을 자주 꾸었다. 한번은 친정 큰집 마당에서 놀던 서너 살 먹은 남자아이 두 명이 나를 따라 대문 밖으로 쫓아 나왔다. 나는 아이들에게 "아직 집에 갈 때가 아니야. 들어가서 공부 더 하고 오렴." 하며 말렸다. 또 한 번은 경치 좋은 곳을 사람들과 걷고 있었다. 개울 건너 절벽에 아름다운 꽃들을 꺾으려고 하자, 누군가 옆에 있던 사람이 "좀 더 가면 더 예쁜 꽃이 많아" 라며 그냥 가자고 했다. 한참을 가니 동굴이 나왔다. 몇몇 사람들은 자전거를 타고 우리를 추월해 갔다. 우리 일행은 걸어서 겨우 도착했다. 동굴을 벗어나자 다른 세상처럼 놀라운 절경이 펼쳐졌다. 정말 선경의 세상이 있으면 이렇겠구나 싶었다.

절벽 위의 좁은 길을 돌아서니 사찰 같은 작은 암자가 나왔다. 신발을 벗고 안으로 들어가니 앞에 모셔진 불상은 부처님이 아닌 단군상 같았다. 무작정 엎드려 절을 했다. 아기 하나 달라고 기도하는데, 땅을 짚은 팔이 덜덜 떨리면서 울음이 나왔다. 옆에 검은 옷을 입은 선사님이 앉아 계셨는데, 주머니에서 손때 묻은 하얀 가제 손수건을 꺼내 그 안에 꼭 싸여 있던 노란 동전 하나를 내게 건넸다. 나중에 꿈 이야기를 들은 누군가가 말하길, 노란 동전은 딸을 상징한다고 했다.

또 한 번은 초록색 호박 같은 것을 생으로 먹는 꿈을 꾸었는데, 세상에서 한 번도 느껴보지 못한 달콤한 맛이었다. 남편에게 이 꿈을 말했더니 남편도 꿈을 꾸었다고 했다. 남편이 외국에 갔다가 고향 점촌 창리로 돌아오는데, 내가 집 앞 봇도랑(개울)에서 물고기를 잡고 있더란다. 자기를 한번 힐끗 쳐다보고는 아는 체도 하지 않고 물고기 잡느라 이리 뛰고 저리 뛰어다녔다며 서운했다고 했다.

태몽과 임신

1990년, 남편이 대전으로 발령을 받았다. 나는 대전에 집을 알아보고 내려가는데, 광양에는 기차역이 없어 대전에서 순천까지 기차를 타고 다시 버스로 갈아타야 했다. 기차 안에서 갓난아기의 울음소리가 애절하게 들렸다. 이 감정은 무엇일까? 결혼 3년째인데 아직 아이 소식은 없었다. 겉으로는 내색하진 않았지만 늘 초조했다. 한 번도 품에 안아본 적 없는 아기 울음소리가 가슴을 미어지도록 아프게 했다.

그해 늦여름, 광양을 떠나 대전 태평동의 장미아파트로 이사했다. 아파트 복도에서 창문 밖을 보면 유독 높은 건물이 보여 무슨 건물일까 항상 궁금했는데, 앞집 아주머니에게 물어보니 '대전을지대학병원'이라고 했다. 나는 그날을 계기로 마음을 다잡고 임신을 준비하기로 결심하며 초가을부터 을지병원에 다니기 시작했다.

그러던 어느 겨울 일요일, 아침 늦도록 늦잠을 자고 있었는데 전화벨이 울렸다. 엉금엉금 기어가서 엎드려 전화를 받자, 큰형님의 단호한 목소리가 들려왔다.

“똑바로 앉아서 받게. 자네, 꿈 살란가?” 순간, 뭔가 ‘핑’ 하고 감이 왔다.

“네 형님, 꿈 사겠습니다. 얼마 드리면 될까요?”형님은 웃으며 말씀하셨다.

“꿈에 금 열쇠 2개를 주웠는데, 꿈에서 깨어나니 막내동서 자네가 먼저 생각이 났네. 열쇠 하나를 자네한테 팔라네. 설에 올 때 흰 봉투에 천원을 넣어서 주게. 꿈은 공짜로 주면 안 되고 사야지, 더 값진 거라네.”라며 웃으셨다. 이에 만원을 드린다고 했더니 천 원이면 족하다며 남은 하나의 금 열쇠는 딸에게 팔겠다고 하셨다. 형님은 결혼한 큰딸보다 먼저 나에게 전화를 하신 것이다.

을지병원에 다니기 시작한 후, 매일 체온계를 입에 물고 배란일을 꼼꼼히 체크했다. 하루는 경북 문경에 사시는 시아버지가 다리가 아프셔서 병원을 서울로 가셔야 하는데, 모시고 갈 사람이 없으니 우리에게 와 달라고 하셨다. 공교롭게도 그날은 병원 정기 검사를 받는 날이었다. 의사 선생님은 검진 결과를 보고 오늘 저녁에 합방해야 한다고 하셨다. 병원 밖에서 기다리던 남편은 빨리 나오지 않자 화를 냈다. 하지만 나에게는 이 검진이 너무나 중요했기에 신경전이 벌어졌다. 남편은 운전면허증이 없었기 때문에 결국 내가 운전해 문경의 시아버지를 모시고, 다시 서울 큰형님 댁에 모셔 드려야 했다. 우리 부부는 마음이 급했다. 나는 두 달 전, 임신만 기다리는 삶이 버거워 중고 자동차를 사서 부동산 중개업을 배우기 시작한 참이었다. 병원을 나서자마자 핸들을 잡고 문경으로 향했다. 그 길로 서울까지 시아버지를 모셔다드리고 다시 대전에 내려와 일을 치러야 한다는 압박감 때문에 온 신경이 곤두섰다. 내가 얼마나 속도를 냈는지 조수석에 앉은 남편은 천장 손잡이를 꼭 쥐고는 왜 이렇게 빨리 달리냐며 겁을 내며 내 눈치를 살폈다. 나는 그 말을 듣자 울컥해서 말했다.

"오늘, 의사 선생님이 배란일이라며 합방하라고 했어. 오늘 집으로 돌아와야 해서 어쩔 수 없어." 그 말을 들은 남편은 아무 말 없이 입을 다물었다. 문경 시댁에서 시아버지를 모시고 꼬불꼬불한 이화령 고개를 넘어 서울 큰댁에 도착했다. 저녁을 먹고 내려가려고 하자, 큰형님은 왜 그렇게 서두르느냐며 내일 천천히 가도 되지 않겠냐고 말씀하셨다. 형님은 아마도 다음 날 내가 시아버지를 병원에 모셔다드릴 것으로 생각하셨던 것 같다. 나는 합방 날이라며 겸연쩍게 둘러대고는 대전으로 돌아오니 온몸은 파김치가 되어있었다.

의무적인 합방을 위하여 누워서 남편이 다가오길 기다리는 마음은 참으로 착잡했다. 그날 저녁, 세상에서 처음으로 아이 만드는 일이 나에게 가장 힘든 일이라는 것을 알았다. 남편도 땀을 뻘뻘 흘리며 가진 애를 썼지만, 사정(射精)이 되지 않아 몇 번이나 포기하고 싶은 마음이 굴뚝같았다. 겨우 거사를 치르고 나서야 우리는 기절하듯 깊은 잠에 빠져들었다. 여느 부부들은 사랑을 나누는 가운데 자연스럽게 아이를 갖지만 우리 부부는 날마다 싸우고 상처 주다 억지로 이런 과정을 겪으니, 이것은 아니라고 생각했다.

다음 달 정기 검진 때 병원을 찾았다. 박준숙 의사 선생님이 웃으며 말씀하셨다.

"착상이 잘 되었네요. 임신 되었어요, 축하합니다." 나는 어안이 벙벙하고 아무 생각이 나지 않았다. '아, 이렇게 임신이 되는구나. 아무 느낌 없이 허허, 이런 것이었어? 그렇구나, 임신은 말없이 이렇게 그냥 되는 거구나.' 속으로 중얼거리며 멍하니 앉아 있다가 한참 지나서야 기쁨이 밀려왔다. 서울 살 때는 차병원을 다니며 몇 번이나 시도했지만 매번 실패뿐이었다. 진료를 기다리며 배부른 임산부를 보면, '나는 언제 저렇게 될까…'하고 부러워했던 시간들이 스쳐 갔다. 그런데 을지병원에서 두세 달 만에 이루어지니, 믿어지지 않았다. 남편에게 임신이 되었다고 전했지만, 남편은 아무 말도 하지 않았다. 우리 부부는 술과 과일, 포를 준비해 천지신명님께 감사의 기도를 드렸다. 우리가 결혼한 지 만 3년 되는 날, 바로 그날이 1991년 1월 16일. 결혼 3주년 기념일이었다.

기도를 마치고 앞집 아주머니에게 기쁜 소식을 알렸다. 잠시 후 앞집과 아랫집 아주머니 두 분이 오렌지 주스를 사 들고 오셔서 축하해 주셨고 늦도록 이야기를 나누었다. 혹시나 걱정되어 일주일 뒤 병원을 다시 다녀온 후 친정과 시댁에 전화로 소식을 전했다. 양가 어른들은 몸조심하고, 특히 운전은 절대 하지 말라고 신신당부하셨다.

설날, 친정 둘째 오빠의 차를 타고 친정에 들렀다가 시댁으로 갔다. 큰형님께는 꿈값 천 원을 하얀 봉투에 담아 드렸다.

"자네들은 아이 하나 만드는데도 요란을 떨어. 온 동네방네 소문

을 다 내고 말이야. 다른 집들은 애가 태어나야 사람들이 아는데,
쯧쯧."

　큰형님은 핀잔인지, 안타까움인지 모를 웃음을 지으시며 말씀하
셨다.

야속한 남편

첫 아이 임신 3개월쯤 되자 입덧이 심해졌다. 저녁 8시 30분, KBS 연속극 '서울뚝배기'를 보던 중, 설렁탕이 갑자기 먹고 싶다는 생각이 들었다. 연속극이 재미있어서 끝까지 보고 나갔는데, 늦은 시각이어서인지 근처 식당은 모두 문을 닫았다. 그 순간 짜증이 치밀어 올랐고 아무 생각 없이 거리에 침을 뱉었다. 구역질이 나고 속이 울렁거렸다. 평소 같았으면 절대 하지 않을 행동이었다. 2월 말쯤 추운 날씨에도 불구하고 갑자기 물냉면이 먹고 싶어졌다. 남편이 사 온 물냉면은 살얼음이 동동 떠 있었다. 이불을 덮은 채 덜덜 떨면서 먹었다. 남편은 그런 나를 보며 유별나다는 듯 핀잔을 주었다. 남편은 평소에도 내가 입덧이 심하여 아무것도 먹지 못하는 상황에서도 전혀 관심을 보이지 않았고 별난 사람 취급을 했다. 임신 중의 고통과 마음을 전혀 이해하려 하지 않았고, 오히려 나를 더 피곤하게 만들었다. 섭섭했지만 싸울 힘조차 없었다. 아무것도 먹지 못하고 토하기만 했다. 결국 친정에 가서 며칠을 지내기로 했다. 친정에서 엄마 밥을 먹으니 그래도 기운이 조금씩 돌았다. 친정에 있을 때, 토하는데 빨간 고춧가루 같은 것이 섞여 나왔다. 고춧가루 음식도 먹지 않았는데 왜 그런지 궁금했다. 엄마가 보시더니 목 안의 핏줄이 터진 거라고 하셨다. 엄마의 정성 덕분인지 증상도 서서히 사라졌다.

어느 날, 숯불에 구운 조기가 먹고 싶다고 남편에게 말했다. 그러자 그는 "갑부 집으로 가서 해 달라고 해."라며 땅벌같이 쏘아붙였다. 또 하루는 밥상을 다 차려놓고, 밥솥을 열 때 밥 냄새를 맡으면 밥을 못 먹을 것 같아서 남편에게 "밥 좀 펴서 차려놓은 밥상 좀 들고 오세요."라고 부탁했다. 그리고는 거실에 와서 누웠다. 남편은 부엌으로 들어가더니 갑자기 부엌 식칼을 내가 누워있는 쪽으로 집어 던졌다. 식칼은 바닥에 떨어지며 손잡이 뒤에 붙어 있는 쇳조각이 떨어져 나가 굴렀다. 순간적으로 마음이 얼어붙어 아무 말도 하지 못했다. 정신이 아득해졌다. 잠시 후 간신히 정신을 가다듬고는 남편에게 소리쳤다.

"치사하고 더러워서 참 내, 너하고 못 살겠다. 어떻게 이럴 수가 있어!" 그러고는 자동차 열쇠를 챙겨 집을 나섰다. 기가 막히고 분한 마음에 김천에 있는 친정으로 향했다. 대전 시내를 정신없이 빠져나가 고속도로 IC 앞에 이르렀을 때 멈칫했다. 고속도로에 올라서면 끝까지 달려야 한다는 생각에, 몸이 따라주지 않을 것 같았다. 그래서 결국 집으로 다시 차를 돌렸다. 집에 돌아와 방에 누웠지만 남편은 아무 말도 하지 않았다. 그때가 내 인생에서 가장 길고 고통스러운 시간이었던 것 같다. '아! 언제면 입덧이 나을까, 언제까지 이렇게 살아야 하나?' 매일 탁상시계만 바라보며 시간만 쫓아갔다. 그때 시간이 얼마나 더디게 흘렀는지 지금도 잊을 수가 없다. 당시 남편은 대기발령 중이라 집에 머물고 있었지만, 내게는 전혀 관심을 두지 않았다. 빈말이라도 뭘 먹고 싶으냐고 묻는 법이 없었고 함께 산책한다거나 바람 쐬러 나가자고도 하지 않았다. 한집에 살면서도 따로 사는 사람처럼 냉랭했다. 나는 작은방에서 천자문 책을 사다 놓고 벼루에 먹을 갈아 신문지에 한 자 한 자 써 내려가는 일이 유일한 낙이었다. 묵향을 맡으면 마음이 평안해졌다. 그 향이 참 좋았다. 그리고 신문 광고를 보고 마음이 끌리는 책들을 신청해 읽기도 했다. 그때 읽었던 생각 나는 책들은 『강태공』 4집, 『백척간두에서 무엇을 절망하리』, 『태백산맥』 6집, 『개벽』 2집, 『억새풀』 5집, 『정감록』 5집, 『흥부의 칼』, 『업』, 『허튼소리』 2집, 『거지왕 김춘삼』, 『천명』 2집, 『신(神)』, 『기(氣)』, 『단(丹)학인』 등이다.

  입덧이 조금씩 가라앉기 시작한 임신 5개월 무렵부터는 남편과의 관계도 조금씩 나아지기 시작했다.

5

엄마가 되다

남편은 운전면허를 땄지만 주행 연습을 하지 않아서 실제로 운전을 할 수가 없는 상태였다. 그는 운전학원에서 주행 연습을 하려면 차례를 오래 기다려야 하고 비용도 많이 든다며 나에게 연수를 부탁했다. 나는 겁도 없이 임신 7개월 된 배를 안고 조수석에 남편의 주행 연습을 도왔다. 도로에서 순간순간 깜짝 놀라는 위기의 순간에 소리를 지르곤 했다. 지금 생각해 보면 철없고 무모한 행동이었다.

병원에서는 출산이 다가오고 있다고 하면서 아기가 너무 위에 붙어 있으니 좀 걸어 다니라고 했다. 남편이 서른세 번째인 내 생일을 챙겨주고 서울로 떠나자, 만삭의 몸으로 걷기 시작했다. 평소 걷지 않던 내가 과로했는지 저녁에 다리가 아파서 잠을 이루기가 힘들었다. 이튿날 아침, 화장실을 갔더니 희뿌연 물이 한참 동안 나왔다. 겁이 나서 병원에 전화하자 양수가 터진 것 같으니 즉시 병원으로 오라고 했다. 급히 옆집 아주머니에게 도움을 청해 출산 준비 보따리를 들고 병원으로 갔다. 남편은 연락이 닿지 않았고, 대신 서울의 큰형님에게 전화를 드렸다. 형님은 남편과 연락을 취해 저녁쯤 내려

오겠다고 했다. 아침도 먹지 못한 채 병원에 도착했고, 점심은 대충 넘기고 혼자서 조용히 출산을 기다렸다. 저녁이 되자 배가 조금씩 아프기 시작했다. 복도를 걷고 있을 때 남편과 큰형님이 도착했다. 형님은 내려오면서 아기를 낳았을 것으로 생각하고 오셨다고 했다. 형님은 애를 낳으려면 힘을 써야 한다며 집에 가셔서 소고기를 볶고 밥을 지어 오셨다. 입맛이 없어 하는 나에게 형님은 힘쓰려면 억지로라도 많이 먹어야 한다며 자꾸 권하셨다. 결국 꾸역꾸역 한 그릇을 다 비웠다.

담당 의사는 양수가 다 빠진 상태에서 시간이 너무 길어지면 아기가 위험해질 수가 있다며 제왕절개 수술을 권했다. 그러나 내가 조금 전에 소고기를 볶은 밥을 많이 먹었다고 하니, 의사는 난감해하며 내일 아침까지 출산 기미가 보이지 않으면 그때는 수술해야 한다며 상태를 지켜보자고 했다. 그렇게 해서 밤을 넘기며 상태를 지켜보기로 했다.

밤 9시부터 간헐적인 진통이 시작되더니 11시가 넘어서면서 심한 진통이 본격적으로 찾아왔다. 내 의지와 상관없이 저절로 힘이 쥐어졌다. 그런데 의사는 아기가 아직 내려오지 않았으니 힘을 주면 안 된다고 했다. 하지만 힘 빼는 조절이 너무 힘들었다. 힘을 쓰지 않으려고 침대 머리 쇠를 잡고 몸부림치며 안간힘을 다했다. 의사는 치아에 무리가 가지 않게 입을 벌리고 소리를 지르라고 했다. 그래서 배 쪽으로 힘이 가지 않게 힘을 다하여 소리를 냈다. 소리를 지르다 기절하듯 정신을 잃었다가 다시 깨어나기를 밤새도록 반복했다.

힘을 빼는 게 힘주는 것보다 더 힘들었다.

나는 남편에게 나가 있으라고 했다. 미친 사람처럼 일그러진 내 몰골을 보여주고 싶지 않았다. 남편은 밖에서 내가 고통에 겨워 소리 지를 때마다 '살아 있구나' 하고 안도하다가 소리가 나지 않으면 혹시 무슨 일이 생긴 건 아닌가 하며 가슴을 졸였다고 했다. 그 시간 동안 큰형님은 오롯이 곁에서 나를 보살피며 함께 지옥을 헤매고 있었다. 나는 정신이 들 때마다 "수술해 주세요." 하며 울다가도 "다음에는 꼭 수술할 거야."라는 말로 뜬금없이 둘째 아이의 출산을 다짐하는 우스꽝스러운 말을 내뱉기도 했다. 형님은 괜히 소고기 밥을 먹여서 고생을 시켰다며 스스로 자책하며 미안해하셨다. 의사는 수시로 아이의 상태를 체크하고 나갔다. 다른 임산부들은 수시로 분만실로 옮겨지고 있었지만, 나는 초저녁부터 밤새도록 한 자리에 누워 침대를 흔들며 고통에 시달렸다.

새벽 6시 반이 되자 분만실로 옮겨졌다. 이제부터는 힘을 주라고 했다. 의사는 "조금만 더, 조금만 더!" 하며 힘을 내라고 재촉했지만, 밤새도록 사투를 벌인 후인지라 의식이 가물가물했다. 의사와 간호사의 애타는 목소리를 간간이 들으며 마지막 힘을 주자 무엇이 쑥 빠져나가는 아픈 느낌이 들었다. "6시 55분, 딸입니다." 의사의 말이 희미하게 들려왔다. 그런데 아기 울음소리가 들리지 않았다. 겨우 나오는 목소리로 "아기가 왜 안 울어요?"라고 물었다. "이제 울려야 되지요." 하는 순간, "응애" 하며 나의 귀한 딸은 1991년 9월 초순, 세상에 첫소리를 토해냈다. 그렇게 우여곡절 끝에 '엄마'라는 거룩한 이름을 얻었다.

의사가 아기를 품에 안겨주었다. 하지만 눈이 침침하여 얼굴도 잘 보이지 않았다. 딸이라는 소리에 울음이 터졌다. 내 딸도 언젠가 나처럼 고통을 겪게 될지도 모른다는 생각에 눈물이 그치지 않았다. 앞으로 딸 만큼은 일찍 결혼시켜서 나처럼 노산의 아픔을 겪지 않도록, 만약 일찍 결혼이 늦어지면 때려서라도 보내야겠다고 결심하며 계속 울었다. 주위의 사람들은 아기 낳고 나서 울면 눈이 나빠진다며 달랬지만, 하염없이 흘러내린 눈물로 첫 미역국 밥을 가져와도 목이 메서 먹지 못했다.

정신을 차리고 누워있는데, 큰형님이 "동서, 고생 많았네." 하시며 들어오셨다. 그런데 형님의 입술이 터져있었다. "애는 자네가 낳았는데, 내가 왜 입술이 다 터졌는지 모르겠네. 양쪽 어머니들이 해야 할 일을 내가 어쩌다가 입술이 터져가며 하는지 모르겠다." 하시며 씩 웃으셨다. 그제야 악몽 같던 긴 시간 동안 내 옆에서 어찌할 바를 모르던 형님의 모습이 퍼뜩 떠올랐다. 내가 얼마나 형님이 편했으면 남편을 나가라고 하고 형님을 옆에 계시라고 했을까. 형님의 터진 입술을 보는 순간, 다시금 눈물이 왈칵 쏟아졌다.

친정엄마는 양수가 터지기 전날 밤에 내게 전화를 걸어, "네가 해산날이 다가오는데 내일 동네 분들과 1박 2일로 남해 여행을 가자고 하네. 나는 가지 말아야겠지?"라고 물으시길래, 다녀오시라고 했었다. 어쩌면 그 여행 덕분에 딸의 고통스러운 몰골을 보지 않아서 다행이었는지 모른다. 엄마는 아이를 수월하게 집에서 낳고 혼자 탯줄을 잘랐다고 하셨었다. 그런 엄마의 생각은 병원에서 해산하는 딸이 그렇게 힘들 거라고는 상상조차 하지 않으셨을 것이다. 그래서 더 마음 놓고 여행을 가셨겠지.

큰형님은 서울로 올라가시고 친정엄마가 오셨다. 엄마는 갓 태어난 외손녀를 안고 있었다. 퇴원하려고 신발을 찾는데, 내 신발이 보이지 않았다. 엄마는 한쪽에 놓인 연한 분홍색의 큰 신발을 내 앞에 놓으시며 "네가 이 신발을 신는 걸 본 적 있는데."라고 말씀하셨다. 하지만 나는 기억이 전혀 나지 않았다. 발을 신발 안에 조심스레 넣어 보았더니 내 발에 딱 맞았다. 해산의 고통은 매일 신고 다니던 신발의 기억조차 잊게 만들었다. 출산 후 침대 머리 쇠를 얼마나 붙잡고 버텼던지, 손목과 손가락 관절이 아프고 불편했다.

6

기도의 응답

딸의 백일이 지나자 우리 가족은 다시 서울 풍납동의 집으로 돌아왔다. 놀랍게도 큰형님의 외손녀도 우리 딸과 불과 26일 차이로 태어났다. 지금도 신기한 것은 그 두 아이 모두 큰형님의 태몽으로 연결된 아이들이라는 사실이다.

우리 딸은 천 원 주고 산 큰엄마의 금 열쇠 태몽으로 태어났고, 큰형님의 외손녀는 외할머니가 꾼 태몽을 산 덕에, 쌍둥이 같은 이모와 조카가 되었다. 딸만 셋이던 친구 정애는 내가 대신 꾼 태몽 덕분에 나보다 8개월 먼저 아들을 낳았고, 인자 친구는 내가 아이를 낳은 1년 후 원하던 딸을 얻게 되었다. 직지사에서 함께 간절히 소원 기도를 드렸던 우리 셋의 바람은 놀랍게도 100% 모두 이루어졌다.

그런데 2011년 여름, 전남 해남에서 국선도 산중수련을 하고 있을 때 안타까운 소식이 전해졌다. 인자 모녀가 교통사고로 세상을 떠났다는 것이다. 마음이 무너져 내렸다. 나는 그 자리에서 그들의 명복을 빌어 주고, 며칠 뒤 인자의 남편을 찾아가 위로를 전했다. 인자는 참으로 노력하며 사는 사람이었다. 초등학교를 졸업한 뒤 검정 고시로 중 · 고등학교를 마치고 대학 진학을 꿈꾸던 포부 큰 친구였다. 새마을 운동이 활발할 때 청년회장을 맡기도 했고, 경운기가 처음 나올 때 경운기 운전하며 마을을 누볐다. 콩 농사를 지어 메주를 쑤어서 된장과 청국장을 담가 팔며 자립적으로 생계를 꾸리기도 했다. 그렇게 부지런하게 살아가면서도 가끔은 스스로를 '불행한 운명을 타고난 사람'이라 여기며 삶을 비관하던 모습이 떠오른다.

인자의 딸이 중학생이던 어느 날, 미국에서 잠시 나왔던 진주 씨와 인자네 집을 방문한 적이 있다. 그때 만난 인자의 딸은 "한국에서, 그리고 우리 집에서 태어난 게 싫어요. 다음 생에는 꼭 미국에서 태어나고 싶어요."라고 말했었다. 그 말이 지금까지 잊혀지지 않는다. 이제는 두 모녀가 다시 태어나 그토록 원하던 미국에서 아름다운 삶을 살고 있기를 바란다.

한편, 정애의 아들은 공부도 잘하고 착실하게 커서 초등학교 선생님이 되었다. 2024년 12월에 그 아들은 예쁜 신부를 맞이하여 대전에서 결혼식을 올렸다. 잘생기고 목소리도 좋은 정애의 아들을 보며 진심으로 행복하게 살기를 기도했다. 옛날 어른들이 "공들여 낳은 아이는 계속 공을 들여야 잘산다."라고 하셨던 말이 떠오른다. 그 말은 진리인 것 같다. 정애는 많은 봉사활동과 선행을 하며 기도하는 마음으로 열심히 살아가고 있다.

나는 가끔 나의 딸을 도반(도를 함께 공부하는 친구)이라고 부른다. 엄마라는 이름을 나에게 안겨준 소중한 딸. 딸이 맡은 바 일을 잘 해내며 성실히 살아가는 모습을 보며 늘 감사하다. 큰엄마의 태몽과 수많은 존재의 염원이 함께한 우리 딸. 딸을 통해 나는 삶의 의미를 더욱 깊이 깨닫는다.

내가 아는 모든 사람에게 그리고 이 세상 모든 존재에게 마음 깊이 감사를 드린다.

7

공밥 먹으니, 좋으냐?

1988년 1월, 서른한 살의 나이로 결혼했다. 결혼하고 서너 달이 지나니 온 집안 식구들이 아이 타령을 했다. 고향에 내려가면 시어머니는 내 앞에 바짝 다가앉아 이렇게 물으셨다.

"그래, 공밥 먹으니까 좋으냐?" 나는 그 말뜻을 몰라 결혼 전에 일하다가 쉬니까 좋으냐고 하시는 줄 알고, "네 좋아요."라며, 웃으며 대답을 했다. 그러자 손윗동서들이 이쪽저쪽에서 킥킥거리며 웃음을 참았다. 며칠 뒤에도 어머님은 또 "공밥 먹으니, 좋으냐."라고 물으셨다. 어째 묘한 기분이 들어서 형님에게 여쭤보았다. 형님은

"자네는 그 말뜻을 모르는가? 임신 안 하고 공짜 밥 먹으니까 좋으냐는 말이야."라고 살짝 말해주셨다. 나는 얼굴이 붉어지고 모욕감과 함께 화가 치밀어 올랐다. 그 자리에서 바로

"어머님 그런 말씀하시면 다시는 안 와요."라고 쏘아붙였다. 시어머님도 당황한 듯 "그래그래. 다시는 말 안 할게."라고 사과하셨다.

첫 아이가 임신 되지 않을 때도 불임으로 유명한 차병원에 다니며 배란일을 맞추기 위해 매일 아침 체온계를 입에 물고 체온 그래프를

그리며 배란일을 확인했다. 체온이 가장 많이 내려가는 날 병원에 가서 배란일을 확인하고 합방해야 했다. 그런데 그즈음이면 꼭 부부 싸움이 잦았다. 남편이 베개를 들고 다른 방으로 가버리면 한 달간의 노력이 수포가 되고 나는 분노에 치를 떨었다. 체온을 재는 일은 결코 쉬운 일이 아니었다. 아침에 눈을 뜨자마자 움직이지 않고 머리맡에 둔 체온계를 입에 물고 3분을 버텨야 했다. 아무리 화장실이 급해도 참고 견뎌야 했다. 때로는 체온계를 물고 있다 잠이 들어 체온계를 떨어뜨리기도 했다.

첫 아이 출산 후 열흘 만에 산후조리를 위해 김천 친정집으로 갔다. 열흘 뒤 추석이 다가오고 있었지만 온몸이 푸석푸석하게 부어 있었다. 문경 시댁에서 시아버지는 아이를 받아 안고 "딸이라네…" 하시며 눈물을 흘리며 서운해하셨다. 시어머니는 "다음에 아들 낳으려고 딸 낳았구나."라고 하셨다. 이후 나는 서툰 엄마 노릇 하느라 땀을 뻘뻘 흘리며 매일 정신없이 살았다. 딸이 세 살이 되었을 무렵 이웃집 아이들이나 오빠, 언니들과 함께 놀다가 집으로 돌아가면 딸은 떼를 썼다. "나 혼자 못 살아, 동생 낳아줘." 하며 두 다리를 뻗으며 자주 울었다. 이 일은 하루 이틀도 아니어서 난감했다. 부부 사이가 좋아서 발만 닿으면 낳는 사이가 아니기 때문에 더 걱정이었다. 남편 또한 쌍둥이 아들을 은근히 바라는 눈치였다. 하지만 남편은 아이를 잘 돌보는 것도 아니고 나에게 살갑게 대하지도 않았다. 나는 살림과 육아가 벅찬 상황에서 딸의 동생 요구는 내 마음을 아프게 했다. 그럼에도 불구하고 딸을 위해 다시 노력하기로 결심했다.

우리 집은 풍납동 아산병원 근처에 있었다. 딸을 유모차에 태우고 아산병원에 다니며 첫 임신 때처럼 불임 치료를 받기 시작한 지 1년 쯤 되었을 때, 시어머니의 위암이 재발했다는 연락이 왔다. 결혼한 그해 3월에 시어머니가 위암 초기라는 진단을 받고 수술을 받으셨다. 그때 나는 '새로 들어온 사람 탓이다'라는 말이 떠올라 은근히 마음이 쓰였다. '어머니, 지금 돌아가시면 안 돼요. 저를 생각해서라도 꼭 일어나셔야 합니다.'라며 지성으로 기도했었다. 사실 어머니 걱정보다는 혹시라도 내 탓이 될까 두려운 마음이 더 컸는지도 모른다. 다행히 수술은 잘 되었고 어머니도 회복하셨다. 나는 그제야 조심스레 남편에게 말했다.

"내가 이 집안에 들어와서 얼마 안 돼 어머니가 편찮으셔서 더 걱정했었어."

그러자 남편은 무심코 "그건 당연하지"라고 내뱉었다. 결혼하고 3개월이 되지 않은 시점인지라 그 말이 너무도 서운하게 들려 며칠간 토라졌던 기억이 난다. 하지만 이번 상황은 달랐다. 결혼 7년째다 보니, 시어머니의 병환에 애틋함이 덜했다. 남편은 더욱 심했다. 형님이 병간호하시다가 교대를 부탁하면 "왜 나한테만 자꾸 시키냐고요?"라면서 불평했다. 다른 시숙님들은 눈코 뜰 새 없이 바쁘지만, 남편은 회사 대기 상태로 집에서 쉬고 있던 터라 내가 더 면목이 없었다. 나는 네 살 딸아이를 돌보니까 갈 수가 없다고 했다. 솔직히 딸 핑계로 가기가 싫었다. 남편은 본인밖에 갈 수 없는 처지라는 걸 잘 알면서도 항상 투덜거렸다. 나는 형님과 전화 통화로 "언제는 엄마 불쌍하다고 눈물을 찔끔거리며 울더니, 무슨 마음으로 저렇게 바뀌었는지 도대체 이해할 수 없네요. 저러다가 어머님이 돌아가시면 얼마나 후회하려고 저러는지 모르겠어요."라고 남편 흉을 보곤 했다.

시어머니가 편찮으신지 몇 달 후 1994년 7월 어느 날, 북한의 김일성이 사망했다는 보도가 나왔다. 시어머니는 TV를 보시다가 저렇게 유명한 사람도 죽는데, 나도 오래 못 살 것 같다며 퇴원하여 집에 가서 편안히 눈을 감겠다고 하셨다. 큰형님은 시어머니를 모시고 문경 시골집으로 내려가셨다. 한 분뿐인 시누님도 동행했다. 그즈음 남편은 울진으로 발령을 받아 떠나고 나와 딸은 서울 집에 남았다. 그런데 이상하리만큼 마음이 편안했다. 잔소리하는 남편도 없고 저녁때가 되어도 저녁을 준비할 필요도 없었다. 아이와 놀이터에서 한나절을 놀다가 집으로 들어가곤 했다. 결혼하고 가장 마음이 편안하고 느긋한 꿈같은 시간이었다.

8

애비 따라 가래이

큰형님에게서 전화가 왔다. "자네 서방님도 없는데 뭘 하는가? 둘째를 가지려면 울진으로 따라가야지. 아니면 시골에 와서 우리 밥이나 해주게." 나는 남편을 택하지 않고 문경으로 내려갔다. 시어머니께서는 "왜, 아범 따라가서 밥해 주지 않고 여기로 왔냐?"라며 깜짝 놀라셨다. 할 말이 궁색하여 "서울 집을 전세라도 내주고 가야지요."라고 둘러댔다. 이어서 "그래 전세 나가면 꼭 따라 가래이" 하시며 재차 당부하셨다. 그 후 우리들은 어머니를 위해 각자의 역할을 맡아 최선을 다해 모셨다. 나는 식사 당번을, 두 형님은 시어머니 간호와 청소를 도맡았다.

하루는 시어머니께서 나와 큰형님을 부르시더니 장롱 위를 가리키시며 신줏단지(옛날 대대로 내려오면서, 쌀을 담아 조상을 모신 항아리)를 내려놓으라고 하셨다. 키 큰 내가 신줏단지를 내려 드리자, 어머니는 큰형님에게 오늘이 음력으로 며칠이냐고 물으셨다. 그리곤 날짜를 찍어주시며, 이날 혹시라도 내가 정신을 못 차릴 수도 있으니 신줏단지를 막내인 나에게 주라고 당부하셨다. 형님은 무슨 영문인지 모르지만, 날짜를 잊지 않기 위해 달력에 표시해 두었다. 어머니는 나를 향해 "내가 부족하여 네가 아들이 없구나."하며 안타까움을 전하셨다. 나는 어머님 곁을 떠나지 않고 마음을 살피며 조심스레 말을 건넸다. "어머니, 어머니는 신 씨 집안으로 시집와서 갚을 빚이 많았던가 봐요. 이제는 빚 잘 갚고 간다고 생각하세요. 그동안 마음에 걸렸던 모든 것들을 풀고 가셔야지 자식들이 잘산대요. 어머님은 전생에 남자였나 봐요."라고 끊임없이 말을 이어가자 눈을 감고 계시던 어머니는 "내가 본시 남자였지."라고 말씀하셨다. 그렇게 우리는 선문답을 주고받고 있었다. 나는 누워있는 시어머님의 팔목에 염주를 걸어 드리며 말했다. "다른 생각하지 마시고 '나무아미타불'만 하세요. 자나 깨나 '나무아미타불', 너무 아파서 고통이 심해도 '나무아미타불'만 속으로 염하세요. 그리고 어머니, 우리가 원하는 것이 무엇인지 아시지요? 제 나이가 많아서 오래 못 기다려요. 어머님이 우리 아들로 다시 오세요."라고 하자 어머니는 힘없이 고개를 끄덕이며 "영혼이 있다면야…"라고 답하셨다. 시어머니는 유언으로, 평생 쓰시던 재봉틀은 막내인 나에게 주라고 하셨다. 그리고 장례식 때에는 떡은 몇 말, 콩은 어느 정도 준비하라며 구체적인 분량까지 일러주셨고, 자신의 제사는 지내지 말라고 단호하게 당부하셨다. 또한 49제는 산양면에 있는 개운사에서, 시댁 작은어머니가 다니시는 절에서 올려 달라고 말씀하셨다.

어머니가 신줏단지를 전하라 하신 날, 큰형님은 집안 대대로 모셔온 신줏단지를 나에게 건네주셨다. 그때 어머니는 예언대로 정신을 놓고 말문을 닫은 상태였다. 그로부터 일주일이 지난 저녁 8시 반쯤, 두 형님은 앞 도랑에 가서 빨래도 하고 씻고 올 테니, 어머님을 지켜보고 있으라고 하시며 나가셨다. 형님들은 한참이 지났는데도 오시지 않았다. 순간 불안감이 밀려왔다. 혹시 어머님이 돌아가신 게 아닌가 싶어 살피는데, 정작 가까이는 가지 못했다. 자꾸만 불안감이 몰려왔다. 평소 겁이 많은 편도 아닌데, 그 순간엔 머릿밑이 쭈뼛 서는 것 같고 무서움이 온몸을 휘감았다. 형님들이 돌아오신 후, 내 이야기를 들은 큰형님은 "이제 곧 가실 것 같다"고 하셨다. 그리고 말씀하셨다.

"임종 직전에는 조상님들이 영접하러 오시기도 해. 그래서 그런 느낌이 들었을 거야."

그로부터 이틀 뒤 정오 무렵, 형님들은 어머니의 임종이 임박했다고 판단하고 점촌 형님과 시숙님에게 급히 연락을 드렸다.

어머니는 동네 사람 두 명과 나 그리고 큰형님, 시누이가 지켜보는 가운데 숨을 거두셨다. 1994년 7월 20일, 음력 6월 12일. 79세를 일기로 시어머니는 한 많은 지구여행의 막을 내리셨다. 그 해는 백년 만에 가장 무덥다는 여름이었다. 아들들의 성화에 장례식을 비디오로 촬영했고, 영상은 지금까지 잘 보관하고 있다. 삼오제를 지내고, 시어머니의 유언대로 개운사 절에서 49제를 올렸다. 첫 49제를 준비하던 날, 스님은 이렇게 말씀하셨다.

"이 어른은 자손도 많고 오래 사셨으니 복이 많은 분 같습니다." 그리고는 절에서 겪었던 예전의 일을 조용히 들려주셨다. 부산에 사는 어느 보살이 아이가 생기지 않아 친정집에 왔다가 이 절에 들러 생남불공(生男佛供)을 드렸다고 한다. 그런데 그 보살이 절에 다녀간 이후부터 자주 오시던 노보살님이 더는 절에 보이지 않았단다. 그러던 어느 날, 스님의 꿈에 노보살님이 나타나 "부산의 아무개 집으로 간다."고 말씀하셨다. 스님은 무척 궁금하고 기대하며 기다렸다고 한다. 왜냐하면 보살님이 가신다던 부산 집이 생남불공을 드리던 그 젊은 보살의 집이었기 때문이다. 얼마 후, 생남불공을 드리던 부산의 보살로부터 임신했다는 연락이 왔단다. 그로부터 10개월 후, 아기 엄마는 아들을 안고 와서 감사의 기도를 드렸다고 하셨다. 스님은 이야기 중에 나를 빤히 쳐다보시더니 혼잣말을 하셨다.

"여자도 남자로 올 수 있나 봐요?"

그 순간 망치로 얻어맞는 충격을 받았다. '아하 그렇구나. 바로 이거야!' 직감적으로 느껴졌다. 나는 얼른 생전에 시어머니와 나눈 선문답, "내가 본시 남자였지"라고 하셨던 그 말씀을 스님께 전했다. 스님은 좋은 일이라면서 조상이 다시 자기 집으로 오는 수가 많다고 하셨다. 그리고는 어머니 49제 안에 생남불공을 함께 드리자고 제안하셨다. 나는 기뻐서 가슴이 두근두근 뛰었다.

시어머니가 돌아가신 날, 서울 부동산에서는 서울 집 전세가 나갔다고 연락이 왔다. 장례를 치르자마자 남편은 부랴부랴 울진 죽변에 집을 얻었고, 나는 서울 집을 정리했다. 일주일 만에 이웃의 봉고 트럭 두 대에 짐을 싣고 울진 죽변으로 이사했다. 죽변 집은 발코니에서 바다가 보이는 3층 건물의 연립주택 2층이었다. 죽변에서 나의 하루는 바빴다. 새벽밥을 지어 남편 출근시키고, 시장을 보고 점심 준비를 하면 남편이 점심을 먹으러 왔다. 점심을 챙겨주고 치운 뒤에는 또 저녁을 준비하며 남편을 기다렸다. 오로지 한 남자의 아내, 한 아이의 엄마로서의 하루가 잠시 눈 돌릴 틈도 없었다.

어느 날, 개운사 스님에게서 연락이 왔다. 생남불공 날짜를 잡아놓았으니 오라는 것이다. 나는 점촌에 사는 막냇동생 집으로 가서 친정어머니를 모시고 시어머니가 생전에 나에게 맡기셨던 신줏단지를 가지고 개운사로 향했다. 49제 중 첫 제를 지낼 때, 스님에게 시어머니가 물려주신 신줏단지가 보관하기가 어렵다고 말씀드리자, 생남불공을 드릴 때 가져오라고 하셨다. 상복(喪服)으로 하얀 바지에 흰 티셔츠를 입고 갔다. 스님은 예불과 기도가 끝날 때까지 계속 절을 하라고 하셨다. 친정어머니는 모시 치마저고리를 곱게 입고, 몇 번 절을 하시다가 숨이 차서 뒤로 물러앉아 내가 절하는 것을 보시고는 마음속으로 간절하게 기도하셨다고 했다. 팥죽처럼 끓는 땀을 뚝뚝 흘리며 나는 쉴 새 없이 절을 올렸다. 정신없이 절을 하던 중 무릎이 쓸리고 스쳐서 피가 나기 시작했다. 흰 바지를 입은 무릎은 금세 핏물로 붉게 물들었고 방석 없이 맨살로 절을 하는 바람에 살갗의 쓰라림이 고통스러웠지만, 나는 아랑곳하지 않고 끝까지 절을 이어갔다. 친정어머니는 그 모습을 보며 가슴이 찢어질 듯 아팠다고 하셨다. 그렇게 간절하게 절을 해본 적은 없었다. 너무 힘들고 고통스러워서 차라리 절하다가 죽었으면 좋겠다는 생각까지 들었다. 기도가 끝난 후, 스님은 지금부터 시작이라며 임신할 때까지 집에서 매일 기도하라고 하셨다. 집에서 그리 멀지 않은 곳에 단양 구인사 말사인 죽정사에 가서 매일 새벽기도를 하고 바닷가로 나가서 모래밭을 뛰어다니다가 동녘에 해가 떠오르면 붉은 태양을 깊은 호흡으로 마시며 해를 품곤 했다.

20대 시절 민족종교 수련회에 참가했을 때, 어르신이 해주신 말이 떠올랐다. "붉은 태양을 보며 호흡을 하면 몸과 마음이 맑아지고 건강해진다."는 말씀이었다. 그 후로 나는 종종 태양의 기운을 마시며 삶의 활력을 채워 넣곤 했다.

이듬해 1995년 봄, 문득 '대전을지병원에 한번 가볼까' 하는 생각이 들었다. 첫 아이가 생기지 않아 차병원까지 다녔지만 실패했던 나였는데, 뜻밖에도 그곳에서 임신이 되었던 기억이 떠올랐다. 첫아이 때 주치의였던 박준숙 선생님의 전화번호를 어렵게 알아내어 전화를 걸었다. 내 사정을 설명해 드리고 현재 경북 울진군 죽변면에 살고 있다고 하자, 너무 멀어서 힘들 것 같다고 하셨다. 나는 문경에 동생 집이 있으니 거기서 출발하면 2시간이면 갈 수 있다고 사정하였더니 예약을 잡아주셨다. 진료 하루 전, 딸아이를 데리고 문경 점촌 동생 집으로 갔다. 동생은 나이 많은 누나가 안 생기는 아이를 낳으려고 애쓰는 것이 안쓰럽기도 하고 못마땅했던 듯하다.

"예쁘고 똑똑한 딸 하나 있으면 되었지, 무슨 그 나이에 그리고 다녀."라면서 핀잔을 주었다. 하지만 나는 개의치 않고 주치의 선생님을 오랜만에 만나 상담을 했다.

"보통 다른 분들은 첫 임신이 어려웠다가도 한 번 출산하고 나면

둘째는 금방 생기거든요." 하시며 검사에 들어갔다. 그동안 아기를
낳은 지 4년이 되어 가니까 자궁 청소를 한번 해 보자며, 먼 데서 왔
으니 병원에 도착하는 즉시 우선순위로 처리해 주겠다고 친절을 베
푸셨다. 선생님은 배란일에 맞춰 다시 오라며, 그때까지 매일 아침
체온 체크를 빠뜨리지 말라고 당부하셨다. 그날부터 나는 다시 체온
계를 입에 물고 새벽마다 조용히 체온을 재기 시작했다. 마음 한켠
에 희망이 피어났다. 믿고 의지할 수 있는 의사가 있다는 사실만으
로도 한결 마음이 놓였다.

결혼하고 한 달 후, 필자가 찍은 74세의 시어머니

9

태백산 천제단

1995년, 친정어머니의 생신을 태백의 큰오빠 집에서 기념하기로 했다. 둘째 오빠 가족과 큰동생 가족은 참석하지 못하고, 우리 가족과 점촌 막냇동생 가족이 모여 엄마의 생신을 축하했다. 다음날 나는 동생 부부와 태백산 천제단을 향해 출발했다. 내가 태백산을 오르고 싶었던 이유는 간절했다. 둘째가 임신이 되지 않아 영험하다는 태백산 산신령님께 기도하던 차, 태백에 왔으니 당연히 천제단에 올라가서 기도를 드리고 싶었다.

하지만 몇 걸음을 떼기도 전에 땀이 비 오듯 흐르고, 숨이 차오르고, 다리엔 힘이 빠졌다. 우리 일행도 나 때문에 올라가지 못하게 되자, 결국 동생이 긴 막대기를 구해 와서 막대기를 잡고 끌고 올라갔다. 짐과 손목시계도 무거워서 올케에게 맡기고 거의 끌려가듯 따라갔다.

"아니 나이가 몇 살인데 몸이 이 지경이야. 한창인 나이에 운동도 안 하고 어쩌려고 그래."

막냇동생은 나를 보며 안타까움에 화를 냈다. 나 역시 스스로가 한심했다. 서른여덟 살, 인생의 가장 활기 넘치는 나이에 아이를 가지려고 몸을 지나치게 아끼다 보니 체력이 약해진 것이었다. 어른들의 '무리하면 아이가 유산될 수 있다.'고 했던 말이 떠올라, 지나친 움직임을 삼갔던 것이다. 나는 매일매일 임신 생각뿐이었다.

산길을 돌고 돌던 중, 꿈에서 본 듯한 낯익은 풍경이 눈앞에 펼쳐졌다. 누런 암소가 내 앞에서 송아지를 낳는 장면, 꿈에서 봤던 바로 그 장소였다. 송아지가 태어나던 그 자리와 비슷했다. '아니, 길을 잘못 들어선 이유가 이곳을 보라고 한 것인가?' 하는 신기한 생각이 들었다. 바로 올라가는 길을 놓치고 문수봉을 지나가는 길로 들어서서 고생 끝에 태백산 천제단에 도착했다. 힘들게 올라온 기억은 환희 속에 금세 사라졌다.

천제단에서 내려다본 태백시와 그 주변의 높고 낮은 산들이 병풍처럼 펼쳐져 장관을 이루고 있었고, 광경이 그저 황홀할 뿐이었다. 볼에서 눈물이 주르룩 흘러내리고 있었다. 그렇게 오고 싶었던 태백산을 10년 만에 겨우 다시 찾은 것이다. 태백산을 둘러싸고 있는 산들이 "잘 왔다. 그동안 고생 많았다."라고 위로해 주는 듯했다. 나는 하염없이 울며 산들의 따뜻한 품에 안기는 느낌을 받았다. 산들을 향해 아들을 낳고 싶다고 기원했다. 나는 문득 계산해 보았다. '10년에 한 번씩 온다면 내 생전에 몇 번이나 올 수 있을까?' 지금 서른여덟이니 앞으로 세 번밖에 더 못 올 것 같았다. 그래도 예순여덟에도 몸을 잘 관리하고 운동하면 다시 올 수 있으리라는 희망을 품었다.

천제단에서 마음껏 울고 좋은 기운을 받아서인지 내려오는 길은 한결 수월했다. 큰오빠 집에 도착했을 때는 너무 피곤하여 하루 더 쉬고 가려고 남편에게 전화를 걸었다. 남편은 빨리 오라고 버럭 화를 냈다. 지친 몸을 이끌고 힘겹게 딸아이를 데리고 나섰지만, 울진으로 바로 가는 버스는 이미 끊긴 뒤였다. 어쩔 수 없이 호산행 막차

태백산 천제단과 천제단에서 본 주변 산들

를 탔다. 호산버스정류장에서 죽변으로 가는 차표를 사려는 순간, "혜원아!" 하고 부르는 남편의 목소리가 들려왔다. 나는 안도했지만 남편의 얼굴을 보는 순간 짜증이 밀려왔다. '오빠 집에서 좀 쉬고 오면 뭐가 그렇게 나쁜 거지? 이렇게 피곤한데….' 딸은 잠이 와서 짜증을 부리다가 아빠가 부르는 소리에 금방 생기가 돌았다. 남편은 딸을 번쩍 안고 한마디 말도 없이 앞장서 걸어갔다. 나는 기분이 나빠 혼자 버스를 타고 갈까 생각하다가 딸이 울까 봐 말없이 짐 보따리를 들고 아픈 다리를 절뚝이며 남편 뒤를 따라 자동차에 올랐다.

태백산을 무리하게 다녀온 뒤 온몸이 피곤했다. 그런데도 새벽에는 절에 가서 기도하고 바닷가를 뛰며 떠오르는 붉은 해를 마주했다. 집에 와서는 아침밥을 지어 남편 출근을 챙기고 점심과 저녁까지 세 끼를 모두 준비했다. 그렇게 피곤한 몸을 이끌고도 하루하루 일상을 묵묵히 이어갔다.

10

어린 딸의 기도

38세에 무릎 통증이 심해 한의원을 찾았다. 진찰 결과는 퇴행성 관절염. 의사의 말이 내게 한겨울 찬바람처럼 날카롭게 다가왔다. '둘째 아이를 낳지도 않았는데 벌써 퇴행성 관절염이라니? 말도 안 되는 일이야.' 마음이 복잡했다. 의사는 관절염약을 먹어보며 경과를 지켜보자고 했다. 집에 돌아와 약을 먹으려던 순간, 문득 대전을 지병원에서 치료받던 일이 떠올랐다. '혹시 그때 일이 잘 풀려 임신했을 수도 있지 않을까?' 하는 생각이 스치자 무릎 통증이 싹 사라지는 것 같았다. 약 봉투는 그대로 서랍 속에 밀어 넣었다.

태백산 다녀온 것이 한 달 넘었는데도 여전히 피곤하고 무릎은 쑤시고 아팠다. 생리도 아직 없었다. 하지만 평소에도 생리가 불규칙했기에 큰 기대는 하지 않았다. 그래도 혹시나 하는 마음으로 병원을 찾았다.

"임신 4주째입니다."

그 말을 듣는 순간, 멍해졌다. 막상 '임신'이라는 말을 들었는데도 아무런 감정이 떠오르지 않았다. "죽변에는 산부인과가 없습니다.

울진에 있긴 있는데, 어렵게 가진 아이니까 포항 큰 병원에 가서 제대로 진찰을 받으면 좋을 듯합니다." 의사의 말에 그제야 정신이 들었다. 비로소 마음속 깊은 곳에서 기쁨이 차오르기 시작했다. 가장 먼저 이 소식을 전하고 싶은 딸아이가 떠올랐다. 고사리 같은 손을 모아 합장하며 부처님 앞에서 동생 하나 달라고 기도하던 모습이 눈앞에 생생했다. 딸은 절에 가다가 꽃이 보이면 꺾어서 부처님 앞에 올렸고, 사람들이 예쁘다고 사탕을 주면 그것도 부처님 앞에 올리며 "부처님, 내 동생 하나 주세요."라고 하던 아이였다. 저녁 밥상을 앞에 놓고, 네 살 난 딸아이에게 웃으며 말을 건넸다.

"혜원아, 네가 가장 기뻐할 소식이 있어. 네 기도가 하늘에 통했나봐. 네 동생이 생겼대. 혜원이 덕분이야" 그러자 딸아이는 두 손을 번쩍 들며 말했다.

"야, 신난다! 엄마 근데, 내 덕분이 아니고 아빠 덕분이야. 아빠가 씨를 엄마 뱃속에 넣어줘서 생긴 거야." 혜원이의 성(性) 상식에 깜짝 놀랐다. 학원 선생님이 이야기해 주었단다. 죽변에는 유치원이 없었다. 대신 삼일 학원이라는 곳에서 유치원처럼 아이들을 가르쳤다. 봄부터 다니던 학원에서 딸아이는 성에 대한 상식까지 배운 모양이다. 딸에게 저녁 먹고 절에 감사기도 하러 가자는 말을 듣고도 남편은 밥만 먹고 아무 말도 없었다.

한 달 전 냉랭했던 감정의 흔적이 여전히 남아 있었다. 나 역시 아무 말 없이 저녁상을 치웠다. 그때 욕실에서 남편이 불렀다. 등 좀 밀어달란다. 욕실로 들어가 말없이 등을 밀어주었다. 그러다 갑자기 남편은 꿈 이야기를 꺼냈다.

"꿈에서 집안 어른들이 다 모여 우리 집에 양자를 들여야 한다고 회의가 열렸어. 그런데 돌아가신 어머니가 나타나셔서 아들이 있는데, 왜 양자를 들이느냐고 호통을 치셔서 모여 있던 친척들은 다 돌아갔어. 그런데 '딸만 있는데 내가 무슨 아들이 있을까?' 하고 궁금해 하다가 깼어." 무뚝뚝한 남편은 내색은 안 했지만 초조히 기다리고 있었나 보다. 그래서 목욕재계하고 절에 가려고 한 모양이었다. 그렇게 우리 세 식구는 옷을 갈아입고 단양의 구인사 포교당 죽변 죽정사에 가서 감사의 예를 올렸다.

11

시어머니와의 약속

내 나이 서른여덟. 노산이고 건강도 그다지 좋지 못했다. 기쁨도 잠시, 하루하루가 불안했다. 2주에 한 번씩 포항의 선린종합병원으로 진료를 받으러 다녔다. 소변을 보면 이슬이 비치고 변비가 심했다. 변기에 앉아서, "네가 아직 나올 때가 안 되었으니까, 꼭 붙어 있어야 해."라며 속삭이며 날마다 최면을 걸었다. 포항으로 진료를 받으러 가는 날은 온 식구가 출동했다. 죽변에서 포항까지 2시간 반을 자동차로 달렸다. 왕복 5시간, 진료 시간과 중간 점심시간까지 더하면 하루가 순식간에 지나갔다. 처음 두어 번은 남편이 회사 휴가를 내 자진해서 가주더니 자주 가게 되니까 짜증을 내면서 화를 냈다. 이번에는 내가 더는 참을 수 없어 큰소리쳤다.

"당신은 무엇이 중요한지를 몰라! 어떻게 얻은 아긴데 왜 처음처럼 귀하게 생각지 않아? 회사는 그만두면 다시 구하면 되지만, 우리에게 아기는 마지막이야. 열일 젖히고 1순위로 해도 시원찮은데 또 성질이야?"

나는 멀미가 심하고 유산 기미가 있어서 대중버스로는 갈 수 없는 처지였다. 병원에 가는 내내 조수석 의자를 뒤로 젖혀놓고 누워서 가는 걸 뻔히 알면서 남의 일처럼 말하는 남편이 이해되지 않았다. 딸은 자동차를 타고 나가면 뒷좌석에서 과자를 먹으며 학원에서 또는 TV에서 배운 노래를 부르다가 이내 조용히 잠이 들곤 했다.

시어머니의 첫 기일이 되어 큰형님이 서울에서 제사를 모시기로 하셨다. 남편만 참석하고 나는 가지 못했다. 서울 형님도 임신 소식을 듣고는 꼼짝 말고 몸 관리 잘하여 아기 안고 내년에 오라고 하셨다. 임신 소식에 친정엄마도 오셨다. 친정엄마는 꿈에 고추밭에서 빨간 고추를 따셨단다. "엄마, 그 꿈 나에게 팔아. 지금부터는 꿈 이야기 누구에게도 아예 하지 마세요?"라면서 꿈은 사야 효과가 있다면서 엄마 손에 만 원을 쥐어 드렸다.

나는 평소 생선회와 오징어, 문어를 잘 먹었다. 그런데 이번 입덧은 바다에서 나오는 것은 어떤 것도 먹을 수가 없었다. 너무 배가 고프면, 집 뒤 불고기 식당에 뛰어가서 갈비탕을 정신없이 먹곤 했다. 뜨거운 것을 급하게 먹다 보니 입안의 연한 살이 수시로 벗겨졌다. 잔치 국수도 입맛이 당겼다. 죽변시장에서 언덕길을 올라오다 보면 맛있는 국수집이 있었는데, 그곳에 가서 먹으면 기분도 좋아지고 배가 불러 흐뭇해졌다. 점촌 막내 올케가 풋사과를 한 상자를 보내왔다. 밥만 먹고 나면 입이 짜서 몹시 힘들었는데, 식사 후 사과를 먹고 나면 그런 현상이 없어져 신기했다. 나중에 8 체질 공부하고 나서 아기가 바다에서 나오는 음식을 못 먹게 한 것을 알게 되었다. 아기의 체질에 맞지 않은 것을 내 입맛대로 먹으려고 하니까 거부한 것이었다.

　초가을로 접어들어 임신 5개월쯤 되자 기분도 좋아지고 견딜 만해졌다. 아침 일찍 죽변 어판장에 가서 갓 잡아 온 오징어를 사서 내장을 빼 따달라고 하여 수레에 끌고 집으로 왔다. 오징어를 씻어 꼬챙이에 끼워 옥상에 빨랫줄을 걸어 놓고 줄을 세워 말렸다. 동해 바다의 해풍을 타고 오는 바람은 비릿한 냄새를 풍기며 오징어를 잘 말려주었다. 그러다가 갑자기 소나기라도 쏟아지면 허겁지겁 옥상으로 올라가 오징어를 걷어와 문간방에 줄을 치고 다시 걸어놓고 선풍기를 돌려가며 쩔쩔맸다. 방 안 가득 꼬리 짭짤한 냄새가 배어들어 걸어놓았던 옷들에서도 향기롭지 못한 냄새가 나곤 했다. 이제는 그만해야지 하다가도 볕이 좋은 날이면 나도 모르게 수레를 끌고 죽변 어판장으로 향하고 있었다. 잘 마른 오징어를 친정에도 보내고, 형님 댁에도 보내고, 생각나는 사람들에게 보내는 재미가 있어 돈 나가는 줄도 모르고 오징어를 말려댔다.

　나는 평소 사이다와 크림 케이크를 좋아하지 않아 거의 먹지 않았다. 그런데 임신 중에는 수시로 그것들이 당겨서 사다 먹곤 했다. 임신한 지 몇 개월 되지 않았는데, 운동은 하지 않고 탄수화물과 단것만 먹었더니 배가 8개월 이상 된 것 같이 불룩했다. 임신 초기부터 변비가 심해서 한 병에 천 원짜리 불가리스를 꼭 챙겨 먹었다. 아마 어렵사리 임신하지 않았다면 비싼 요구르트는 먹을 엄두도 내지 못했을 것이다.

　임신 7개월째, 배는 무겁고 밑이 빠질 것 같아 포항 선린병원에 2

박 3일 입원했다. 자궁무력증이 있어 자궁을 묶어 주는 수술을 받았다. 아기는 크지 않고, 내 몸무게만 늘어났다. 임신 중독이었다. 부은 다리는 손으로 눌려보면 쑥 들어가 한참을 나오지 않았다. 살갗은 거무튀튀하게 가지색으로 변해갔다. 출산하려면 한 달이나 남았는데, 친정엄마는 미리 오셨다. 엄마는 "어떡하니 저 살을... 꼭 괴물 같이 변해가는구나." 하시며 나의 뛰룩뛰룩 찐 어깨살을 만지며 걱정하셨다. 하루하루가 고역이었다. 숨도 차고 움직이는 것도 힘이 들고, 누워서 반대로 돌아누우려면 무진 애를 써야 했다. 담당 의사는 예정일보다 10일 앞당겨보자고 하셨다. 생남불공을 드린 개운사 스님에게 전화하여, 1996년 2월 00일 오후에 수술 날을 잡았다.

출산 하루 전날, 우리 부부는 딸을 친정엄마에게 맡기고 포항 선린병원으로 갔다. 7개월째 묶어 놓은 자궁을 풀면 분만이 가능하지 않을까 했지만, 의사는 그것만으로는 안 된다고 했다. 내 몸 상태가 굉장히 스트레스를 받고 있고 임신성 비만과 고혈압과 당뇨가 있어서 수술해야 한다고 했다. 내 몸무게는 무려 84kg에 달해 있었다. 몸 상태가 위험하다고 하는데도 '이 아이가 정말 사내아이라면 시어머니와 약속한 것이 맞을 것'이라는 생각만 했다.

다음 날, 남편은 내가 수술실에 들어간 후 기척도 없고 아기 울음소리도 들리지 않아서 초조하게 기다리며 시어머니를 떠올렸다고 했다. 그는 간절히 기도하며 "아이는 상관없으니 집사람은 꼭 깨어나게 해주세요."라고 기도했단다. 아들은 제왕절개 수술을 하여 2.78kg의 몸무게로 태어났다. 그러나 나는 마취에서 쉽게 깨어나지 못해 남편은 긴장 속에서 초조하게 기다렸다. 남편은 수술 후 내 손과 발을 물수건으로 닦아주고 따뜻한 물을 가져와서 발 마사지도 해 주었다. 결혼 후 처음으로 남편의 이런 세심한 보살핌을 받았다. 같은 병실에 있는 다른 산모들이 부러워할 정도로 잘해 주었다. 하지만 몸이 너무 무겁고 여러 군데가 불편하다 보니 짜증을 많이 냈다. 남편은 자기가 잘해 주는데도 알아주지 않고 짜증을 낸다고 삐져서 집에 가고 말았다. 나는 남편이 잘해 준 공덕도 없이 남편이 불편했다. 나는 남편의 그런 밴댕이 속 같은 마음씨에 또 한 번 속으로 화가 났다.

출산 7일째 되는 날, 남편은 친정엄마와 딸을 데리고 와서 퇴원을 도왔다. 그날 처음으로 아기를 자세히 보았다. 그 순간 시어머니의 얼굴이 아들 얼굴 위로 스쳐 갔다. 너무나도 닮아 있었다. 특히 넙죽하고 큰 코가 시어머니를 꼭 빼닮아 있었다. 퇴원하던 날, 맑은 하늘에서 눈이 하늘하늘 내리고 있었다. 나는 가슴이 뿌듯했다. '아~ 이제야 소원이 이루어졌구나.'라는 생각이 밀려왔다. 집에 돌아와서야 비로소 집안을 둘러보며 감사한 마음을 전했다. 이렇게 불편한 몸으로도 아기를 무사히 낳았다는 것이 믿기지 않았다. 아기 얼굴을 마주하고 말을 걸려는데 반말이 쉽게 나오지 않았다. 가슴이 쿵쿵 뛰었다. 속으로 나는 이렇게 말했다.

"어머니, 과거에는 어머니셨지만 이제는 제 아들로 오셨으니 지금부터는 반말할 것입니다. 그리고 크면서 잘못하면 야단도 치고 매도 들 것입니다. 그렇게 아셔요."

그렇게 위계질서를 새로 세웠다. 그리고 시어머님이 환생하셨다는 사실을 누군가에게는 알려야겠다는 생각이 들어, 조심스럽게 친정엄마에게 이야기를 꺼냈다. 시어머니와의 지난 일들을 하나씩 고백하던 중, 내 가슴은 두근두근 뛰었고 얼굴은 달아올랐다. 친정엄마는 반신반의하시며 내 이야기를 들어주셨다. 나는 아이가 자라는 것을 잘 관찰하리라 다짐했다. 그 말을 한 후 마음은 한결 안정되었고, 아기를 바라봐도 더 이상 이상한 감정이 들지 않았고, 가슴이 뛰지도 않았다.

그런데 이틀 뒤, 아기의 오른쪽 젖가슴이 벌겋게 부풀어 오르며 아기가 자지러지게 울기 시작했다. 손으로 만져보니 딱딱했고, 아기는 더욱 고통스러워했다. 하루 정도 지나면 나아지겠지 싶어 기다렸지만 상황은 점점 악화되었다. 아직 몸조리 중인 데다, 날씨는 춥고, 포항 병원까지의 거리를 생각하니 미칠 것만 같았다. 친정엄마는 아직 업을 수도 없는 아기를 포대기로 업고 "동네 병원이라도 가야지 이러다가 힘들게 얻은 아기가 큰일 나겠다."라고 하시며 급하게 현관문을 열고 나가셨다. 나는 딸아이를 딸려 보내며, 혜원아 네가 다니던 병원에 할머니를 모시고 가보라고 말했다. 딸아이와 엄마는 곧장 병원으로 향했다. 집 안을 안절부절 못하며 서성이고 있는데, 딸이 숨을 헐떡이며 달려 들어와 외쳤다.

"엄마, 큰일 났어! 할머니가 숨이 차서 죽을 것 같다고 빨리 집에 가서 목에 뿌리는 약을 가져오래."그 순간 가슴이 쿵 하고 떨어지고 눈앞이 캄캄해졌다. 엄마는 천식을 앓고 있어 스프레이 약은 생명줄

과도 같았다. 급히 약을 찾아주며,

"혜원아, 빨리 뛰어!"라고 재촉했다. 피가 마르는 기분이었다. 얼마 뒤 현관문이 벌컥 열렸다. 순간 초긴장을 하며 딸의 기색을 살폈다. 딸은 가쁜 숨을 몰아쉬며 "엄마, 엄마, 할머니 살았어." 아! 감사합니다. 딸은 "엄마 나 잘했지?"라며 신나 했다. 나는 딸을 안고 뽀뽀를 해댔다. 십년감수가 이런 것일까? 다섯 살 딸은 자기가 큰일을 해낸 것이 뿌듯한지 콧노래를 부르며 즐거워했다. 엄마는 숨을 몰아쉬며 겨우 집안으로 들어오시면서,

"내가 오늘 죽을 고비를 넘겼다. 혼자 병원에 갔으면 꼼짝없이 아기를 업고 길거리에서 죽었을 것이다. 혜원이가 나와 아기를 살렸다."라고 하시며 크게 한숨을 내쉬셨다.

엄마는 집에서 병원 가는 길은 내리막길이어서 갈 때는 숨이 찬 것을 모르고 정신없이 내려갔다고 하셨다. 병원에 가니 의사에게 큰일날 뻔했다고 핀잔을 들었단다. "제왕절개로 수술할 때 칼끝이 아기 젖가슴에 스쳐서 상처가 났네요. 파상풍 입을 뻔했습니다."라는 말에 엄마는 혼이 나간 듯 놀랬다고 하셨다. 그리고 엄마를 나가 있으라 하고, 아기를 수술대에 눕혀 놓고 상처 난 유방의 고름을 사정없이 짰다고 했다. 아기의 울음소리는 자지러지고, 엄마는 가슴을 찢어놓듯이 아파 차마 듣지 못하셨단다. 대기실에서 혜원이가, "할머니 우리 아기 어떡해요." 하며 함께 울었다고 하셨다. 아기는 치료를 받고 기진맥진하여 더는 울지도 못하고 잠이 들어서 업고 언덕길을 올라오는데, 갑자기 숨이 차서 죽을 것 같았단다. 엄마가 가로수

를 잡고 서서 숨을 헐떡이며, "혜원아, 할머니 숨이 차서 죽겠구나. 네가 얼른 집에 가서 할머니 입안에 뿌리는 약을 가져와야지 할머니가 살겠다." 하자 혜원이가 할머니의 긴박한 숨소리를 듣고 부리나케 집으로 와서 약을 가지고 쏜살같이 갖다 드린 것이다. "조금만 시간이 지체되었어도 나는 죽었을 것이다." 하시며, 엄마의 친정 계모 외할머니도 천식이 있었다고 하셨다. 외할머니는 숨이 차올라 스프레이를 어디다 놓아두었는지 몰라서 결국, "나 이제 죽는다." 하시며 다리를 쭉 뻗으시며 돌아가셨다고 하셨다. 외할머니 장례를 치르고 나서 식구들이 집에 와서 냉장고 정리를 하다 보니 스프레이가 있더란다. 엄마의 정성으로 아기의 상처도 아물었고, 엄마도 병원에 가실 때면 꼭 스프레이를 챙겨서 가셨다. 물론 혜원이도 함께 따라다녔다.

봉은사에서 동생 달라고 기도하는 딸

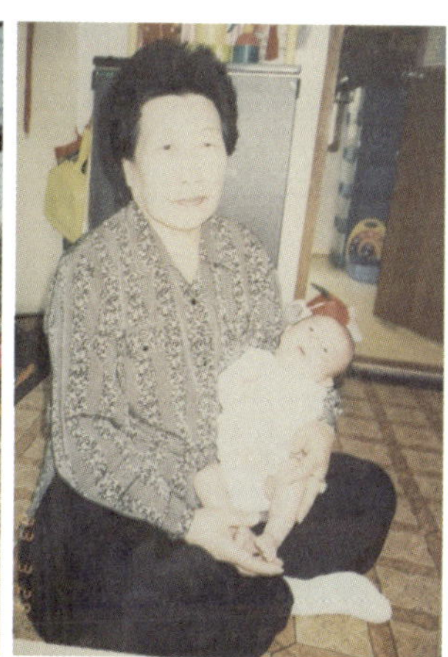

친정엄마와 아들

아들 돌 사진

12

천안에서의 삶

아빠와 아들

1998년, 내 나이 마흔 하나. 천안으로 이사한 지 몇 달 뒤, 남편은 용인으로 발령이 났다. 그곳에서의 근무가 끝나자 다시 서울 구로 동으로 발령을 받았고, 이번에도 남편은 혼자 서울에 방을 얻어 지냈다. 이후에는 광주로 발령을 받아서 1주일에 한 번, 아니면 2주일에 한 번 집에 오곤 했다. 가끔은 아무런 예고도 없이, 아이들과 저녁밥을 먹을 때 불쑥 현관문을 열고 들어와 모두를 놀라게 하기도 했다. 남편이 몇 시 기차로 온다고 알려주면, 나는 기차역까지 마중을 나가 차로 집에 데려왔다가 가는 날 다시 역까지 데려다 주었다. 짧은 주말을 함께 보내는 동안에도 남편은 어김없이 꼭 트집을 잡아 큰소리를 내곤 했다. 그리고는 떠나는 차 안에서 혼잣말처럼 "이번에는 싫은 소리를 안 하려고 했는데…"라며 중얼거리며 차에서 내렸다. 나는 남편이 온다는 금요일이 다가오면 긴장하기 시작했다. 이번에는 또 어떤 꼬투리를 잡아 힐책할지 가슴이 두근거려서 금요일이 다가오는 게 두려웠다.

다섯 살 아들은 아파트 단지 안에 있는 광명 유치원에 다녔다. 유치원에서는 멀리 사는 아이들을 태우기 위해 중형버스를 운행했다. 아들은 버스를 탈 필요가 없었음에도 일부러 올라탔다고 했다. 버스 기사님이 "너는 버스 타면 안 돼, 얼른 내려." 하면 "싫어요. 아저씨가 안아주면 내릴게요."라고 답하곤 했단다. 옆에 지켜보던 원장님이 "영환이는 아빠가 그리워서 그러니까 기사님이 한번 안아서 내려주세요."라고 하셨다는 말을 듣고 울컥했다. 아이에겐 아빠의 빈자리가 크다는 걸 새삼 알았다.

아들이 초등학교 1학년 되었을 때, 어느 날 아들이 조심스럽게 말을 꺼냈다.

"엄마 우리 반 아이들이 이상한 말을 했어. 아빠는 저녁만 되면 집에 온다고."

나는 잠시 멈칫하며 아들을 바라보았다.

"그래서 내가 아빠들은 일주일에 한 번씩 집에 온다고 했어."

그 말을 들은 나는 아들을 꼭 안아주었다. 아들은 유독 남자들, 그리고 형들을 좋아했다. 어쩌면 아빠와 함께하지 못하는 시간이 많아, 그 빈자리를 다른 남성적인 존재들로 채우려 했던 건 아닐까. 아이의 행동과 말에는 늘 깊은 그리움이 배어 있었다. 남편의 잦은 부재 속에서도 가족은 각자의 방식대로 그 자리를 메우며 살아가고 있었다. 그리고 그 과정에서 느끼는 아픔과 사랑은 어느새 우리 가족의 또 다른 모습이 되어 있었다.

영환(민기 어릴 때 이름)아파트 앞 놀이터   독립기념관, 아빠와 아이들

장구와 딸

딸이 초등학교 2학년 때, '민족굿패 얼' 학원에서 장구를 배우게 했다. 마침 우리 집에 큰오빠 딸이 물려준 작고 앙증맞은 빨간색 장구가 있었다. 처음 몇 번은 내가 학원에 데려다주었지만 얼마 지나지 않아 딸은 제 몸보다 커 보이는 장구를 매고 스스로 버스를 타고 씩씩하게 다녔다. "엄마, 나는 흥이 나면 눈을 감고 장구를 치는데, 소리가 조금 이상하다 싶어 눈을 뜨고 단장님을 보면 다음 곡으로 넘어가는 신호를 하고 있어." 딸이 신나게 말했다. 더욱 놀라웠던 건 딸이 이어서 한 말이다.

"엄마, 그리고 한창 몰아칠 때는 소름이 돋아서 오싹해져." 나는 감탄하며 말했다.

"혜원이는 천재구나. 그런 걸 느끼다니, 엄마도 잘 모르는데." 그

244

러면서도 마음 한 구석에 걱정이 스쳤다. '예술적 끼가 많으면 어쩌지? 우리가 밀어줄 형편이 못 되는데…' 혜원이 초등학교 3학년 되던 해, 학원에 두 살 많은 여진이가 들어 왔다. 단장님은 아이들을 따로 가르치다가 2년 후, 혜원과 여진을 팀으로 묶어 장구를 매고 춤을 추는 '설장구' 연습을 시켰다. 두 아이는 완전히 빠져들었다. 여진 엄마와 나는 교대로 아이들을 학원에 데려다주었다. 딸이 숙제를 안 하거나 한자 공부를 게을리 하면 나는 으름장을 놓았다. 딸에게 이제부터 장구 치러 가지 말라고 하면, 금세 알겠다고 하며, 공부하겠다고 순순히 말을 잘 들었다. 그만큼 딸은 장구 치는 것을 좋아했다. 어느 날 나는 조심스럽게 물었다.

"혜원아, 너 커서 예술인이 되고 싶니?" 딸은 망설임 없이 대답했다.

"아니야. 나는 장구를 취미로 치고 공부할 거야." 그때야 마음이 놓였지만, 딸이 워낙 잘하니 단장님께 살짝 물어봤다.

"단장님, 혜원이를 예술 쪽으로 보내야 할까요?" 단장님은 단호하게 말했다.

"아닙니다. 저도 혜원이가 탐나지만, 예술계는 1등이 아니면 인정받기 어렵습니다. 취미로 즐기다가 공부 쪽으로 가는 게 좋겠습니다." 그 이후로는 딸이 부담 없이 즐기도록 내버려 두었다. 여진이는 장구 실력으로 예술중학교에 진학했다. 하지만 여진과 짝을 이루던 혜원은 '설장구'를 접고, 대신 예전부터 하던 합기도와 한문 학원을 더 열심히 다녔다. 자연스레 나 역시 단장님과의 만남도 뜸해졌

다. 누나를 따라다니며 곁에서 보던 아들이 고등학생이 되자, 스트
레스를 풀기 위해 다시 '민족굿패 얼'을 찾았다. 아들은 한동안 혼자
컨테이너 안에서 장구를 치며 몰입하듯 가슴속의 불을 태웠다.

불광사 법당에서, 빨간 장구와 초등2학년 딸

오른쪽에서 4번째 아들 수료식

원효스님의 발심수행장

2002년, 내 나이 마흔다섯. 늦여름의 어느 날 나는 불광사 스님에게 여쭈었다.

"스님, 저에게 한문을 좀 가르쳐 주세요." 스님은 흔쾌히 허락하시며 『원효스님의 발심수행장』이라는 한문책을 내어놓으셨다. 이것으로 공부하면 한문도 알고 불교도 배우는 것이라 더없이 좋은 교재라 하셨다. 스님은 몇 자씩 읽어주시고, 그것을 사전에서 찾아 쓰고 외워 오라고 하셨다. 하지만 나는 한자 사전을 찾을 줄도 몰랐다. 집에 있는 작은 한자 사전을 들춰보았지만 풀이조차 제대로 할 수 없었다. 겨우 외워 가면 스님은 풀이해 주시면서 풀이한 것까지 외어 오라 하셨다. 풀이를 읽으면 읽을수록 심취해 들어갔다. 잠을 설쳐가며 새벽 2시까지 읽고 외우고 그것도 모자라 손바닥만 하게 종이에 적어서 새벽 5시에 봉서산을 오르면서 암기했다. 기억나지 않는 것은 가로등 밑으로 가서 종이를 들여다보며 외웠다. 특히 몇몇 구절은 외우다가 저절로 통곡이 터져 나왔다. 읽고 또 읽으며 울음이 그칠 날이 없었다. 내 가슴속을 후벼 파는 구절구절이 잠들지 못하게 했다. '발심 수행 장' 전체가 다 와 닿았지만, 그중에서도 다음 구절들은 지금도 기억한다.

모든 세상 중생들이 화택 문에 윤회함은,

옛날부터 욕심 쫓아 쾌락 즐긴 탓이니라.

방해 않는 천상세계 가는 자가 적은 것은,
세 가지 독한 번뇌 귀한재물 삼음이요.
유혹 없는 지옥 길에 헤매는 자 많은 것은,
사대육신 오욕락을 보배인양 여김일세.
깊은 산속 찾아들어 마음 닦진 못 하여도,
자기 힘에 알맞게 좋은 일을 잊지 마소.
배고프면 열매 따서 주린 배를 채워주고,
갈증 나면 시냇물로 마른 목을 축여주오.
근면성은 있다하나 지혜롭지 못한 자는,
가야할 곳 동방이나 서쪽 향해 떠나가네.
지혜 자가 하는 일은 쌀을 삶아 밥을 하고,
지혜 없이 하는 짓은 모래 삶아 밥을 짓네.
많은 생애 수행 없이 그럭저럭 보내고도,
지금까지 속절없이 날과 달을 보내긴가.
사대육신 흩어진 후 다음 몸은 어찌 될까.
급히급히 서둘러서 한 생명을 회복하세."

이 구절들은 내 마음을 뒤흔들고 내가 어떻게 살아야 할지 대해 끊임없이 질문하게 만들었다. 스님의 가르침과 이 책이 없었다면 나는 결코 그토록 간절히 배우고자 하는 마음을 가지지 못했을 것이다. 이제 이 이야기를 더 많은 사람들과 나누고 싶다. 원효스님의 가르침이 나에게 그러했듯이 누군가에게도 새로운 삶의 길을 열어주는 계기가 되길 바란다.

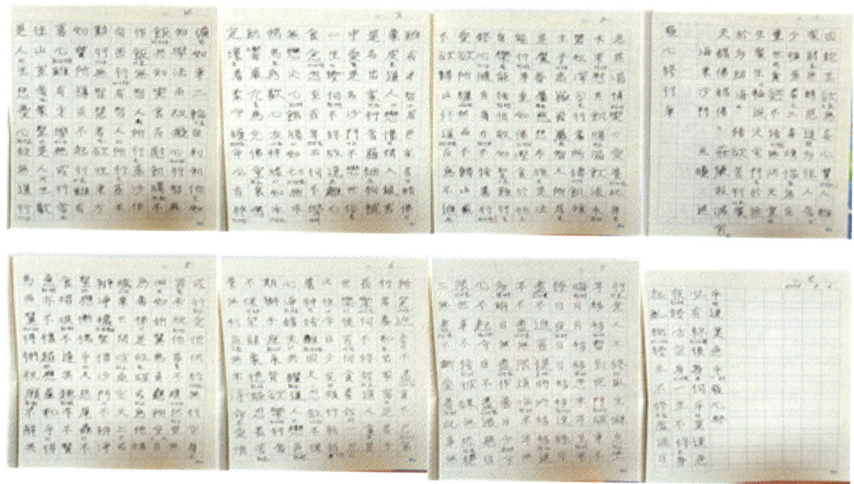

그 당시 발심 수행 장 쓴 것

아들은 나의 한자 선생님

딸이 초등학교 1학년 때, 집 앞에 있는 '정헌서예'에서 한자를 배우기 시작했다. 그리고 4년 뒤, 아들도 초등학교 1학년이 되자 딸과 함께 그 학원에 보냈다. 아들은 딸처럼 한자에 흥미를 느끼지 않았다. 학원에서 장난만 치고 다니기 일쑤였다. 그러던 어느 날, 나는 묘책이 떠올랐다. "영환아, 네가 학원에서 배운 한자를 엄마에게 가르쳐줄래? 엄마도 한자 배우고 싶거든." 아들은 눈을 반짝이며 물었다. "그럼 엄마는 내 제자고, 나는 엄마 선생님인 거야?" 나는 그렇다고

249

했다. 아들은 신이 나서 자기가 선생님이 되겠다고 했다.

아들은 자신이 배운 것을 엄마에게 가르쳐야 한다는 책임감이 생기면서 열심히 공부하게 되었고, 나는 아들 덕분에 한자를 천천히 배우며 함께 성장할 수 있었다. 우리 셋은 일 년에 몇 번씩 한자 급수시험을 함께 보고 경쟁을 하면서 공부를 했다. 시험장에서 딸과 아들, 그리고 나는 각각 다른 급수에 도전하여 각자 교실이 달랐다. 시험을 다 치르고 서로를 복도에서 기다리며 가슴을 떨던 때가 지금도 생생하다. 한자를 배우던 '정헌서예'가 이사를 가면서 이름도 '소화서예'로 바뀌었다. 새로운 소화서예 선생님은 한자뿐만 아니라 사군자 그림 그리기까지 함께 가르쳤다. 선생님의 남편은 구성동에서 '착벽서예'라는 간판을 달고 고급과정으로 한문을 가르치며 운영했다. 그래서 급수가 높은 학생들은 착벽서예로 차를 타고 다녔고, 부부의 지극정성 덕분에 우리 가족도 한자를 배우며 즐거운 시간을 보낼 수 있었다. 딸은 중학교 3학년 때 1급 시험에 먼저 합격했고, 아들은 초등학교 6학년 때 같은 1급 시험에 합격했다. 나는 안타깝게도 2급 시험에 떨어져 그 이후로는 더 이상 시험에 도전하지 않았지만, 아이들과 함께했던 한자 공부는 지금도 마음속에 따뜻한 추억으로 남아 있다. 한때 이웃 학부모들이 내게 한자 과외를 부탁하기도 했다. 그래서 아랫집 남매, 아들의 친구 남매, 그리고 다른 친구 남매 총 6명을 우리 집에서 가르쳤다.

지금도 그 시절을 떠올리면 절로 미소가 지어진다. 딸과 아들, 그리고 내가 서로 질문하고 답하며 함께 노력했던 시간, 시험장에서 누군가는 붙고 누군가는 떨어지며 느꼈던 아쉬움과 기쁨은 잊을 수 없는 추억으로 남아 있다. 시험에 떨어졌을 때의 속상함도, 다시 도전하며 마음을 다잡는 계기가 되었다. 이 글을 쓰면서 한 글자 한 글자 배웠던 그 시절의 우리를 떠올려 본다. 작고 천진난만했던 아이들이 한자를 배우며 점점 성장하는 모습은 참으로 아름다웠다. 그 추억들 덕분에 오늘도 나는 빙그레 웃음이 나온다. 우리는 어쩌면 전생에 도반이었던 우리가 다시 만난 인연은 아니었을까?' 생각해 본다.

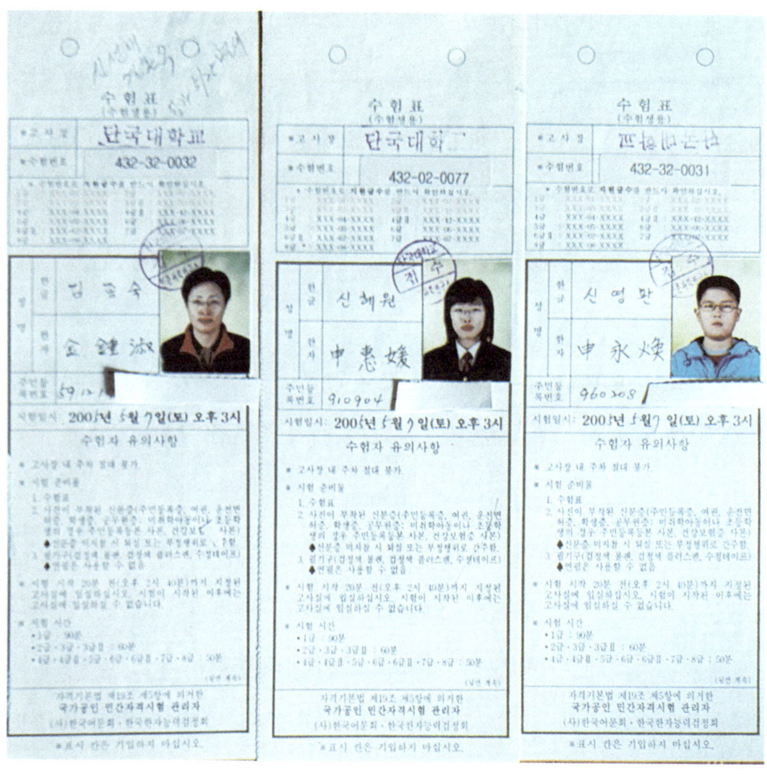

2005년 5월 7일 오후3시 단국대학교에서 치루는 한자 급수 수험표
이 날 점촌 신선애 질녀 결혼식이라 남편만 결혼식에 참여하고,
우리는 시험 때문에 결혼식에 못 갔다.

13

‘한 오백년’ 노랫소리

전생의 아내가 현재의 남편

나는 ‘한 오백년’이라는 노래를 참 좋아한다. 애환이 서려있는 가사와 구슬픈 곡조는 마치 내 마음 깊은 곳에 숨어 있던 아픔을 끌어내는 듯하다. 고등학교 때부터 이 노래를 좋아했지만, 이상하게도 들을 때마다 가슴이 찢어질 듯한 고통을 느끼곤 했다. 어쩌면 그 이유는 내 마음 깊은 곳에 한(恨)이 녹아있었기 때문일지도 모른다.

‘한 많은 이 세상 야속한 님 아~ 정을 두고 몸만 가니 어이하나.
아무렴 그렇지 그렇고말고, 한 오백 년 살자 더니 웬 말인가.’

이 대목이 흐를 때면, 이유 모를 눈물이 솟아났다. 그렇게 30년 가까운 세월을 살아오던 중, 2003년 내 나이 46세 때 설기문 박사의 ‘전생 유도’ 카세트테이프를 접하면서 전생 체험이라는 것을 하게 되었다. 집에서 혼자 누워 최면 상태에서 내 전생 체험의 첫 장면이 펼쳐졌다. 나는 삿갓을 쓰고 산 중턱에 서 있었다. 멀리 작은 암자가 보였고, 병든 몸을 치유하기 위해 암자로 향하고 있는 것 같았다. 다음 장면에서는 물 좋고 경치 좋은 마당바위 위에서 산해진미가 상다리가 부러지도록 차려 있었다. 나는 큰 갓을 쓰고 기생들과 어울려 춤을 추며 흥청망청 노는 모습이 보였다. 그러나 그 화려함도 잠시, 세 번째 장면에서 나는 대감 벼슬을 한 아버지에게 꾸지람을 듣는 아들이 되어있었다. 아버지는 사랑채에서 담뱃대를 손에 쥔 채 삿대질하며 야단쳤고, 나는 마당 가운데서 기가 죽어 있었다. 안채에서 방문을 빼꼼히 열고 야단맞는 아들을 안타깝게 보고 있는 어머니의 근심 어린 눈빛이 내 마음을 후벼 팠다. 그리고 마지막 장면, 젊은 남자가 임종을 맞는 모습이었다. 그는 30세 남짓의 나이에 수염이 시커멓게 자라있었고 두 눈은 휑하니 움푹 들어가고 바짝 말라 누워있었다. 그의 옆에는 쪽진 머리의 젊은 여자가 있었다. 그 여인이 현재 내 남편임을 깨달았다. 그 옆에 다섯 살에서 일곱 살 정도의 두 어린 아들이 도령 모자를 쓰고 있었다. 누워서 아내를 바라보는 그 모습이 잘못 살아온 것을 후회하며. 너무 미안하다는 듯 가슴이 찢어지게 아파하는 얼굴이었다. 그는 아내를 바라보며 떨리는 목소리로 말했다.

"다음 생에 꼭 만나서 갚아줄게. 미안해."

그 말을 끝으로 그는 숨을 거두었다. 그 순간, 숨이 멎을 듯한 슬픔에 휩싸였다. '한 오백 년' 노래를 들을 때마다 밀려오던 아픔의 정체가 바로 이것이라는 깨달음이 온몸을 강타했다. 최면에서 깨어난 뒤에도 일주일 동안 가슴이 너무 아파서 힘들었다. 그 후, 다시 '한 오백 년'을 들어보았다. 그런데 놀랍게도 예전의 통증은 사라지고 가슴이 편안해졌다.

평소 남편이 무엇 때문에 나를 사사건건이 갈구고 잔소리하며 힘들게 하는지 늘 불만이었다. 그러나 최면 체험을 한 뒤 그 불만이 사라졌다. 그렇게 인정하기 싫었던, 남편이 듣고 싶어 한 '내가 잘못했다'는 그 말이 어느 순간 자연스럽게 입 밖으로 나왔다. 남편에게 속죄하는 마음이 생기자, 그렇게 내 마음속 얼음장 같던 감정들이 서서히 녹아내렸다. 과거 아이가 생기지 않았을 때도 전생에 죄를 지어서 그렇다고 생각하며 자책했었다. 남편이 힘들게 할 때도 '내가 전생에 당신에게 잘못을 많이 했나 보다. 이번 생엔 실컷 네 마음대로 해라. 다만 다음 생에는 절대로 만나지 말자.'며 막연히 전생에 대해 생각을 하곤 했다. 그런데 막상 전생을 직접 마주하고 나니, 그 분노마저도 충격 속에서 무너져 내렸다.

주역 공부

2006년 내 나이 49세, 초봄 국선도 수련을 하던 중, 어느 날 문득 '나는 왜 고기를 못 먹을까?' 하는 의문이 생겼다. 그 순간 또 하나의 생각이 스쳤다.

'음식을 가리지 않고 다 먹을 수 있다면, 아마 도(道)를 더 깊이 이

해할 수 있을 텐데….'

어느 날 조용히 호흡 수련을 하던 중이었다. 갑자기 오른쪽 가슴에서 파내는 듯한 통증이 몰려왔다. '가슴이 아프면 왼쪽이 아파야 심장에 이상이 있는지 알 텐데….' 하며 이상하다는 생각을 하면서도 그 통증에 더 몰입했다. 이건 몸이 아니라 마음의 상처였다는 것을. 몸의 상처는 시간이 지나면 흉터가 남는다. 그러나 마음의 상처는 눈에 보이지 않을 뿐, 언젠가는 다시 모습을 드러내고야 만다. 이내 참아왔던 통곡이 솟아 올라왔다. 다른 사람들의 수련에 방해가 될까 싶어, 울음을 악물고 뛰어나와 수련장의 작은 토굴 방으로 들어가 문을 닫고 마음껏 울었다.

6월 어느 날, 지역사회교육센터에서 주역의 대가이신 선생님이 강의하신다는 소식을 들었다. 마침 우리 집에서 걸어서 3분 거리에 있는 가까운 곳이었다. 순간 20대 시절, 깊이 내면 공부를 하던 중 꿈속에서 먼저 만나고 나중에 실제로 김제에서 만나게 되었던 한 어르신이 당부하시던 말씀이 떠올랐다.

"자네는 나중에 기회가 되면 주역 공부는 꼭 하길 바라네. 세상 돌아가는 이치를 알 수 있는 공부야." 이 말씀이 스치며, '하늘이 이제 나에게 주역 공부를 시키기 위해서 선생님을 보내셨구나.' 하며 열심히 공부했다. 주역 공부는 아주 재미있었다. 모든 것이 내 이야기를 하는 것 같았다. 친정어머니가 돌아가신 지가 1년이 지났지만, 지금까지 나는 어머니에게 할 도리를 다했다면서 뻔뻔하게 살았다. 그러나 공부를 하다 보니, 잘못한 일만 생각나고 후회가 막심했다.

주역 공부로 인해 진정 자신을 고요히 들여다볼 기회를 다시 한번 얻은 것 같았다. 수업시간에 참회의 눈물도 많이 흘렸다. 또한 다른 사람들과의 인연 사연들이 연결되어 그날 공부한 것들이 풀어주는 결과도 되었다. '주역'의 어려운 수업 내용이 내가 지금까지 만난 사람들과의 인연과 연결되어 쉽게 풀이되었다. 20대에 그 어르신이 왜 그토록 주역 공부를 권하셨는지 알게 되어 진정으로 감사한 마음이 들었다. 주역 공부는 단순한 학문적 이해를 넘어 나 자신과 주변 사람들과의 인연을 깊이 통찰하게 해주었다.

두 달 정도 막 공부에 맛을 느끼며 심취해 갈 즈음 예상치 못한 위기가 닥쳐왔다. 남편이 한마디 상의도 없이 직장을 그만두고 집으로 들어온 것이다. 그리고 사사건건 트집을 잡아 가정불화가 일어나기 시작했다. 물론 우리는 예전부터 그리 다정한 부부는 아니었다. 하지만 느닷없이 직장을 그만두고 돌아온 남편의 행동은 나를 심리적으로 크게 흔들어놓았다. 아이들은 아직 중학교 3학년과 초등학교 4학년인데 어떻게 아이들을 가르치고 무엇을 하여 먹고살 것인가. 그리고 이제야 비로소 내 인생에서 의미 있고 귀한 공부를 시작하려던 참인데….

가족은 나의 도반(道伴)

남편이 집에 들어온 며칠 후 일요일 낮이었다. 거실에서 아이들과 수박을 먹다가 말다툼이 생겼다. 남편은 갑자기 화를 내며 소리쳤다. "이놈의 집구석은 내가 오는 것을 싫어해!"

그의 목소리는 벼락처럼 날카로웠다. 나는 손에 들고 있는 포크를 떨어뜨렸다. 남편은 벌떡 일어나서 거칠게 아들 방으로 들어가더니, 서랍장에 머리를 쾅쾅 박으며 짐승 같은 울음소리를 내질렀다. "아유, 씨… 으악!" 거실에 앉아 얼어붙은 채 그의 소리를 들었다. 가슴이 찢어질 듯 아팠다. '어떻게 이런 상황에서 살아가야 하나?' 머릿속은 복잡했고 몸은 움직이지 않았다. 아이들이 놀라 방으로 뛰어들어갔다. "엄마, 아빠 머리에서 피 나요!" 아이들도 놀라 울고불고 아수라장이 되었다. 남편이 하는 행동에 충격을 받아서인지 몸을 움직일 수가 없었다. 간신히 딸에게 붕대와 약이 어디 있다고 말하고는 무력 상태가 되어 버렸다. 남편은 여전히 화를 내면서 소리쳤다.

"봐라, 너 엄마, 종숙이는 꼼짝도 하지 않지?" 그 소리가 아득히 먼 곳에서 메아리처럼 들렸다. "아빠가 이러는데 어떻게 엄마가 와? 더 난리를 부릴 텐데." 하면서 딸은 차분하게 아빠의 머리를 붕대로 감다가 피가 멈추지 않는다고 나를 불렀다. 그제야 겨우 몸을 일으켜 남편에게로 갔다. 아무 소리도 하지 않고 거즈를 대고 지혈한 뒤 머리에다 붕대를 감아 주었다. '이제 내가 살 길을 찾아야 하는가. 그럼 어떤 일을 해야 하나?' 머릿속에서는 이 난국을 어떻게 헤쳐나가야 하는지, 온통 그 생각뿐이었다.

남편의 화가 가라앉았을 때, 딸이 아빠에게 왜 머리를 부딪치고 화를 냈느냐고 물었더니, 남편이 하는 말은 "나도 내가 왜 그랬는지 모른다."라고 했단다. 딸의 말을 전해 들은 나는 기가 막히고 환장할 노릇이었다. 마음이 너무 무거워 이튿날부터 불광사로 기도하러 가기로 결심했다. 아침밥을 지어 먹이고 아이들 학교를 보낸 후, 곧장 불광사로 갔다.

21일 기도를 하면서 오롯이 마음을 비우기로 했다. 목탁을 잡고 치며 천수경을 읽고 반야심경도 읽고, 지장보살도 염하면서 기도를 한 시간 넘게 하고 국선도 수련원으로 가서 10시 수련에 동참했다. 2주일 정도 가까워지니 나 혼자 힘으로는 이 상황을 헤쳐나가기가 힘들다는 것을 느꼈다. 그래서 중학교 3학년인 딸에게 도움을 요청했다.

"혜원아, 엄마 혼자 21일 기도 중인데, 우리 식구들이 한마음으로 이 난국을 이겨나가야 할 것 같다. 그러니 네가 아빠와 동생에게 1주일만 함께 기도해보자고 이야기해 줘." 딸은 흔쾌히 대답하고 아빠와 동생을 설득시켰다. "알았어, 엄마 우리 다 같이 이겨내자."

저녁에 모인 우리 가족은 1주일을 어떻게 합심으로 기도를 할 것인가를 상의했다. 새벽 4시 40분에 일어나 5시에 불광사에 도착해 6시 5분까지 함께 기도하기로 했다. 절을 할 사람은 절을 하고, 지장보살, 관세음보살 등 자기가 찾고 싶은 염불을 하는데, 너무 잠이 오면 그 자리에서 자는 한이 있어도 자리를 벗어나지 않는 것을 원칙으로 했다. 나는 미리 스님께 양해를 구했고 스님은 새벽예불을 마친 후 법당을 우리 가족에게 내어주셨다. 덕분에 법당은 온전히 우리 가족만의 기도 터가 되었다. 나는 목탁을 치며 앞에 앉아서 염불

하고, 남편은 내 뒤에 앉고, 조금 더 뒤에 양쪽으로 아이들이 앉아서 마치 남편을 에워싼 모습으로 자리를 배치했다. 남편은 절을 하고 잠이 덜 깬 초등 4학년 아들은 관세음보살 하다가 졸고 있었고, 딸은 관세음보살을 염하면서 열심히 기도했다. 1시간 5분이 흐른 뒤, 나는 앞에 있는 시계를 보며 기도를 끝냈다. 집으로 돌아와 아침밥을 짓고 밥상에 둘러앉아 가족들에게 기도 시간이 어땠는지 물었다. 남편은 아무 생각이 없었다고 하고, 아들은 잠이 와서 졸았다고 했다. 도반처럼 의지하는 딸은 "왜 우리가 이렇게 힘들게 해야 하는지, 이 상황이 빨리 벗어나면 좋겠다."는 마음으로 간절히 기도했다고 한다.

기도 둘째 날. 내가 목탁을 치며 염불에 몰입하고 있을 때였다. 갑자기 딸이 울음을 터뜨리며 외쳤다. "우리 엄마가 뭘 잘못했어요?"

그 소리에 나도 순간 설움이 북받쳐 올라 염불 소리는 어느새 울음 섞인 흐느낌으로 바뀌었다. 와중에 목탁은 계속 치고 있었지만, 마음속에서는 생전에 보지 못한 시할아버지로 느껴지는 기운과 싸움을 하고 있었다. 그리고 시할아버지에게 대들었다.

"내가 뭘 그렇게 잘못했습니까? 이렇게 아등바등 살고 있는데 도와주지는 못할망정 자식들 앞에서 아버지가 떳떳하지 못하도록 내버려 두는 게 어르신의 뜻입니까?" 나는 그렇게 시할아버지의 그림자와 싸우고 있었고, 아들과 남편은 큰 동요 없이 지장보살 하다가 절을 하며 일심으로 기도를 했다. 집으로 부리나케 와서 밥상머리에서 딸에게 물었다.

"혜원아, 너는 왜 엄마가 뭘 잘못했냐면서 울었어?" 딸은 대답했다. "그냥 그 생각이 갑자기 나면서 울음이 나왔어." 나는 순간 놀랐다. 바로 그 시각, 시할아버지라는 생각이 나서 나 역시 시할아버지의 기운을 느끼며 대들었기 때문이다. 기묘한 일치였다. 딸을 다독이며 내일 새벽기도의 기도 말을 알려 주었다. '할아버지, 우리 가족을 살려 주세요. 제발 아버지를 도와주시려면 할아버지가 떠나셔야 해요.'라고 하면서 매달리라고 했다. 남편에게도 '우리 가족을 살리시려면, 저에게서 떠나셔야 해요. 아이들과 잘 살 테니, 제발 떠나주세요.'라고 기도하라고 시켰다. 오래전 얼굴도 보지 못한 시할아버지 이야기를 남편에게서 들은 적이 있다. 손자들이 많았는데도 유독 남편을 예뻐하시며 늘 겸상으로 밥을 드셨다고 했다. 하지만 막상 할아버지가 돌아가셨을 때, 남편은 눈물이 나지 않았고 마음이 그저 덤덤했다고 했다. 나는 왜 그렇게 슬퍼하지 않았느냐며 당연히 몹시 슬퍼해야 하는 거 아니냐고 물었다. 그러자 남편은 자신도 왜 그랬는지 모르겠다고 하며, 군 복무 중 있었던 일을 들려주었다. "내가 전우들과 말다툼을 하는데, 내 눈에서 불이 펄펄 나서 무서웠다고 했어." 그때 남편의 이야기를 듣고 시할아버지의 영혼이 남편과 함께 있었겠구나. 짐작은 했었다. 그래서 남편 일이 잘 안 풀릴 때면, 나에게 더 못마땅하게 날을 세우고 가끔은 자기가 왜 그랬는지 스스로 이해가 안 간다는 말을 한 것 같았다.

기도 셋째 날. 법당에서는 매일 같은 자리에 앉아 목탁을 치며 염불을 했다. 1992년도에 돌아가신 친정아버지 생각이 나면서 "네가 이렇게 힘들게 사는 줄 몰랐다.”라는 슬픈 목소리가 귓가에 맴도는 듯했다. 나는 울음이 복받쳐서 울면서 염불을 했다.

　기도 넷째 날. 가족 모두가 나름대로 집중하면서 기도에 익숙해져 갔다. 염불에 깊이 집중하고 있을 때, 결혼 전에 꿈을 꾸고 만난 스승님이 나타나셨다. 스승님은 돌아가신 시할아버지의 옷소매를 붙들고 자꾸 가자고 하셨고, 시할아버지는 안 간다며 버티고 계셨다. 그 곁에는 금관을 쓴 마치 옥황상제 같은 위엄 있는 분이 계셨다. 그분은 매서운 눈빛으로 호통을 치고 있었다. 불광사 법당에는 큰 지장보살 님이 모셔져 있는데, 그 환영 속에서 호통을 치는 분이 지장보살이 앉아 계신 바로 그 자리에 나타난 듯했다. 그러나 그 모습은 지장보살이 아니라 옥황상제처럼 느껴졌다. 스승님은 1993년, 내 나이 36세에 돌아가셨다. 그분이 세상을 떠났을 때는 친정아버지의 별세보다도 더 큰 슬픔이 밀려왔었다. 지금도 그분의 말씀을 곱씹으며 살아간다. 그분은 나를 항상 올곧게 이끌어주신 유일한 정신적 지도자이시다. 나는 그저 잠시 나타난 환영이지 싶어, 더욱 염불 소리를 크게 내고 목탁을 쳤다. 그 순간 옥황상제님의 무서운 목소리가 들려왔다.

　“너의 집구석을 풍비박산을 내야겠다. 하늘에서 사람을 키우고 있는데 너 때문에 일을 그르치게 되었다.” 너무 놀랐다. ‘그 집구석은 우리 집인데….’ 집에 와서 곰곰이 생각했다. 내가 어떻게 하면 시할아버지의 마음을 풀어드려 천도를 시킬 수 있을까? 귀신도 빌면 나간다는 옛말이 생각났다. 내가 잘났다고 대들어서 더 화가 나셨다고 생각하고 무조건 잘못했다고 빌기로 했다.

기도 다섯째 날. 나는 마음속으로 간절히 빌었다.

'할아버지 잘못했어요. 용서해 주세요. 제가 대들어서 죄송합니다. 제가 뭘 몰라서 그랬습니다. 남편에게 더 잘하고 잘 살겠습니다. 할아버지는 이제 노여움 푸시고 가신다면 제가 천도재라도 해드리겠습니다.' 그렇게 시할아버지께 사죄하며 기도 시간을 마쳤다.

기도 여섯째 날. 이제는 가족 모두의 마음이 필요했다. 특히 남편에게 진심을 담아 애원하라고 당부했다. 할아버지가 저승으로 가셔야지 내가 살 수 있다고, 아이들을 불쌍히 여기시고 제가 가정을 잘 이끌 테니까 걱정하지 마시고 제발 가 달라며 빌라고 했다. 나도 빌고 빌었다. 다음 날이 마지막이라는 생각에 마음은 더욱 간절했다.

기도 일곱째 날. 기도를 시작한 지 21일째 되는 마지막 날이다. 밤새 걱정에 뒤척이며 잠을 설쳤다. 오늘이 마지막인데 아무 변화가 없으면 어쩌나 우리 가족은 마지막 기도를 최선을 다했다. 나는 집중하며 염불 삼매에 빠졌다. 그런데 희미한 옥색의 도포 자락이 보이는 듯하다가 하늘로 올라가는 느낌이 들었다. 계속 목탁을 치며 염불에 집중했다.

'아! 가셨구나,' 눈물이 볼을 타고 줄줄 흘러내렸다. 기도를 마무리하며 식구들에게도 수고했다고 하고 불광사 스님에게도 감사의 인사를 드리고 집으로 왔다. 이렇게 우리 가족은 21일간의 새벽기도를 무사히 마칠 수 있었다. 집으로 돌아와 밥상머리에 둘러앉은 우리는 서로를 칭찬했다. 남편에게 오늘 기도하면서 어땠느냐고 물었더니,

그냥 기분이 좀 홀가분하다고 했다. 아이들에게도 물었더니 기분이 좋았다고 했다. 나는 기도가 잘 되어서 할아버지가 떠나셨다고 알려 주었다. 아이들은 기분 좋게 학교로 가고, 나는 국선도 수련장에 가서 수련하는데 수련도 잘 되었다. 그런데 집에 오니 이상한 일이 벌어졌다. 남편이 아들 방 책상에 앉아서 책을 읽고 있는 것이 아닌가! 아이들도 놀라고 나도 놀랐다. 한 번도 책 읽는 모습을 못 봤기에 아이들이 눈동자를 굴리며 말했다. 나는 웃으며 기도가 잘 되었다고 했잖아 하며, 우리 셋은 킥킥거리며 즐거운 시간을 보냈다. 나는 아이들에게 우리 가족은 정말 대단한 가족이라고 말했다. 다른 집 같았으면 부모가 이혼했을 때 아이들이 아무것도 모른 채 누구를 따라가야 할지 고민했겠지만, 우리는 너희들이 힘을 합쳐 위기를 넘겼다며 고마운 마음을 전했다. 그 말을 듣고 있던 딸이 조용히 입을 열었다.

"난 엄마가 처음으로 흔들리는 것을 보았어. 이러다가 이혼할 수도 있겠다 싶어서 겁이 났어." 그 말을 들은 나는 너무 놀랐다. 내 마음속 불안이 아이에게도 그대로 전해졌다는 사실이 미안하고 가슴 아팠다. 어린 마음에 얼마나 무섭고 혼란스러웠을지를 생각하니 마음이 저려왔다. 그 순간 우리 셋은 아무 말 없이 서로를 꼭 안았다. 오랜 시간 서로의 체온을 나누며 마음 깊은 곳에 쌓였던 두려움과 슬픔을 함께 녹여냈다.

열정으로 채운 나날들

21일 기도를 드리던 중 우연히 신문에서 한 광고를 보게 되었다. 설기문 박사의 '최면, 전생 유도 법, 빙의 천도 법'에 대한 강의가 서울 시청 앞 최면아카데미에서 3시간 무료로 토요일에 열린다는 것이다. 이런 기회를 놓치고 싶지 않아서 서울로 올라가기로 했다.

설기문 박사의 최면아카데미 강의실에는 수많은 사람들로 붐볐다. 3시간 동안 강의를 들으면서 '나도 저런 것 다 할 수 있겠다.'는 자신감이 생겼다. 기도 중에 겪었던 이상한 현상들이 너무 흡사하게 느껴졌기 때문이다. 단지 이끌어 가는 대화 방법만 배우면 충분히 잘할 것 같았다. 강의가 끝난 뒤, 영혼들의 습성과 그들을 어떻게 다뤄야 하는지에 대해 배우고 싶다는 열망이 더욱 커졌다. 마침내 NLP 심리학, 최면, 전생 유도 법, 빙의 천도 법을 배우기로 결심했다. 당시 주변에서 영적으로 고통받는 사람들을 종종 봐왔다. 우리 집도 얼마 전까지만 해도 영적 장애(빙의)로 어려움을 겪었다. 다행히 가족들이 힘을 합쳐 문제를 해결했지만 다른 집들은 가정이 파탄 나고 평생 고통 속에서 사는 사람들이 많았다. 그런 사람들을 돕고 싶었다.

설기문 박사가 2~3시간 만에 영적 장애를 치유하는 것을 보고 나에게도 그런 능력이 있을 것만 같아 가슴이 설레었다. 하지만 현실은 쉽지 않았다. 남편은 실직 상태였고, 내가 가정을 이끌기 위해 무언가를 배워야 한다는 압박감이 컸다. 공부를 결심했지만 매주 수요일 아침에는 천안에서 주역 공부가 있었다. 이와 겹친 서울의 최면아카데미 수업까지 병행하기는 어려워 보였다. 어느 날 누군가 KTX를 타면 시간에 맞출 수 있다는 말을 해주었고, 그 순간 나는 눈이 번쩍 뜨였다. 천안에서 주역 공부를 마치고 KTX를 타면 서울 수업에 크게 늦지 않게 도착할 수 있다는 희망이 생긴 것이다. 그날 이후 매주 수요일은 새벽부터 하루를 시작했다. 가족들을 위해 하루 동안 먹을 음식을 준비하고 주역과 최면아카데미 교재를 큰 가방에 챙겼다. 주역 수업이 끝나기 5분 전, 서둘러 나와 남편이 대기 중인 차를 타고 천안아산 KTX역으로 쏜살같이 달렸다. 10시 35분에 KTX에 올라타면 30분 동안의 여정이 시작된다. 화장실 볼일을 보고 잠시 피곤에 지친 몸을 안정시키며 병에 넣어온 커피 알갱이를 한 꼬집 집어서 입에 넣고 물을 마신다. 잠이 막 들려고 할 때면 서울에 도착한다. 문이 열리자마자 뛰어 지하철로 갈아타고 내려서 또 뛰어 강의실로 들어간다. 초반에는 20분 정도 항상 늦었다. 제주도에서부터 전국각지에서 사람들이 오다 보니, 늦는 사람들이 많아지자 결국 강의 시간이 11시 30분으로 조정되어 조금 더 여유롭게 도착할 수 있었다. 스님, 목사님,氣(기)운동 하는 사람, 상담사, 대학생 등 다양한 사람들이 30명 넘게 함께 강의를 들었다. 서울에 사는 한 분은 내 도시락까지 싸 오며 마음을 나누었고, 수업 후에는 천안에서 온 다른 동료와 함께 택시를 타고 서울역으로 이동을 했다.

최면아카데미에서의 6개월은 내게 새로운 세상의 문을 열어주었다. 주역은 동양적 세계관을, 최면은 서양적 접근법을 담고 있었기

최면아카데미 설기문교수 강의

윗사진 왼쪽 두번째, 아래 사진 왼쪽에서 다섯번째 필자

에 두 가지 학문을 동시에 배우는 과정은 흥미롭고도 도전적이었다. 블랙커피 알갱이를 수시로 씹어 먹으며 정신을 깨우고 몰입한 끝에 마침내 최면 자격증을 취득했다. 자격증을 딴 후, 직산읍에 동매심리상담실을 열어 대구와 서울로 출장을 다니며 상담 활동을 펼쳤다. 때로는 우리 집과 상담실로 사람들이 찾아와서 도와주기도 했다. 또 영적 장애로 고통받는 사람들을 치유하며, 외국 교포들과도 교류하게 되었다. 그 시절의 내 열정을 돌아보면 대단했다. 매주 월요일에는 천안시 노인복지관에서 국선도 강의도 했다. 몸과 마음, 정신의 세계를 넘나들며 배워갔던 그 시간은 내 삶의 큰 전환점이었다. 피곤함을 이기기 위해서 커피 알갱이를 씹어 먹고 다닌 결과로 빈혈이 심해져 1년 이상 약을 복용하며 고생하기도 했다.

그 후에도 주역 공부는 4년 동안 하다가 국선도 쌍용수련원장을 맡으면서 그만두게 되었다. 어느 날, '국선도는 몸으로 하는 주역'이라는 생각이 들면서 국선도에 더욱 매진했다. 그때의 경험은 지금도 내게 소중한 추억이다. 공부는 때가 있다는 것과 그리고 그때를 놓치지 않는 것이 얼마나 중요한지를 다시금 깨닫는다. 19년이 지난 지금, 그 시절의 이야기는 내 삶의 한 페이지를 장식하는 아름다운 추억으로 남아 있다.

14

사찰과 인연
(7일간의 사찰 순례)

2007년(50세)에 불광사 주지 대일스님과의 인연으로 7일간의 사찰 순례를 나 혼자 하게 되었다. 음력 4월 초하루, 불광사를 시작으로 각원사, 성불사, 계룡산 동학사, 만수사, 도광사, 쌍용선원까지…. 그리고 마지막 날인 초파일, 부처님오신날에는 다시 불광사로 돌아와 회향의 기도를 올렸다. 나는 다녀온 사찰마다 그날그날 기록을 해 두었고, 그중에 도광사, 쌍용선원, 불광사에 기록을 그대로 옮겨 본다.

6일차, 도광사

내가 운영하던 직산 동매심리상담소 사무실로 가는 길의 봉서산 정상 가까운 곳에 현대 아파트가 있다. 그 아파트 맞은편에 그전에 보지 못한 절이 하나 생겼다. 지나다니면서 저 절은 왜 저렇게 지었을까 궁금했다. 그 절을 찾아가 보기로 마음먹었다. 가까이 가니 절 입구에 '도광사'라는 절 표지판이 선명히 자리하고 있었다. 역시 다른 사찰과 다르게 현대식으로 지어졌다. 법당 처마 밑에는 한글로 '큰 법 당'이라는 현판이 크게 걸려 있었는데, 그 단순하면서도 직설적인 표현이 신선했다. 법당으로 들어서자 가슴이 확 트였다. 넓은 내부와 조화로운 색감이 마음을 안정시켰다. 절을 올린 뒤, 단전호흡하며 명상에 잠겼다. 잠시 후 비구니 스님이 법당으로 들어오셔서 사시예불을 시작하셨다. 나는 스님의 염불 소리에 맞춰 일어서서 예불에 동참했다. 이 절은 다른 절과 무엇이 다를까, 생각하며 스님의 염불 소리에 귀 기울이며 집중했다. 스님의 염불 소리는 중성의 음성인데 너무나 편안하여 염불 소리에 기대고 싶었다. 지금까지 50년을 살면서 사람들에게 기대고 싶다는 생각이 들어본 적이 없었다. 심지어 부모, 형제, 스승에게도 한 번도 들지 않던 기대고 싶은 마음이 들었다. 지난해 여름에도 그렇게 힘들어서 누군가에게 기대고 싶었지만, 오직 관세음보살만이 생각났을 뿐이었다. 그리고 22년 전 호랑이 꿈 생각이 났다. '세상에 이렇게도 편안하고 따뜻한 느낌도 있구나.' 하며 두고두고 행복함에 빠져 있었던 기억이었다.

그런데 스님의 염불 소리가 나에게는 호랑이 앞가슴 털처럼 포근하고, 그리움과 따뜻함이 그때처럼 다가오는 것은 왜일까? 이해할 수 없는 감정이 나를 혼란하게 만들었다. 그러면서 가슴 저 밑바닥에서 아련한 추억 같은 것이 올라왔다. 내게 있어 스님의 존재는 부모, 형제, 스승 이런 종류의 가까운 감정의 느낌이 들었다. 사실은 스님의 얼굴은 보지도 못했다. 눈을 감고 앉아 있을 때 들어와서 내 앞에 섰기 때문이다. 한 시간 정도 스님과 예불을 드리다가 심리 상담소에 가기 위해서 먼저 나왔다.

부처님오신날 지나고 다시 와 봐야겠다고 생각하며, 도광사가 남긴 묘한 여운을 뒤로 한 채 조용히 나왔다.

2007.5.22.(음4.6) 도광사에서

　일주일 뒤, 다시 도광사를 찾았을 때 예기치 못한 다양한 인연들이 나를 기다리고 있었다. 3년간을 자주 다니며 많은 일들이 생겼다. 하룻밤에 3천배도 하고, 백일기도를 했다. 그 인연들은 나의 삶에 새로운 깨달음과 경험을 선사해 주었다. 도광사에서의 시간은 단순한 기도 이상의 깊은 의미를 지니게 되었다. 한마디로 말한다면, '전생 인연들의 만남의 장소'라 할 수 있다. 그리고 나는 그곳에서 새로운 길을 정했다. 수행을 통해 문수보살처럼 지혜롭고, 몸과 행동을 닦아 보현보살처럼 실천하는 삶을 살아야겠다는 다짐이 마음속 깊이 자리 잡았다. 그래서 맑고 밝은 지혜로 무소의 뿔처럼 흔들림 없이 전진하는 삶을 살아가기로 결심했다.

　2007년, 그 결심의 일환으로 백일기도에 임하며 몸과 마음을 다해 수행을 이어갔다. 그 백일기도를 기록해두었던 노트를 2021년 3월

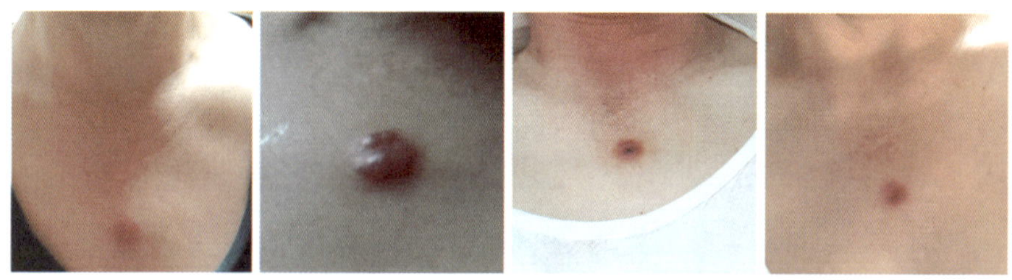

글 정리하며 가슴에 멍울 올라온 모습

에 다시 펼쳐 들었을 때, 당시의 아픔이 고스란히 되살아났다. 가슴이 시린 듯하면서도 가려운 감각이 올라오더니 이내 가슴에 엄지손톱 크기의 붉은 멍울이 돋아났다. 그 상처는 사라지기까지 석 달의 시간이 걸렸다. 5월 20일의 시작에서 마지막 8월 21일까지의 사진들이 그 과정을 말없이 증언하고 있었다.

7일차 쌍용선원

쌍용선원은 집에서 가까운 절이었지만, 이상하게 발걸음이 쉽게 가지지 않았다. 천안으로 이사 온 후, 어느 절을 정해놓고 다니려고 마음먹었지만, 한 곳에만 묶이는 것도 왠지 내키지 않았다. 하루 종일 바쁜 일정을 소화하느라 겨우 저녁 8시에야 갈 수 있었다. '절 문이 닫혀 있으면 어떡하지?' 하는 걱정을 하며 쌍용선원으로 갔다. 절에 도착하니 다행히 내일이 부처님오신날이라 경내가 불이 환하게 밝혀 있었다. 바깥에서는 사람들이 분주히 움직이며 행사를 준비하고 있었다. 곧장 법당으로 들어가 조심스레 예를 올렸다. 법당 안은 고요하면서도 단아했다. 비구니 사찰이라 그런지 다른 절과는 달리 화려하면서도 정갈한 아름다움이 돋보였다. 법당 앞 부처님을 찬찬히 올려다보았다. 법의(法衣)의 섬세한 무늬와 꽃으로 가득 장식된 법당 내부는 마치 극락의 일부를 떼어온 듯 황홀했다. 이윽고 자리에 앉았는데, 문득 내가 이곳에서 제일 먼저 자리를 차지한 이방인처럼 느껴져 약간의 미안함과 설렘이 뒤섞였다. 그 순간, 문득 깨달음이 찾아왔다. 왜 이곳에 오게 되었는지를 알 것 같았다. '이번 생에 여자로 태어난, 나는 조금 더 여성스럽고 부드럽게 세상을 대해야 한다.'는 생각이 들었다. 지금까지 너무 딱딱하고, 정확하고, 바르게만 살려 했던 것은 아닌가. 나 자신을 둘러싼 껍질을 부드럽게 다듬어서 부족한 모습도 기꺼이 드러내며 살아가야겠다고 마음먹었다. 그렇게 하면 다른 사람들이 조금 더 쉽게 다가올 수 있지 않을까. 나의 지나온 삶이 불현듯 스쳐갔다. '감사합니다.' 마음속으로 속삭이며 두 손을 합장했다. 깨닫게 해주심에 감사했고, 그간의 삶을 반성하며 앞으로는 더 넉넉하고 온화한 사람이 되겠다고 다짐했다. 법당을 나오며 나는 여러 번 '감사합니다.'라는 말을 되뇌었다. 발걸음은 어느 때 보다 가벼웠고, 마음속에는 따스한 빛이 가득 찼다. 7일간의 사찰 순례를 무사히 마쳤다. 부처님께서 나를 이끌어 깨닫고 느끼게 해주신데 대하여, 무한한 은혜에 진심으로 감사드린다.

'나무 석가모니불.''

쌍용선원에서
2007년 5월 24일(음력 4월 7일). 수요일

불광사

불광사는 내 나이 41세 때 천안에 이사 와서 제일 먼저 온 사찰이다. 전에 살던 울진 죽변에서의 4년간 생활은 너무 좁고 답답하여 넓은 세상에 나가서 사람들과 교류하며 살고 싶었다. 불광사는 기도하러 온 것이 아니라 절에서 풍물(사물놀이 꽹과리, 장구. 북. 징)을 가르쳐 준다고 해서 찾아갔었다. 1998년 10월, 세 살 된 아들을 업고 처음 왔던 불광사였다. 지하 큰 법당에서 30여 명이 사물을 치는데 장관이었다. 그날 홀린 듯이 풍물패인 민족굿패에 참여하여 불광사에서 장구와 북을 배웠다. 그리고 스님에게 한문으로 된 원효스님의 '발심수행장'을 공부하면서 가슴속의 한을 풀어냈다. 스님은 내가 소리 내어 염불하면 큰 스님들이 하는 것처럼 듣기 좋다고 칭찬을 하시곤 했다. 지하법당은 아무도 없을 때 소리 내어 염불하기가 참 좋았다.

발심수행장에 '울림 있는 동굴에서 염불'이란 말이 나온다.' 불광사 지하법당에서 혼자 염불하면 울림 있는 동굴과 같았다. 어느 날 염불하며 기도하는데 목탁이 치고 싶었다. 왼손잡이라 왼손으로 목탁을 쳤다. 처음에는 조금 어색했지만 염불에 몰두하니 나도 모르게 소리가 제법 나왔다. 그때 밖에 계시던 스님께서 놀란 듯 법당 안으로 들어오셨다. 목탁 치는 법을 배운 적 있느냐고 물으시며, 원래는 오른손으로 쳐야 한다고 알려주셨다. 하지만 오른손으로 목탁을 치려니 흥도 나지 않고 집중도 잘 되지 않아 다시 왼손으로 치기로 마음먹었다. 그 후부터 나는 법당의 고요한 시간에 맞춰 매일 2시간씩 목탁을 치며 천수경, 관세음보살보문품, 금강경을 염불했다. 그러다 보니 목이 쉬어 있어 사람들은 나를 보고 "혹시 창 배우세요?"라고 묻곤 했다. 나는 웃으며 그렇다고 대답하곤 했다.

2007년 부처님오신날, 오전 10시 무렵 불광사에 도착했다. 지하법당은 이미 신도들로 가득 찼다. 오랜만에 찾은 불광사였기에 오랫동안 친분이 있던 노보살님들이 반갑게 맞아주셨다. 요즘 왜 자주 보이지 않느냐며, 혹시 이사를 갔느냐고 조심스럽게 물으셨다. 심리 상담소를 연 이후로 불광사에 자주 오지 못했던 것이 내심 마음에 걸려 죄송한 마음이 들었다. 불광사 행사 때마다 내가 맡았던 일은, 신도들의 자리를 정리하는 일이었다. 이 날도 뒤에 오는 불자들이 법당 안으로 모두 들어 올 수 있도록 앞자리부터 촘촘히 앉도록 안내했다. 신도들은 어느새 콩나물시

루처럼 법당을 가득 메웠다. 공간이 부족해 절하기가 어려웠으므로 앉은 자리에서 합장하고 고개만 숙이도록 안내했다. 나는 맨 뒤로 자리를 옮겨 예불을 드리며 문득 생각했다, '불광사 신도들이 정말 많아졌구나.' 9년 전 내가 처음 불광사에 찾았을 때의 모습이 떠올랐다. 그때는 이렇게 북적이지 않았다. 7년 전 충북 조령산 발연사에서 2박 3일간 기도를 한 적이 있다. 발연사는 수안보 미륵사의 암자로 결혼 전 자주 찾았던 곳이다. 오랜만에 찾은 그 절에서 기도하던 중, 문득 불광사를 도와야겠다는 생각이 들었다. 마치 계시처럼 마음속에 울리는 소리가 있었다. '나한님들은 너를 도울 테니, 너는 스님과 보살님들을 도와라.' 당시 주변에는 가정의 파탄 위기에 놓인 사람들이 많았다. 나는 불광사에 그들을 데리고 가서 100일 기도를 하도록 권유했다. 기도 방식은 단순하지만 엄격했다. 매일 1시간 5분씩 하루도 빠지는 날 없이 불광사로 와서 기도를 해야 했다. 혹시 못 올 일이 생기면 집에서라도 해야 했다. 중간에 내가 응원 기도를 하러 가거나 상담을 해주는 것도 포함되었다. 놀랍게도 100일 기도가 끝난 후, 이혼을 결심했던 부인들은 모두 가정을 지켰다. 나는 상담 중에 이혼하라고 단호히 말했지만 두 가지 조건을 달았다. 첫째, 100일 기도를 마치고 나서 이혼하라는 것. 둘째, 기도 기간엔 내 말만 듣고 다른 사람들의 말을 듣지 말라는 것이었다.

　신기하게도 한 사람이 70일쯤 기도 중이면, 또 다른 사람이 못 살겠다며 찾아왔다. 그러면 그 사람을 기도에 입재를 시켰다. 이런 방식으로 사람들에게 기도 시키는 일이 3년간 이어졌다. 처음에는 사명감으로 힘든 줄도 몰랐지만 점차 지쳐갔다. 평택에 사는 동생도 불광사에서 100일 기도를 하며 우리 집에서 회사로 출퇴근을 했다. 심지어 멀리 사는 사람까지 전화로 상담하며 100일 기도를 독려하여 가정을 지키도록 했다. 결국 나는 더 이상 기도시키는 일을 하지 않겠다고 결심하고 나자, 이상하게도 그 다음부터 기도할 사람이 나타나지 않는 묘한 일도 생겼다. 마치 보이지 않는 손길이 나를 쉬게 해준 것만 같았다.

불광사와의 인연은 내 가족에게도 특별한 의미가 있다. 친정어머니가 편찮으실 때 막내며느리와 교회를 다니셨지만, 내가 모시고 순천향병원을 오가던 시기에 불광사에서 21일 기도를 하셨다. 어머니 역시 가피를 많이 받으셨다. 또 지난여름, 방황하던 시기에 불광사에서 21일간 진지하게 기도했다. 주지 대일스님과 자녀들의 도움으로 위기의 우리 가정도 무사히 넘어갈 수 있었다. 법당 맨 뒤에서 예불을 드리며 지나온 시간들이 떠올랐다. 불광사와의 인연으로 많은 사람들과 맺은 관계들, 그 속에서 얻게 된 깨달음과 배움이 내 삶의 일부가 되었음을 느꼈다. 그러나 내가 불광사에서 할 일은 모두 끝난 듯한 개운한 마음이 들었다. 나는 그렇게 내가 떠날 때가 되었음을 알 것 같았다.

법회 도중 조용히 법당을 나와 도시락을 받아들고 집으로 향했다. 마음속으로 다시 한번 감사했다. 나에게 잊을 수 없는 불광사와 고마우신, 주지 대일스님께. 감사드립니다.

부처님오신 날.

2007년 5월 25일 목요일 (음력 4월 8일)

15

국선도

만신창이 된 몸

내 나이 43세, 2001년 가을 어느 날이었다. 천안 중앙시장으로 가던 어느 날, 다가동을 지나던 버스 차창 너머로 한 건물 2층 유리창에 적힌 '단전호흡, 단전행공' 이라는 큼직한 글씨가 눈에 들어왔다. 집에 돌아와 114에 전화를 걸어 그곳의 전화번호를 알게 되었다. 그렇게 찾아간 곳은 '국선도' 우리나라 9700년의 역사를 가진 전통 심신 수련법을 가르치는 장소였다. 나는 바로 입문하지 않고 "직접 체험해 본 후 결정하겠다고 했다.

수련 이틀째, 준비운동을 하고 누운 지 약 30분이 지났을 무렵이었다. 갑자기 눈물이 두 볼을 타고 흘렀다. 그리고 마음속에서 강렬한 한 생각이 떠올랐다. '내가 올 곳에 왔구나.' 그러면서 내 몸이 좋아질 것이라는 확고한 신념이 자리 잡기 시작했다. 당시 몸 상태는 심각했다. 온몸이 퉁퉁 부어 있었고, 원장님께서는 나중에 내 몸이 강정처럼 푸석푸석했다고 표현하셨다. 얼굴은 누렇게 핏기가 없었으며 심한 변비와 장 경련이 새벽마다 반복되었다. 혈액순환이 제대로 되지 않아 발이 시렸고, 등산용 양말을 신고자야 겨우 잠들 수 있었다. 어깨와 등이 너무 아파서 집 뒤 봉서산에 올라가 팔뚝보다 굵은 나무둥치를 가져와 등을 대고 굴리며 통증을 달래곤 했다. 초등학교 3학년이던 딸에게 사혈 침으로 등을 찔러 피를 뽑아 달라고 부탁을 했다. 딸은 겁에 질렸지만 엄마가 아프다고 하니 하라는 대로 따라줬다. 딸은 내 등을 찌르며 피가 아니라 노란 물이 나온다고 했다. 이틀에 한 번씩 몇 차례 반복한 끝에야 겨우 시커먼 혈액이 조금씩 나오기 시작했다. 저녁마다 발바닥이 저리고 아파서, 열 살 딸과 다섯 살 된 아들에게 용돈 100원을 주며 발을 주무르고 밟아달라고 부탁하곤 했다. 그러나 이러한 고통을 남편에게는 말할 수 없었다. 남편은 '아프다'는 말을 가장 싫어했기 때문이다. 그 당시 남편은 다른 지방으로 계속 발령이 났기 때문에 나의 절박함을 모르기도 했다. 국선도에서 준비운동인 기혈순환 유통법을 마치고 약 3분 누워서 숨을 고르는 시간이 있다. 누워있으면 마치 100m 달리기를 마친 사람처럼 숨이 가빠 헐떡이며 가라앉기를 기다렸다. 당시에는 다른 사람들도 나처럼 숨이 다 찬 줄로만 알았다. 준비운동만으로도 한 달간 온몸이 두들겨 맞은 듯 아팠지만, 나는 매일 수련장에 나갔다. 그렇게 수련을 이어간 지 3년이 되어 갈 무렵부터 몸의 통증이 조금씩 사라지고, 마지막에는 메니에르병과 치질 수술까지 하며 서서히 건강을 되찾아갔다.

수련장에 들어설 때마다 합장하며 "오늘도 나올 수 있게 되어 감사합니다.”라는 생각이 저절로 들었다. 행공(단전호흡을 하며 몸을 움직이는 수련)이 끝난 뒤 누워 정리하는 시간에는 내 입에서 자연스럽게 ”나무 관세음보살“이 매번 흘러나오는 신비한 일이 일어나기도 했다. 수련 전에는 소화제와 진통제를 수시로 복용해야 겨우 두통을 억제할 수 있었다. 머릿속은 항상 헝클어진 수세미 같았고, 마음은 회색빛 하늘처럼 침울했다. 여름에도 감기를 달고 살았으며 매년 보약을 몇 차례씩 먹어야 했다. 환절기가 되면 기침이 멈추지 않아 정신이 혼미해졌고, 걷지도 못한 채 벽에 기대어 숨을 고르곤 했다. 나는 언젠가 봄 사이 환절기에 죽을지도 모른다며 봄을 가장 싫어했다. 하지만 수련 몇 년 후부터 머리가 맑아지고 발과 손이 따뜻해지는 변화를 느꼈다. 몸이 좋아지자 마음도 안정되었고, 심신을 위한 공부를 시작했다. 절에 가서 기도를 올리고, 2006년 6월부터는 주역을 공부했다. 8월에는 서울로 올라가 NLP 심리학, 에릭슨 최면, 전생과 빙의에 대한 다양한 공부를 병행했다.

2010년(53세) 6월 6일, 나는 국선도 사범 자격을 얻게 되었다. 결석하지 않고 부지런히 수련했지만 10년 만에야 사범이 될 수 있었다. 같은 해 7월 24일부터 8월 1일까지 8박 9일 동안 해남에서 처음으로 열린 국선도 무예협회 산중 수련회에 참가했다. 사범이 되어 처음 참가한 산중 수련회는 나에게 큰 호기심을 자극했다. 가족들은 썩 내켜하지 않았지만 사범 수련이라는 명목으로 집을 떠나 홀로 있는 시간을 가질 수 있었다. 수련회 장소는 해남 태평농원의 야산 한쪽으로, 더덕 밭을 정비해 텐트를 설치한 곳이었다. 텐트 치는 중에도 더덕이 나와 점심 반찬으로 맛있게 먹곤 했다. 아침과 저녁은 고구마, 과일, 생식, 요구르트를, 점심에는 솥에서 갓 나온 따뜻한 음식을 먹었다. 텐트가 없었던 나는 1인용 모기장을 텐트 대신 사용했다. 소나무 숲에 모기장을 치고 밤하늘을 바라보며 느꼈던 그 아름다움은 지금도 잊히지 않는다.

새벽 2시에 일어나 하늘을 바라보니 반달이 소나무 가지에 걸려 있었다. 우리 수련은 새벽 2시부터 시작했다. 땅이 열리는 축시에 국선도 수련을 하게 되어 있었다. '이곳이 선경 세상인가' 싶을 정도로 신비로움이 가득했고, 호흡은 깊이 잘 이루어졌다. 수련 7일째 되는 새벽, 달을 보며 호흡을 하는데 폭포수가 단전으로 빨려 들어가는 듯한 강렬한 느낌을 받았다. 나도 모르게 "아~아~" 하며 기운을 들이마셨다. 그렇게 강렬한 호흡은 처음이었다. 온몸이 새털처럼 가벼웠고, 모기장에는 이슬조차 내리지 않았다. 아침에 태평농원으로 내려가며 풀 위에 내려앉은 이슬에 바지가 젖어서 이슬이 내린 것을 알았다.

그렇게 8박 9일의 산중수련은 꿈만 같은 시간이었다. 며칠을 굶은 사람처럼 수련에 몰입하며 행복한 시간을 보냈다. 행복이 다 하면 불행이 오는 것을 그때는 몰랐다. 항상 우리 삶은 안정과 불안정이 반복하며 흘러가고 있었다. 그래서 "좋다고 너무 깨방정을 떨지 말라"는 어른들의 말씀을 되새기게 된다. 이것이 "음양 조화" 인가 보다.

교통사고

2010년 처음으로 산중수련을 마치고 집으로 돌아온 지 엿새 되는 날이었다. 8월 7일, 1박 2일간 만리포 해수욕장으로 가족여행을 떠나기로 한 계획이 이미 정해져 있었다. 쉬고 싶었지만 가족여행을 함께 떠났다. 출발하는데 비가 내렸다. 온양을 지나 한참을 가자 시커먼 먹구름이 하늘을 덮더니, 앞도 보이지 않을 만큼 폭우가 쏟아졌다. 남편은 비 오는 날과 밤에 오히려 속도를 내며 운전하는 습관이 있었다. 우리는 속도를 줄이자고 간청했지만, 아랑곳 하지 않았다. 결국 나는 참지 못하고 "다 죽고 싶어 환장했어?"라고 소리를 질렀다. 그러자 남편은 차를 급히 세우고 말다툼이 벌어졌다. 아이들은 두려움에 싸움을 말리며 울상을 지었다. 그렇게 불편한 분위기 속에서 여행을 계속했고, 천리포수목장에 도착해서야 겨우 화해의 기미가 보였다. 우리는 예약한 펜션에 짐을 풀고 간단한 저녁을 먹은 후, 만리포 해수욕장으로 걸어갔다. 나는 딸과 손을 맞잡고 앞서 걷고, 남편과 아들은 뒤따랐다. 시원한 바람을 맞으며 딸과 이야기를 나누던 순간, 내 몸이 공중으로 치솟았다. 손을 놓친 딸의 비명이 들렸고, 그 짧은 찰나에 "왜 이런 일이 나'에게 일어난 걸까? 내가 뭘 잘못했지?'라는 의문이 스쳐 지나갔다.

이상한 일이다. 아무도 나에게 다가오지 않고 있었다. 남편과 아들은 나를 치고 도망치는 자동차를 향해 달려가고 딸은 울고 있었다. 그런데 왜 나에게는 아무도 오지 않고 어디를 다쳤는지, 아프지 않은지 묻지도 않을까? 잠시 서운한 마음이 드는 순간, 나는 도로 가장자리에 팔꿈치를 찍으며 떨어졌다. 온몸이 부서질 듯한 통증이 몰려왔고 신음을 흘리자 그제야 가족들이 나에게 달려왔다. 나는 다리를 뻗은 채 앉아있었고 낭떠러지 바로 위였다. 곧 119가 도착해 응급실로 이송했다. 서산 종합병원까지 가는 길은 멀게만 느껴졌다.

x-ray 검사 결과 다행히 뼈가 부러지진 않았지만, 갈비뼈 두 군데가 금이 가서 통증이 심했다. 남편은 다음 날 아침에 아이들과 다시 오겠다고 하고 펜션으로 돌아갔다. 좁은 응급실 침대에서 통증을 달래며 단전호흡을 했다. 깊은 숨을 들이쉬면 가슴에 통증이 심해 아주 고요하고 천천히 숨을 쉬었다. 비는 밤새 내렸고 8일 동안 깊은 수련을 했는데 어떻게 이런 사고가 났을까 하며 생각하던 중, 문득 전생의 한 장면이 떠올랐다. 술에 취해 말을 타고 가다가 길가의 여인을 치고 갔던 장면이었다. 이 사고가 그 업보의 결과라는 깨달음에 묘한 웃음이 나왔다. 날이 밝아 가족들이 병원으로 찾아왔다. 남편이 말했다. 사고를 친 그 차 운전자가 여자인데 음주 운전을 했단다. 나는 산중수련을 통해 몸과 마음이 이완된 덕분에 심각한 부상을 피할 수 있었다는 생각이 들었다. 나는 천안병원으로 이동하기를 원했다. 병원에서는 구급 차량으로 이동을 권했지만, 가족들과 함께 오고 싶어서 조수석을 뒤로 젖혀 누운 채 천안으로 향했다. 덜컹거릴 때마다 가슴 통증이 심했지만 가까운 병원에 입원해 안정을 취할 수 있었다. 사고로 인해 휴가는 엉망이 되었고, 중학생 아들은 자기가 휴가를 가자고 해서 엄마가 다쳤다며 자책했다. 아들은 내 얼굴

을 감싸며 "엄마, 아무것도 못 본 거로 생각해요. 다 지나갔으니까요."라며 스스로를 위로했다. 사고 당시 왜 가족들이 나에게 달려오지 않았는지 물었더니, 남편은 "당신이 공중으로 떠올라 떨어지는 걸 보고 죽은 줄 알고 무서워서."라고 말했다. 병원에서 매일 밤 입원실 바닥에 돗자리를 펴 놓고 국선도 수련을 하며 회복을 도왔다. 어느 날 소고기가 먹고 싶어 남편에게 부탁했고, 소고기를 먹으며 힘을 얻었다. 가슴 통증이 계속되었지만 수련으로 몸이 빠르게 회복될 것이라 믿었다.

음주 운전자가 합의를 보자고 연락이 왔다. 고향 동생이 보험회사 소장이라 도움을 요청했다. 그 사람들은 부부가 왔다. 만리포 근처에서 횟집을 한다고 했다. 그날 저녁에 부부 싸움을 하다가 술을 마시고 부인이 운전을 했다고 하며 사과를 했다. 보험회사 동생은 가해자와 신경전을 벌이며 합의가 잘되지 않았다. 내가 조금 더 낮은 금액으로 결정을 짓자 동생은 "언니 교통사고 후유증이 얼마나 무서운 줄 알아요?"라며 나를 보고 힐난했다.

나는 가해자인 그 여자 손을 잡고, "고마워요." 하자 모두가 눈이 휘둥그레지며 나를 쳐다보았다. 재차 "뼈 부러지지 않게 해줘서 정말 고마워요." 그러자 그 여자는 두 손으로 얼굴을 감싸며 통곡을 했다. 한참을 울고 난 그 여자는 "정말 미안하고 고맙습니다. 어느 때든지 그곳을 지나시면 꼭 저희 집에 들려주세요. 회라도 대접하고 싶습니다."라며 떠났다.

사실 나는 정말 고마웠다. 큰 사고인데도 뼈 부러지지 않고 전생에 빚을 갚게 된 것이니… 나는 혼자 생각해 보았다. 내 몸의 힘이 조금 생겼을 때, 과거의 빚도 청산하고 몸의 치유도 되어가는 것인가. 그래서 해남에서 많은 기운을 받아, '업' 한 가지를 정리할 수가 있었구나. 그렇게 나는 삶의 또 다른 교훈을 얻었다.

두 번째 교통사고

2011년 3월, 나는 부성 1동 주민센터에 국선도 반을 개설했다. 그해 8월 8일 오후 1시 30분쯤, 부성 1동 주민자치센터 국선도 수업을 하기 위해, 서부대로 사거리 극동아파트 앞 신호대기를 하고 있었다. 순간, '지난해 오늘은 만리포에서 교통사고로 병원에 누워있었는데 벌써 1년이 되었구나.' 라는 생각이 들었다. 작년 사고의 기억이 아련히 떠오르며 문득 삶의 변화를 돌아보게 되었다.

갑자기 '쾅' 하는 소리와 함께 차가 덜컹하며 내 목이 앞으로 확 쏠렸다. 순간적인 충격에 어안이 벙벙했다. 백미러로 뒤를 보니 마티즈 한 대가 내 차를 들이박고 멈춰 서 있었다. 심장이 두근거리며 멍한 상태로 몇 초를 보냈다. 조심스럽게 문을 열고 나왔다. 사고 차량에서는 젊은 남자와 그의 어머니가 내렸다. 젊은 남자는 당황한 얼굴로 연신 미안하다며 자신이 잠시 한눈을 팔다가 사고를 냈다고 설명했다. 어머니는 손을 부여잡고 불편한 표정을 짓고 있었다. "괜찮으세요? 병원으로 가시죠." 젊은 남자가 급히 말했다. 목이 조금

뻐근하긴 했지만 크게 다친 것 같지는 않았다. "지금은 시간이 촉박해서 병원은 나중에 가겠습니다. 전화번호를 주시면 연락드릴게요." 그렇게 말하고 서둘러 주민센터로 향했다. 수업 중에 가슴이 쿵쿵 뛰고 몸 상태가 점점 나빠지는 것 같았다. 수업을 간신히 마치고 집에 돌아왔을 때 남편은 거실 소파에 누워있었다. "사거리에서 신호 받고 서 있었는데 어떤 차가 와서 내 차를 박았어."라고 말하자 남편은 눈을 감은 채 "병원 가지 않고 왜 집으로 왔는데?" 무심하게 말했다. "당신이랑 같이 한방 병원에 가려고..."라고 말하자, "당신 혼자 가 나는 가기 싫으니까." 남편은 등을 돌리고 눕더니 아무런 관심도 보이지 않았다. 그 순간 남편의 반응이 가슴 깊이 서운함으로 다가왔다. 가족이라면 걱정해 주거나 함께 가주길 바랐던 나의 기대가 한순간에 무너지는 느낌이었다. 섭섭하고 답답한 마음을 억누르며 혼자 두정동에 있는 대전 한방 병원을 찾았다. 병원으로 가는 길에 사고를 낸 남자에게서 전화가 왔다. 그의 어머니가 손가락 골절로 정형외과에서 치료를 받았다고 하며, 내 상태를 걱정하는 말도 전했다. 나는 목이 뻐근하고 약간의 통증이 있어서 치료를 받으러 가는 중이라고 답했다.

한방치료를 받으며 사고의 충격으로 생긴 불안감을 조금씩 내려놓았다. 이번 사고를 통해 느낀 것은 내가 스스로를 더 잘 돌봐야 한다는 점이었다. 남편이나 다른 사람에게 의지하기보다는 내 건강과 안전을 책임질 사람은 결국 나 자신이라는 생각이 들었다. 이후에도 목 통증이 가끔 있었지만, 꾸준히 치료를 받고 생활 리듬을 유지하며 국선도 수업을 차질 없이 진행했다.

이 경험은 나에게 중요한 교훈을 남겼다. 삶은 언제 어디서 어떤 일이 벌어질지 예측할 수 없고, 타인의 도움이나 관심은 항상 기대한 대로 얻을 수 없다. 하지만 그 속에서도 나 자신을 챙기고 내 역할을 다할 때, 비로소 삶은 계속해서 나아갈 수 있다는 사실을 깨달았다.

16

지리산 고운동

2015년(58세) 7월 29일 수요일, 새벽 수련을 마치고 9시에 수련원을 나섰다. 4박 5일 지리산에 자리 잡은 자운선가를 가기 위해서다. 단성IC를 통과하여 청학동 가는 길로 접어들었다. 하동이라는 표지판을 보니까 엄마 생각이 났다. 엄마는 지리산 기운을 받고 태어났다. 그래서 엄마의 할아버지가 큰 산악의 '악'자를 넣어 엄마의 이름은 '최정악'이라고 지으셨다.

자운선가는 지리산, 경남 하동군 청암면 고운동에 자리 잡고 있었다. 4박5일에 일백만 원이라는 큰 경비를 지불하고 들어왔다. 자동차 키와 휴대폰, 지갑을 맡기고 숙소에 들어가서 쉬었다. 비가 오고 길 또한 초행길이라 긴장했는지 몹시 피곤했다. 강의 첫 시간은 자운선가를 설립하신 자운님의 강의가 시작되었다. 유튜브에서도 보았는데 역시 재미있는 강의였다. 저녁을 먹고 나의 담당, 상담 선생님인 잼마님과 간단한 상담을 했다.

남편과 아버지에 대한 마음은 이미 과거에 많이 정리했다고 생각했는데, 여전히 아버지와의 관계가 내 안에 남아 있었다. 사실 여기

온 이유는 남편과의 관계를 풀려고 왔는데, 그 앞에 아버지 것이 걸려 있어서 남편과의 문제는 뒷전이었다. 상담 중에 무서움을 타지 않는다고 말했더니, 주어진 미션이 한밤중에 혼자서 더 깊은 산골짜기를 다녀오라는 것이었다.

아무리 무섭지 않다고 해도 낯선 지리산 골짜기를 혼자 한밤중에 갔다 오라는 것이 말이 되는가. 내키지 않았지만 마지못해 손전등을 들고 나섰다. 나무 그늘이 없는 곳은 휘영청 밝은 달이 비추어 주어서 밝았다. 그런데 숲속이라 캄캄한 곳이 더 많았다. 신경을 곤두세우고 조심조심 걸어갔다. 한참을 걸어가니까 사람 목소리가 두런두런 들렸다. 모든 촉각을 세우고 좌우를 부지런히 살피면서 걸었다. 말소리는 더욱 가까이 들리더니 내 앞으로 저벅저벅 걸어오는 발자국 소리가 났다. 나는 손전등을 이리저리 비추었다. 말소리 내용을 들어보니까 자운선가에 온 사람들이란 것을 알았다. 그때야 긴장감이 풀어지며 긴 숨을 토해냈다. '저 사람들도 나처럼 미션 중인가 보다'라는 생각이 들었다. 그들과 가깝게 마주칠 때 물었다. "저기, 저수지 있는 곳이 얼마나 멀리 있어요?" 그 사람들은 친절하게 가르쳐 주었다. 그때부터 마음 편히 숲속의 달밤을 즐기는 여유가 생겨 콧노래를 부르며 걸었다. 가끔씩 사람들이 지나쳐 갔다. 미션을 잘 마치고 보고를 하고는 숙소에 들어왔다. 시원한 바람과 대나무에 걸려 있는 달이 너무나 정겹게 보였다.

이튿날 오전에는 자운선가의 대표인 혜라님의 강의를 들었다. 오후 프로그램은 지금 죽는 모습을 떠올리라고 하는 시간이 있었다.

나는 죽으면서 제일 먼저 떠오르는 사람이 '조 사범'이라는 것이 너무 충격적이었다. 조 사범은 국선도 수련원에서 의견이 잘 맞지 않아 나를 무척 힘들게 했다. 내가 힘이 모자라 도움을 받고 있는데, 사사건건 간섭을 하며 편안하게 놓아두지 않아서 몹시 불편한 사람이다. 그런데 죽음 앞에서 가장 먼저 떠오른 사람이라니, 말도 안 되는 일이다. 다음은 딸, 아들 그리고 마지막으로 남편이 떠올랐다. 내가 남편을 생각하는 것이 이것밖에 안 되는가? 남편과의 전생에 맺혀 있는 것을 이번 생에 다 풀어준다고 해 놓고, 내 마음대로 해 주지 않는다고 성질내고 미워한 것이 너무 미안했다. 다른 사람들에게도 나의 모자람이 너무 큰 것이 미안해서 많이 울었다.

3일째 되는 날은 각자 혼자 독방으로 들어가 태아 관념을 보게 했다. 8년 전, 최면 공부를 하며 여러 전생과 어릴 때로 돌아가 지난날들을 많이 보았다. 그런데 태아 때 무슨 일이 있었는지는 모르고 있었다. 이곳에서는 그것을 찾아내게 했다. 도와주는 푸도(태아 때를 떠오르게 도와주는 사람들)들이 먼저 구박을 한다. 쓸데없는 것이 태어났다거나 엄마 뱃속에서 유산 시키려는 말을 하며 약을 바짝 오르게 하면서 서서히 작업을 걸어온다. 작은 방에는 자동차 타이어와 고무호스를 갖다 놓고 펑펑 두드려 가며 흥분을 시킨다. 드디어 결국 걸려들었다.

어릴 때 힘들게 밥 짓던 일, 얼음물에 손을 호호 불어가며 빨래하던 것, 새끼 꼬고 물 길어 나르던 일들이 떠오르며 아버지를 원망하게 되었다. 그러다가 엄마 뱃속에서의 일이 떠올랐다. "제발 나를 낳아 주세요. 나는 꼭 태어나야 해요. 태어나서 할 일이 있어요, 나를 태어나게 해주신다면 그 보답은 꼭 할게요.”라면서 아버지에게 애원을 하고 있었다. 그때 알았다. 어린 시절, 왜 나는 시키는 대로 조용히 따르며 반항 한 번 제대로 하지 못했는지. 왜 결혼 전부터 돈을 벌어 집안의 빚을 갚고, 땅을 사 드리고, 무엇이든 부모님을 먼저 생각하며 살아야 한다고 여겼는지.

'아! 그랬구나. 내가 태어날 때 약속을 했구나. 그렇게 해서 빚을 갚았구나.' 그래서 엄마가 오래도록 아프다가 돌아가시고 난 후, 어깨에 짊어진 짐을 내려놓은 느낌이었구나. 나는 소리 내며 통곡을 했다. 나의 미스터리한 사건들이 또 풀렸다. 목소리는 쉬어서 소리가 나오지 않았다. 이틀 동안 울고 악을 쓰며 정신 나간 사람처럼 눈알이 시뻘겋게 충혈이 되었다. 머리는 헝클어져 귀신처럼 몰골은 말이 아니었다. 나만 그런 몰골이 아니었다. 그곳에 온 사람들 대부분이 다 그랬다. 자운선가 골짜기는, 아예 아귀들이 우글거리는 지옥이 되어 버렸다. 세상에 이런 곳이 또 있을까. 각자의 무거운 관념들을 깨부수고 나오려고 악다구니를 쓰고 있는 삶의 처절한 곳이 되었다. 태아 때부터 시작된 상처는 어린 시절을 지나 성인이 되어서도 나를 지배했고, 나는 그 상처에서 벗어나지 못한 채 불행을 반복하며 살아가고 있었다. 이곳은 바로 그 깊은 상처의 뿌리를 들여다보고 나를 옭아매던 자기 관념을 깨뜨리는 곳이었다. 얽혀 있던 실타래를 풀어가자, 마음이 가벼워지고 마침내 '대자유'가 찾아왔다. 그때부터 싱글싱글 웃음이 나왔다.

마지막 날 저녁에는 다 함께 춤을 추며 자축했다. 큰 강당에서는 나이트클럽에서나 들을 수 있을 정도의 큰 음악 소리가 대형 스피커를 통해 흘러와 귀가 먹먹했다. 나같이 관념을 타파한 사람들은 흥겹게 무아지경으로 춤을 추었다. 그런데 아직 미해결 된 사람들은 어정쩡한 몸놀림과 답답한 마음으로 어쩔 수 없이 동참하며 춤을 추었다. 문득 우리 가족들을 이곳에 데리고 와야겠다는 생각이 들었다. 가족들의 스트레스와 태아 때, 어릴 때 받은 상처를 꼭 치유하게 하고 싶었다. 특히 남편의 굳어버린 관념으로 세상을 보며 힘들어하는 것과, 사이 좋지 않은 부모를 보며 아이들도 많이 쌓였을 관념들을 털어버리고 맑고 밝게 살기를 바랄 뿐이었다.

나는 새롭게 태어난 천진난만한 아기처럼 자유로운 마음을 얻어 음률이 흐르는 대로, 흠뻑 젖은 옷도 아랑곳하지 않고 온몸으로 춤을 추었다. 춤을 추는 사람들의 얼굴은 대부분이 즐거워하며 티 없이 맑았다. 마지막 한 점의 관념까지 말끔히 털어버리고, 다음 날 콧노래를 부르며 가벼운 발걸음으로 집으로 돌아왔다. 4박 5일 동안의 여정, 백만 원이라는 비용이 전혀 아깝지 않았다.

추석 연휴 때 남편과 딸, 아들을 설득하여 고향에 성묘 가는 것 대신에 자운선가를 보냈다.

나는 공부하는 것이나 책 사는 것에는 돈을 아끼지 않는다, 거금 300만 원을 투자했다. 이것은 분명히 투자다. 마음이 바뀌고 생각하는 것이 바뀌면, 앞으로 세상 살아가는 데 많은 도움이 되기 때문이다. 혼자 추석 명절을 시댁 식구들과 보내고 집으로 돌아왔다.

세 식구는 지리산 자운선가에서 내가 경험한 것처럼 울고 불면서 각자의 관념을 깨며 자기 자신을 직시하고 있을 것이다. 이 사람들은 과연 어떤 것들이 걸려 있을까. 궁금해하며 돌아오길 기다렸다. 5일째 되는 날 가족들은 돌아왔다. 딸과 아들은 환한 얼굴로 돌아왔다. 목소리도 그다지 쉬지 않았다. 남편은 목소리가 쉬었지만 그다지 밝은 얼굴이 아니었다. 우리는 둘러앉아 그곳에서 있었던 이야기를 서로 나누었다. 자운선가에서는 가족들에게 각자 숙소를 배정해 서로 만날 기회를 최소화했다고 한다. 그래서 산책할 때 우연히 가끔 가족들을 보았다고 했다. 딸은 먼 곳에 아빠가 보이면 피했다고 했다. 보기가 싫고 미움이 컸다고 했다. 그런데 남편은 아이들이 보여 반가워서 달려가면 아이들이 모른 척 피하여 서운했단다. 딸과 아들은 자기들 내면을 보면서 나름대로 많이 해소를 시키고 왔다. 하지만 관념에 굳어버린 남편은 주위를 보니까 많은 사람들이 달라지는 모습을 보았다고 했다. 본인은 같은 돈을 주고 얻은 것이 없다고 생각하던 중, 집에 오기 전 관념이 터져 나오려고 하는데 그만 일정이 끝났다고 실토했다. 그래서 가슴이 답답하고 마음이 개운하지 못하다고 아쉬워했다. 고집을 부리면 도움이 되지 않는다. 나는 그 말에 다시 한번 가보라고 권했다. 2차 참가자는 반값에 다시 다녀올 수 있다고 했기 때문이다. 굳은 마음속 응어리를 풀지 않으면 앞으로의 삶에 계속 걸림돌이 될 것 같았다. 남편도 마음은 있었지만, 비용이 아깝다는 이유로 결국 결정을 미루고 말았다. 딸은 조용히 내게 다가와 꼭 확인하고 싶은 게 있다며 단둘이 있을 때 말을 꺼냈다.

"내가 자운선가에서 혼자 깊이 내면을 들여다보는 시간이 있었는데, 아무리 생각해도 이해가 되지 않는 게 있었어."

"무슨 일인데?"라고 내가 묻자, 딸은 잠시 뜸을 들이다가 조심스럽게 말을 이었다.

"나는 한 번도 엄마를 미워하거나 싫어해 본 적이 없는데, 그곳에서는 엄마가 떠오르며 배신감에 치를 떨었어." 나는 그 말을 듣고 멍하니 딸을 바라보았다. 딸은 말을 이어갔다.

"항상 아빠가 엄마를 힘들게 하고 우리도 불편하게 해서 당연히 아빠가 떠오를 줄 알았거든. 그런데 내 마음 깊은 곳에서 이런 말이 튀어나오는 거야.

'네가 나한테 어떻게 이럴 수 있어? 언제는 그렇게 오라고 하더니, 이제 와서 나를 외면해? 이 배신자! 내가 너를 죽여버릴 거야!' 나조차 놀랄 만큼 억울하고 분한 감정이 터져 나왔어. 그게 도대체 뭔지, 집에 가서 엄마에게 꼭 물어보고 싶었어." 나는 그 순간 가슴이 철렁 내려앉았다. 나는 임신이 되지 않아서 항상 기도했다. 그리고 대전 을지병원에 다니며 매일 아침 하루도 빼놓지 않고 체온을 재어가면서 어렵게 임신을 했고 입덧이 심했다. 입덧이 심할 때, 남편에게 밥 좀 퍼오라고 했는데 식칼을 나에게 던진 사건이 있었다. '그때 한순간, 다 소용없다는 생각과 함께 뱃속에 든 아이를 어떡하지.' 하다가 다시 어쩔 수 없이 집으로 들어간 사실을 딸에게 말해 주었다. "아마 그때 내가 갈등하던 것이 너에게 떠올랐나 보다. 미안해."

라며 딸에게 사과했다. 그리고 안아주었다. 딸도 이제 이해를 했다며 수긍했다. 그 후부터 남편이 나에게나 아이들에게 트집을 잡으려고 하면, 두 아이는 "아빠 또 관념이 작동하고 있네요."라고 말한다. 그러면 남편은 자기를 알아차리며 슬며시 화를 거두곤 했다. 하지만 그 또한 오래 가지 않았다. 완전히 무엇이 문제인지 자운선가에서 보고 인정을 했다면 우리 가정은 힘이 덜 들었을 텐데, 그 점이 여전히 아쉬움이 많이 남는다.

위의 글을 쓰다 보니 또 한 가지 생각이 떠올랐다. 딸이 나에게 배신감으로 치가 떨었다는 대목이다. 우리가 기다리던 아기를 낳았는데도 남편은 아기 귀한 줄을 모르고 또 쌍둥이 아들 타령을 했다. 물론 사이가 좋은 부부 사이라면 별문제가 없다. 하지만 남편은 아이를 돌보거나 나의 마음을 어루만져 주지도 않으면서 자기 욕심만 차리는 것이 너무 미웠다. 우리는 풍납동 올림픽 공원 앞에 살았는데, 딸과 셋이 산책을 한 기억이 없다. 나 혼자 아니면 이웃과 유모차를 끌고 다녔다. 남편은 회사 발령 대기 시간이 많아 날마다 집에 있으면서 신문과 TV만 보았다. 회사 일이 마음대로 되지 않는 것을 나에게 짜증내며 사사건건이 트집을 잡았다. 집 앞의 한강도 함께, 즐겁게 걸은 일들이 떠오르지 않았다. 한 번은 쑥이 많이 올라온 따뜻한 봄이었다. 집에 아이와 나를 두고 자가용을 운전하여 혼자서 양평을 갔다고 나에게 자랑을 했다. 쑥이 너무 좋아서 쑥 뜯는데 시간 가는 줄 모르고 뜯었다며 한 아름을 뜯어오기도 했다. 그런 남편이 너무나 야속하고 얄미워서 쑥 뜯어온 것을 쓰레기통에 버리고 싶었지만, 마음을 가다듬어 방앗간에 가서 쑥떡을 하여 아파트에 집집이 나누어 먹은 적도 있다.

나의 마음은 차츰 싸늘하게 식어가며 마침내 집을 나가야 되겠다는 마음이 생겼다. 맏동서에게 편지를 썼다. 어느 날 내가 집에서 없어지면 찾지 말라며, 그리고 딸이 많이 걸렸지만 내가 죽을 판이라 '너의 운명을 나도 어쩔 수가 없다.'라는 마음마저 들었다. 그 당시 나는 우울증에 많이 시달리고 있었던 것 같았다. 딸은 뭔가를 눈치 챘는지, "나 혼자 못 살아 동생 낳아줘."라며 매일 떼를 썼다. 딸아이를 쳐다보면 불쌍했다. 그 당시는 정말 갈등이 많았다. 그때 마침 시어머니가 위암으로 병원을 왔다 갔다 하시며 사사로운 감정싸움을 할 여유조차 없어지게 되었다. 시어머니가 병원에서 가망이 없다는 말을 들으신 후 고향 문경으로 내려가시고, 남편은 경북 울진으로 발령이 났다. 그렇게 우리는 잠시나마 서로 다른 길로 흩어졌고, 딸과 단둘이 오붓하게 보낸 나날이 참으로 즐거웠다. 어쩌면 딸이 배신감을 느꼈다는 것이, 그 사건이 더 클 수도 있었던 것은 아닐까. 하는 생각이 들었다. 나는 딸이 자라면서 종종 '이 아이는 나의 도반이구나.' 하는 느낌을 받곤 했다. 내가 너무 힘들어 어찌할 수가 없을 때마다 딸의 도움을 받아서일까?

17

부부의 날을 맞이하며

2007년부터 5월 21일은 공식적인 '부부의 날'이 되었다. 둘이 하나 되는 의미가 담긴 이날을 맞아, 2022년(65세) 올해는 부부의 날이 유난히 마음 깊이 다가오는 걸 느꼈다. 그래서 두 곳에 있는 모임에 가지 않고 남편과 함께 시간을 보내기로 했다. 마침 남편도 부부 동반 모임이 있는 날이라며, 내 일정을 물어왔다. 나는 기분 좋게 "오케이! 라고 답했다.

지난 34년을 돌아보면, 수많은 갈등과 고민 속에 가정의 평온을 지키기 어려웠던 순간들이 많았다. 때로는 자녀들에게도 상처를 주며, 부부 생활이 순탄치 않은 때도 있었다. 이제 60대 중반이 되어, 질풍노도의 시기를 지나 마음 비워 고요해진 지금을 감사하게 여긴다. 이제는 마음도 자유로워져 불평도, 불만도 사라졌다. 어떤 환경 속에서도 흔들리지 않고 스스로의 자리를 지킬 수 있게 된 것이다. 지난 시간 속의 아픔과 고통을 묵묵히 견뎌낸 나 자신에게 따뜻한 위로를 건넨다. 그리고 그 시간 동안 참고 기다려 준 사랑하는 가족들에게 무한한 감사와 사랑을 전하고 싶다. 당신들이 묵묵히 함께 해주었기에 오늘의 행복이 찾아왔다. 진심으로 고맙다. 앞으로 현재를 소중히 여기며 즐겁고 행복하게 살아가다 보면, 행복은 늘 우리 곁에 있다는 것을 깨달을 것이다. 서로를 배려하고 인정해 주며, 각자의 개성을 존중하는 마음으로 응원하자. 우리 가족 사랑해요.

2022년 5월 21일

부부의 날 아침에.

1999년 가족사진

2017년 필자 60세 가을, 가족사진 아들 해병대 마지막 휴가 때

4부

지금 여기

1

천안시노인복지관과
인연

2005년 5월, 친정어머니께서 74세로 돌아가셨다. 어머니는 우리 집에서 3년 동안 순천향병원을 오가며 대장암과 당뇨로 투병하셨다. 돌아가시기 한 달 전, 문경 막냇동생이 어머니를 모시고 갔는데 그곳에서 임종을 맞으셨다. 어머니가 돌아가신 지 한 달 정도 지날 무렵이었다. 국선도 쌍용수련원의 송 사범님이 개인 사정으로 복지관에서 하는 단전호흡 수업을 할 수 없게 되어 내게 수업을 맡아달라고 하셨다. 어머니와의 이별로 마음이 아물지 않아 지쳐있었고 복지관 수업을 맡을 엄두가 나지 않았었다. 송 사범님은 이럴 때일수록 힘을 내야한다며 점심을 함께하며 나를 설득하셨다. 솔직히 내 마음은 어머니께 잘해드리지도 못하고 떠나보냈는데 남의 부모님을 위해 일할 자신이 없었다. 게다가 어머니가 건강하게 계셨다면 걸어서 5분 거리에 있는 복지관에서 좋아하시는 노래와 국선도를 배우시며 지내셨을 텐데, 그런 어머니가 안 계신 상태라 괜히 심통이 나기도 했다. 하지만 결국 나는 2005년 6월부터 복지관의 단전호흡 수업 B반을 맡게 되었다. 복지관에서 돌아오면 온몸이 지쳐 누워있어야 했고, 어르신들께 기운이 빨리는 듯한 느낌이 들 정도였다.

그러던 2006년 2월, 시댁 가족들과 함께 금강산을 가게 되었다. 아직 봄이 오지 않아 금강산과 계곡에는 눈과 얼음이 그대로 남아 있었다. 외금강의 높은 바위산을 바라보며 자연스럽게 심호흡을 했다. 그 순간 '이 좋은 기운을 복지관 단전호흡 반 어르신께 드리면 얼마나 좋을까.' 하는 생각이 들었고, 자연스레 깊이 호흡하게 되었다. 노천 온천에서는 온천수 폭포를 온몸으로 맞으며 마음과 정신을 단련했다. 금강산을 다녀온 후 복지관 수업 시간에, "금강산에서 받은 기운 받으세요!"라며 두 팔을 뻗어 장풍을 쏘는 모습을 연출하자 어르신들이 가슴을 활짝 열고 팔을 벌리며 기운을 받는 시늉을 하셨다. 수업을 마치고 돌아가는 길에는 발걸음이 마치 날아갈 듯 가벼웠다. 그때부터 지금까지 복지관 수업 후에는 오히려 힘이 나고 활력이 넘친다.

2009년에는 복지관에 건의해 '단전호흡반'을 '국선도반'으로 이름을 변경하고, 기혈순환 유통법과 행공동작을 수업에 추가했다. 그리고 2012년, 수료식 때 국선도 시연을 무대에서 선보이고 싶어 국선무를 준비했다. 쉬운 동작을 편집해 음악을 넣어 어르신들과 함께 3년 동안 연습했고, 그해 수료식에서 처음으로 청 도복을 입고 맨발로 시연을 했다. 국선도 시연은 복지관에서 처음 보는 것이었고 반응도 매우 좋았다. 그 후 '국선도반'은 더욱 활성화되었고, 동작과 음악도 아리랑을 접목해 지금의 '국선무 아리랑'이 완성되었다. 그 이후로는 매년 수료식에서 청 도복을 입은 어르신들이 외공을 선보이며 적극적으로 참여하게 되었다.

2014년부터 70~80대 어르신 30명 이상이 레크리에이션 대회에 참가했고, 2015년부터는 천안시의 흥타령 축제에 참여했다. 2017년에는 장려상을 받으며 경주 골굴사, 충주 무예대전, 충남도청 공연 등에서 활발히 활동했다. 2019년 7월, 제1회 KBS 비즈니스사장배 무예스포츠 대회를 마지막으로 공연을 마쳤고, 그해 수료식을 끝으로 코로나 19로 인해 모든 활동이 중단되었다.

2022년 5월이 지나서야 복지관 수업이 재개되었지만, 예전처럼 활기 넘치던 어르신들을 많이 뵐 수 없어 안타까웠다. 집에서만 지내시던 어르신들은 그 사이 많이 늙고 몸이 불편해 보였다. 새롭게 젊은 어르신들이 오셨지만, 이전에 활약하셨던 어르신들의 모습이 많이 그리웠다. 나는 항상 30분 일찍 가서 어르신들께 "즐겁고 행복하게 잘 살다가 잘 죽자"는 마음으로 이야기를 나누었다.

지금은 '국선도반' 수업이 다시 활기를 되찾아 기혈순환 유통법으로 360 골절을 풀어주고 '국선무 아리랑'을 함께 배우고 있다. 간단히 소개하자면, 국선무 아리랑은 단전호흡과 손의 다양한 동작을 통해 오장육부를 활성화하고 온몸의 기혈순환을 돕는 것은 물론, 뇌 활성화를 비롯해 일심동체가 되도록 고안한 운동법이다. 어르신들은 평소 '국선무 아리랑'을 통해 치매나 각종 질병을 예방하고 즐겁게 운동하며 충만한 단전의 기운으로 자신감을 높인다. 음악이 흐르면 자연스럽게 따라 하시며 즐거워하시는 어르신들의 모습은 늘 보기 좋다. 이러한 심신 운동은 마음과 몸의 근육을 단련시켜 영혼을 편안하게 하고 마음을 안정시킨다.

2023년 6월 17~18일, 김천 직지사 템플스테이를 천안시 국선도반 어르신과 쌍용수련원 회원, 부성 1동 주민센터 국선도반 회원, 동두천 회원, 33명이 1박 2일간 무료로 함께 다녀왔다. 직지사 템플스테이 운영팀과 나는 국선도 교실 대표로 MOU 협약을 맺어, 직지사 템플스테이에 참가 시 30% 할인을 받기로 했다. 2024년에는 복지관 어르신들과 쌍용수련원 식구들, 신씨 며느리들, 구미에 사는 동생 부부까지 총 26명이 1박 2일은 무료, 2박 3일 일정으로 템플스테이에 다녀왔다. 템플스테이를 떠나기 이틀 전, 새벽 비몽사몽한 순간에 문득 '우리들의 염원'이라는 말이 떠올라 글로 정리해 어르신들 앞에서 낭독했다.

우리들의 염원

유서 깊은 직지사에 모이신 국선도 가족 여러분, 여러분들의 건강과 안녕을 먼저 기원합니다.

올해, 지구촌 인구가 80억을 넘었다고 합니다. 이 많은 사람들 중 옷깃만 스쳐도 삼생의 인연이라 하는데, 여기 계신 여러분들은 직지사와의 인연으로 이 자리에 모였습니다.

이제 우리는 황혼의 나이에 국선도를 함께 수련하며 몸과 마음을 닦아가고 있습니다.

임진왜란 당시, 사명대사께서 승군을 이끌고 나라를 구하신 일은 우리 국선도인들에게도 큰 영광입니다. 국선도의 스승이신 청산선사께서는 사명대사께서도 국선도를 수련하신 분이라 말씀하셨습니다. 국선도에는 유·불·선 삼도(三道)의 정신이 모두 담겨 있습니다. 삼위일체, 삼단전, 하늘·땅·사람이 하나 되는 조화. 우리 몸과 마음, 인간과 자연도 그렇게 하나 되어야 합니다.

요즘은 '웰빙'을 넘어 '웰다잉'을 이야기하는 시대입니다. 국선도 가족 여러분 모두가 그러한 삶을 살아가시길 바랍니다.

행복하게 살고, 행복하게 떠나는 삶이 바로 잘 사는 삶입니다.

수련을 통해 자신을 돌아보는 여러분께 깊이 감사드립니다. 깨달음을 향해 나아가며, 이기심을 내려놓고, 지금 이 순간 '나는 무엇을 하고 있는가'를 자각하는 삶. 우리 모두를 위한 실천은 결국 나 자신을 행복하게 합니다.

올바른 마음과 올바른 행동으로 지상천국을 만들어갑시다.

행복하게 살면 죽음도 두렵지 않습니다.

국선도 수련의 삶이 여러분을 더욱 빛나고 평화롭게 이끌어줄 것입니다.

저는 믿습니다. 국선도는 웰빙하며 살고, 웰다잉할 수 있는 최고의 심신 단련법입니다. 심신과 영혼을 일깨워 "각자가 즐겁고 행복하기를, 다 함께 즐겁고 행복하기를" 진심으로 기원합니다.

2024년 6월 21일, 하지날에.

2017년 흥타령 축제, 장려상 수상

2023년 직지사 템플스테이

2025년 1월 천안시장 우수강사표창장

* 천안시노인복지관과 나와 인연은 2005년부터 2025년 올해로 20년째가 되었다.

2

신기한 8체질

2016년 1월, 당시 59세였던 나는 저녁 수련 시간에 마지막 외공(무예의 일종)을 수련하던 중이었다. 회원들과 함께 국무형(국선도와 특공무술을 합친 무예) 외공을 하다가 뛰어차기를 시도하는 순간, 다리에서 '뚝' 하는 소리가 나며 그대로 주저앉고 말았다. 극심한 통증으로 일어설 수조차 없었고, 회원들의 부축을 받아 겨우 택시를 타고 집으로 돌아왔다.

다음 날, 내가 담당하고 있던 새벽 수련은 송 사범님께, 10시 수련은 조 사범에게 부탁한 뒤 정형외과를 찾았다. 담당 의사는 촬영한 사진을 보더니, 무릎 연골이 찢어지고 염증이 있다며 우선 약물치료를 해보고 호전되지 않으면 수술이 필요할 수도 있다고 말했다. 약을 처방받아 돌아와 통증을 참아가며 수련장에 나가 수련 지도를 이어갔다.

1주일쯤 지나자 잔기침이 나고 목이 자주 말랐다. 병원에서는 관절염 약이 독할 수도 있다며 다시 1주일 치 약을 처방해 주었다. 그런데 복용을 계속하자 폐가 마치 한여름 가뭄에 논바닥이 갈라지듯 바짝 마르는 느낌이 들었다. 숨을 쉴 때마다 기침이 나서 단전호흡 자체가 어려워졌다. 결국 폐가 부어오르는 듯한 느낌과 함께 숨이 차올랐다. 더는 약을 복용하면 안 되겠다는 생각이 들어 스스로 약을 끊고 병원에도 가지 않았다.

그 대신 수련에 집중하며 몸의 변화를 살폈다. 며칠이 지나자 숨 가쁨과 기침이 점차 사라지며 상태는 정상으로 돌아왔다. 하지만 다리의 통증이 심해, 다리를 드는 외공을 할 수 없다 보니 이대로 다리를 못 쓰게 되면 어쩌나 하는 불안감이 앞섰다.

다친 지 50여 일이 지날 무렵, 젊은 회원이 옥천에 용하다는 약손 마사지가 있다며 함께 가보자고 했다. 토요일에 함께 방문해 마사지를 받았는데, 첫 느낌부터 치료를 계속 받아야겠다는 확신이 들었다. 나는 6개월간 꾸준히 치료를 받기로 결심했다. 치료사님은 마치 하늘에서 내려온 약사여래불 같았다. 내 몸의 상태를 내 마음보다 더 정확하게 파악하며 치료해 주는 모습이 놀라울 따름이었다. 그렇게 일주일에 두 번씩 기차를 타고 옥천으로 향했다. 점심도 거른 채 두 시간씩 치료를 받고 나면 온몸이 기진맥진했다. 추운 날이면 집에 와서 욕조에 소금을 넣고 반신욕을 했다.

치료 과정은 마치 지옥을 헤매는 것처럼 고통스러웠고, 끙끙 앓는 소리가 절로 나왔다. 집에 돌아와 거울을 보면 온몸이 멍투성이였다. 병원에서 진단을 받으면 전치 3주는 족히 나올 만한 상태였다. 그런데 신기하게도 치료 후 3일 정도 지나면 통증이 조금씩 나아졌다. 서서히 가라앉았다. 마치 몸의 세포가 되살아나는 듯한 기분이

들었다.

그동안 있던 근육은 모두 빠지고, 자다가도 다리에 쥐가 자주 났다. 하지만 걸어 다닐 수 있다는 사실만으로도 감사했다. 점점 회복되면서 주변의 아픈 사람들에게도 이 마사지를 소개했고, 내가 소개한 많은 이들이 치료를 받으러 다녔다.

6개월의 치료 끝에 나는 거의 완쾌되었지만, 다친 오른쪽 다리로는 여전히 깨금발을 뛸 수 없었다. 16년간 국선도 수련을 열심히 했는데, 혹시 내가 잘못된 방식으로 수련을 해 온 건 아닐까 하는 의문이 들었다. 그때 문득, 1년 전 송 사범님이 구해주신 '8체질' 관련 책이 떠올랐다. '8체질'은 권도원 박사가 창시한 이론이다. '8 체질'의 이론을 강의한 조연호 선생님의 25개 강의 영상을 유튜브에서 사흘만에 전부 시청했다. 그리고 서울 신도림에 있는 조연호 선생님의 '8 체질 연구소'를 직접 찾아갔다.

그해 9월부터 매주 수요일마다 서울로 가서 '8체질' 교육을 받고, 다음 해 2017년 5월에 자격증을 취득했다. 8체질 공부하면서 내가 섭생을 잘못하여 몸이 힘들었던 것임을 깨달았다. 무려 50년 동안 내 체질과 반대되는 음식을 섭취하며 살아왔다는 사실을 알게 된 것이다. 그때부터 체질 공부를 생활에 적용하며 주변 사람들에게도 도움을 주기 시작했다.

체질 이론에 따르면, 나는 육식 체질이다. 그런데 일곱 살 이후로 육식을 전혀 하지 않았다. 친정어머니 말씀에 따르면, 어릴 적 내가 고기를 너무 좋아해 혼을 낸 적이 있었는데, 그 뒤로 아예 입에 대지 않았다고 한다. 그 후로는 채식을 주로 하고, 가끔 바다 생선만 먹으며 살아왔다. 하지만 내 체질에는 육식과 민물고기, 그리고 뿌리채소가 맞는 음식이었다. 그동안 체질에 맞지 않는 식단을 유지해 온 탓에 영양이 부족했고, 그 결과로 이명, 변비, 장 경련 등을 겪으며 살아왔던 것이다.

채식할 그 당시에는 하루 3시간 정도만 자도 눈이 말똥말똥해져 저절로 깼다. 나는 오히려 공부와 수련을 더 할 수 있다며 기뻐했지만, 정작 몸은 제 힘을 발휘하지 못하고 있었다. 지금 돌아보면 체질에 맞지 않는 음식으로 인해 몸이 계속 불편했던 모양이다. 영양이 부족하다고 느껴질 때면 물오징어 두 마리를 사서 순식간에 먹어 치우곤 했고, 그렇게 한 번 몸에 '기름칠'을 하고 나면, 몸을 혹사해도 한동안 괜찮았다. 내 성격은 원래 느긋하고 태평한 편인데, 항상 초조하게 살아온 것이 섭생의 영향이 컸다는 것을 알게 되었다. 그래도 그 덕분에 수련과 수행에 매진할 수 있었으니 좋은 점도 있었다고 스스로 위로해 본다.

2010년에 교통사고를 당했을 때도 뜬금없이 소고기가 먹고 싶었던 것은 몸이 보내는 신호였던 셈이다. 내 체질에 소고기가 약이었던 것이다. 그 이후 기운이 부족할 때마다 남편에게 "여보, 소고기 먹을 때가 된 것 같아."라고 말하고는 소고깃집에 가서 배부르게 먹고 기운을 차렸다. 지금도 다른 육식은 못 하지만 소고기는 약처럼 가끔 섭취하고 있다.

나는 그동안 주변 지인 351명의 체질을 감별 해보았다. 일반적으로 금 체질과 토 체질이 적다고 알려져 있지만, 내가 감별한 결과에서는 금양, 토양, 목양 체질이 많았고, 수양 체질이 가장 적었다. 그리고 토음과 수음 체질도 비교적 적은 편이었다. 이를 통해 그룹마다 체질적 특성이 다를 수 있음을 알 수 있었다.

'8체질 공부'를 하고 나서야 비로소 '아, 그래서 저 사람이 그렇구나!' 하면서 이해하게 되었다. 서로 다른 체질이 사람의 생각과 성향에도 영향을 준다는 사실을 알게 되니, 사람들과 더 잘 어울릴 수 있었고, 자연스럽게 더욱 친밀해졌다.

아마 다리를 다치지 않았다면 '8체질'을 공부할 일도 없었을 것이다. 결국 아픔을 통해 배움을 얻고 성장하는 것이 인생이라는 생각이 들었다. '아픈 만큼 성장한다.'라는 말이 실감 나는 순간이었다.

권도원 박사님

남당 조연호 박사님

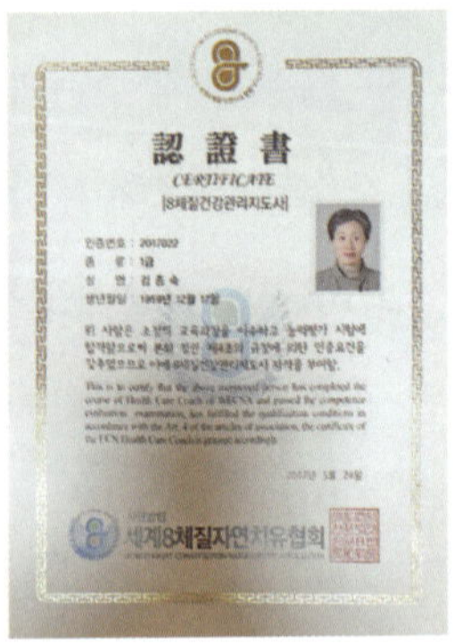

8체질 관리지도사 1급 자격증

* '8체질' 창시자 권도원 박사님은 제선한의원 원장으로 재직하시다가 2022년 6월, 향년 101세로 자택에서 돌아가셨다. 남당 조연호 박사님은 세계8체질치유협회 회장님으로 지금도 왕성한 활동을 하고 계신다.

다섯 동서의
첫 나들이

2017년 7월 8일, 그날은 장마로 인해 아침부터 많은 비가 내렸다. 경북 점촌 시외버스 터미널에 오전 10시까지 도착해야 했기에, 나는 8시가 되기 전 자동차를 몰고 천안에서 출발했다. 그런데 가는 중간중간 폭우가 쏟아져 시속 70킬로 정도밖에 낼 수 없었다. 천안에서 점촌까지 이어지는 길, 약속 시간에 쫓기며 들은 음악은 그동안 쌓였던 감정의 삭막함을 빗물에 실어 보내듯 서서히 녹여 내렸다.

남편은 다섯 형제 중 막내이다. 그러다 보니 막내 동서인 나는 평소 남편과 불화가 있을 때마다 애꿎은 형님들에게 짜증을 내며 못마땅한 하소연을 하곤 했었다. 그런 점들이 늘 마음에 걸렸던 나는, 내 차를 이용해 1박 2일로 다섯 동서끼리 단양팔경을 구경 가자는 이벤트를 마련했다. 그래서 네 분 손윗동서들이 점촌터미널에서 기다리기로 했고, 나는 가까스로 시간을 맞춰 도착해 곧바로 단양으로 출발했다. 하지만 비는 앞이 보이지 않을 정도로 퍼부었고, 가까운 샛길은 산사태의 위험이 있어 우리는 고속도로를 돌아가는 길을 택했다.

차 안을 꽉 채운 형님들은 저마다의 이야깃거리로 처음부터 고조된 웃음소리와 목소리를 내며 궂은 날씨에도 아랑곳하지 않고 아이들처럼 신이 나 있었다. 분위기를 살리려 트는 음악은 오히려 소음처럼 느껴져 조용히 꺼버렸지만, 아무도 그것을 눈치채지 못했다.

12시경 단양 IC에 도착하자, 거짓말처럼 비가 멈췄다. 우리 일행은 근처 식당에서 매운탕으로 점심을 먹었다. 큰형님은 어제저녁에 큰며느리가 봉투를 주며 잘 다녀오라고 했다며, 기분 좋게 점심을 쏘셨다. 분위기는 한층 더 좋아졌고, 식당을 나서려는데 주인이 누룽지를 싸주셨다. 마침 비도 멈추고 날씨는 맑고 쾌청해졌다. 마치 우리의 기분에 맞춰 하늘도 응답해준 것 같았다.

우리는 도담삼봉에 도착했다. 30년 전에 몇 번인가 와본 단양 읍내는 살기 좋은 곳으로 너무나 달라져서 낯선 풍경이었다. 산 좋고 물 좋은 단양에서 사진도 찍고 뱃놀이와 모터보트 타기를 하며 신나게 즐겼다. 도담삼봉을 돌면서 형님들은 아주 신이 나서 소리를 지르며 소녀처럼 까르르 웃어댔다. 나도 덩달아 기분이 좋아 환하게 웃었다.

다음 코스는 온달 관광지를 들러 그곳에서 가까운 소백산 구인사를 찾았다. 나에게 구인사는 특별한 추억이 있는 곳이다. 구인사가 왜 그렇게 유명한지 궁금하여 직접 체험해 보아야겠다고 마음먹고 하룻밤 묵은 지가 30년 전의 일이다. 1박 2일간 기도하며, '그래 구인사는 우리나라 일반적인 불교 신도가 간절히 기도하면 부처님의 가피를 입을 수 있는 기도처로 안성맞춤이야.'라고 생각했던 곳이다. 그 후 처음 다시 찾은 구인사는 주차장부터 많이 변해 있었다.

어느새 저녁이 가까워지자 우리는 예약해둔 연화봉 펜션으로 향했다. 차창 밖으로 스쳐 지나가는 풍경들은 하나같이 내가 살고 싶은 곳 들이었다. 앞에는 강이 흐르고 뒷산엔 소백산이 웅장하게 버티고 있어, 산 기운이 살아 있는 그곳에 고르고 고른 연화봉 펜션이 있었다. 주인장은 친절했고 방도 무척 마음에 들었다.

저녁 식사는 조금 떨어진 영산강 식당에서 청국장과 산채비빔밥으로 맛있게 먹었다. 저녁 식사값은 점촌형님이 계산하셨는데, 딸들이 경비를 모아 구경 잘하고 맛있는 것 사드시라면서 용돈을 드렸다고 했다. 여행은 돈을 써도 마음이 뿌듯해지는 묘미가 있다. 펜션에 도착하자마자, 지금까지 공부한 '8체질' 이론을 바탕으로 형님들께 차례로 체질 검사와 오링 테스트를 해드렸다. 형님들은 모두 신기해하며 관심을 보였다. 큰형님과 셋째 형님은 토양 체질, 둘째 형님은 목양 체질, 점촌 형님은 금양 체질로 나타났다. 서로 다른 성격과 체질을 지닌 우리가, 한 집안의 동서가 되어 이렇게 가족이 되었구나 싶어 피를 나눈 형제처럼 따뜻하게 느껴졌다. 인생 중에서 3분의 2 이상을 신씨 집안의 남편을 만나 자식을 낳고 기르며 살아온 동서들이다. 그중 큰형님은 2004년 12월, 남편이 세상을 떠나신 후 홀로 지내고 계신다. 형님의 남편, 즉 큰 시숙은 신씨 집안의 종손으로, 가세를 일으키기 위해 땅을 팔아 서울로 유학을 떠났다고 한다. 경희대학교 재학 중이던 시절 형님과 연애를 하셨다고 했다. 형님은 서울 출신이지만, 종교가 다른 것을 서로 인정하며 결혼하셨다. 그러나 시골 문화에 적응하는 일은 쉽지 않으셨던 듯하다. 게다가 시댁에는 시할아버지, 시할머니, 시아버지와 두 분의 시어머니, 그리고 두 집 동생들까지 포함해 8남매가 함께 살았다. 앞뒷집에는 아버님 형제들과 종조부댁까지 다닥다닥 붙어살았고, 길 건너 외삼촌댁까지 더해져 사촌들만 해도 수십 명이 넘는, 전형적인 신씨 일가의 집성촌이었다. 형님은 7년 시집살이하셨고, 그 당시 박정희 대통령이 경제개발 5개년을 추진하며 새마을 운동이, 한창이던 시기, 일년 뒤에 서울로 살림을 옮기게 되었다. 하지만 서울에 올라간 후에도 시댁 식구들의 방문은 끊이지 않았다. 형님 댁은 서울로 올라오는 친척들의 임시 거처가 되었고, 가족과 사촌들이 번갈아 묵어가며 서울 생활도 시댁 식구들로 늘 북적였다.

내가 시집왔을 무렵, 형님은 갱년기 증세가 심하셨다. 부엌일을 하시다가 갑자기 웃옷을 벗어 던지시며 "아휴, 화딱지 나 죽겠다." 하시던 모습이 몇 번이고 반복하셨다. 우리가 서울에서 신혼살림을 준비할 때, 형님은 친정엄마와 시어머니 몫까지 세심하게 챙겨주셨다. 우리 부부와 함께 상계동 장롱 공장에서 장롱을 고른 뒤, 다음 날에는 가스레인지를 사서 머리에 이고 풍납동 신혼집까지 땀을 뻘뻘 흘리며 오셨다.

"아이고, 시어머니가 자식을 늦게까지 낳으니 결혼 뒷바라지는 며느리가 다하는구나." 하시며 형님은 땀을 닦으시며 눈을 흘기셨지만, 얼굴은 환하게 웃으셨다. 나는 숫기 없는 새댁이었고, 고맙고도 송구스러웠지만 그때는 인사도 제대로 전하지 못했다. 하지만 그 일로 형님과는 남다른 정이 생겨, 자연스레 가까운 사이가 되었다.

둘째 형님은, 큰형님보다 열 살 아래 68세 범띠이다. 둘째 시숙은 지금 살아계신다면 74세 닭띠다. 두 분 다 성격이 급하시고 충돌이 잦았다. 두 분의 슬하에 아이가 늦게 생겨서 마음고생을 하셨다고 했다. 딸과 아들은 결혼을 하여 손주도 보았다, 둘째 시숙은 사고로 인하여 안타깝게도 2005년 3월에 세상을 떠나셨다. 그 시기는 우리 부부에게도 정신적으로 큰 시련의 시간이었다. 그보다 3개월 전에는 큰 시숙께서 돌아가셨고, 2개월 후에는 나의 친정어머니가 대장암 수술을 받으신 뒤 당뇨로 인해 상처가 아물지 않아 돌아가셨다. 그해 6개월 동안, 우리 부부는 장례를 세 번이나 치르는 고통을 겪었다.

셋째 형님의 고향은 상주 함창이다. 처녀 시절 농잠 기술을 배운 뒤 문경에 있는 시댁에서 누에 치는 일을 도와주셨는데, 시어른들께 좋게 보이셨다고 한다. 시댁 앞에는 원래 영강이 흐르는데, 지금은 수량이 줄어들어 '영강천'이라고 불린다. 강이 개천으로 격하된 셈이다. 형님은 일을 마치면 시동생들과 강에 나가서 물고기를 잡고 놀다가 정이 들어서 셋째 시숙과 결혼 하게 되었다고 하셨다. 셋째 형님은 아들만 둘이라, 넷째 형님의 딸 셋 있는 것을 부러워하셨다. 지금은 며느리를 둘 다 보아서 좋아하신다. 손주라도 딸을 원했지만, 아들 둘에게서도 손자만 셋이다.

넷째 형님은 나의 바로 위의 형님이다. 나는 점촌 형님이라고 부른다. 점촌 형님은 형님들 중 가장 먼저 나와 인연이 닿았다. 내가 점촌에서 여행사를 하고 있을 때였다. 결혼한 친구가 친정집에서 내 이야기를 했는데, 중매하는 분이 이야기를 듣고 시동생인 지금의 나의 남편에게 중매를 했다고 했다. 나는 중매하는 분을 보지도 못했고, 알지도 못하는 분이다. 어느 초여름 점촌 장날, 아침부터 날씨도 덥고 건조하여 호스로 회사 앞 도로와 유리창에 물을 뿌리고 있었다. 그때 길 건너에서 하얀 모시 적삼과 치마를 입은 키가 작달만한 할머니가 건너오셨다. 그 할머니는 호스 물에 손 좀 씻어도 되겠냐고 나를 쳐다보며 물으셨다. 장날에 장을 보러 나오신 할머니라 생각하고 호스 물을 대드려 손을 씻게 해드렸다. 할머니는 목이 말라 보이는 것 같기도 하여 "이 물은 지하수라 잡숫지 못해요." 하며 "사무실에 가서 물 좀 갖다 드릴까요? 하고 여쭸더니, 고맙다며 나를 보며 웃으셨다. 나도 웃으며 사무실로 들어가 물을 들고 나와 컵에 따라드렸더니, 쭉 마시고 고맙다며 가셨다.

결혼하고 난 후, 그 할머니가 나의 시어머니였다는 것을 알게 되었다. 몰래 선을 보러 오신 뒤 한동네에 사는 중매하는 분에게 부탁했다고 하셨다. 그리고 옆에 사는 점촌 며느리에게 정식으로 아가씨 선 좀 보고 오라고 하셨단다. 점촌 형님은 시동생을 데리고 내 친구 집으로 오셨다. 그때 점촌 형님을 처음 뵈었다. 형님은 작은 체구에 여자아기를 업고 앞에는 임신 8개월 된 아이로 인하여 배가 남산처럼 불러 있었다. 형님이 나중에 하신 말씀이 본인 처지가 남부끄러운데 시동생과 선을 보러 가야 해서 많이 난감했다고 하셨다. 나와 선을 보면서도 이 인연은 이루지지 않을 거라 생각하셨다고 한다.

그렇지만 시어머니는 내가 마음에 들었고, 점촌 형님도 마음에 들어서 시아버지에게 말씀을 드렸단다. 시아버지께서는 당장 형님에게 앞장서라고 하시며 나를 보러 오셨다. 회사 앞 돼지다방에 시아버지는 기다리시고 점촌 형님은 우리 사무실에 오셔서, 잠깐 돼지 다방으로 나에게 오라고 하셨다. 나는 어느 마을 아주머니가 동네 사람들과 여행 상담을 하러 온 줄 알고 사무실 여직원을 대신 보냈다. 한참 후 여직원이 씩씩대며 들어와서 나에게 화를 냈다.

"사장님 선 본 아줌마가 시아버지 모시고 왔다가 엉뚱한 아가씨가 나오니 언짢아서 나가셨어요."

그때야 '아하! 그때 그 아주머니였구나.' 하고는 화들짝 놀라서 돼지 다방에 갔으나 일행은 이미 가버리고 아무도 없었다. 초반부터 큰 실수를 하여 민망하기 짝이 없었다. 그런데 무슨 인연인지 다시 만나게 되었으니 참으로 기이한 인연이라면서 식구들도 감탄했다고 한다. 정말 인연은 아무도 모르는 것 같다. 점촌 형님은 자식도 제일 많고 농사도 많이 짓고 동네 이장 일을 8년이나 하셨다. 마음 쓰시는 것도 대인이다. 그래서 나는 점촌 형님을 작은 거인이라 생각한다. 점촌 형님의 후한 마음 때문에 우리 다섯 동서들이 시댁에 가도 불편하지 않다. 큰 형님은 연세 차이가 많이 나지만 늘 지혜롭게 대하셨고, 둘째와 셋째 형님은 불평 없이 잘 따르셨다. 고향에 계시는 넷째 점촌 형님은 푸근한 마음으로 대해 주시니 다섯 동서들 사이에 우애가 좋다고 생각한다. 내가 가끔 천방지축으로 날뛰어도 막내니까 예쁘게 봐주시는 형님들이 늘 고맙다. 이런 형님들과 함께 신씨 집의 한 가족이 되어 사는 것이 얼마나 큰 인연인가. 다정하고 서로 고마워해야 할 인연들, 새삼 형님들의 주름진 얼굴들을 보며 고맙고 안쓰러움이 밀려왔다. 다른 집안에서는 동서들이 싸워서 난장판이 된 집안도 꽤 있다. 우리 신씨 집안 시댁 동서들은 지금까지 싸우는 걸 보지 못했다. 참으로 훌륭하고 착한 분들을 만난 것이 나는 행운이라 생각한다.

이제 내 나이 60에 철이 들어 형님들이 고맙고 귀한 줄 알아서 이번 일을 추진하게 되었다. 하루 종일 기분이 들떠 소란스럽기까지 하던 형님들의 목소리는 밤이 되자 잦아들기 시작했다. 우리들은 이불을 나란히 펴고 누웠다. 그때 큰 형님은 우리들에게 나직한 목소리로 말씀하셨다. "동서들 힘들었을 텐데 잘 살아줘서 고맙네." 나는 눈시울이 뜨거워졌다. 그 말은 내가 형님께 하고 싶은 말이었다. 신씨 집안 남편들의 그 까다롭고 속 좁은 성정을 묵묵히 받아내며 자식들까지 잘 키워낸 형님들은 참으로 큰일을 해내신 분들이다. 하지만 각자의 몸을 돌보지 않아서 걱정이다. 그 부분은 내가 함께 접하면서 좀 바꿀 수 있도록 도와 드릴 수 있지만, 스스로가 변해야 노후가 편안해질 것이다. 그동안 많은 고생 하셨는데 이젠 몸도 마음도 편안해지시길 바랄 뿐이다.

새벽 2시경 더워서 잠에서 깼다. 유리창과 발코니 창을 열었더니 밤경치가 아름다웠다. 잠은 싹 달아났다. 나는 단전호흡을 시작했다. 정신은 맑아지고 구름에 가렸던 달이 환하게 비추며 나를 황홀하게 만들었다. 소나무에 걸친 밝은 달을 한참 쳐다보며 호흡을 하는데, 갑자기 달은 없어지고 비가 쏟아졌다. 급기야 번개까지 쳤다. 이미 날씨 변덕스러움에 익숙해져 누워서 호흡을 했다. 엎드렸다 앉았다 하며 호흡을 아주 재미있게 했다. 비가 오니까 호흡이 더욱 단전 밑으로 잘 내려갔다. 어느새 창밖에는 소백산 연화봉이 나타났다가 사라지고 다시 안개 속으로 들어갔다 나타나기를 반복하면서 참으로 아름다운 장관을 연출했다. 나는 새벽 6시까지 호흡 삼매에 빠졌다. 깊은숨을 들이쉬고 내쉬며, 몸의 이완과 수축을 반복해 기운을 온몸으로 순환시켰다. 형님들은 코를 골기도 하고, 화장실을 오가기도 하셨다. 홀로 기운이 충전된 나는 방에 있을 수가 없어 밖으로 나왔다. 새벽 계곡 물소리와 새소리, 풀내음을 만끽하면서 계곡을 따라 올라가니 일반인 텐트 장소와 오토 캠핑장과 산악 캠핑장이 나왔다. 그곳에는 자동차 30대 정도가 주차장에 세워져 있고 계곡엔 많은 사람들이 텐트를 치고 있었다. 다음 기회에는 우리도 텐트를 이용해 한번 와야겠다는 생각을 하며 숙소로 부지런히 향했다. 형님들은 벌써 일어나서 화장을 마치고 감자를 찌고 누룽지도 끓여놓고 내가 오길 기다리고 계셨다. 감자는 어제 큰형님이 드시고 싶다기에 주인장에게 부탁하여 아침에 먹을 정도만 구했던 것이고, 누룽지는 어제 식당 주인이 주신 것이다. 내친김에 주인장에게 배추김치와 고추장도 얻었더니 아침 식사가 그럴듯하게 차려졌다.

　연화봉 펜션을 출발하여 다음 관광지 청풍호수로 향했다. 햇볕이 나기 시작하자 미리 준비해 둔 선글라스를 멋지게 쓰며 폼을 잡았다. 길가에 옥수수와 감자떡 파는 곳이 보이자, 말없이 차를 세웠다. 형님들은 왜 차를 세우냐고 의아해하셨다. 여행 기분을 내려면 그 지방의 맛난 것도 사 먹으면서 다녀야 한다고 하며 옥수수와 감자떡을 한 봉지씩 사서 정자 마루로 안내했다. 형님들도 좋다고 하시면서 함께 맛있게 드셨다. 정자에 앉아서 시원하게 탁 트인 경치를 보며 잠시 쉬었다, 다시 유람선을 타기 위해 청풍호수를 향해 달렸다.

자동차 앞 유리에 비추는 햇볕이 살인적이었다. 청풍호수에 도착하자마자 유람선 티켓을 1인당 15,000원씩에 구입해 놓고 점심을 먹었다. 우리는 유람선을 타고 12시 40분에 출발하여 1시간 30분 동안 남한강을 유람했다. 뱃머리에서 사진을 찍다가 내 밀짚모자가 바람에 날아가 버리는 진풍경도 벌어졌다. 나루터까지의 유람 시간은 생각보다 길어서 피곤이 밀려왔다. 우리는 선실에 들어가 휴식을 취했다. 졸다 보니 나루터에 도착했다. 누가 먼저랄 것 없이 구경은 고사하고 불볕더위를 피해 카페로 달려 들어갔다. 아이스크림과 냉커피가 그렇게도 시원하고 맛있을 수가 없었다. 우리 신씨 며느리들의 첫 나들이에 날씨가 도와주어 구경할 때는 비가 오지 않고 자동차만 타면 비가 온다고 좋아하셨다. 정말 그랬다. 날씨가 흐렸다 개였다 하면서 한 번도 비를 맞지 않고 구경을 잘했다.

내가 우중 운전에 신중을 기하는 동안, 형님들은 기분이 들떠 다섯 동서들의 여행 모임을 3개월에 한 번씩 갖자고 제의하셨다. 아니면 6개월에 한 번씩은 어떠냐고 내 눈치를 살피셨다. 나는 아무 얘기도 할 수 없었다. 그렇게 시간을 낼 수 있는 상황이 아니기 때문이다. 나의 승낙만 기다리는 분위기 속에서 자동차는 빗속을 헤치며 점촌에 무사히 도착했다. 형님들의 예언대로 비는 그쳤다. 총무를 맡은 점촌 형님은 빗속을 헤치며 운전한 막내동서인 나를 위하여, 내가 좋아하는 송어장에 가서 저녁 식사를 제의하셨다.

점촌 형님을 집 앞에 내려 드리고, 서울 형님들은 어차피 올라가셔야 하니까 천안역까지 함께 가기로 했다. 내비게이션으로 보니 7시 40분이면 천안역에 도착할 듯했다. 하지만 출발하자마자 앞이 보이지 않을 정도로 폭우가 쏟아져, 어느새 시계는 아홉 시를 가까이 가리키고 있었다. 다시 돌이켜 보아도 나이 육십 평생 그렇게 험난한 운전은 처음이었다.

마침내 천안역에 무사히 도착했다. 폭우 속에서 서로 고생 많았다고 인사를 하고, 무슨 열차든 빠른 것 타고 가시라 하고 막 나오는데 다시 비가 쏟아졌다. 아파트에 도착했지만 지하 주차장은 꽉 차 들어갈 수가 없어서 공용 주차장에 겨우 자리를 하나 발견했다. 그러나 엄청난 폭우로 인하여 백미러가 잘 보이지 않아 한참 만에야 주차를 할 수가 있었다. 주차는 했는데 비가 폭우로 쏟아지니까 차량 문을 열지 못하여 십 여분을 앉아 있었다. 짐도 다 들지 못하고 겨우 배낭만 지고 우산을 2개로 겹쳐 쓰고 집에 도착했다. 저녁 9시 30분이었다. 평소에 두 번 올 수 있는 시간이 걸렸다. 그래도 폭우를 헤치며 무사히 도착했다는 안도의 숨을 몰아쉬었다. 평소 간이 크다는 나도 이번 폭우 속을 뚫고 올 때 솔직히 두려웠다. 형님들이 불안해하시니까, 정신을 집중하지 않으면 사고 나는 순간은 찰나이기 때문이다.

첫 나들이 단양 도담삼봉

네 번째 속리산 정이품 송

　그 뒤로 다섯 동서들은 매년 1박 2일로 여행을 하게 되었다. 계룡산 갑사에서 템플스테이를 하고, 우리 수련장에서 숙박하며 국선도 수련도 함께했다. 해마다 형님들은 나를 앞세워 여행 가자며 기다리고 계신다. 법주사, 직지사, 예천 용문사 등 주로 사찰 탐방을 많이 하게 되었다. 벌써 큰형님은 86세가 되었다. 형님들이 걸어 다닐 수 있을 때 더 자주 모시고 다녀야겠다는 생각이 든다. 2023년 추석에는 2박 3일 일정으로 직지사를 다녀왔다. 형님들은 지금까지 살면서 명절에 여행한다는 것은 상상도 못 했다며 무척 좋아하셨다. 2024년에도 국선도 수련하시는 분들과 함께 또다시 직지사를 찾아, 2박 3일 동안 뜻깊은 시간을 보냈다.

4

뇌종양 앓던 그녀

2014년(57세) 어느 봄날, 국선도 쌍용수련원장을 맡고 있을 때의 일이다.

오전 10시에 수련을 마치고 점심을 먹은 뒤 잠시 쉬고 있는데, 40대로 보이는 날씬하고 예쁜 여인이 수련원으로 찾아왔다. 그녀는 자신의 이야기를 꺼내며 말을 시작했고, 나는 공감하며 내 의견을 말했다. 그러자 그 여인은 금세 눈물을 글썽이더니 울기 시작했다. 한참을 울도록 지켜보다가 그녀가 울음을 그치자, 국선도 수련을 하여 단전에 힘이 생기면 마음도 여유롭고 편안해진다고 말했다. 이후 그 여인은 국선도에 입문하게 되었다. 그 여인은 다리에 힘이 너무 없어 마치 칠십 노인처럼 한쪽 다리를 들면 제대로 서 있지를 못했다. 호흡도 가늘고 짧았다. 가끔 주변 사람들에게 "저 사람 뒤에 누가 있어요." 하며, 우리 눈에는 보이지 않는 존재를 보는 듯 했다. 그녀가 하는 이야기를 들을수록, 나는 점점 그녀가 일반적인 사람들과는 다른 감각을 지녔음을 느꼈다. 그래서 조심스레 조언했다. "다른 사람들에게는 그런 이야기 하지 마세요."

　2006년도에 서울에서 설기문 박사의 최면아카데미에 다니며 NLP 심리공부, 에릭슨 최면, 전생, 빙의 다루는 공부를 했기에 이 여인의 상태를 짐작할 수 있었다. 물론 내게 뭔가가 들리거나 보이는 건 아니었지만, 나름대로 직관력은 있다고 생각했다. 그래서 조심스럽게 그녀에게 물었다. "당신 몸 안에, 혹시 다른 존재가 함께 있는 것 같지 않나요?" 그러자 그녀는 머뭇거리며 대답했다. "네 있는 것 같아요." 나는 설명해 주었다. "자기 몸에는 자기 영혼이 중심이 되어야 해요. 그런데 다른 존재가 들어와 간섭하면, 가족이나 남편과의 관계가 틀어지게 돼요." 그녀는 곧장 이렇게 말했다. "지금 남편과도 사이가 좋지 않고, 시댁 식구들과도 관계가 안 좋아요." 나는 그녀와 상담을 하며, 최면 요법을 통해 그녀를 괴롭히는 여러 잡신들을 정리해 주었다. 하지만 그녀는 친정 할머니의 영혼만은 놓지 않으려 했다. 그녀는 무언가를 잘 '맞히는' 것에 재미를 느끼고, 그 상황을 즐기는 듯 보였다. 하루는 내가 걱정스러운 마음에 이렇게 말했다. "정연 씨, 사람과 파장이 다른 영혼하고 계속 어울리다 보면 큰일 나요. 얼른 정리하는 게 좋아요." 그러자 그녀는 태연한 얼굴로 말했다. "원장님 제가 알아서 할게요, 걱정하지 마세요." 그녀는 어릴 때부터 뇌종양을 앓아 몇 차례 뇌수술을 받았다고 했다. 다른 회원들하고 잘 어울리지 못하고, 가끔 차를 마실 때 누가 농담을 하면 삐쳐서 나가곤 했다. 그 후로는 수련이 끝나기 무섭게 집으로 돌아가기 일쑤였다. 그렇게 1년 반 정도를 다니다가, 어느 날부터인가 수련원에 더 이상 나오지 않았다.

  8개월쯤 지났을 무렵, 2016년 6월 초 강원도 화천에서 산중수련을 마치고 돌아오는데 그녀의 남편에게서 전화가 왔다. 그녀의 남편은 정연 씨가 며칠 전 밤에 갑자기 쓰러져 의식을 잃었는데 아직 깨어나지 못하며, 연락할 곳이 없어 원장님이 생각나 전화했다고 했다. 차량 이동 중이라 길게 말하지 못했지만 내내 걱정이 됐다. 그녀는 평소 남편과 시댁 식구들과 소통하지 못해 힘들어하며 아들이 크면 이혼하고 싶다던 그녀가 떠올랐다. 다음 날 아침, 그녀의 남편과 통화한 후 순천향병원 중환자실로 갔다. 중환자실에는 평소의 모습이 아닌 그녀가 누워있었다. 그녀는 가을의 코스모스 같았는데, 지금은 빡빡머리에 덩치 큰 장군처럼 변해 있었다. "정연 씨 나야, 국선도 원장 김 사범이야 알겠어요? 어쩌다가 이렇게 누워있어? 그동안 수련 나오지 않아서 잘살고 있겠지 했는데, 이게 무슨 일이야." 그녀는 미동조차 하지 않았다. 나는 그녀의 다리를 주무르며 '가늘고 연약하던 다리가 드럼통처럼 부었네.'라고 혼자 말처럼 중얼거렸다.

  "정연 씨 힘내야지. 아들을 생각해서, 단전호흡 배운 것 알지? 마시고 내쉬고, 충분히 마시고 충분히 내쉬며 살아야겠다는 생각을 놓지 말아요. 그리고 아들을 위해서 모든 사람을 용서해 주고 마음을 풀어야 일어날 수 있어. 내 말 명심해요." 한참 동안 마시고 내쉬고 하며 호흡을 리드해 주었다. "정연 씨, 다음에 면회 올 때는 일반 병실에서 봐요. 중환자실에 계속 있으면 나는 면회 안 올 거예요. 그러니까 부지런히 호흡해서 깨어나야 해요."라고 말하고 나와서, 그녀의 남편으로부터 사건의 전말을 들었다.

사건 날 밤, 늦은 시간에 함께 거실에서 TV를 보다가 그녀가 자야 겠다고 방으로 들어가면서 TV 소리를 낮추라고 했단다. 그런데도 남편이 들은 체 만체하자, 그녀가 방에서 큰 소리로 말하자, 남편도 "네가 와서 줄여."라고 목소리를 높였단다. 그녀도 소리를 지르더니 갑자기 쿵 하는 소리가 들렸다. 남편이 놀라서 들어가니, 아내가 정신을 잃고 쓰려져 있더라고 했다. 남편은 일어나라고 하며 한참을 지체하다가 구급차를 불렀다고 했다.

나는 그녀의 남편이 야속하고 미운 감도 있었지만, 환자를 돌보려면 휴식도 필요하고 마음을 단단히 먹어야 한다며 위로해 주었다. 그리고 회비를 받지 않을 테니까, 저녁 시간에는 수련원에 와서 이야기도 하고 단전호흡으로 마음과 몸을 돌보라고 했다. 이틀이 지나서 그녀의 남편이 수련원으로 왔다. 몸과 마음이 지쳐있었다. 나는 세탁해 놓은 중고 여름 도복을 주며 다른 회원들과 함께 수련을 시켰다. 수련이 끝나고 이야기를 나누며 정성을 다하면 일어날 것이라고 위로했다. 그리고 아내에게 평소 잘못한 말이나 행동이 있다면 면회 시간에 가서 계속 사과하고, 사랑한다고 말하라고 일러 주었다. 그 남자는 가끔 빠지는 날이 있었지만, 저녁에 수련하러 와서 아내의 상태를 이야기해 주었다.

한 달이 지날 무렵, 병원에서 벌써 가망이 없다고 하는데, 스스로 호흡을 너무 잘해서 의사들도 신기한 일이라고 했단다. 그런데 남자 는 이미 지쳐있었고 그녀를 놓고 싶어 하는 마음이 역력했다. 병원 에서 장례 준비를 하셔야 할 것 같다고 하면, 또 살아나며 호흡을 한다는 것이다. 나는 생각한 것처럼 간단한 것이 아닌 것을 알고 고민했다. 내가 그녀에게 호흡하며 이겨내라고 한 말이 걸렸다. 그녀가 가망이 없는 육체를 붙잡고 안간힘을 쓰고 있는 것이 분명했다. '이번 생을 놓고 편안히 가라고, 억지로는 안 되는 몸이라'며' 나는 마음을 다잡고 그녀를 떠올렸다. 의식 속에서 그래도, 나를 믿고 끝까지 버티어 보려는 그 마음이 너무나 고마웠다.

그러던 어느 날, 그녀의 남편에게서 전화가 왔다. 병원에서 어제 저녁을 못 넘길 것이라고 했는데 오늘 아침에 다시 깨어났다고 하며 "정연이 사범님을 기다리시는 것 같아요. 죄송하지만 한 번만 와 주시면 안 될까요?"라고 했다. 나는 그렇지 않아도 이 사람과 이별을 해야 하는데 생각하고 있던 참에, 이마트에서 장을 보다가 중환자실로 갔다. 그녀는 여러 가지 수술을 하였는지 머리와 목과 배에 줄을 주렁주렁 달고 죽은 듯이 누워있었다. 그런데 산소 호흡기는 끼지 않고 있었다. 나는 정연 씨 옆에 다가가서 고생이 많았다고 먼저 치하를 했다.

"정연 씨의 몸이 이렇게까지 회복될 수 없이 망가진 줄 모르고 단전호흡을 하면 살아날 수 있다고 했네요. 나는 정연 씨가 다시 회복되어 함께 수련하고 새로운 인생을 살았으면 하는 마음에 호흡을 놓지 말라고 했는데, 너무 고생하게 해서 미안해요. 지금 상태를 보니까 이제, 그만 호흡을 놓아야겠어요. 아직도 서운하고 괘씸한 사람이 있다면 다 용서해주고 마음을 비우고 가세요. 먹은 마음이 있게 간다면 자식이 잘 못 산다고 하니까, 정연 씨는 영혼의 마음을 어느 정도는 알고 있지요? 내가 본, 정연 씨는 알 것이라 생각해요. 부디 마음 다 풀고 다음에 남자로 오고 싶은지, 아니면 여자로 오고 싶은지 좋은 집안에 태어나서 하고 싶은 것 다 할 수 있는 곳에 다시 태어나요. 그래서 여기에 모든 감정을 다 끊고 가야 해요. 좋았던 것만 생각하면서, 정연 씨 우리 이번 생에 만나서 고마웠어요. 내가 정연 씨 좋아했었던 것 알지요? 아들 생각하지 말아요. 중학생이니까 이제 스스로 다 알아서 할 수 있는 나이에요. 아빠에게 맡기고 미련 없이 떠나야 해요. 남편에게도 서운하거나 미워하는 마음 가지지 말아요. 남편이 아들을 키워야 하니까 알았지요? 다시 마음공부 하려면 우리가 만날 수 있을 거예요, 잘 가요.”

그리고 손을 잡아주고는 중환자실을 나왔다. 마음이 찹찹하고 많이 서운했다. 이튿날 아침에 그녀의 남편에게서 전화가 왔다. 아내가 새벽에 숨을 거두어서 장례식장으로 옮겼다는 것이다. 나는 수련원에 가서 지난해 함께 수련하던 회원들에게 그녀의 소식을 전하며 장례식장에 갈 사람 같이 가자고 했지만, 아무도 응답을 하지 않았다. 다음날 새벽 수련시간을 마치고, 그녀의 명복을 빌며 기도를 했다. 오전 10시 수련을 끝내고, 내키지 않아하는 사범과 함께 장례식장으로 갔다. 정연 씨에게 문상을 하고 그녀의 아들을 처음 보았다. 아들의 눈빛은 원망으로 가득 차 있었다. 그녀의 남편이 친정어머니를 인사시켜 주었다. 친정어머니는 내 손을 잡고 울며 “그동안 우리 딸을 보살펴 주서서 감사합니다. 가끔 친정에 오면 원장님 이야기를 하면서 너무나 고마운 분이라고 많이 들었습니다. 그런데 이런 날벼락이 있습니까? 한창 살 나이인데, 지가, 무슨 죄가 있어서 내 앞에 갑니까. 원통해서 나는 못 살 것 같습니다." 하시며 통곡을 하셨다.

나는 말이 궁하여 아무 말도 못 하고, 그냥 듣고 있다가 그녀의 남편에게 이제는 나를 찾지 말고, 장례 잘 치르라며 겨우 장례식장을 빠져나왔다. 집에 와서 한숨 돌리고 있는데, 그녀의 남편에게서 또 전화가 왔다. 장모님이 그냥 장례를 치를 수가 없다고 하시며, 49제를 지내야 된다고 하시는데 제가 아는 절도 없고 마지막으로 한 번만 도와달라고 했다.

나는 천안에 이사 와서 10년 동안 열심히 다니다가 몇 년 전부터 띄엄띄엄 다니던 불광사 스님을 찾아갔다. 젊은 나이에 유명을 달리한 그녀를 위하여 좀 저렴한 가격으로 49제를 해주실 수 있느냐고 말씀드렸다. 스님은 흔쾌히 그러시겠다며 어느 장례식장이냐고 물으셨다. 나는 "49제 비용은 얼마나 하면 될까요?" 하고 조심스럽게 여쭈었다.

"90만 원으로 해 드릴게요." 내 귀를 의심하며 "네? 90만 원이요?"

"그래요. 살기도 힘들었을 것 같은데 그 정도면 돼요." 보통 49제 비용이 2백만 원은 넘는다고 나는 알고 있었다. 그래서 나는 "스님 150만 원이라도 받으셔요. 너무 저렴하게 하실 필요 없어요."라고 말씀 드렸지만 스님의 단호한 결정은 번복되지 않았다. 나는 고맙기도 했지만, 스님에게 수고비도 안 될 것 같아 마음이 편하지 않았다. 스님은 바로 장례식장으로 가셨다.

불광사는 지하법당에 엄청 큰 지장보살을 모셔놓았다. 그리고 스님은 천도재나 49제 같은 제를 잘 지내시고, 영가 의식도 아주 완벽히 잘하신다. 심금을 울리는 염불 소리와 바라춤과 나비춤을 잘 추시며, 전국에서 제 지내는 행사에 두 번째 가라면 서운할 정도의 실력자이시다. 장례를 다 치르고 스님에게서 전화가 왔다. 산소 묏자리까지 가서 제대로 해주고 왔다며 자랑을 하셨다. 나는 거듭 고맙다면서 인사를 했다.

장례를 치르고 며칠 후에 그녀의 남편에게서 문자가 왔다. 그동안 고마웠고 가내에 큰일이 있으면 꼭 연락해 달라는 아주 평범한 문자였다.

5

숲 해설가

2019년(62세) 2월, 산림청에서 실시하는 '숲 해설가' 국가 자격증을 취득할 수 있는 교육이 청주에서 열렸다. 남편과 함께 교육을 받기로 마음먹었다. 나의 목적은 자격증 취득이 아니라, 남편과의 소통을 어떻게 하면 더 잘할 수 있을까 하는 것이 관심사였다. 당시 남편은 건설 현장 작업이 끝나고 쉬고 있었지만 나는 수련장을 운영 중이었다. 우리 부부는 평소 대화가 없을 뿐만 아니라, 한자리에 앉아서 마주 보고 대화를 한 적이 까마득했다. 그래서 부부 사이가 더 소원해졌다. 남편에 대한 불평불만이 많았지만 국선도 수련을 하다 보니 거의 해소가 되었다. 하지만 남편은 가슴속에 불평불만이 그대로 쌓여 있었다. 이때다 싶어서 남편에게 당신도 자연을 좋아하니까, 우리 함께 '숲 해설가' 공부를 하자고 제안했더니 들은 척도 하지 않았다. 나는 당신이 이제 나이도 들어가고 새로운 직업으로 숲 해설가 활동을 해도 좋을 것 같다고 설득하자, 남편은 돈이 없어서 수업료를 낼 수가 없다고 버텼다. 내가 다 내줄 테니 함께하자고 했더니 남편은 마지못해 허락했다. 둘의 수업료로 240만 원을 입금했다.

자격증 교육 기간은 일주일에 3번씩 5개월이었다. 내가 운영하는 수련원의 화요일과 목요일 저녁 수업은 조 사범에게 부탁했다. 토요일은 종일 야외수업이 이어졌다. 남편의 차를 타고 1시간을 달려야만 청주에 도착할 수 있었다. 나는 새벽 수련부터 오후 수련까지 하고 저녁을 먹고 차를 타면 녹초가 되어 잠에 빠져들었다. 차 안에서 눈을 붙이고 나면 저녁 수업 2시간을 잘 들을 수 있었다. 교육받으러 갈 때는 잠을 자고 갔지만, 돌아오는 길은 수업한 이야기, 강사들 이야기, 옆 짝꿍 이야기 등을 하면서 1시간이 짧게 금세 집으로 왔다.

수업 시간에 우리 부부는 함께 앉지 않고 뚝 떨어져 앉았다. 그래서 우리가 부부인 줄 아는 사람이 없었다. 수강생들은 주로 퇴직하기 전이거나, 퇴직한 사람들로 40여 명이었다. 그중에는 몇 쌍의 부부들이 있었는데, 그들은 누가 봐도 부부라는 티가 나게 다정하게 앉아 있었다.

프로그램 중에 하고 싶은 이야기를 발표하는 시간이 있었다. 남편 차례가 되자 남편은 앞에 나가더니, 나를 쳐다보면서 "제가 종숙이하고 살면서 부처가 되었습니다. 아내와 살면서 얼마나 힘든지 모릅니다." 하면서 뼈있는 말로 내 흉을 보며 거리낌 없이 하소연했다. 사람들은 나를 쳐다보며 부부 사이였느냐며 박장대소를 했다. 남편이 농담 삼아 웃기려고 일부러 내 흉을 보는 줄 알고 참 재미있게 사는 부부라며 남보르는 소리를 했다. 남편이 불평불만을 실컷 풀도록 놔두었다. 결혼 초기에도 내가 잘 아는 다른 사람 한 명만 끼면 내

흥을 보는데 정신없는 사람이었다. 그동안 그런 자리가 마련되지 않아서 얼마나 속이 답답했을까 싶었다. 교육원에서 이런 시간이 거듭되면서 처음엔 나에 대한 질책이었던 흉허물이 다른 사람들의 발표를 들으면서 남편은 내가 그렇게 별나지 않다는 것을 이해하게 된 것 같았다. 교육이 끝날 즈음 우리 부부는 여느 부부처럼 나란히 앉아 있었다. 차 안에서도 끝없는 대화가 이어지고 누가 봐도 부부 티가 나게 깔깔대며 웃고 있었다. 오죽하면, 우리 애들도 "둘이 잘 노네." 하면서 놀렸다.

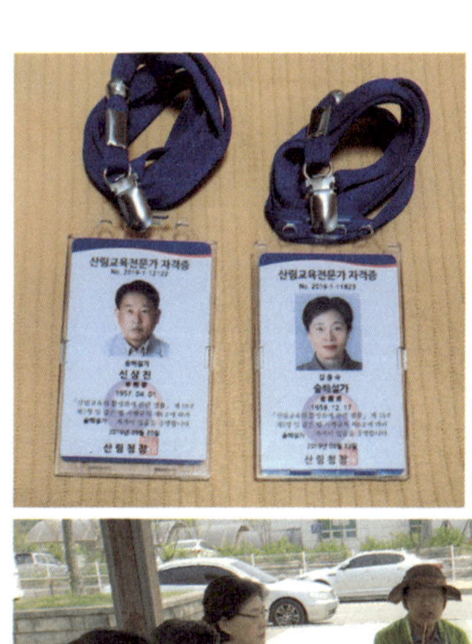

그리고 우리 부부는 겨우 '숲 해설가' 시험에 합격하여 자격증도 취득하였다. 나는 숲 해설가 공부로 인하여 자격증은 물론 서로에게 남아 있는 앙금들을 풀 기회가 되어 비싼 수험료 값을 톡톡히 봤다고 본다. 5개월 동안 좁은 차 안에서 서로 의견을 나누며 타인들을 보면서, 또 각자 생각들을 다시 한 번 되새겨 보는 좋은 기회였다. 우리는 그 후 당일 코스지만, 나들이를 가끔 하게 되었다. 돋아난 풀잎과 예쁜 꽃을 그냥 스치지 않았다. 서로를 불러 무슨 풀인지, 무슨 꽃인지를 묻고 머리를 맞대고 꽃향기를 맡고 풀잎을 만져보며 좋아했다. 그리고 휴대폰을 꽃 가까이 대고 사진을 찍다가 서로의 모습을 카메라에 담으며 아이처럼 놀았다.

6

마지막 여행 준비

나는 고요하고 자유롭고 홀가분하게 서서히 나만을 위한 여행에 투자한다. 무엇 하나도 안타깝거나 미진한 것이 없도록 나를 살피고, 좀 더 성숙한 모습으로 고향을 향해 발걸음을 딛고 싶다. 정신없이 우왕좌왕하지 않고 모든 준비를 잘해서 멀고 먼 여행길에 차질 없기를 바라는 마음으로 살고 싶다. 삶이란 어제도 아니고 내일도 아닌 지금 이 순간이 삶이다. 죽을 때 후회하지 않으려면 현재 삶을 잘 살아야 한다.

지금 행복하게 스스로 즐기며 즐겁게 산다면 죽음은 결코 두렵거나 무섭지 않고 자연스럽게 맞이할 수 있을 것이다. 미지의 세계는 두렵다. 그러나 한편으로 모르는 세계이기에 호기심과 궁금증도 생긴다. 한 차원 성숙해서 가는 세계. 자연스럽고 당당하게 내가 찾아가는 세계로 받아들이고 싶다. 삶의 정리가 곧 죽음이다. 삶을 신나게 내가 펼쳤다면 정리도 감사하게 받아들여야 마땅하다. 왜냐하면 내가 주인이고 주인공이기 때문이다. 죽음과 삶은 한 장이다. 앞뒤로 되어있어 떼려야 뗄 수 없는 손바닥과 손등 같은 것이다. 우리가 죽음을 잊고 살 때 교만한 욕심꾸러기가 된다. 탐(탐내는 마음), 진(성내는 마음), 치(어리석은 마음), 의 지독한 병에 걸리게 된다. 그러니 가끔은 손바닥을 뒤집어 보며 다른 세계가 있다는 것을 상기해 보자. 그러면 멈출 줄 모르고 달리던 자동차도 가끔은 브레이크를 밟고 주위를 살필 수도 있을 것이다.

고요한 정자 밑에서 잠시 쉬어가기도 해보자. 이번 삶에서 진정한 이윤을 따지며 계산해보자. 그 이윤은 마지막 여행할 때 꼭 필요한 경비가 될 것이다. 물질적인 경비는 가져갈 수 없다. 남아 있는 세상 사람들에게 나누어 준다면 정신적 마음의 경비를 얻을 것이다. 그것만으로 지구를 떠나는 경비는 다 갖추게 된다. 이제 마음 놓고 즐기며 여행하자. 그곳에는(본향) 사랑하는 나의 친구들이 나를 반기며 기다릴 것이다. 이런 여행이 가슴 설레고 나를 황홀하게 하지 않을까? 우리 모두 가야하는 여행이라면, 나는 내가 찾아서 자유의 지로 가고 싶다.

직지사 템플스테이에서 국선도 교실 회원들과 함께

쌍용수련원장을 그만둔 이후, 나는 또 다른 삶의 길목에서 나만의 속도로 여정을 이어갔다. 문득 호두를 보다가 '이걸로 인형을 만들어볼까?' 하는 생각이 들었다. 은행으로 발을, 호박씨로 손을 만들고, 국선도 복장을 입혀 국선도 수련하는 인형들을 하나둘 만들기 시작했다. 작은 손길로 탄생한 이 인형들은 내 수행의 또 다른 표현이었고, 나만의 방식으로 삶을 정리하고 또다시 창조해가는 과정이었다.

해변에서 천화법 하는 국선도인형

3대가 수련하는 인형

유불선 도인들이 함께 수련하는 인형

7

국선도와 불교가
화합한 날

1998년, 내 나이 41세 여름, 울진 죽변에서 천안으로 이사를 했다. 그해 가을부터는 매일 새벽마다 봉서산을 산책하기 시작했다. 천안 쌍용동으로 이사한 것은, 가까운 곳에 봉서산이 있기 때문이었다. 봉서산(鳳棲山)은 서쪽 쌍용동에서 북쪽으로는 노태산, 남쪽 월봉산까지 뻗은 산으로 봉황이 깃들어 살았다 하여 봉서산이라 불렸다. 봉서산 정상은 해발 158m 바로 밑에는 봉황의 알이라며 둥근 바위들이 있어, 큰 알들이 모여 있는 모습처럼 보인다. (〈해동지도(海東地圖)〉〈천안〉에도 동쪽 봉서산(鳳栖山)으로 한자 지명을 달리해서 나타나 있다.)

봉서산 약수터에 가려면 212개의 계단을 내려가야 한다. 나는 이른 새벽, 사람들이 붐비기 전 시간에 약수터를 찾았다. 그리고 늘 그곳의 플라스틱 바가지 다섯 개를 깨끗하게 씻었다. 물을 마시며, 이 물을 마시는 모든 이들이 건강해지길 조용히 기원했다. 매일 약수터 바가지를 닦는 것을 본 사람들은 '바가지 닦는 아줌마'라며 칭찬해주곤 했다. 사람들이 약수를 마신 후 소나무에 등을 치며 운동을 하여 소나무 껍질은 반들반들해 윤이 났다. 나도 그들처럼 소나무에 등을 치고 끌어안기도 하며 새벽을 즐겼다. 그리곤 소나무와 헤어질 땐 고맙다고 인사도 빠뜨리지 않았다. 내 운동은 맨손체조와 책에서 배운 단전호흡을 소나무에 기대어서 하는 것이었다. 39세의 노산으로 아이를 낳은 내 몸은 아프지 않은 곳이 없었고 특히 양쪽 어깨와 팔의 통증이 심했다.

약수터 앞에는 과수원과 작은 마을이 있었다. 앞 시야가 확 트였고, 멀리 잘생긴 산이 보였다. 나는 날마다 그 산을 보며 운동했고, 이름이 무엇인지 궁금했다. 약수터에 오는 사람들에게 물어보았지만 아는 사람이 없었다. 다음 해 봄이 되자, 과수원과 마을이 없어지고 아파트 단지 공사가 시작되었다. 높은 아파트들로 인해 매일 보던 산이 보이지 않았고. 탁 트인 전망은 사라져 답답한 약수터가 되었다.

2년이 지났을 때, 가족들과 자동차로 30분 이내에 있는 풍세면의 태학산 산행을 나섰다. 산 입구에서 오른쪽으로 올라가면 가파르지 않고 얕은 산행을 즐길 수 있었다. 마사토 길이라 조금 미끄러웠지만 조심해 올라갔다. 그리 크지 않은 소나무 들이 산을 덮고 있었다. 건강이 좋지 않던 나는 조금 걷다가 소나무에 기대어 쉬어가며 산행을 했다. 모처럼 가족 나들이에 애를 썼지만 결국, 얼굴이 창백해지고 현기증이 일어나 소나무를 붙들었다. 가족들이 놀라 하산을 제안하여 태학산 정상까지 1/4도 오르지 못한 채 내려오고 말았다. 하산하는 길 오른쪽에는 고려 시대에 조각한 보물 제407호로 지정된 삼태리 마애여래입상(마애불상)이 서 있었다. 그곳에서 계단을 내려오면 오른쪽으로는 넓은 잔디밭이 있었고, 곳곳에 오래된 감나무가 몇 그루가 서 있었다. 이곳은 고려 시대에 존재했던 해선암 절터로, 입구에는 약수 물이 졸졸 흘러내리고 위로는 몇백 년은 되었을 것 같은 은행나무가 서 있었다. 오른쪽 위로 대나무 숲이 있는데 그 가운데가 비어있는 빈터가 있었다. 나중에 알게 된 사실이지만, 그곳은 청산선사(어릴 적 이름 고한영)께서 움막을 짓고 머물렀던 자리였다. 대나무 숲 앞에는 소가 돌려야 될 만한 큰 맷돌이 있었다. 지금은 온통 대나무 숲으로 변해 있다.

다시 내려오면 오른쪽에는 태학사가 있고 왼쪽으로는 법왕사라는 사찰이 나란히 있다. 태학사는 스님이 3대째 이어져 오는 전통 있는 사찰이고, 법왕사는 창건주가 현재의 주지로 있는 비교적 새로운 사찰이다. 태학산을 산행한 그날 밤, 잠자리에서 나는 양쪽 허벅지가 사르르 녹아내리는 통증 때문에 잠을 자지 못하고 뒤척이다 날을 세운 기억이 난다. 그 후 봉서산을 꾸준히 다니며 체력을 키웠고, 약수터에서 궁금했던 그 멋진 산이 태학산임을 알게 되었다. 태학산이라는 이름은 삼태리 마애불상에서 산을 바라보면 산이 마치 큰 학이 날개를 펼치고 있는 모습 같아서 태학산이라고 했단다. 하지만 지금은 나무들이 자라서 앞을 가려 큰 학처럼 보이던 산은 보이지 않게 되었다.

2001년 가을에 나는 국선도에 입문했고, 청산선사의 〈삶의 길〉이라는 책에서 청산선사와 국선도와 관련된 해선암(현태학사)을 알게 되어 관심을 가지게 되었다.

　새벽에 국선도 수련을 다니면서 봉서산은 뜸하게 다니게 되었고, 아이들을 학교에 보낸 뒤 오전에 태학산을 오르며 체력을 다졌다. 정상(해발 455m)까지 천천히 쉬어가며 가다가 나중에는 쉬지 않고 정상까지 갈 수 있게 되었다. 정상을 지나 헬기장이 있고 바로 위에는 굵은 소나무들 숲이 있다. 날씨가 서늘하면 양지바른 헬기장에 돗자리를 펴 놓고 수련과 호흡명상을 하다가 햇볕이 뜨거우면 소나무 숲으로 들어가 수련을 했다. 김밥 두 줄과 오이 당근을 가지고 가서 점심으로 먹고 태학산과 어울려 한나절을 즐기며 내려올 때는 나도 모르게 입에서 노래가 흘러나왔다.

　나옹선사의 시 '청산은 나를 보고 말없이 살라하네.'와, 누구나 잘 아는 '선구자, 희망의 나라로'를 부르며 내려오면 모든 것이 만족해졌다. 가끔 헬기장에서 천안 쪽을 바라보며 호흡명상을 하다 보면 천안시의 아파트 숲의 창문들이 마치 닭장처럼 보였다. '나도 산을 내려가면 저 닭장 같은 속으로 들어가 삶을 근심하며 살겠지.' 하는 생각이 들면 얼른 뒤로 돌아앉아 겹겹이 쌓인 산이 병풍처럼 둘러쳐진 곳을 보며 '역시 여기는 선경 세상이구나.' 하며 혼자 픽 웃곤 했다. 처음에는 매일 태학산이 부르는 것처럼 날이면 날마다 산행을 하며 행복했다. 집안에 일이 생겨 가끔씩 가기도 하고, 함께 수련하는 사람들을 동행하며 다니기도 했다. 20여 년 동안 태학 산행을 할 때면, 청산선사가 어릴 때 움막을 짓고 살았다는 곳을 살펴보며, 이곳에 국선도 표지석이라도 하나 세워 놓으면 얼마나 좋을까 하며 혼자 생각하곤 했다.

태학사 마당 귀퉁이에 주차를 시키고 산행을 할 때면, 태학사 관음보살님(법명)이 커피 한잔하고 올라가라며 부르시면 나는 "내려올 때 마실게요."라며 산으로 올랐었다. 하산 길에는 태학사 공양실 앞마루에 걸터앉아서 노 보살님의 따뜻한 커피를 얻어 마시기도 했다. 조금 일찍 하산할 때는 점심을 얻어먹기도 했다. 노 보살님은 태학사에서 젊어서부터 사셨는데 한 번도 정상에 올라가 보지 않았다고 하셨다.

지금 생각하면 그때가 자연과 더불어 태학산과 가장 잘 지내며 행복했던 시간인 것 같다. 봄이면 새싹이 돋아나 아기의 꼭 쥔 주먹 같은 나뭇잎이 반겨주었고, 태학산은 날마다 새로운 옷을 갈아입는 듯했다. 진달래꽃이 필 때는 꽃길을 걸으며 황홀했고, 여름엔 짙은 녹색이 내 속마음까지 시원하게 비워주는 것 같았다. 가을에는 사각사각 낙엽을 밟으며 '시몬 너는 좋으냐? 낙엽 밟는 소리가' 하며 중얼거리면서 걷기도 했다. 낙엽이 수북하게 쌓인 곳에서 철퍼덕 앉아 단전호흡하며 자연을 즐겼다.

한겨울에는 위험하여 산에 오르지 않았다. 그렇게 국선도 수련과 태학산 산행으로 심신을 다져 갔다.

2018년 국선도 쌍용수련원장으로 재직하던 해, 국선도 창립 51주년 기념행사를 쌍용수련원에서 크게 열었다. 마침 그 해는 쌍용수련원 20주년이기도 했다. 이날 행사에는 국선도무예협회 총재이신 청원 박진후 선사님을 비롯해, 진목법사, 전 국회의원, 천안시장, 도의원, 시의원, 한국무술총연합회 대표님 등 150여 명이 참석해 자리를 빛내주었다. 당시 천안시가 태학산 자연휴양림을 조성할 계획을 세우고 있다는 소식을 듣고, 그 계획에 동참할 수 있을까 하는 기대로 행사를 크게 했다. 하지만 국선도 센터 건의는 역부족으로 성사되지 못했다.

그리고 이듬해, 2019년 8월. 6년간 운영해온 수련원을 후배 조혜원 사범에게 물려주었다.

그녀와의 인연은 오래되었다. 국선도 생활 강사 교육을 받고 돌아왔을 무렵, 혜원님은 신입 회원으로 처음 수련원에 발을 디뎠고, 그때 내가 직접 그녀의 허리에 흰 띠를 매어주었다. 그 인연으로 20년 넘도록 함께 수련하며 때로는 관점의 차이로 부딪히기도 했지만, 결국 '홍익인간, 구활창생'이라는 큰 뜻만큼은 함께 나누는 도반이었다. 후배이자 도반인 조혜원 사범에게 수련원을 물려주고, 지인과 가족들과의 여행을 많이 다니며 나만을 위한 시간을 보내고 있었다.

2021년 봄, 내 나이 예순넷이 되던 해였다. 진목법사님에게서 전화가 걸려왔다. 5월 첫째 주 토요일, 본인이 주관하는 '진인 산악회'에서 태학산 산행을 할 예정이라며 사전 답사를 하러 함께 가자 하셨다. 다음 날, 우리는 서울에 사는 이덕현님(진목법사님의 제자)과 셋이서 태학산에 올랐다. 하지만 진목법사님이 늦게 도착하는 바람에 제대로 된 답사를 하지는 못했다.

마음이 개운치 않아 이틀 후 가보지 않은 길로 태학산에 다시 올랐다. 산행을 마치고 하산하던 길, 문득 그동안 태학사에 주차하며 편히 산행했던 기억이 떠올라 감사한 마음이 일었다. 부처님오신날도 가까워진 터라 연등 하나를 달기로 마음먹고 태학사 주지스님을 찾아뵈었다. 불자 카드를 작성하며 국선도 수련인임을 말씀드렸고, 우리는 자연스럽게 태학사와 국선도, 그리고 청산선사에 관한 이야기를 한 시간 넘게 나누게 되었다. 청산선사의 본명은 고한영이다. 고향은 수원이고 태학산 밑 용정리 마을 외가댁에서 1935년에 태어나셨다. 고한영은 1948년 13세 때 해선암(현태학사) 주지 춘담스님 밑에서 심부름하며 절 근처에 움막을 짓고 살았었다. 하루는 주지스님의 심부름으로 광덕사 큰절에 편지를 가지고 가다가 청운도인(道人)을 만났다. 도인이 새끼손가락으로 돌을 깨는 것을 보고 그 도력을 배우고자 그 길로 도인을 따라 입산하게 되었다고 한다.

처음에 청산선사는 속리산으로 들어갔다고 했다. 그곳에서 상고시대 때부터 전해 내려오던 9700년 된 우리나라 정통수련법인 '선도법'을 배우게 되었다. 어린 고한영을 데리고 간 청운도인 본명은 이송운 경북 안동 출신이고, 청운도인의 스승 무운도인은 충북 청주 출신인 본명 박봉암이다. 두 도인이 청산선사를 키우셨다. 청산이 어릴 때 항상 큰 고양이가 따라 다니며 함께 놀았다고 했다. 스승님들이 큰 고양이라 해서 고양인 줄 알았는데 나중에 알고 보니 호랑이 새끼였다고 했다. 그러다가 소백산맥 줄기인 치악산, 박달산과 전국 산으로 다니며 17년간 밝돌법(선도)으로 심신 수련을 닦았다고 했다. 선도는 또 다른 이름으로 풍류도라고도 했다.

신라시대의 문장가 최치원은 풍류도를 "유ㆍ불ㆍ선이 함께 어우러진 포함삼교(包含三敎)"라고 설명했다. 또한 풍류도의 새로운 이름을 '화랑도'라 하였고, 이 화랑도를 가르치던 스승을 '국선(國仙)'이라 불렀다고 한다.

'국선도'라는 이름과 '단전호흡'이라는 개념은 바로 국선도의 스승 청산선사가 처음 사용한 용어라고 전해진다. 우리 민족 고유의 선도법은 심신 수련을 통해 개인의 인격을 완성하고 조화로운 삶을 지향하는 수련 체계였다. 이 선맥(仙脈)을 정통으로 이어받은 청산선사는 스승의 명을 따라 국선도를 세상에 널리 펼치기로 결심하고 산을 내려오게 되었다.

1965년 동두천에서 16세 된 박진후(현재 국선도무예협회 청원선사)를 만나게 되어 첫 번째 산중제자로 키웠다. 청산은 소년 박진후를 강원도 깊은 산중으로 데리고 들어가서 암자에서도 지내기도 하고 화전민촌에서도 지내면서 수련을 가르치며 함께했다. 1967년 충청남도 천안 태학산 해선암 옛터에서 1차로 산중에서의 수련을 마무리하고 인왕산 삼왕사로 자리를 옮겼다.

청산선사는 그해 삼왕사의 주지로 있던 최거사의 도움으로 1967년 문공부 개인등록 3호 '정신도법 연구회'로 등록하며 국선도 보급을 구상하게 된다. 1968년 1월에는 두 번째 산중제자 김종무를, 곧이어 여성 제자 김단화를 받아들이며 산중제자 3인을 중심으로 삼왕사에서 본격적인 대중 수련 체계를 다지게 된다.

그 당시 3.1운동 33인 가운데 마지막 생존자였던 이갑성(1886~1981) 옹으로부터, 3.1절을 기념하여 국선도 시범을 '민족

정기 선양회'라는 이름으로 개최해달라는 제의를 받았다. 이 행사를 시작으로 신호탄이 되어 청산선사는 국내외에 국선도 시범을 다니며 산중제자들과 함께 민족정신과 체지체능(體智體能)한 심신을 통해 국선도의 위상을 널리 알리게 되었다.

첫 제자인 청원 박진후는 '신력사(神力士)'로, 둘째 제자 청화 김종무는 '태력사(太力士)'로, 셋째 제자 청해 김단화는 '철선녀(鐵扇女)'라는 이름으로 널리 알려지며 국선도 삼걸로 불리게 되었다.

현재 신력사 청원 박진후선사는 국선도 무예협회 총재로 계신다.

문화평론가 박정진의 말을 빌리면 국선도는 현재 6대를 확인할 수 있는 유일한 한국 전통 수련법 종목이라고 했다. 그 계보는 다음과 같다. 1대 무현도인 – 2대 무상도인 – 3대 무운도인 박봉암– 4대 청운도인 이송운 – 5대, 청산선사 고한영– 6대 청원선사 박진후. 그리고 지금 수련하는 우리들은 7대에 해당한다.

1967년 이후 국선도 수련인은 전국적으로 약 60여만 명에 이르며, 해외 곳곳에도 수련원이 생겨났다. 태학사의 주지이신 법연 스님께서는 태학사 창건주였던 할아버지 춘담스님에 대한 이야기부터, 어린 시절 국선도 수련인들과의 인연, 그리고 부친 스님에 관한 3대 가족사를 들려주셨다. 그 이야기는 귀하고 생생하여, 나 혼자 듣기에는 아까울 정도였다. 그래서 5월 1일 진인산악회에서 태학산으로 산행 올 적에 자리에 참석하시어 좋은 이야기 좀 해 달라고 부탁드렸다. 왜냐하면 청산선사의 아드님인 진목법사님께 내가 들은 스님의 이야기를 직접 들려주고 싶어서였다.

그러던 중, 우리 수련장 사범이신 선문대학교 우인혜 학장님으로
부터 뜻밖의 연락이 왔다. 선문대와 천안아산시 그리고 우리 국선도
쌍용수련원이 협력하여 지역주민을 대상으로 한 건강관리와 호흡명
상을 주제로 2일간의 프로젝트를 진행하고자 한다는 내용이었다. 프
로그램은 다음과 같이 구성되었다.

선문대 측은 줌(Zoom)으로 온라인 강의를 진행하고, 나는 〈국선
도 소개와 웰빙하다가 웰다잉 하자〉라는 주제로 특강을 맡기로 했
다. 진목법사님은 〈국선도 수련의 중요성〉을 주제로 강의하기로 하
셨다. 쌍용수련원의 조혜원 원장은 현장에서 수련 체험을 이끌고,
참가자들과 함께 태학산을 둘러본 뒤, 삼태리 마애불상 앞에서 호흡
명상을 진행하기로 했다.

늘 마음속에 "어떻게 하면 국선도를 더 널리 알릴 수 있을까?",
"태학산과 태학사를 국선도와 자연스럽게 연결할 수 있을까?" 고민
해 왔는데, 그것이 한 번에 실현되는 듯한 느낌이었다. 진심으로 감
사한 마음뿐이었다. 그래서 프로젝트 추진을 위해 조원장과 다시 태
학산 정상에 올랐다. 평소 혼자 태학산을 오를 때 명상을 하며 걷던
소나무 숲과 헬기장에도 가보고 내려오는 길엔 '향기 치유원' 안내판
을 따라 들어가 보았는데, 예전에 큰 바위 위에 앉아 호흡 수련을 하
던 자리에, 이제는 100명은 족히 앉을 수 있는 넓은 데크가 새로 조
성되어 있었다.

그리고 마침내, 5월 1일. 진인산악회 회원들이 태학산에 모이는
날이 밝았다. 하지만 온종일 비가 온다는 소식과 함께 아침부터 조

금씩 비가 내렸다. 비가 오면 산행도 어려운데, 또 전국각지에서 오시는 회원들이 얼마나 올 수 있을까 하는 걱정이 앞섰다. 나는 우리 수련원 식구인 조혜원 원장과 우인혜 사범님을 태우고 먼저 태학산의 태학사로 향했다. 주차장에 도착하자 비가 쏟아지기 시작하여 우리 셋은 법당 안으로 뛰어 들어갔다. 법당 안은 고요하고 한적했다. 우리는 자리에 앉아 마음을 가라앉히고, 천천히 호흡을 이어갔다. 창밖으로 들리는 빗소리는 묘하게 평온했고, 그 정취가 깊은 명상처럼 가슴을 적셨다. 그러나 산행을 계획한 입장에서는 비가 걱정스러웠다. 기다리던 진목법사님은 정시 보다 10분 늦게 도착했다. 주차장에 차가 들어오자마자 신기하게 햇볕이 나며 비가 그쳤다. 우리는 우연의 일치라고 웃으면서 태학사 공양실로 들어갔다.

답사 때 부탁드린 대로 스님은 우리 일행을 위해 자리를 마련해 주시고 따뜻한 차를 준비해 주셨다. 안동 도우님이 사 오신 경주 황남빵과 우리가 사 가지고 간 호두과자를 나누어 먹었다. 스님과 진목법사님은 오래 알고 지낸 사람처럼 대화가 잘 통했다. 두 분이 나누시는 청산선사님과 해선암, 태학사에 얽힌 사연을 듣는 내내 밖에서는 비가 내리고 있었다. 한 시간 반 정도의 차담을 나누고 끝날 즈음, 나는 손수 만든 유불선(유교: 계량 한복 입은, 불교: 머리카락 없이 스님 옷을 입은, 국선도: 청 도복 입은) 인형을 스님에게 선물로 드렸다. 그 자리에 모인 도우님들은 어쩜 이렇게 잘 표현을 했느냐고 감탄을 하며 사진을 찍어갔다.

나는 늘 생각해왔다. 종교나 사상을 너무 '네 것, 내 것'으로 나누기보다, 그 안에 담긴 본뜻을 헤아리는 것이 중요하다고. 불교의 자비(慈悲), 유교의 인(仁), 그리고 국선도의 구활창생(救活蒼生)은 모두 "사람을 살리고, 사랑하며, 널리 이롭게 하자"는 같은 뜻을 지니고 있다고 믿는다. 그래서 국선도에서는 유불선 통합사상을 이야기하며, 실제 수련도 그러한 조화를 기반으로 이루어진다.

우리 일행은 다시 옛 해선암(고려 시대 때 사찰 터) 자리로 가기 위해 출발했다. 마침 비는 그치고 찬란한 햇빛은 눈이 부셨다. 비가 지난 뒤의 산사는 나뭇잎마다 물기가 맺혀 반짝였고, 숲 전체에 생기가 감돌며 한층 청량해진 공기가 코끝을 간질였다. 우리 일행은 활기차게 산에 올랐다.

해선암 터 위에 있는 커다란 바위에는 부처상이 정교하게 조각되어 있다. 예전 이곳 동네 사람들은 '장군바위'라 불렀다고 한다. 이 불상이 삼태리 마애불상이다. 우리는 불상 앞에서 단체사진을 찍고, 태학산 정상을 향해 발걸음을 옮겼다. 비가 막 지나간 후라 마사토 흙길도 미끄럽지 않아 산행하기가 한결 좋았다. 40여 분 만에 태학산 해발 455m 정상인 정자에 도착했다. 날씨 탓인지 정자에는 등산객이 아무도 없었다. 우리 일행 16명이 정자를 차지하고 옹기종기 모여서 각자 싸 온 음식을 나누어 먹었다. 그즈음 코로나 19로 인하여 모이지 못하는 분위기였지만, 우린 딴 세상에 온 사람들처럼 오랜만에 회포를 풀었다. 사실 사회에서는 5명 이상 모이지 말도록 권장하였기 때문에, 넓은 공간을 사용할 수 있는 산행이 시작되었다고 본다. 지난 4월에 처음으로 계룡산을 산행하였고, 태학산이 두 번째였다. 아마도 국선도 수련인들은 '면역력이 강하다'는 믿음과 자부심이 있었기에 더욱 의연하고 건강한 모습으로 모일 수 있었을 것이다. 점심을 먹는 동안 또 한 차례 비가 쏟아졌지만, 마치 우리 일정을 알고 있는 듯 식사를 마치고 일어설 무렵엔 거짓말처럼 비가 멈췄다.

일행들이 내려가는 길은 다른 코스로 가보자고 하여 평소 잘 다니지 않는 길로 내려오는데, 길은 좁고 나뭇잎이 떨어져 미끄러워서 나는 두 번이나 엉덩방아를 찧으며 내려왔다. 궂은 날씨에도 큰 사고 없이 무사히 산행을 마칠 수 있어서 감사할 뿐이었다. 마지막으로 100명이 앉을 수 있는 '향기 치유원' 데크에 가서 40분 호흡명상을 했다. 비가 가끔 왔었지만 듬성듬성 마른자리가 있었다. 각자 자유롭게 앉아서 좌선하고 마칠 즈음, 또 빗방울이 떨어지자 우리는 서둘러 일어나 태학사로 내려왔다. 오늘은 태학산 신령님이 도우신 것 같다고 모두들 한마디씩 했다. 온종일 비가 온다고 했는데 비가 오면 불편하다 싶을 땐 거짓말 같이 그치는 것이었다. 우리 일행은 스님과 단체 사진을 찍고 각 지방에서 오신 분들이 먼저 떠난 뒤, 천안 팀 셋은 법당에 들어가 감사의 예를 올리고 산신각에 가서도 고맙다고 인사를 하고는 내려왔다. 오늘은 참 뜻깊은 국선도와 불교가 화합의 장을 연 역사적인 날이었다.

태학사 공양 실에서 차를 마실 때, 스님께서 18개의 찻잔만이 있다고 하시며 차를 따랐다. 마침 우리 일행이 18명이라는 것도 신기했다. 산행 때는 두 명이 먼저 하산했다

국선도 청산선사

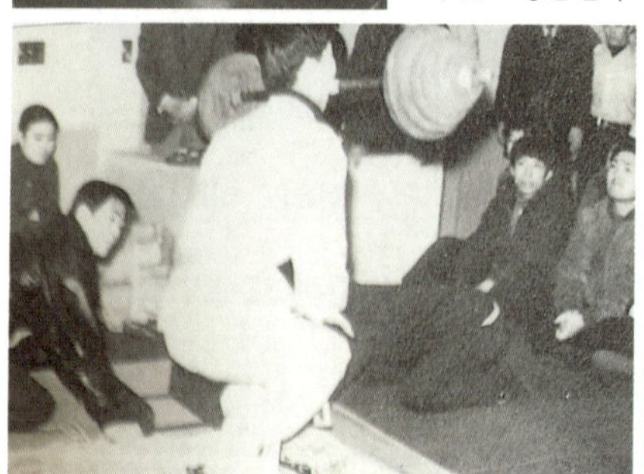

1970년대 초 3 · 1절 행사 때 첫 제자 신력사 박진후 장충체육관

철선녀 20세 일본 방송국

2024년 오른쪽부터 필자, 특공무술창시자 장수옥 총재,
철선녀 김단화 청해선사, 국선도무예협회총제 신력사 박진후
청원선사, 국선도 쌍용수련원장 조혜원 사범

태학산 삼태리 마애불과 진인 산악회　　　　　2021년 5월 태학사 법연스님과 진인 산악회원들

　　스님은 태학산에서 국선도 수련할 일이 있으면 언제든 주차장 밑에 텐트를 쳐도 된다면서 아량을 베푸셨다. 나중에 알고 보니, 법연스님은 충남 불교문화진흥원 이사장과 충남 7대 종교(불교, 유교, 개신교, 천주교, 원불교, 천도교, 민족종교) 연합회 위원장을 역임하시며 여러 단체에 봉사하고

유. 불. 선. 인형

계셨다. 크리스마스 성탄절에는 사찰 마당에 성탄 트리를 만들어 놓고, 아기 예수 탄생을 축하하는 행사도 하셨다. 참으로 널리 개방된 마음을 갖고 중생제도를 하시는 분이었다.

8

봉서산

봉서산을 산책한 지도 어느덧 26년이 되었다. 1998년 처음 이곳에 올 때만 해도, 힘들고 막막한 마음에 자주 찾았던 산이었다. 지금은 좋을 때든, 큰 산에 오르기 전이든, 혹은 몸이 무거워져서 움직임이 뜸해졌을 때든 늘 곁에 있어 주는 나만의 치유산이 되었다.

울진 죽변에서 천안으로 이사 올 때, 나는 일부러 산 가까운 곳을 찾았다. 그렇게 정착한 곳이 봉서산 아래 광명아파트였다. '천안에서 건강하게 살며, 다양한 것을 배우고 익히는 삶을 살고 싶다'는 소망이 있었다. 지금 돌아보면 그 소원은 모두 이루어진 셈이다. 국선도를 만나 스스로 체력을 다지고 건강하게 사는 방법을 알게 되었다. 삶에 있어서 필요한 주역, 침, 8 체질, 상담, 최면 치유와 국선도를 배워 나와 타인들을 건강하게 살 수 있도록 도와주며 함께 살아가고 있다. 기도하고 명상하며 수련하는 삶은, 결국 '삶의 해답'을 찾아가는 과정이었다. 돌이켜보니 옛 도인들이 심신을 수련하고 참선을 했던 이유도 이것이었을 것이다. 우주의 소리를 들으려 했던 그들의 갈망은 곧 내 안에 삼라만상이 깃들어 있음을 깨달으려는 여

봉서산 봉황알들

정이었음을 이제는 조금 이해할 수 있을 것 같다. 오늘도 봉서산을 오르며 지난 세월을 떠올린다. 희노애락 내 인생의 온갖 감정을 함께 나눈 나의 친구이자 나의 치유산. 진심으로 고맙다.

엄마에게서 물려받은 천식 기미는 산을 얼마나 자주 올랐는지를 알려주는 작은 신호다. 약수터 212계단을 올라오면 걷지 않았던 시간만큼 어김없이 천식 소리가 목을 타고 올라온다. 나를 게으르지 않게 만드는 산, 80살까지라도 봉서산을 친구처럼 의지하며 다닌다면 참으로 좋을 것 같다. 문득 마음속에서 노래가 흘러나온다.

'두 다리가 튼튼하여 걸어 다녀서 행복하다. 두 눈은 아름다운 산천을 보아서 행복하다. 배고프면 집에 가서 먹을 것 있어서 행복하고, 누워서 쉴 집이 있어서 행복하다. 항상 오늘

같이 행복한 마음이 일어난다면 이 또한 만족하고 행복하지
않으리.'

　아, 좋다. 하늘도 좋고 바람도 시원하고 이 또한 행복하구나. 지
금까지 살아온 삶이 내 혼자만의 힘이 아니었음을, 이 우주와 자연
수많은 존재의 도움으로 지금의 내가 있음을 이제는 엎드려 감사드
리고 싶다. 감사합니다.

9

아름다운 인연

1983년, 내가 23살 즈음이었다. 여행사에 근무할 때이다. 여행사에 근무하던 시절, 늦은 봄 경북 점촌 유곡리 마을에서 출발해 흑산도를 거쳐 홍도까지 여행하는 단체 일정을 진행하고 있었다. 우리는 목포 유달산 아래 위치한 한일여관에 숙소를 잡고 하루를 묵었다. 이튿날 아침, 일찍 부두로 나가 우리 고객들을 승선시킨 후, 잠시 여객선의 뱃머리에 앉아 쉬고 있었다. 여객선 안에는 우리 팀뿐만 아니라 전국 각지에서 온 여행객들이 많이 승선해 있었고, 섬 여행의 특성상 일정이 비슷하다 보니 가는 곳마다 다시 마주치게 되는 경우가 많았다. 그때였다. 여행객 중 중년의 멋진 신사분이 선글라스를 쓰고 내 곁으로 다가와서 말을 걸었다. "사람들이 '미스 김'이라고 하던데…. 혹시 '김해김씨'인가요?" 내가 "네, 맞아요."라고 하자, 그는 고향을 물었고 나는 "김천인데, 문경에서 근무하고 있어요."라고 대답했다. 그는 고개를 끄덕이며 조용히 자리를 떴다.

우리 일행은 흑산도에 내렸다. 숙소에 짐을 풀고 잠시 시간 여유가 있어서 혼자 바닷가로 나왔다. 바닷가 앞에는 횟집들이 줄을 지어 있었다. 그곳을 지나가고 있는데 한 횟집에서, 그때 누군가 "미스 김!" 하고 부르는 소리가 들렸다. 돌아보니, 아침에 배에서 말을 걸어왔던 그 신사였다. 그는 손을 흔들며 나를 불렀고, 다가가자 신사 부부인 듯한 두 분이 회를 들고 계셨다. 나에게 자리를 권하며 앉아서 함께 회를 먹자고 하여 자리에 앉았다. 그분들은 목포에서부터 나를 유심히 보며 살폈다고 했다. 분명히 처음 보는데 처음 보는 사람이 아닌 것처럼 끌렸다고 하면서, '김해김씨'라고 했는데 파는 무슨 파냐, 돌림자는 무엇이냐 꼬치꼬치 물었다. 김해김씨 71대 삼현파 24대 '종'자 돌림자를 쓴다고 하니까, 이분들의 얼굴은 놀라움에 두 눈이 커지면서 탄성을 질렀다. 나는 영문을 몰라 빤히 쳐다보고 있자 신사 부부는 어떻게 이런 일이 있을 수 있느냐면서 정말 인연이라며 내 손을 잡았다. 어리둥절한 나를 보며 자신들의 이야기를 꺼냈다. 대구 경산에서 단체로 왔다고 하면서, 부부 몇 팀과 함께 오기로 했는데 출발할 때 38명이 다 여자들이었단다.

"혼자 남자라서 집으로 돌아가려다가 따라왔어요. 미스 김을 만나려고 했나?"라며 웃으셨다. 신사분은 자기도 삼현파이고 자녀들이 5남매라며 셋째가 딸 하나 있고 '종'자 돌림자를 쓴다고 하시며, 우리 집과 너무나 똑같아서 신기하다고 하셨다. 나도 5남매에 셋째인 내가 딸이고, '종'자 돌림이라고 했기 때문이다.

신사분이 나에게, 우리 첫째 딸 하자고 하셔서 마음 없이 "그럴까요?" 하면서 웃으며 자리를 떴다. 평소에도 친한 고객 어르신들이 딸 삼자고, 며느리 하자고 하면 웃으며 "네 그럴까요?" 하며 농담 삼아 응수하곤 했었다. 그런데 말이 씨가 되어 정말 인연이 된 분이 바로 이 신사분이다. 이 신사분은 나보다 24살 많은 개띠였다. 헤어진 뒤에도 구구절절 편지가 오며 꼭 경산에 한 번 찾아오라고 하셨다. 나는 쉬는 날, 경산에 찾아가서 신사분의 자녀들을 만났다. 우리는 그렇게 가족이 되었다. 특히 나보다 네 살 적은 큰아들이 나를 많이 따랐다. 그리고 심원사 템플스테이를 함께 한 셋째 여동생이 나보다 일곱 살 아래로 그때 여고 3학년이었다. 신사분은 우리 김천 집에까지 오셔서 아버지를 만나서 형님이라 하시며 친혈육처럼 지냈다. 수양부모님은 여동생과 나에게 똑같이 금반지를 하나씩 해 주셨다. 그리고 내가 결혼할 때 남편의 다이아몬드 반지를 해 주셨다. 몇 년 전에 길 가다가 무엇이 반짝여서 주워보니까 예사 물건이 아닌 것 같아 금은방에 가서 검사하니까 다이아몬드라고 했단다. 이번 참에 맏사위에게 선물할 수 있어서 참 잘되었다고 하셨다. 나는 진짜 그런 줄 알고 받았는데 그것이 아닌 것 같았다. 내가 부담스러워할 것 같아 거짓말을 하셨는지도 모르겠다는 생각이 들었다. 나는 친정어머니의 옷을 똑같이 하여 결혼식 때 두 어머니께 입혀드렸다. 결혼 후에도 명절이나 생신 때 찾아뵐 때면 남편은, "나는 처가가 두 군데라 잘해

주는 곳에 가야지." 하며 농담 삼아 말하곤 했다. 수양아버지는 우리 집에도 가끔 오셔서 국선도 수련원에서 수련하시면서 며칠씩 우리 집에 머물다 가시곤 하셨다. 그 뒤 어머니가 먼저 세상을 떠나셨고, 10년 후인 2013년에 아버지도 영면하셨다. 나는 사람들에게 동생들을 소개하면 그냥 친동생처럼 소개하곤 했다.

1988년, 내 나이 31세, 남편은 33세. 결혼식 날, 두 어머니는 같은 디자인의 한복을 입고 계셨고, 저고리의 고름 색만 달랐다. 내 옆에는 친어머니, 그 옆에는 수양어머니가 자리하셨다. 내 뒤편 오른쪽에는 친아버지, 그리고 그 옆에는 수양아버지가 함께하셨다. 신랑 옆에는 시어머니, 그 뒤에는 시아버지가 서 계셨다.

그 후 우리는 몇 년 동안 소식을 전하지 못하고 살았다. 그러다 2016년 봄, 아들이 해병대에 입대하던 날이었다. 우리 부부는 아들을 배웅하기 위해 포항 해병대 훈련소를 찾았다. 그곳 화장실 앞에서 "어머, 언니!" 하고 반가운 목소리가 들렸다. 의여동생이었다. 그녀도 아들을 군에 보내러 왔다고 했다. 신기하게도 두 아들은 동갑이었다. 그 재회를 계기로, 우리는 아들들이 외출을 나올 때마다 함께 만나 안부를 나누었고, 제대 이후에도 인연이 이어졌다. 그 연결고리는 내가 여동생에게 제안한 '심원사 템플스테이'였다.

2021년 12월 18일 템플스테이 첫날 밤, 이부자리를 펴고 나란히 누운 동생이 아버지가 우리를 다시 만나게 한 것 같다고 하면서 내 손을 잡았다. 도란도란 이야기로 시간 가는 줄 모르는데 옆방에서 시끄럽다고 벽을 툭툭 치며 신호를 보냈다. 한옥이라 방과 방 사이가 너무 잘 들리는 것이 옥의 티였다. 우리는 마지못해서 잠을 청했다. 나는 새벽 4시에 일어나 수련을 하고 또 먼 길을 운전하고 온 탓인지 금세 꿈나라로 들어갔다.

이튿날 새벽 4시에 잠이 깨어 잠자는 동생이 깰까 봐 조용히 일어나 앉아서 고요한 호흡으로 참선을 하였다. 법당 부처님의 양쪽에 모셔져 있는 부처님의 10대 제자인 아난존자와 가섭존자의 모습이 떠올랐다. 아난존자는 부처님 옆에서 가장 많은 법문을 듣고 잘 외웠다는 일화가 있고, 가섭존자는 부처님의 염화미소(拈華微笑)를 알아차렸다는 이야기가 전해진다. 그들은 각각 '법'과 '마음'을 상징하는 부처님의 제자였다. 참선 속에서 문득 깨달았다. '부처님의 법과 지혜를 되새기며 공부하라고, 내가 이곳에 온 것이었구나. 그렇다면, 이 자리에 함께 있는 여동생은 왜 여기에 왔을까?' 하는 꼬리를 무는 질문도 곧 답을 얻었다. 동생은 퇴직을 3년 앞두고 있었다. 앞으로의 삶에 대해 구체적으로 생각해 본 적이 없다고 했다. 그동안 치열한 경쟁 사회에서 열심히 살아온 그녀에게, 이제는 '심원(深源)'—깊은 근원을 향한 내면 공부의 시간이 필요했던 건 아닐까. 아마 우리 자매가 늦게라도 내면 공부를 하면서 도반으로 함께 가길 원했으리라. 이런 생각에 미치자 '부처님 감사합니다.' 라는 탄성과 함께 거듭 감사하다고 속으로 뇌었다. 벌써 한 시간이 흘러 있었다. 5시, 도량석을 알리는 목탁 소리에 이어 범종 소리가 은은하게 울려 퍼졌다. 나는 조심조심 옷을 주워 입고 방문을 열었다. 문밖에는 흰 눈이 내리고 있었다. 뽀드득 눈 밟는 소리를 내며 올라가자 스님은 범종을 치고 있었다. 나는 걸음을 멈추고 서서 합장을 하며 우주 법계에 범종 소리가 울려 퍼져 모든 사람들이 즐겁고 행복하게 살기를 염원했다.

어제저녁 동생이 산사에서 눈을 맞이하면 참 좋겠다고 한 말이 떠올라 나는 혼자 피식 웃으며 법당으로 향했다. 예불을 마치고 방에 들어오니까 동생은 불도 켜지 않고 우두커니 앉아 있었다. "종희야, 밖에 눈 온 것 아니?" 동생은 화들짝 놀라며 "정말?" 하면서 이불을 둘둘 말아 덮어쓰고 눈 오는 풍경을 보며 "와, 와…!" 하면서 연신 감탄사를 연발했다. 나는 방문을 활짝 열고 이중창으로 되어 있는 유리 미닫이문만 닫았다.

"참, 신기하다. 내 소원이 이루어졌구나. 어제저녁에는 보름달이 휘영청 밝아 구름 한 점 없었는데…"라고 동생이 들떠 말하자 나는 "원하라, 이루어질 것이다!"라고 교주처럼 두 팔을 벌렸다. 동생도 두 팔을 벌리며 따라 말했다. 우리 자매는 이미 소원이 이루어진 양 킥킥거리며 즐거워했다. 아침 공양을 마친 동생은 "언니 우리 사진 찍으러 가자"라고 하며, 선글라스를 쓰고 폼을 잡았다. 모자와 목도리를 번갈아 연출하면서 우리는 마냥 아이가 되어 이리 찍고 저리 찍어가며 심원사 경내를 이리저리 휘젓고 다녔다. 2021년, 심원사의 템플스테이는 우리를 다시 가족으로 맺어주었다.

그 이후 지금까지도 셋째 종희 동생과 구미에 사는 넷째 종덕이 부부와 함께 1년에 두 번씩 전국의 사찰을 찾아 템플스테이를 다니고 있다.

2021년12월 심원사 템플스테이

2023년 강원도 건봉사

우리들만 신는 템플스테이 고무신

우리가 열려 있는 '천당', 즉 행복에 도달하지 못하는 이유는 결국 집착과 애착 때문이라고 생각한다. 그 두 가지를 내려놓고 '순간을 포착'하며 살아간다면, 보다 즐겁고 행복한 삶이 가능하지 않을까 하는 마음이 든다. 어떤 일이 내 앞에 닥쳤을 때, 그것을 묵묵히 해내다 보면 또 다른 일이 자연스럽게 다가온다.

인생은 결국 자기 자신을 살피고, 주어진 일에 충실히 해나가는 과정임을 이제는 조금 알 것 같다. 내 앞의 일이 너무 무겁고 힘들다고 해서 그것을 회피하거나 건너뛰면 결국 더 큰 짐이 더 오랫동안 나를 짓누른다는 것을 살아가며 알게 되었다. 나는 지금의 이 삶이 내가 직접 계획하고 프로그램을 짜서 선택한 여정이라고 믿는다. 그래서 그것을 이번 생에서 마주치고 해결해야지 온전한 숙제를 하고 한 차원 높은 영혼으로 되돌아가리라 생각해 본다. 한 나이라도 젊고 힘 있을 때 그 일을 마주하면 주위의 많은 사람들이 젊은 사람이 참 기특하다며 도움의 손길을 아끼지 않는다. 하지만 젊을 때 계속 피하고 늙어서 마주하게 되면 그건 당사자에게도 비극이고 바라보는 이들조차 측은하게 여긴다. "젊어서 고생은 사서도 한다."는 속담은 바로 이 말이 아닐까. 젊을 때 산전수전 겪은 사람들은 그만큼 마음의 근육이 단단해지고, 시야가 넓어진다. 물론 모두가 그런 것은 아니지만 대부분의 사람들은 삶에서 지혜를 얻기 때문이다.

삶 자체가 고행이고 인생이기 때문에 삶을 통해서 나와 타인, 자연을 더 관찰하지 않았을까 싶다. 요즘은 많은 여성들이 결혼 후에도 직장 생활을 계속하지만 70~80년대만 해도 가정주부의 비율이 훨씬 높았다. 나는 늘 생각했다. 자녀들이 어릴 땐 함께 공부하고 자녀들이 성장해 엄마의 손이 필요치 않게 되었을 때 가정주부는 사회로 나가 그간 배운 것을 나누어야 한다. 그래서 아이들과 함께 공부하며 기도와 수련 수행을 함께 겸하면서 노후를 준비하게 되었다.

가족들이 마음껏 충전하고 사회로 나아갈 수 있게끔 따뜻한 빛을 비추는 존재가 바로 어머니라고 나는 믿는다. 그렇기에 어머니는 먼저 스스로의 심신을 갈고닦아야 한다. 건강한 몸과 정신으로 가족을 대하고, 집안을 밝히는 빛이 되어야 한다. 우리 어머니들은, 집안의 찬란한 햇살이다.